AF275994

Newton Compton Editores

Título original: *The Cosmos Keys*

© 2025, Glenn Cooper. Autor representado por IMC, Agencia Literaria S.L.
© 2026, de la traducción por Miquel Gómez Besòs
© 2026, de esta edición por Antonio Vallardi Editore S.u.r.l., Milán

Todos los derechos reservados

Primera edición: marzo de 2026

Newton Compton Editores es un sello de Antonio Vallardi Editore S.u.r.l.
Pl. Urquinaona, 11, 3.º 1.ª izq. Barcelona, 08010 (España)
www.newtoncomptoneditores.com

Gruppo editoriale Mauri Spagnol S.p.A.
www.maurispagnol.it

ISBN: 979-13-87575-47-2
Código IBIC: FV
DL: B 21.033-2025

Diseño de interiores:
David Pablo

Composición:
Rafael Medel López

Impreso en marzo de 2026 en Puntoweb s.r.l., Ariccia (Roma), en Italia.

Queda rigurosamente prohibida, sin la autorización por escrito de los titulares del copyright, la reproducción total o parcial de esta obra por cualquier medio o procedimiento mecánico, telemático o electrónico –incluyendo las fotocopias y la difusión a través de internet– y la distribución de ejemplares de este libro mediante alquiler o préstamos públicos.

Glenn Cooper

Las claves secretas del cosmos

Traducción de Miquel Gómez Besòs

Newton Compton Editores

Barcelona, 2026

*Este libro está dedicado a mi hijo,
Shane Cooper, que concibió la historia
y me la sirvió en bandeja de plata.*

Ni siquiera los propios dioses pueden
alterar las decisiones de las Moiras.

HOMERO,
Ilíada

CAPÍTULO 1

«¿En qué estarían pensando?».

Cada vez que David Birch articulaba su alto cuerpo para entrar en la ciudad subterránea de Derinkuyu, una pregunta le rondaba por la mente. ¿Qué había impulsado a los antiguos habitantes de Capadocia a esculpir un coloso subterráneo en las profundas capas de roca volcánica? ¿Cuántas generaciones de obreros habían trabajado en medio de un aire enrarecido y una luz mortecina, golpeando martillos de piedra contra cinceles de bronce? ¿A quién o a qué temían? Porque, sin duda, solo el miedo podía haber impulsado a toda una sociedad a una tarea tan monumental como esta.

Si bien las credenciales académicas de David eran perfectas para el puesto, sus características físicas no lo eran. Era demasiado alto y tenía los hombros demasiado anchos para recorrer cómodamente los estrechos pasadizos del complejo, pero se había convertido en un experto en agacharse, arrastrarse y contorsionarse para llegar a las cámaras más bajas en lo que él llamaba su trayecto diario al trabajo. Cuando llegó a Derinkuyu, tardaba media hora en descender. Ahora podía cruzar a toda velocidad el gélido laberinto en la mitad de tiempo. En la superficie, el intenso calor del verano y la dura luz del sol del centro de Turquía calcinaban y blanqueaban la tierra, pero la parte inferior de la antigua ciudad era tan fría como una nevera.

Una vez en su puesto de trabajo, que era poco más que un simple escritorio de madera iluminado por una bombilla desnuda, se enfundó un chaleco y unos guantes de forro polar antes de que el sudor helado le provocara un escalofrío.

9

—Buenos días, Mazhar —dijo—. ¿Cómo ha ido el fin de semana?

Su colega estaba encorvado sobre una estantería de instrumentos electrónicos. Era rechoncho y tenía un torso como el tronco de un árbol.

—No tan bueno como el tuyo, te lo aseguro.

—¿Seguro? Cené con Peter y Hakan viernes, sábado y domingo, leí un poco, escribí otro poco y me fui a la cama solo todas las noches. No estuvo mal, pero yo no lo llamaría bueno.

—Pues bien, amigo mío, yo he tenido que arreglar el retrete y la ducha en casa de la madre de mi mujer —dijo Mazhar levantando sus ojos negros como el carbón—. No he tenido tiempo de mucho más.

—No sabía que fueras fontanero —se rio David.

—Mi mujer y mi suegra creen que mi título de ingeniero me cualifica para instalar tuberías.

—Eres ingeniero geólogo. La última vez que lo comprobé, las tuberías no estaban hechas de piedras.

—Presenté alegaciones, pero, desgraciadamente, perdí. Al menos logré que el váter descargara en la dirección correcta. Debo decir que me alegré de poder escapar de Ankara. Por cierto, ¿has visto lo que hizo el Congreso de tu Estados Unidos el viernes?

—No —dijo David sacudiendo la cabeza—, pero, para serte sincero, el pasado me interesa más que el presente.

Mazhar dejó escapar una risita.

—¿Y qué hay del futuro?

—El futuro que se cuide solito.

Mazhar tomó unos alicates de punta de aguja de su caja de herramientas y dijo:

—En eso estamos de acuerdo.

Mazhar Erduran era el compañero de David en el proyecto oficialmente conocido como «Excavaciones y Análisis Avanzado de Imágenes en la Ciudad Subterránea de Derinkuyu – Programa Cooperativo de las Universidades de Harvard

10

y Hacettepe». David, un catedrático de Arqueología de Oriente Próximo en Harvard, aportaba sus vastos conocimientos arqueológicos. Mazhar, las geociencias. David tenía cuarenta y seis años y, aunque solía pasar por un hombre más joven, había dejado atrás la etiqueta de niño prodigio que le habían colgado al inicio de su carrera. Una emblemática foto en el National Geographic tomada en una excavación cuando era un joven profesor asistente lo había convertido en una estrella del *rock* entre el gremio de la paleta y la pala. Estaba de pie, junto a una escultura siria de la edad de bronce acabada de desenterrar, mirando al objetivo con sus ojos intensamente azules, el viento enredándole su pelo amarillo y la camisa de trabajo abierta hasta la cintura, dejando al descubierto su marcada musculatura.

Nadie tiene ese aspecto eternamente. Con los años, había engordado unos kilos y su pelo se había ido aclarando en su lenta travesía hacia las canas. Seguía llevándolo largo, pero en público lo mantenía recogido en una discreta coleta. El profesor titular era menos descarado y más comedido que su yo de juventud, y la geopolítica y las guerras habían ralentizado el vertiginoso avance de sus primeros años de carrera. Había hecho méritos con el descubrimiento de un templo hitita en Siria y tenía planificados años de trabajo cuando la guerra convirtió el país en una zona prohibida. Como hombre cuya taza de café proclamaba: «Cavo, luego existo», había reorientado su investigación hacia la algo más segura geopolítica de Anatolia. A nadie en su campo le sorprendió que acabara convirtiéndose en un destacado experto en la Edad de Bronce de Turquía.

Excavar en Derinkuyu figuraba en su lista de deseos. El yacimiento se encontraba en el ondulado paisaje del Valle del Amor, en Turquía central, entre profundos cañones rojos y cónicos pilares de roca con forma de hongo esculpidos durante eones por la erosión. Nadie sabía quién había construido la ciudad subterránea ni por qué se había construido, ni siquiera cuándo, y David aspiraba a resolver el enigma. Se puso en contacto con todos los sospechosos habituales en busca de financiación –organismos gubernamentales y fundaciones privadas–, pero no consiguió reunir el dinero necesario para abordar el problema a gran escala hasta que un hombre llamado Binnur Oguz se enteró de su proyecto a través de alguien del Ministerio de Cultura y Turismo turco. En un alarde de riqueza y arrogancia, Oguz envió su jet privado para llevar a David a St. Louis. Durante la cena, el empresario turcoestadounidense, que había amasado su fortuna con la fabricación de cemento, escuchó la propuesta de David y le preguntó por qué no tenía un socio turco. David había pensado inicialmente en un geocientífico británico, por lo que tuvo que pensar con rapidez. Conocía a Mazhar Erduran a través de artículos de revistas, así que mencionó su nombre durante la cena.

David siempre recordaría el momento mágico que se produjo fuera del restaurante al final de la velada. Había estado cayendo nieve de un cielo negro, cubriendo de blanco la acera. Si hubiera estado solo, habría sacado la lengua para atrapar un copo perfecto y enorme, pero estaba con un hombre de negocios rico enfundado en un abrigo de cachemira que valía más que todo lo que tenía en su armario. Así que se se limitó a esperar que su anfitrión diera su veredicto, imaginando que no se comprometería.

–No tiene sentido tenerte esperando mi respuesta –le espetó Oguz–. Me complace decirte que mi talonario de cheques está abierto y que mi bolígrafo está preparado para firmar. Si se tratara de una nueva aventura empresarial, exprimiría cada dólar que sobrara del presupuesto y volvería loco a todo el mundo. Pero esto no es un negocio. Es patriotismo. Se trata de mi amor por América y mi amor por Turquía. Cubriré el presupuesto en su totalidad. Que el mundo vea las maravillas antiguas que surgieron en mi tierra natal y lo que los científicos estadounidenses y turcos pueden lograr juntos.

Ahora, más de dos años después, David oyó unas voces procedentes del pasadizo que conducía a la cámara de trabajo.

–Ya están aquí –dijo entusiasmado.

Cada vez que Mazhar sonreía, su espeso bigote invertía su rizo hacia abajo.

–¿Es que lo has olvidado? Los mineros no llegarán hasta última hora de la mañana. Son los estudiantes.

–Mierda, mierda, mierda –dijo David, cerrando el portátil de un manotazo.

–Sí, pero ¿cómo te sientes en realidad? –le preguntó su colega.

–Llevamos un mes en la obra y vamos muy retrasados –se lamentó David–. Oguz vendrá dentro de una semana, y no sé qué tendremos para mostrarle.

–No te preocupes. Le encandilaremos con nuestros intelectos. De todos modos, piensa en esto como un retraso virtuoso –dijo Mazhar–. ¿Acaso no somos educadores?

David agitó un dedo.

–No lograrás que argumente en contra de la educación. Son estudiantes universitarios, ¿verdad?

–Sí, sí. Todos del departamento de arqueología de la Universidad de Ankara. Conozco a su profesora, Nur Celal. Es una mujer muy guapa, y soltera, como tú. Puedo hablarle bien de ti.

–Lo tendré en cuenta la próxima vez que vaya a Ankara –dijo David secamente.

Mazhar sonrió.

–No hará falta. Ha venido hoy.

Peter Andreeson, un estudiante de posgrado larguirucho y desgarbado de Harvard, condujo al grupo de visitantes hasta la cámara. Los estudiantes aparecieron uno a uno, vestidos con vaqueros y sudaderas. Su profesora, la doctora Celal, se incorporó del caminar de rana que requería el tramo final y se acercó a saludar a Mazhar. Era canosa y arrugada por el sol, y tenía más de setenta años.

—Dr. Birch —dijo extendiendo una mano liviana como una pluma—, gracias por permitirnos esta visita. Es todo un honor. He estado aquí como turista, pero nunca como arqueóloga. Como sabrá, Derinkuyu es demasiado antiguo para mí. Yo me dedico al periodo otomano.

Mientras David charlaba con ella, Mazhar le guiñó un ojo a sus espaldas. Lo de emparejarlos era lo que él entendía por una broma, parte de su numerito de tratar de encontrarle al soltero de oro una buena mujer turca.

El calvo precoz Hakan Yavuz, uno de los posgraduados de Mazhar, hizo pasar a los últimos estudiantes y David se lanzó a darles una bienvenida improvisada.

—¿Alguno de vosotros había estado antes en Derinkuyu? Todos asintieron.

—Entonces ya conocéis lo básico —dijo—. Nos encontramos en un lugar muy poco convencional, una ciudad subterránea lo suficientemente grande como para albergar a más de veinte mil habitantes durante meses o quizá años. Pensad en ella como un rascacielos invertido. Las escaleras y rampas por las que habéis bajado os han llevado a una profundidad de noventa metros, al más profundo de los diecinueve niveles conocidos de túneles y cámaras. Solían ser dieciocho. Tuvimos la suerte de encontrar el decimonoveno, accesible por una escalera de aluminio. En la antigüedad lo más probable es que hubiera una de madera. Habéis accedido al complejo a través de la entrada de nuestra excavación, que está a un kilómetro de la entrada para turistas. Probablemente haya cientos de formas de acceder a la ciudad, la mayoría sin descubrir. Derinkuyu era desconocida para el hombre moderno hasta 1963, cuando un propietario local que estaba reformando su casa encontró un pasadizo detrás de una pared que seguía y seguía y seguía. Un equipo de arqueólogos turcos descubrió una red de viviendas, establos, escuelas, bodegas y capillas, todo ello alimentado por un ingenioso sistema de pozos de ventilación y conductos de agua. Se trataba de una ciudad fácil de defender. Los túneles podían bloquearse desde el interior con puertas de piedra rodantes que pesaban quinientos kilos. Los pasos se estrechaban deliberadamente para poder hacer frente a un enemigo invasor formando una sola fila. ¿Alguien sabe quién construyó Derinkuyu?

Nadie levantó la mano.

–De hecho, esa es la respuesta correcta –dijo David entre risas–. No se sabe. Nuestra mejor estimación es que los primeros constructores fueron los hititas de la Edad de Hierro, alrededor del año 1200 a. C., posiblemente para protegerse de los invasores frigios. Como sabéis, los hititas prosperaron en la antigua Anatolia hasta que los frigios los barrieron del mapa. Los frigios dominaron esta región hasta alrededor del año 600 a. C., cuando entraron en escena sucesivas oleadas de conquistadores persas y griegos. Es probable que Derinkuyu se utilizara como santuario. Como puerta entre Oriente y Occidente, Capadocia siempre ha ostentado una posición estratégica a lo largo de la historia de la humanidad y ha sufrido por eso oleadas de invasiones. Es probable que cada nueva amenaza incentivara a los capadocios a ampliar los túneles de Derinkuyu a fin de dar cabida a un mayor número de refugiados. Tras el periodo grecorromano, el Imperio cristiano bizantino se hizo con el dominio. Durante el siglo VII, cuando el Imperio selyúcida musulmán asediaba a los bizantinos, Derinkuyu fue probablemente utilizada como refugio para hasta veinte mil cristianos. No estamos del todo seguros de muchos detalles de lo que os acabo de relatar, porque se hallaron muy pocos objetos durante las excavaciones de la década de 1960. A lo largo de los siglos, los saqueadores fueron limpiando el lugar.

La Dra. Celal levantó educadamente la mano.

–Profesor Birch –dijo–, ¿podría explicarnos los objetivos principales de su campaña?

David agradeció la pregunta, ya que le permitía pasarle el testigo a Mazhar y volver al trabajo.

–La única forma de averiguar qué culturas construyeron y ampliaron Derinkuyu es encontrar partes de la ciudad a las que los saqueadores no hayan llegado nunca –afirmó–. Creemos que hay muchas posibilidades de que existan túneles y cámaras aún sin descubrir con abundancia de objetos, y ahí es donde entra en juego el profesor Erduran.

En cuanto David se retiró a su escritorio, Mazhar cambió al turco e invitó a los estudiantes a reunirse en torno a las estanterías donde guardaba el equipo.

–Esta máquina sirve para hacer radiografías de muones –señaló–. La muografía es una técnica de imagen que utiliza la capacidad de penetración de unas partículas elementales llamadas muones, similares a los electrones, pero con una masa doscientas veces mayor. Los muones se producen cuando los rayos cósmicos que golpean continuamente la superficie de la Tierra desde todas las direcciones chocan con la atmósfera terrestre. Con este dispositivo, podemos trazar la trayectoria de los campos de muones y generar un mapa de su transmisión a medida que las partículas atraviesan las superficies que investigamos. A semejanza de los rayos X utilizados para explorar el organismo, recurrimos a la muografía para examinar las estructuras rocosas y podemos elaborar hermosos mapas tridimensionales de las cavidades que encontremos. En Egipto, la muografía se ha utilizado para descubrir pasadizos ocultos en el interior de las pirámides. Aquí, en Derinkuyu, buscamos nuevos túneles y cámaras laterales, o bajo áreas conocidas de la ciudad. En caso de hallarlos, corresponderá a los arqueólogos hacer lo que mejor saben hacer.

Uno de los alumnos preguntó:

–¿Habéis encontrado algo ya?

–De hecho, así es –respondió Mazhar–. Esta misma cámara era desconocida antes de la excavación actual. Cuando empezamos, hicimos un escaneado de muones desde la cámara situada sobre nuestras cabezas, en el que se creía que era el nivel más bajo del complejo de Derinkuyu. Acercaos a mi pantalla. Dejad que os enseñe lo que hemos encontrado. ¿Lo veis? Aquí están los huecos identificados por los escáneres. Sin embargo, no hemos logrado encontrar la forma de bajar a este nivel. Lo más probable es que haya un camino hacia el este, pero aún no lo hemos localizado. Así que creamos nuestro propio camino, excavando a mano a través de dos metros de roca volcánica hasta que irrumpamos en el túnel que hay justo allí. La escalera por la que acabáis de bajar tendrá que ser suficiente hasta dar con la rampa que construyeron los antiguos. Por supuesto, confiamos en encontrar el tipo de objetos que harán feliz al profesor Birch, pero los túneles y las cámaras permanecen vacíos.

Otro estudiante preguntó:

—¿A dónde se llega desde aquí?

—Queremos hacer exploraciones adicionales. Por desgracia, nuestro equipo sufrió un pequeño impacto al bajarlo hasta aquí. Estamos esperando a que nos llegue una pieza de repuesto de Alemania. En cuanto la tengamos, empezaremos a escanear directamente bajo nuestros pies para ver si hay niveles aún más profundos. Hasta entonces, el profesor Birch está interesado en explorar la zona al este de aquí, ¿no es así, David?

David se levantó de su silla plegable y dijo:

—¿Ya me devuelves la pelota? ¿Veis ese pasadizo de ahí? Hay un camino sin salida a unos cien metros al este. Parece que un derrumbamiento en una época pasada aún por definir bloqueó el túnel. Despejar esa obstrucción es un trabajo peligroso, así que hemos contratado a una cuadrilla de mineros del carbón. La idea es explorar las nuevas áreas y utilizar la muografía para cartografiar las zonas circundantes y otras más profundas.

—¿Podemos ver la parte obstruida? —preguntó un alumno.

—No hay mucho que ver, pero Peter y Hakan os pueden guiar a través del túnel. Si a la profesora Celal le parece bien, podríamos invitaros de nuevo al final de la temporada para que veáis lo que encontramos al otro lado.

–¡Eso sería fantástico! –exclamó ella–. Qué oferta tan generosa.

Los mineros del carbón procedían de Manisa, en el oeste de Turquía, el triste escenario de un incendio subterráneo que en 2014 se cobró trescientas vidas. Los hombres estaban animados. En comparación con su trabajo habitual, esta labor sería más leve y cobrarían el doble. Con Hakan como traductor, David les puso al corriente y los hombres se organizaron en tres equipos: uno para excavar los escombros, otro para transportar las rocas en carros estrechos a través de los túneles y otro para elevar los escombros al nivel superior con un cabrestante manual, un sistema de la vieja escuela por el que optó su capataz. Desde allí, serían transportados a uno de los pozos de ventilación de la cueva, donde un segundo cabrestante accionado por un generador los llevaría a la superficie. Tras unas horas de trabajo, David anunció que estaba impresionado por la eficacia de los mineros y que esperaba que no los necesitaran en toda la semana.

Cuando faltaba una hora para terminar la jornada, Peter salió del túnel en el que había estado supervisando la retirada de escombros y pronunció una única y poderosa palabra.

–Huesos.

David se irguió de un salto.

–¿Dónde?

–A un metro de donde empieza el derrumbamiento.

–¿De qué tipo?

–De la parte inferior de una extremidad.

–Vamos, suéltalo ya –dijo David ahogando un grito–. ¿De qué especie? ¿Cabra? ¿Oveja? ¿Cerdo?

–Ninguna de las anteriores. Humana.

–Sé que no bromeas, porque te mataría si lo hicieras.

David atravesó el túnel, pasando junto a los mineros, que

estaban apoyados en las paredes del túnel, murmurando, y se echó de rodillas a fin de inspeccionar los blancos huesos que habían quedado al descubierto. Una tibia y un peroné descansaban en su posición anatómica correcta junto a un trozo corto de fémur fracturado que sobresalía de las rocas. Cerca había una rótula.

–Está estirado hacia atrás –dijo David con entusiasmo–. Seguro que el pie estará bajo las rocas.

–Esperemos que con el resto del hombre –dijo Peter.

David no puso en duda la identificación del sexo por parte de Peter. Los huesos eran gruesos y robustos. Era la pierna de un hombre.

–¿Te lo puedes creer? –dijo David, excitado–. ¿Huesos humanos? Los primeros restos humanos jamás descubiertos en Derinkuyu.

–Supongo que es mejor tener suerte que ser bueno –dijo Peter.

–Ya lo dijo Thomas Jefferson: «Creo mucho en la suerte. Cuanto más trabajo, más tengo». Necesitamos una estrategia para limpiar los escombros sin machacar a nuestro nuevo amigo. Consultémoslo con Mazhar y Hakan, y luego demos instrucciones a los mineros. En ese momento, David distinguió algo cerca de la rótula y señaló con un bolígrafo.

–¿Qué es esto? ¿Madera?

–Sí, es madera –dijo Peter–. Hay otro pedazo ahí y otro ahí, y creo que esto son trozos de cáñamo.

El capataz de los mineros se dio cuenta de lo que estaban observando y bramó:

–¡Afedersiniz! (*disculpen*).

Había visto un trozo de algo que sobresalía de la pared de escombros y, sin preguntar, levantó un gran fragmento de roca, dejando al descubierto un pedazo de madera marrón oscuro del tamaño y grosor de un bate de béisbol.

El minero señaló con un dedo grueso y mugriento hacia arriba.

David siguió la dirección del dedo y tomó aire sorprendido.

–Los arqueólogos tienen un problema –murmuró–. Siempre mirando abajo.

Sobre sus cabezas había un vacío oscuro en el techo del túnel, de un metro de largo y tan ancho como el propio túnel.

–Lo han desenterrado del nivel superior al nuestro –dijo Peter–. ¿Por qué no lo vimos cuando estábamos arriba?

–Probablemente no conecta con ningún túnel cartografiado –comentó David–. Lo más seguro es que se pueda acceder a él desde una entrada que nadie ha descubierto todavía.

–Traeré una escalera para ver qué hay ahí arriba –añadió Peter.

–Sí, tenemos que ver qué hay ahí –dijo David–, pero con tanta madera y tanta cuerda, sin duda se trata de una estructura intencionada. Estas cavernas tienen múltiples rocas rodantes para bloquear los túneles a los intrusos, pero se tarda un rato en reunir a los hombres necesarios para hacerlas rodar hasta su posición. No es algo que se pueda hacer en caso de emergencia, con apenas unos segundos para reaccionar. ¿Y si los defensores de la cueva hubieran excavado la roca desde arriba, construido un armazón de madera y cuerdas y vuelto a colocar los escombros sobre él? Si se acercaran los intrusos, los defensores podrían liberar el armazón mediante algún mecanismo y los intrusos no podrían entrar o, si estuvieran demasiado cerca, quedarían aplastados.

–Si estás en lo cierto, ¿sabes lo que eso significa? –dijo Peter.

David respondió enérgicamente.

–Significa que podría haber algo importante al otro lado de esos escombros.

Su solución para proteger los huesos fue construir una plataforma de madera sobre el esqueleto lo bastante fuerte para que los mineros pudieran ponerse de pie sobre ella mientras retiraban los escombros. A medida que los retiraban, se iba ampliando la plataforma. Al día siguiente, los hallazgos se sucedieron y, tras cada nuevo descubrimiento, Peter llamaba a David.

Un hallazgo en particular causó una confusión momentánea, porque ¿dónde se ha visto a un hombre con tres piernas? Pronto surgió de entre los escombros un segundo esqueleto masculino. También este tenía huesos rotos y aplastados. Los huesos de los pies de ambos esqueletos estaban envueltos en unas sandalias de cuero intactas con finas correas en los tobillos. Había fragmentos de lana roja adheridos a las costillas y la pelvis. Finalmente, los mineros descubrieron dos grupos de vértebras cervicales y dos cráneos aplastados. Mientras Peter inspeccionaba los huesos, uno de los mineros retiró los escombros a menos de un metro de los cráneos y descubrió otros dos objetos: una espada de bronce y un monedero de cuero aplastado.

Los mineros se tomaron un descanso para fumarse un cigarrillo, mientras David y Mazhar se apresuraban a inspeccionar los últimos hallazgos. Después de que Peter hiciera fotos de los objetos en el lugar donde fueron encontrados, David levantó la espada y se maravilló ante su superficie reluciente.

–¿De qué tipo es? –preguntó Mazhar.

–Es una típica espada griega xifos –respondió David–. De una mano. Con doble filo. Ideal para el combate cuerpo a cuerpo. Mírala. Está en perfectas condiciones.

–Aquí abajo el ambiente es fresco y seco –señaló el geólogo–. En estas condiciones, el bronce queda protegido de la oxidación y la corrosión. ¿Sabes de qué época es?

–De la Edad de Bronce –respondió David.

–Muy gracioso –dijo Mazhar.

–Obviamente, esperaríamos encontrar objetos de los constructores originales de Derinkuyu –continuó David–, pero estos de aquí no son hititas. Se trata de un xifos, una espada griega, o tal vez persa, de doble filo. Podría ser desde el año 800 a. C. hasta la era común. Para acotar, tendremos que hacer una datación por radiocarbono de los huesos, el cuero, la madera y el cáñamo.

Volvió a colocar la espada en su posición original, cogió el monedero y lo sopesó.

–No te lo vas a creer –dijo–. Creo que puede contener monedas.

Una vez en su mesa, David se puso los guantes, separó con cuidado los cordones de cuero y dejó caer tres monedas sobre la palma de la mano: dos de plata y una de bronce, todas parecían recién acuñadas. La moneda de bronce tenía una circunferencia irregular con un busto de mujer en uno de sus lados. En el reverso había un ciervo. Las monedas de plata eran más grandes, con un hombre de pelo largo en una cara y una mujer de pie sosteniendo una lanza y un escudo en la otra.

–Si las identificamos, tendremos una idea más clara de la datación –dijo David.

–Aquí abajo no hay internet –respondió Peter–. Déjame hacer unas fotos y subir a la superficie.

Peter se ausentó una hora larga. Durante la espera, fue pasando un continuo reguero de mineros que transportaban carros de escombros hasta el sistema de cestas y poleas. Hakam se había quedado vigilando la pila de escombros y llamó a Peter cuando encontraron una segunda espada. Mientras David la estaba inspeccionando, Peter volvió con unas capturas de pantalla que había hecho arriba.

–¡Vaya! Otro xifos –dijo.

–¿Has tenido suerte? –preguntó David.

Peter sacó el teléfono.

–Mira esto. Las monedas de plata son dracmas con la imagen del rey Ariarates IV, rey de Capadocia –dijo–. Están datadas en torno al 200 a. C., con un margen de unos pocos años. Las monedas de cobre con la imagen de la diosa Artemisa proceden de la misma época.

—¿Ariarates era griego o persa? —preguntó David.

—Procedía de una larga estirpe de ascendencia persa.

David juntó las yemas de los dedos.

—Así que, hace unos dos mil doscientos años, dos soldados, que, a juzgar por sus espadas, podían ser griegos helénicos o persas capadocios, con monedas locales en la bolsa, bajaron al nivel posiblemente más bajo de Derinkuyu y cayeron en una trampa mortal. ¿Qué narices estaría pasando?

Mientras hablaban, irrumpió Osman, el capataz, gritando en turco.

Mazhar levantó la vista de su banco de trabajo y dijo:

—Dice que han encontrado a un minero.

—No entiendo —respondió David—. ¿Había perdido a uno de sus hombres?

Mazhar hizo la pregunta en turco y transmitió la respuesta.

—Los huesos de un minero.

Un metro más allá de los esqueletos completos de los dos hombres aplastados, otro par de huesos de antebrazos y unas manos yacían frente a los escombros.

—Una tercera persona —comentó David con discreción—. ¿Por qué dice que se trata de un minero?

El capataz sonrió y mostró su lado más teatral, acercándose a la gorra que tenía en el suelo y levantándola para dejar al descubierto un grueso objeto negro.

David se inclinó sobre él.

—Es la cabeza de un pico de hierro —dijo—. ¿Ves esto? Está enastada con resina y tendones a un mango de madera que probablemente esté enterrado bajo la pila. Esto es increíble.

Justo en ese momento, una roca del tamaño de la cabeza de una oveja se desprendió de la pared de escombros. David la detuvo con el pie antes de que pudiera rodar sobre los huesos recién expuestos del brazo.

–¡Dios! –exclamó, echando un vistazo al espacio que había ocupado la roca–. ¡Más hierro! –Lo iluminó con la linterna y tocó su negra y rugosa superficie–. Es una barra que se extiende hacia el interior de la pila. Peter, ¿tenemos madera suficiente para extender la plataforma sobre otro esqueleto?

–Tenemos de sobra.

–Mazhar, ¿puedes decirle a Osman que tenga cuidado con la barra? Sin duda caerá sobre los huesos cuando quiten las rocas que hay debajo.

Mazhar intercambió unas palabras con el capataz y respondió:

–Dice que no hay problema. Cree que se están acercando al final del derrumbamiento. Puede que solo falten tres metros.

–¿Por qué lo cree? –preguntó David.

–Dice que el sonido de los golpes de los picos contra los escombros es cada vez más agudo. Son hombres experimentados.

A última hora de la tarde, David se encontraba solo en la cámara de trabajo. Mazhar y Hakan habían subido a la superficie para arreglar el maltrecho generador y Peter se había quedado en el túnel. Cuando Peter entró, David notó inmediatamente los ojos brillantes y el andar desorientado de su alumno.

–¿Estás bien?

Peter asintió con la cabeza.

–Se han abierto paso.

–¿Has asegurado el tercer esqueleto?

–La plataforma está terminada.

–¿Qué hay de la barra de hierro?

–Es larga, casi tres metros.

–¿Es por eso por lo que te comportas de forma extraña?

–No, no es por eso. Voy a enviar a los mineros arriba –dijo Peter.

–¿Han acabado de limpiar lo que quedaba?

–Tendrán que volver mañana por la mañana. No quería que vieran lo que acabo de encontrar. No podemos permitirnos que hablen.

Los mineros empezaron a retirarse, llevando consigo sus fiambreras y sus orinales, y se dirigieron a la salida.

–¿Se puede saber qué has encontrado?

–Hay una cámara más allá de la obstrucción. Trae la linterna.

David lo siguió, avanzando a trompicones sobre la plataforma de madera, hasta que llegaron al otro lado de la obstrucción. El túnel se extendía otros diez metros antes de abrirse a una espaciosa y tosca cámara del tamaño de su zona de trabajo.

David la exploró con la linterna. La cámara no tenía salida y estaba vacía, excepto por la sudadera de Peter, que estaba extendida en el suelo cubriendo algún objeto.

Peter levantó lentamente la prenda y se apartó para que su jefe pudiera verlo por sí mismo. David se arrodilló, encendió la linterna e instintivamente retiró los restos más finos con el pañuelo. Pasó un minuto en silencio y, después, otro.

Cuando por fin se puso en pie, se giró hacia su alumno y le dijo:

–Lo siento, pero es completamente imposible.

CAPÍTULO 2

Cuando Binnur Oguz llegó a Derinkuyu, quedó muy claro que nunca había visitado una excavación arqueológica, porque se presentó vestido con ropa más adecuada para un yate. David condujo el destartalado carrito de golf de la excavación para reunirse con él en el pabellón turístico de Derinkuyu, y se abstuvo de hacer comentarios sobre los elegantes pantalones, el polo y los zapatos náuticos sin calcetines de su invitado. Le preguntó si tenía un jersey enel coche. Oguz respondió que no, pero aseguró a David que estaría bien.

–Vivo en St. Louis. Nuestros inviernos son terribles. Y bien, David, ¿habéis hecho algún progreso?

–Diría que hemos conseguido los primeros logros –respondió David, conteniendo sus emociones.

–Cuéntame.

–Si le parece bien, prefiero enseñárselo en vez de contárselo –dijo, pisando el acelerador y avanzando a sacudidas por la llanura hacia la entrada de la expedición a la cueva.

Tardaron un rato en descender. Aunque Oguz apenas tenía sesenta años, su estado físico dejaba que desear. Tenía una barriga prominente, mal equilibrio y problemas de visión con poca luz. El recorrido no era demasiado difícil, salvo por el tramo final con la escalera, y David temía que Oguz resbalara y se hiciera daño.

–¿Una escalera? ¿En serio? –comentó Oguz, asomándose al agujero.

–Estoy seguro de haberlo mencionado --respondió David.

–No me imaginé que fuera tan larga. No importa. Ya me apañaré.

En la cámara de trabajo, el equipo se puso en fila para el apretón de manos. Oguz charló con Mazhar en turco y se cubrió con los brazos para protegerse del frío. David le ofreció su polar y Oguz lo aceptó.

—Madre mía, qué frío hace aquí abajo. Podrías haberme avisado. Ni siquiera llevo calcetines.

David le había enviado instrucciones detalladas, pero no había previsto que Oguz era de los que tan solo leía por encima sus correos electrónicos. A pesar de ello, se disculpó diplomáticamente por cualquier error de comunicación. Por iniciativa propia, Hakan se quitó los calcetines y los ofreció como donativo para la causa.

—Muy amable —dijo Oguz, dejando caer sus posaderas sobre la silla de David—. Bueno, enseñadme lo que habéis encontrado. Quiero ver lo que ha comprado mi dinero.

—Es por ese túnel —dijo David.

—¿Más caminatas?

—No está lejos.

Condujo a Oguz por el pasadizo, ahora bien iluminado por una hilera de bombillas. Los escombros se habían quitado por completo y una lona cubría los restos humanos. David la retiró con cuidado para revelar un retablo de muerte, congelado en un instante del tiempo. Los tejidos blandos habían desaparecido en su mayor parte, salvo algunos fragmentos de piel acartonada aquí y allá y mechones de pelo adheridos a los aplastados cráneos. Trozos descoloridos de tela roja salpicaban los huesos de los portadores de espada. Fragmentos de tela azul estaban adheridos al esqueleto que el capataz había calificado de minero.

—Vaya, vaya, ¿qué es lo que tenemos aquí? —preguntó Oguz complacido. David añadió más luz con su linterna.

—Se trata de tres esqueletos masculinos, los primeros restos humanos hallados en Derinkuyu. Los encontramos bajo un gran montón de escombros de piedra. Si mira hacia arriba, verá que falta una sección del techo del túnel.

–¿Estaban excavando aquí? ¿Fue un accidente?

–No fue un accidente –aseguró David–. Por lo que sabemos, estos dos hombres armados con espadas seguían a este hombre con un pico. Por encima de sus cabezas había una trampa mortal. Las piedras del túnel sobre nosotros se habían excavado y cargado en un armazón hecho de madera y de un entramado de cuerda que tapaba el agujero. ¿Ve todos estos trozos de madera y los manojos de fibra de cáñamo? Eso es lo que queda del entramado. ¿Ve esta larga barra de hierro? Mi suposición es que la barra estaba colocada a través del montón de escombros, apoyada contra los travesaños centrales del armazón. Si los invasores entraban en esta parte del complejo, alguien situado encima podía golpear la parte superior de la barra con un mazo, rompiendo el entramado y liberando las rocas para bloquear el túnel. Pero no creo que eso fuera lo que ocurrió aquí.

–Entonces, ¿qué fue? –inquirió Oguz.

–Creo que los portadores de espadas perseguían a un hombre, pero no había nadie en la parte de arriba para soltar la trampa. Así que el perseguido intentó salvarse utilizando el pico para romper el armazón desde abajo. Consiguió romperlo, pero no apartarse a tiempo. Los tres murieron aplastados.

–¿Por qué lo perseguían?

–No hay forma de saberlo.

–¿Fueron ellos los que construyeron Derinkuyu?

–Lo que sucedió aquí ocurrió miles de años después de que se construyera el complejo. A juzgar por sus espadas, estos dos podrían haber sido griegos o persas. Su monedero contenía monedas del 200 a. C. con el retrato de un rey persa que gobernó esta parte de Capadocia.

–¿Y qué hay del tipo al que perseguían?

–Creo que era griego.

–No me hace mucha gracia oír eso –exclamó Oguz–. Esta excavación tiene como objetivo destacar los logros de nuestros antepasados anatolios, ¿y vosotros os ponéis a encontrar romanos? ¿Y grigos? Por el amor de Dios. ¿Por qué dices que era griego?

David conocía bien las susceptibilidades históricas entre griegos y turcos, así que hizo caso omiso de los comentarios de Oguz.

—Creo que es griego por otro objeto que hemos encontrado cerca.

A David le temblaban las manos cada vez que se acercaba a ese objeto. No podía hacer nada para evitarlo. Estaba seguro de que Oguz se había dado cuenta, así que dobló los dedos para aplacar el temblor.

—Si pasa con cuidado alrededor de los huesos, se lo mostraré.

Un foco sujeto a un trípode iluminaba el espacio, los ojos desenfocados de Oguz escudriñaron la cámara rectangular.

—¿Adónde nos lleva? —preguntó.

—A una cámara sin salida —respondió David—. Estaba vacía, salvo por esto.

El objeto estaba cubierto por una simple caja construida a partir de la plataforma de madera. David la apartó y alumbró el objeto con su linterna, haciendo que su superficie de color oro miel destellara.

Oguz dejó escapar una sílaba gutural.

—En el nombre de Dios, ¿qué es eso?

David midió sus palabras.

—Algo que no debería existir.

Gracias al entorno protector de Derinkuyu, el antiguo metal brillaba tanto como el día en que había quedado sepultado. La placa de bronce era un cuadrado de veinte por veinte centímetros incrustado en una caja de ciprés oscuro de quince centímetros de altura. Tres lados de la caja tenían agujeros del diámetro de un lápiz.

La superficie de la placa estaba grabada con un mapa delicadamente trazado que representaba los contornos de las masas de tierra y los océanos. Elevándose desde un océano central había una serie de flechas de bronce de varias longitudes sujetas a un radio. Los océanos no estaban decorados con pictogramas de olas o criaturas marinas, como se ve a menudo en los mapas antiguos, sino con líneas de letras grabadas.

Oguz se acuclilló para ver mejor y dijo:

–Lo siento, pero no entiendo lo que estoy viendo.

Las manos de David temblaban de nuevo. Esta vez, no intentó ocultarlo.

–Pedimos algunos favores y pagamos al laboratorio de datación por radiocarbono de Ankara para que procesara de forma prioritaria los restos óseos, el cuero, el cáñamo y las muestras de madera procedentes del derrumbamiento. Los resultados muestran que todos ellos son de alrededor del 200 a. C., lo que concuerda con el tipo de objetos de bronce que encontramos cerca de los restos humanos. También datamos una astilla de madera de la caja del mapa y los restos orgánicos de alrededor del artefacto, que podrían ser de una cubierta de tela, como un saco. La misma época. Para confirmarlo, Mazhar consiguió que un colega de su universidad hiciera una prueba en un trocito de bronce del propio mecanismo del mapa. Había una mota de corrosión más pequeña que un grano de arroz en uno de los engranajes accesibles del interior de la caja. La prueba indicó más o menos la misma antigüedad que todo lo demás. Este mapa tiene más de dos mil años. Déjeme preguntarle: ¿qué es lo primero que le viene a la mente al mirarlo?

Oguz lo estudió y luego exclamó:

–¡Parece sorprendentemente moderno! Aparecen todos los continentes. Todos los océanos.

–Los mapas del mundo con todos los continentes no existieron antes del siglo XIX –dijo David.

–Entonces, ¿cuál es la explicación?

David se había sentido totalmente indefenso una única vez en su vida, cuando se vio atrapado por una corriente de resaca de pequeño durante una excursión familiar a Cape Cod. No había nada que sus brazos y piernas pudieran hacer

31

para luchar contra la corriente, estaba a punto de rendirse al arrollador poder de la naturaleza cuando los brazos de su padre lo rodearon. Mirar fijamente aquel antiguo objeto le hacía sentir como si estuviera a punto de ser engullido por la misma enorme fuerza.

—No tengo una respuesta —dijo con un hilo de voz.

—¿Qué idioma es este? —preguntó Oguz, acercando la cara a la placa.

—Es griego antiguo —dijo David, saliendo de su aturdimiento—. La forma en que todas las letras están en mayúsculas sin espacios ni signos de puntuación es típica del griego koiné del periodo helénico.

—¿Qué es lo que pone?

—Si fuera babilonio o hitita, me resultaría fácil. En la universidad hice un curso de griego, y había espacios entre las palabras. La única palabra de la que estoy seguro es esta.

Cogió el bolígrafo y utilizó la punta para señalar dos letras, γη, que aparecían justo debajo del eje central.

—Es GE, pronunciado ye, significa «mundo». Solo que este mapa no se corresponde con el mundo que conocían los antiguos griegos. Lo que está viendo es imposible.

—¿Para qué crees que sirve esta caja imposible? —preguntó Oguz.

—No tengo ni la menor idea —dijo David, pronunciando cada palabra lentamente—, pero hay algo de la misma época de una complejidad similar. ¿Ha oído hablar alguna vez del Mecanismo de Anticitera?

—¿Qué es?

—Volvamos —respondió recolocando la caja sobre el objeto—. Le mostraré unas fotos.

Al volver a la cámara de trabajo, Mazhar le preguntó a Oguz:

—¿Qué opina de nuestro pequeño milagro?

El hombre de negocios se rascó su escaso cabello.

–No sé qué decir.

David acercó una segunda silla plegable a su escritorio y abrió el portátil.

–El Mecanismo de Anticitera es, si queremos llamarlo por su nombre, una máquina de la época helénica increíblemente sofisticada para su tiempo. Fue descubierto en un naufragio en 1901, en aguas de la isla griega de Anticitera, junto a un tesoro de la antigüedad: caballos de mármol de tamaño natural, una enorme estatua de Heracles, joyas, monedas y cientos de obras de arte que datan del año 200 a. C. aproximadamente. El Mecanismo de Anticitera se descubrió como un trozo de bronce muy corroído, unido a fragmentos de madera, lo que sugiere que estaba alojado dentro de una caja, rodeado de docenas de piezas de bronce más pequeñas. Este es el aspecto que tenía cuando lo encontraron.

La foto mostraba un amasijo metálico cuadrangular, de color verde azulado, con un disco central parecido al timón de un barco.

–¿Es un engranaje? –preguntó Oguz.

–Exactamente –respondió David–, uno de los cuarenta engranajes identificados hasta la fecha.

–¿Para qué servían?

–Resulta increíble que se construyera hace más de dos mil años, porque el Mecanismo de Anticitera es el primer ordenador analógico conocido. Era una calculadora astronómica que los griegos utilizaban para predecir las posiciones del zodíaco y los eclipses décadas antes de que ocurrieran. Lo sabemos gracias a las inscripciones descifradas de las placas delantera y trasera, a la tomografía computarizada de los fragmentos y a la creación de modelos virtuales de su funcionamiento. El operador hacía girar los discos y las ruedas de la cara frontal para accionar un sistema de engranajes del que se sentiría orgulloso un relojero moderno. Las lecturas se mostraban en la parte posterior, donde las flechas giraban y apuntaban a una pantalla espiral repleta de caracteres. Aquí hay un vídeo que muestra cómo los mecanismos se habrían engranado y girado para mover las flechas.

Reprodujo el clip y se mostró de acuerdo cuando Oguz dijo que parecía imposible que algo que tenía un aspecto tan moderno procediera de la antigua Grecia.

–Quiero leerle una cita de un ingeniero mecánico que estudió el Mecanismo de Anticitera –dijo David–: «Es sencillamente algo fuera de este mundo, si tenemos en cuenta lo que sabemos de la tecnología griega de esa época. No existe nada que se le acerque remotamente en los siglos o tal vez milenios posteriores. Es tan extraordinario en cuanto a sus requisitos de precisión y capacidad de fabricación que no se corresponde con lo que creemos que los griegos podrían haber conseguido. Pero no nos queda otra que aceptar el funcionamiento de la máquina y que los griegos la fabricaron. A menos que provenga del espacio exterior, tenemos que descubrir la manera en que los griegos pudieron fabricarlo».

–De acuerdo –dijo Oguz–, pero ¿qué relación tiene con nuestro descubrimiento?

David tomó buena nota de la expresión posesiva que había empleado su benefactor.

–¿Se fijó en los agujeros en la caja? El Dr. Erduran dispone de un pequeño endoscopio de fibra óptica para observar el interior de los componentes electrónicos. ¿Puedes enseñárselo, Mazhar?

Mazhar sacó un cable largo y fino conectado a una cámara y dijo:

–Con esto se podría hacer una colonoscopia a un ratón.

–Este es el aspecto del interior de nuestra máquina –añadió David, haciendo clic en un archivo.

Una imagen llenó la pantalla de un montón de engranajes de dientes finos e interconectados, alojados dentro de los oscuros confines de una caja de madera.

–Se parece al vídeo de Anticitera –comentó Oguz.

–Sí, así es –dijo David.

–Entonces, ¿qué hacemos ahora?

Nuevamente hablaba en plural. Esta vez, David sonrió.

–Tenemos que averiguar qué hacía esta máquina aquí y para qué se utilizaba. Eso significa consultar con expertos. Me he puesto en contacto con el Instituto Anticitera de Atenas, el principal centro del mundo para su estudio, y he compartido una foto. La directora del instituto, la Dra. Eleni Lillakis, estaba extremadamente emocionada. Ha aceptado verme pasado mañana.

Oguz frunció el ceño.

–¿Te vas a Atenas?

–Por unos días.

–¿No puede venir ella?

–Su madre se está muriendo de cáncer. No puede salir de Atenas.

Oguz paseó la mirada por la sala de trabajo y dijo:

–David, ¿hay algún sitio donde podamos hablar?

En lugar de llevar a su visitante a un lugar apartado del complejo, David preguntó a Mazhar y a los demás si podían concederles unos minutos.

Cuando la cámara se vació, Oguz dijo:

–Mira, David, quiero ser franco contigo. Estoy preocupado. No me malinterpretes. Me doy cuenta de que el descubrimiento es fascinante, pero ¿no nos distrae de la misión que me planteaste? Acepté financiar este proyecto para mostrar al mundo las maravillas de la antigua cultura anatolia. Me interesan las raíces turcas autóctonas de Derinkuyu, las raíces anatolias. Temo que esta caja de engranajes acapare todos los titulares y glorifique a Grecia. A nadie le importará nuestra misión principal. Y me preocupa que tu ausencia del lugar en esta fase crítica y temprana repercuta negativamente en el trabajo que queda por delante.

–Entiendo su preocupación –respondió David–. No es lo que hemos venido a hacer aquí, pero tenemos que ocuparnos de este objeto extraordinario. Podría ser el hallazgo arqueológico del siglo, quizá del milenio. No podemos ocultarlo bajo la alfombra. Necesitamos respuestas. Se acabará corriendo la voz. Por muy tangencial que pueda resultar para los objetivos de la expedición, contar con la opinión de la Dra. Lillakis es fundamental. Estaré fuera poco tiempo. Mientras tanto, nuestro equipo terminará de fotografiar y escanear con láser los restos humanos para poder embalarlos y enviarlos a Ankara. El Dr. Erduran está esperando una pieza de repuesto de Alemania. Podrá instalar su escáner de muones en la nueva cámara en cuanto llegue. Con suerte, podremos encontrar zonas intactas con otros objetos que nos ayuden a comprender los orígenes anatolios de Derinkuyu.

–Unos pocos días –dijo Oguz con seriedad–. ¿Estás seguro de ello?

A David se le ocurrió que Oguz le trataba como si fuera uno de los empleados de su fábrica de cemento. Mantuvo la calma y le aseguró que volvería a Turquía en cuanto tuviera respuestas.

–Volaré de vuelta a St. Louis por la mañana. Mantenme informado –Oguz volvió a fruncir el ceño, y David se preparó para una nueva reprimenda–. El camino hasta la superficie es largo –comentó–. Dile al chaval que me quedo con sus calcetines.

CAPÍTULO 3

En el aeropuerto internacional de Atenas, David hizo señas a un taxista.

—¿No usar maletero?

David puso su maleta de ruedas en el asiento trasero.

—Prefiero llevarla conmigo.

El taxi se abrió paso entre el tráfico de media mañana en dirección a la ciudad. Cuando David preguntó por el aire acondicionado, el conductor refunfuñó por el elevado coste de la gasolina, pero accedió cuando David le prometió que lo compensaría. Se acomodó para el viaje y solo desplazó su peso una vez, cerca del centro de la ciudad. Por mucho que hubiera visitado Atenas, la visión del Partenón asomando sobre la metrópoli nunca le resultaba aburrida.

El conductor advirtió su mirada hacia arriba por el retrovisor y preguntó:

—¿Turista? Conozco chica guapa guía.

—No soy turista.

—¿Empresario?

—Tampoco.

La dirección que David dio al conductor estaba a la vuelta de la esquina del majestuoso Banco de Grecia y a una manzana del agradable campus de la Universidad Nacional y Kapodistríaca. Era un edificio de oficinas anodino con tiendas en la planta baja, no el tipo de lugar que había imaginado para un instituto científico. En la concurrida recepción, se anunció con su tarjeta y esperó entre el gentío a que el guardia hiciera una llamada.

—Cuarta planta. Le están esperando.

La cuarta planta era como un mundo aparte, alejado del bullicioso vestíbulo público. Reinaba un silencio sepulcral, con un único guardia de seguridad en un pasillo, por lo demás, vacío. El corpulento agente estaba de pie junto a una puerta de acero reforzado y exhibía un arma en la cadera. El techo estaba revestido de cámaras abovedadas.

–¿Dr. Birch? –preguntó el guardia–. Su identificación, por favor.

–Ya la he mostrado abajo.

–Y ahora usted está arriba.

El guardia habló por radio y, al poco rato, apareció Eleni Lillakis. En los momentos previos al intercambio de saludos, ella y David se observaron mutuamente, como hace la gente cuando ya ha hecho una búsqueda por internet. La foto más reciente que había encontrado David era de hacía cinco años, en un discurso pronunciado en una conferencia internacional sobre el Mecanismo de Anticitera. La joven que estaba ante él tenía la misma complexión espectral, los mismos labios pálidos y el mismo cabello oscuro y ondulado cayendo sobre un hombro que la chica plantada frente al atril. Ambos vestían atuendos extrañamente similares, un pantalón vaquero, camisa blanca y una americana; la de él, azul; la de ella, gris. Ninguno de los dos sacaría a relucir esa coincidencia de estilos hasta más tarde.

Al cruzar el umbral, David comentó:

–Alta seguridad.

–Protegemos un gran tesoro nacional –le respondió.

La siguió más allá de las oficinas con paredes de cristal, ocupadas por hombres y mujeres jóvenes absortos frente a sus ordenadores. El estridente sonido de las ruedas de su maleta sobre el suelo desnudo les hizo levantar la mirada.

–¿Está en la maleta? –le preguntó cuando entraron en una sala de conferencias.

–Sí.

–¿Cómo...? –empezó a decir–. No, no debería preguntar.

Siguió sus instrucciones y tomó asiento al otro lado de la mesa.

—¿Cómo logré sacarlo del país? ¿Qué pasa con las leyes turcas sobre antigüedades?

Ella le ofreció una sonrisa de disculpa:

—Más o menos.

—Las ignoré —respondió—. Ha sido cosa mía. Mi equipo no tiene ni idea de lo que he hecho. Creen que sigue en su caja.

—¿Y los rayos X del aeropuerto?

—Corrí el riesgo, un gran riesgo, y facturé la maleta. Si la hubiera llevado encima, me habrían hecho preguntas en el control de seguridad —dijo y miró hacia el cielo—. Sea como fuere, he logrado traerla. Gracias, Turkish Airlines.

—¿Por qué correr un riesgo jurídico y profesional tan grave?

—Usted no podía acudir a mí, así que yo acudí a usted. Tenía que saber a qué me enfrentaba.

—Siento no haber podido viajar —dijo.

—¿Cómo está su madre?

—Me temo que se nos está yendo.

Juntó las manos enfáticamente sobre la mesa, un gesto que David interpretó como un deseo de avanzar en la conversación. Detrás de ella, la salida de aire acondicionado del techo le despeinaba suavemente el cabello. Desprendía un tenue aroma, que le recordaba a las madreselvas que crecían tras la casa de sus padres en Pensilvania: jazmín con matices de vainilla.

—Ha dicho que están protegiendo un tesoro nacional —comentó él—. Creía que el Mecanismo de Anticitera estaba en el Museo Nacional de Arqueología.

Ella inhaló un poco de aire.

—Usted me va a revelar información confidencial, así que yo haré lo mismo. El museo cuenta con una réplica del fragmento principal. Guardamos el auténtico aquí, junto con las otras ochenta y dos piezas, para poder hacer pruebas siempre que sea necesario. Puedo enseñárselo más tarde. Mantenemos una instalación de investigación activa con un laboratorio de metalurgia de talla mundial y un escáner CT especializado, que puede hacer cortes a nivel micrométrico para dilucidar las estructuras internas, que, como usted sabe, están muy corroídas y alteradas. Cada vez que nuestros metalúrgicos eliminan un poco de corrosión microscópica, volvemos a escanearlo. Las imágenes pasan a nuestros diseñadores de modelos informáticos, que están desarrollando sofisticados algoritmos de aprendizaje automático para comprender mejor su funcionamiento. Es un grupo pequeño pero excelente. Le enseñaré las instalaciones más tarde si quiere.

–Me encantaría –respondió–. He leído que es usted astrónoma.

–Así es. Me formé en la Universidad Nacional y Kapodistríaca. No esperaba conseguir este trabajo, pero cuando surgió la oportunidad, no pude decir que no. Algún día volveré a estudiar las lunas de Júpiter. Yo también he leído sobre usted. No sabía nada de Derinkuyu. Es un lugar sorprendente en el que descubrir lo que ha encontrado.

–Lo es.

–¿Querría enseñármelo?

–Solo quiero reiterar lo que escribí en mi correo electrónico –dijo–. Necesito que me asegure que no divulgará nada sobre este descubrimiento a nadie sin mi permiso.

–Puede estar tranquilo –respondió ella.

Colocó la maleta sobre la mesa e hizo girar la cerradura de combinación. Ella se levantó mientras él retiraba las capas de plástico de burbujas, dejando al descubierto la superficie de bronce grabada. Su primera reacción, un suspiro entrecortado, no le sorprendió, pero sí lo hizo la segunda: empezó a soltar sollozos.

–Lo siento –murmuró–. Es muy poco profesional.

–No pasa nada –le respondió–. Lo entiendo.

–Solo me envió una foto del interior –dijo ella.

–Fui cauteloso al respecto.

–No le culpo. No me conoce. ¿Qué seguridad tiene en cuanto a la datación? ¿Podría tratarse de una falsificación moderna?

–Hemos datado con radiocarbono la caja de madera y hemos hecho una voltamperometría del bronce. Los resultados concuerdan con la antigüedad de los restos humanos, las monedas y otros artefactos encontrados cerca del hallazgo. Todo es del siglo II a. C.

–¿Quién hizo la voltamperometría?

Mencionó el nombre del laboratorio turco.

–Son buenos, pero nosotros somos los mejores. Podemos repetir las pruebas.

–Estaré encantado –respondió él.

Se alejó de la mesa para coger una botella de agua del aparador y le ofreció una. Bebió como si hubiese estado caminando por el desierto y luego dijo:

–¿Le importa sacarlo?

Él levantó con cuidado la caja de ciprés y la colocó frente a ella.

–Este mapa no se corresponde con la visión del mundo del siglo II –afirmó–. ¿Usted qué opina?

–Puedo resumir mi opinión en una palabra. Confusión. Espero que la respuesta esté en las inscripciones. No sé griego antiguo y me resistía a enviar fotos a mis colegas. ¿Puede usted leerlas?

David había empezado a usar gafas para letras de pequeño tamaño. Los ojos de ella eran más jóvenes. La observó estudiar la superficie de bronce, moviendo silenciosamente los labios mientras recorría las líneas grabadas. A medida que pasaban los minutos, se iba secando repetidamente las lágrimas con los nudillos.

–Le diré lo que pone –dijo–, pero primero me gustaría mirar dentro. ¿Se puede quitar la carcasa?

–No lo he intentado. Hice la foto con un endoscopio de fibra óptica pasado por el orificio del lado izquierdo. He traído el endoscopio.

Descubrió cómo utilizar el instrumento sin que se lo tuviera que mostrar, introdujo la cámara por el lado izquierdo, siguiendo su trayectoria en la pequeña pantalla, deteniéndose en las pilas de engranajes. Esta vez, cuando surgieron de nuevo las lágrimas, pareció avergonzada.

–Debe de pensar que soy una persona frágil –comentó.

Sacó el endoscopio y exploró los agujeros de la derecha y la parte trasera.

Cuando terminó, retiró la cámara, la apagó y dijo:

–Es solo que... –Hizo una pausa antes de continuar–. Es solo que nos hemos pasado años estudiando un trozo de bronce corroído, imaginando cómo podría haber sido el mecanismo. Como le dije, hemos creado modelos informáticos. Los investigadores han elaborado mecanismos físicos bastante rudimentarios basados en las simulaciones por ordenador. ¡Y aquí está su dispositivo! Es como contemplar un mecanismo de Anticitera inmaculado. Los engranajes tienen el mismo grosor, unos cinco milímetros. El diámetro del engranaje más grande es aproximadamente el mismo que el del engranaje principal B1 del de Anticitera: ciento cincuenta milímetros. Ambos emplean engranajes epicicloidales para permitir que el centro de un piñón se mueva alrededor de otro. Antes de que se descubriera el Mecanismo de Anticitera, se pensaba que este tipo de engranaje diferencial se había inventado en el siglo XVI. Y hay algo que no hemos visto en el Mecanismo de Anticitera. ¿Se ha fijado en la espiral de bronce fino en la pila más baja de engranajes?

–No, no la he visto. ¿Puede mostrármela?

Encendió de nuevo el endoscopio y la encontró enseguida.

–¿Qué cree que es? –preguntó él.

–Es una especie de resorte, lo cual es asombroso. No tengo ni idea de su función. Este tipo de muelle en espiral se vio por primera vez en los relojes del siglo XVI. Este ejemplar los superaría en antigüedad en al menos mil setecientos años. La calidad artesanal del conjunto es asombrosa para algo construido en el siglo II y absolutamente comparable a la del Mecanismo de Anticitera. Tengo la certeza de que se fabricaron en el mismo taller.

—Sabía que hacía bien en venir aquí —dijo él calmadamente—. ¿Para qué cree que servía?

—Las inscripciones hacen alusión a su propósito —dijo y se inclinó sobre el dispositivo, luego leyó—: «Un regalo, oh, hombre, de Zeus Soter...». —Levantó la vista y agregó—: Esta es una de las formas en que los antiguos griegos se referían a Zeus: Zeus el Salvador. «Un regalo, oh, hombre, de Zeus Soter, quien se lo dio a la Pitia, quien a su vez se lo dio a la humanidad». En caso de que no lo sepa, Pitia es el nombre que se le dio a la mujer que se convirtió en el Oráculo de Delfos. Y continúa: «Tened cuidado, porque este regalo es un anatema para las Moiras». ¿Sabe quiénes fueron las Moiras?

—Las Parcas, ¿correcto? Recuerdo vagamente la mitología griega —dijo David.

—Sí. Las Moiras, en muchos sentidos, están por encima de los dioses y dictan su destino y el de los hombres. Los dioses, incluso Zeus, lamentaban a menudo el poder de las Moiras sobre ellos. El texto nombra ahora a las Parcas. Dice así: «Clotho, que hila el hilo de la vida, Lachesis, que lo mide, y Atropos, que lo corta con sus tijeras, se enfurecerán sin duda por el don de Zeus, pues da a los hombres el entendimiento para discernir las catástrofes futuras, a fin de que puedan evitar con anticipación las consecuencias».

Levantó la vista, con los ojos húmedos, parpadeando a causa de las saladas lágrimas.

—Hay más, ¿verdad? —preguntó David—. Logré descifrar *ye*. No la he oído decir «mundo».

—Ahora viene. En unas pocas líneas —respondió, continuando la lectura—. «Este don confiere a los hombres un poder que ni siquiera Zeus posee, pues aunque conocía el destino de Sarpedón, no pudo evitar su muerte».

—¿Sarpedón? —preguntó David.

–Era hijo de Zeus y de Laodamia, una mortal. Durante la guerra de Troya, Sarpedón luchó del lado de los troyanos. Las Moiras hicieron saber a Zeus que su amado hijo moriría en la batalla a manos del héroe griego Patroclo, pero, atrapado en un dilema moral, creyó que era su obligación mantener el orden natural de las cosas. No advirtió a su hijo y Sarpedón fue asesinado, tal y como predijeron las Moiras.

–No hay duda de que sabe de mitología –dijo David.

–¿Adivina qué lecturas devoraba esta griega de pequeña? –respondió ella–. Y con esto acaba; se refiere a Temis, la diosa de la ley y el orden y consorte de Zeus, que a menudo se asocia con el destino y la profecía: «En su dolor, Zeus conspiró con Temis para robar los secretos de las Moiras y entregárselos a la Pitia, tras lo cual la Pitia me enseñó a mí, su humilde servidor, a construir un aparato para que los hombres pudieran conocer su destino y buscar una protección. El mundo descrito aquí no es el mundo que conocen los hombres. Es el mundo conocido por los dioses».

–¿Eso es todo? –preguntó David.

–Eso es todo –respondió ella, enderezando la espalda.

–¿Quién es el escritor, el humilde servidor?

–No aparece ningún nombre, pero las manos que lo construyeron bien podrían haber sido las mismas que fabricaron el Mecanismo de Anticitera. Por su datación, los tiempos coinciden.

–No entiendo cómo funcionaba –dijo David–. Supongo que los engranajes hacen girar las flechas para señalar lugares en el mapa, pero no hay forma de girarlas. ¿Se introduciría algo en los agujeros?

–Estoy segura de ello –dijo–. He visto unos conectores hembra en la base de cada pila de engranajes. Se debían de insertar varillas, probablemente de bronce, a través de los orificios para engranar los piñones. ¿No encontró ninguna varilla?

–No. Así pues, ¿usted cree que esto forma parte de un mecanismo mayor?

–Es una posibilidad real.

Su teléfono sonó. Lo miró y se excusó rápidamente. Al quedarse solo, David usó el endoscopio para buscar los conectores hembra de los que ella había hablado. El aroma de la madreselva permanecía a pesar de su ausencia.

Cuando regresó, llevaba un pañuelo arrugado en la mano y tenía marcas en las mejillas.

–Lo siento –dijo–. Era mi padre. Tengo que ir a casa.

–Por supuesto –le respondió, recogiendo el aparato.

–¿Cuánto tiempo estará en Atenas? –preguntó ella.

Él miró hacia la maleta.

–Debería devolver esto a Turquía mañana.

–¿Dónde se alojará esta noche?

Blandió el teléfono.

–Encontraré un hotel.

Ella cerró los ojos con fuerza durante un momento. Cuando los abrió de nuevo, ardían con una extraña intensidad.

–Sé que es un atrevimiento –dijo–, pero ¿consideraría la posibilidad de venir a casa de mis padres?

Él enfundó las manos en los bolsillos de sus vaqueros en una muestra de incomodidad.

–No será necesario, podemos vernos más tarde esta noche o mañana por la mañana. Su madre...

–Por favor –suplicó, poniendo las manos sobre la maleta–. Se lo explicaré más tarde, pero mi madre debe ver esto antes de morir.

CAPÍTULO 4

Antes de que se pusieran en marcha, Eleni pidió un Taxiplon y le explicó a David que prefería las aplicaciones de transporte griegas a las americanas.

--Puedes llamarme nacionalista, en el mejor sentido de la palabra –le dijo.

En el coche, se sentaron con la maleta de ruedas cómodamente encajada entre ellos. Le preguntó si conocía la ciudad.

–La conozco por las conferencias de arqueología. Solo como turista.

–La casa de mis padres no está lejos, en Plaka. Todos los turistas lo conocen. Se le conoce como el barrio de los dioses. Si levantas la vista, verás la Acrópolis y el Partenón. Plaka es antigua y hermosa, pero crecer entre turistas fue una suerte contradictoria.

La casa estaba en mitad de una estrecha callejuela residencial con una pequeña cafetería en un extremo. El edificio de dos plantas tenía ventanas altas y una simetría clásica. Su yeso amarillo estaba sucio por la contaminación y agujereado por los fantasmas de las enredaderas podridas.

–Es de principios del siglo XIX, dijo Eleni mientras buscaba las llaves, lo cual es mucho para una casa de Atenas. Es algo que sorprende a la gente, pero es lo que ocurre en una ciudad devastada por terremotos, conquistas extranjeras y políticas urbanísticas miserables.

Cuando se abrió la puerta, David le preguntó si sus padres sabían que venía.

–No, pero no te preocupes. Serás muy bienvenido.

Con el sol directamente encima de ella, la casa recibía escasa luz natural. Más allá de la enfermedad que la habitaba, su interior era lúgubre, con una humedad enmohecida que se entremezclaba con el olor de cigarrillos recientes. Eleni le pidió que esperara y luego subió por una escalera central que desaparecía en la oscuridad. Solo entonces relajó la mano que sujetaba la maleta. Los óleos de la entrada parecían no tener color en la penumbra. A su derecha había una sala de estar con lámparas de plata deslustrada, una estatua de pie y muebles desgastados. A su izquierda había una biblioteca. Del piso de arriba le llegaron unas voces apagadas, que, sin duda, hablaban de él.

Cuando Eleni finalmente bajó las escaleras, un hombre demacrado y canoso, vestido con un chaleco de punto, estaba a su lado, balbuceando una disculpa y dirigiéndose a él en un excelente inglés, pero con un fuerte acento.

—Dr. Birch —dijo—, le hemos hecho esperar demasiado. Mi esposa, Sofía, se encuentra en muy mal estado. Pensábamos que estaba cerca del fin. Pero, cuando Eleni le contó lo que usted tiene, fue como si le hubieran inyectado adrenalina. Se ha incorporado en la cama por primera vez en dos días. Soy el profesor Lillakis, pero llámeme Yiorgos.

—Soy David —respondió estrechando su mano extendida, con dos de sus dedos cerosos y amarillentos por la nicotina—. Siento mucho lo de su esposa.

Yiorgos dijo:

—¿Qué se le va a hacer? Es su destino. ¿Está ahí? ¿En esa maleta?

—Sí.

—Por favor, sube —dijo Eleni con los ojos enrojecidos.

David ya sabía lo que era tener a alguien esperando la muerte en casa. Su madre mantenía la convicción de que los seres queridos no debían morir en un hospital si se podía evitar. Cuando tenía seis años, su abuela había permanecido en la habitación de invitados durante un mes antes de que viniera

48

el forense a llevársela. Cuando David estaba en el instituto, le tocó a su hermana ocupar la habitación de invitados, después de que todos los tratamientos de quimioterapia a los que había sido sometido su frágil cuerpo hubieran fracasado. A través de la rendija de la puerta, veía a su madre darle morfina líquida con una cuchara.

En ambas ocasiones, el olor de la habitación era idéntico: un dulzor nauseabundo, el hedor de la putrefacción apoderándose de la vida. Al entrar en la habitación de Sofía Lillakis, ese mismo olor le golpeó las fosas nasales.

David notó que había sido una mujer atractiva. Su largo cabello, salpicado de canas y recogido en una sola trenza, se enroscaba como una serpiente alrededor de un cuello largo y orgulloso. Sus pómulos altos se marcaban en una piel fina como el papel, que cubría unos rasgos delicados. Al ver a David, extendió un brazo tembloroso.

—Siempre me ha gustado el nombre David —dijo con la garganta seca—. Acérquese.

Se aproximó a la cama.

Hablaba con frases breves y entrecortadas.

—Es arqueólogo. Muchos de mis colegas son, o eran, arqueólogos. Antes de enfermar era conservadora. En el Museo Nacional.

—¿Cuál era su especialidad? —le preguntó David.

—La cerámica. Me encantaba. No puedo evitar preguntarme si todos esos productos químicos... —Levantó ambas manos como para impedirse seguir hablando—. Mi hija me dice que usted tiene algo. Dice que podría ser el *Michaní Peproménou*.

La miró parpadeando.

—Lo siento. No hablo griego.

Eleni posó la mano sobre el hombro de su madre.

—Te lo explicaré luego, David. ¿Puedes enseñárselo?

Yiorgos empezó a arrastrar una mesa hasta la cama, y David se acercó a ayudarlo. Cuando dejó el artefacto sobre la mesa, Sofía levantó sus párpados caídos.

Durante unos instantes nadie habló. Eleni escrutó el rostro de su madre mientras ella y su padre contemplaban el mapa de bronce grabado. El dormitorio daba a la parte trasera de la casa, por lo que los sonidos de la calle quedaban amortiguados. El reloj de péndulo del pasillo sonaba suavemente. Era el sonido de su respiración lo que destacaba. Yiorgos inhalaba ruidosamente por su generosa nariz. Las respiraciones rápidas de Sofía salían silbando de su pequeño pecho. La respiración de Eleni era como los suspiros de un niño.

Cuando Sofía habló, lo hizo en rápidas frases en griego, con tono emocionado. En ese momento, David se sintió realmente como un intruso. No entendía lo que decían, pero por los gestos de Eleni y la forma en que se encogía de hombros, dedujo que Sofía y Yiorgos le estaban haciendo preguntas que ella no sabía responder. De repente, dejó de hablar y Sofía se desplomó sobre su montaña de almohadas, con su delgado cuerpo estremeciéndose. Yiorgos le tendió un pañuelo, con su propio pecho agitado. Eleni tomó la mano de su madre y también lloró.

David permaneció inmóvil, sintiéndose incómodo. ¿Era pesar o había algo más? Recibió una respuesta parcial cuando Sofía se volvió hacia él y le susurró:

—Gracias. La has hecho muy feliz. —A continuación, se volvió hacia la cama y dijo—: Vamos, mamá. Ahora tienes que descansar. Volveré a subir enseguida.

—¿Quieres que baje contigo? —le preguntó su padre.

—No, papá. Quédate con ella.

Sofía preguntó algo en griego y Eleni trasladó la pregunta a David.

—Quiere saber si puedes dejarlo aquí hasta que se duerma. Le gustaría seguir mirándolo.

Siguió a Eleni escaleras abajo, atravesaron la cocina y salieron por una puerta trasera que daba a un jardín. Sus padres debían de ser unos jardineros apasionados, porque el patio rebosaba color y fragancia. Una pérgola de madera con un dosel de glicinas malvas proporcionaba refugio de los tejados vecinos. Había parterres con matas rosadas de salvia, racimos de siemprevivas amarillas del Monte Athos, espigas de amapolas rubí y un manto púrpura de tomillo de Laconia. Y mariposas. Muchas mariposas.

David elogió el jardín para rellenar el tiempo, a la espera de que ella le explicara algo más.

—Esta es la mejor época del año —dijo inclinando la cabeza—. Es una de las pasiones de mi madre. —Se cubrió la cara con la mano—. Discúlpame. Traeré algo de vino.

Le hizo esperar un rato incómodamente largo antes de volver a reunirse con él a la sombra de la pérgola y servir dos vasos de *assyrtiko*.

—Tus padres parecen buenas personas —dijo David—. Siento que tengas que pasar por esto.

Ella asintió con la cabeza, bebió un gran sorbo y dijo con voz quejumbrosa:

—Es extraño que hayas aparecido precisamente hoy.

—¿No deberías decirme qué está pasando? —dijo—. Tú y tu familia habéis tenido una reacción muy intensa frente al dispositivo. Está claro que sabéis qué es.

—He hecho una llamada —dijo ella, desviando su pregunta—. Me doy cuenta de que estoy siendo evasiva, pero hay gente aquí en Atenas a la que tienes que conocer. Es mejor que obtengas las respuestas de todos ellos, no solo de mí.

Ocultó su impaciencia lo mejor que pudo.

—Mira, todo esto parece innecesariamente misterioso. Me arriesgué a venir aquí porque no sabía a quién más acudir, pero no tengo interés en compartir el descubrimiento con un grupo de desconocidos.

No parecía querer mirarlo de frente.

—Te lo estoy suplicando, David. Por favor, ven conmigo a ver a mis amigos. Obtendrás respuesta a todas tus preguntas. Te lo prometo.

–Al menos dime qué significa Michaní Peproménou.

–Significa «Máquina del Destino».

Su destino estaba en Plaka, a poca distancia, un corto paseo, pero Eleni quiso coger el coche de su padre.

–No vamos a ir con esa maleta por las calles –dijo.

La antigua mansión de la calle Perinandrou se había construido a la sombra del Templo de Zeus Olímpico, hoy convertido en parque arqueológico. Era de la misma época que la casa de los Lillakis, pero estaba en muy mal estado. David miró el enlucido descascarillado, la mampostería agrietada y los marcos de las ventanas podridos y le preguntó si el edificio había sido declarado en ruinas.

–El ayuntamiento amenaza con hacerlo –respondió Eleni–. Está mejor por dentro.

–¿Quién vive aquí?

–Su nombre es Iriniki. Te caerá bien. Los demás también.

Eleni llamó a la puerta y, sin esperar respuesta, condujo a David a un espacioso vestíbulo que, en tiempos mejores, habría sido escenario de todo tipo de celebraciones. Ahora, las paredes manchadas por el agua estaban desnudas, las alfombras raídas y los pocos muebles descuidados.

–Vamos, seguro que están en la biblioteca.

A medio camino, a través de un pasillo sin luz, David oyó el inconfundible ruido de un ascensor. Una reja de hierro se abrió con un ruido metálico y una silla de ruedas motorizada surgió de la oscuridad. Una mujer de mediana edad con un jersey fino saludaba con una mano y accionaba un *joystick* con la otra.

–Hola, David Birch –dijo en un inglés impecable–. Decir que estamos emocionados sería quedarse cortos.

Iriniki era pequeña, parecía una niña, con el pelo corto a lo chico y una sonrisa amplia y radiante. Sus pies descalzos con las uñas rojas asomaban de unos pantalones de chándal azul brillante como el color de la bandera griega.

–Tú debes de ser Iriniki –dijo.

–Vaya por Dios. Ya sabes mi nombre. ¿Qué más sabes de mí?

–Eso sería todo.

–Bueno, aún es pronto. No tardarás en saberlo todo.

–¿Hay muchos ascensores en Atenas? –preguntó.

–Es muy poco habitual. Mis padres lo instalaron cuando era una niña. Sin él, nunca habría podido quedarme aquí. Ven, pasa a la biblioteca. Creo que ya están todos. Cuando Eleni llamó, hice saltar las alarmas y todos dejaron lo que estaban haciendo.

La biblioteca era una sala bien distribuida, con estanterías en tres paredes y archivadores de madera en la cuarta. La chimenea llevaba décadas sin ver el fuego y ahora estaba repleta de libros. Cuando David entró, una docena de hombres y mujeres volvieron la cabeza, no para mirarlo a él, sino a su maleta. Él los examinó como si estuvieran expuestos en la galería de un museo. Supuso que muchos de los de más edad habían venido del trabajo, porque los hombres llevaban trajes y chaquetas deportivas y las mujeres vestidos elegantes. Los más jóvenes vestían en su mayoría camisetas y vaqueros, aunque dos chicas jóvenes lucían un estilo bohemio con vestidos blancos diáfanos que caían sobre sus sandalias. Varias personas se acercaron a Eleni para abrazarla y susurrarle palabras de consuelo en griego.

Iriniki condujo su silla hasta la chimenea.

–Hablaremos en inglés, todos lo conocen, unos mejor que otros –dijo–. Nuestro invitado, el profesor David Birch, es estadounidense. Todos nuestros miembros de Atenas están aquí, excepto Yiorgos y Sofía, y... ¿dónde está Stelios?

Antes de que pudiera continuar, se oyeron unos pesados pasos resonando en el pasillo. Un joven fornido y rubicundo, vestido con un traje marrón claro, entró apresuradamente, hablando en griego y explicando por qué llegaba tarde. Se sentó en un sofá junto a una de las mujeres de aspecto bohemio y le dio un beso en la mejilla.

–Ahora ya estamos todos –concluyó Iriniki–. Profesor Birch, sé que Eleni no te ha dicho nada sobre nosotros ni sobre por qué estamos tan emocionados por ver y saber qué hay en esa maleta tuya. Antes de ponerte al corriente, la cortesía nos obliga a presentarnos. Empezaré yo. Soy Iriniki Baros. Vivo y trabajo aquí. La gente me conoce como la bibliotecaria.

Uno tras otro, todos se fueron presentando, mencionando sus nombres y ocupaciones. Había profesores universitarios, médicos, ingenieros de *software*, abogados, maestros de escuela y estudiantes universitarios y de posgrado. El último en llegar, Stelios, trabajaba para el gobierno.

–Repartidos por toda Grecia –dijo Iriniki–, somos cuatro veces más. Somos un grupo de personas con una visión común, y nos hacemos llamar los Fýlakes tis Moíras, los Guardianes del Destino. No nos cabe duda de que el destino te ha traído hasta nosotros, y os estamos muy agradecidos tanto a él como a ti. Andreas, por favor, cédele tu silla al profesor. Quiero que se sienta cómodo escuchando lo que estamos a punto de explicarle.

Andreas, uno de los estudiantes, era un chico alto con una camiseta de baloncesto de los Lakers. Renunció a su sillón, y David se acomodó en sus desgastados cojines.

–Lo primero que debes saber –continuó Iriniki– es que todos nosotros somos helenistas; es decir, creemos en la religión politeísta tradicional de la antigua Grecia, adaptada al mundo moderno. Sostenemos que las prácticas y creencias religiosas de los antiguos eran válidas en su época y siguen siendo válidas en la nuestra. Rendimos culto al panteón de los dioses griegos, en particular a los doce olímpicos. Les dedicamos oraciones y ofrendas (no sacrificios de animales; como he mencionado, nos hemos adaptado al mundo moderno) y celebramos las festividades tradicionales. Es una religión sumamente ética e integradora, basada en la reciprocidad, la hospitalidad y la moderación.

–Has dicho que os hacéis llamar los Guardianes del Destino –comentó David, tratando de que retomara el hilo.

–Desde la antigüedad siempre ha habido helenistas –prosiguió Iriniki–. Hoy en día, hay miles de seguidores en toda Grecia y en el resto del mundo, pero solo hay unos pocos Guardianes del Destino. Los Guardianes del Destino proceden de una estirpe ininterrumpida de helenistas que durante más de dos milenios han buscado el dispositivo que, según Eleni, se encuentra en esa bolsa a tus pies.

–El Michaní Peproménou –dijo David.

–Se lo oyó mencionar a mi madre –dijo Eleni.

–Sí, el Michaní Peproménou –continuó Iriniki–. A lo largo de las generaciones, sus componentes han ido invitando a otros apasionados helenistas a convertirse en Guardianes del Destino y durante más de dos mil años hemos mantenido viva la llama en busca del Michaní Peproménou, la Máquina del Destino.

David empezó a impacientarse.

–¿Alguien me va a decir qué se supone que es?

Yannis Makris, un hombre mayor con barba, que parecía sentirse inexplicablemente cómodo enfundado en un traje de tres piezas en un caluroso día de verano, levantó la mano y dijo:

–Es un mecanismo para predecir el futuro.

David se reprendió en silencio por haberse dejado embaucar para asistir a una convención de chiflados. Empezó a pensar en cómo retirarse educadamente:

–A ver, estoy seguro de que sois conscientes de lo inverosímil que resulta eso que decís.

–Escucha –dijo Eleni con aspereza–. Te juro que no les he dicho nada sobre las inscripciones del dispositivo. ¿Podría alguien ilustrar a David sobre lo que dice nuestra tradición acerca de cómo surgió la Máquina del Destino?

La mujer vestida con una túnica blanca y diáfana que se encontraba junto a Stelios, quien había llegado tarde, se puso de pie y tomó la palabra con voz melodiosa:

–Zeus no quería que los hombres sufrieran la angustia que él sintió cuando su hijo, Sarpedón, fue asesinado por Patroclo. Las Moiras habían predicho su muerte, pero Zeus no pudo intervenir. En su dolor, urdió un plan para desafiar a las Moiras, a fin de que los hombres mortales no tuvieran que padecer el sufrimiento que él había tenido que soportar. Robó los secretos de las Moiras y se los entregó al Oráculo de Delfos, quien se los reveló a un hábil artesano, que tomó los planos del Oráculo y creó la Máquina del Destino.

–Gracias, Lexi –dijo Eleni–. Voy a explicaros lo que hay grabado en el artefacto de David.

Eleni empezó a hablar en griego. Durante unos instantes, David no logró entender lo que estaba pasando, hasta que se dio cuenta de que ella debía de haber memorizado el texto del mapa de bronce. Antes de que acabara, muchos miembros del grupo habían empezado a llorar.

Cuando pronunció las últimas palabras, se volvió con determinación hacia David y le dijo:

–¿Quieres que te lo vuelva a traducir al inglés?

–Recuerdo lo que pone.

–Entonces, ¿cuál es tu explicación para un uso del lenguaje casi idéntico?

–No tengo ninguna –respondió–, pero estás muy lejos de convencerme de que este aparato predice el futuro. Primero, tendrías que convencerme de que Zeus y los dioses mitológicos son reales. Con el debido respeto a tus creencias, te deseo buena suerte en el intento.

Una joven con el pelo morado y una riñonera a un lado se levantó de un salto y lo apuntó con un dedo acusador:

–¡Que te follen! ¡Cómo te atreves a decir eso! –le gritó–. Los intolerantes siempre con vuestras palabras vacías, con todo el respeto.

David no entendió por qué la mayoría reía, hasta que Iriniki dijo:

–Enhorabuena, has despertado a la bestia. Koriana es nuestra incendiaria particular. Koriana, David es nuestro invitado. Por favor, continúa, pero mantén un tono respetuoso.

–Está bien, lo intentaré –respondió Koriana, mientras el rubor desaparecía de sus mejillas–. Profesor Birch, ¿conoces el término «exclusivismo religioso»?

–No, pero me puedo imaginar lo que significa.

–No me cabe duda –dijo con energía–. ¿Por qué nuestras creencias son menos válidas que, por ejemplo, las creencias cristianas? ¿Por qué los dioses que adoramos son menos válidos que el Dios cristiano o los dioses de cualquier otra religión? Recuerdo una entrevista con un arzobispo de la Iglesia ortodoxa griega en la que condenaba la religión helenista y se burlaba de la forma en que nos vestimos para nuestros rituales. Dijo que parecían disfraces de Halloween. Lo dijo vestido con su túnica negra de Harry Potter y su sombrero alto. No pretendemos ser la única religión verdadera. Decimos que somos una religión verdadera y que los dioses del Olimpo a los que adoramos existen sin lugar a dudas. ¿Cuál es tu religión? ¿En qué crees?

Pensó en acogerse a su derecho a la intimidad, pero eso no funcionaría con este público.

–Provengo de una familia protestante –dijo–. De niño fui a la iglesia, pero no soy religioso. ¿Creo que existe un dios, un dios cristiano? ¿Algún tipo de dios? Simplemente diré que no forma parte de mi filosofía. Mira, quiero disculparme por parecer un exclusivista religioso, como tú lo llamas, es solo que siempre he considerado a los dioses griegos antiguos como..., bueno, mitológicos, es decir, no representativos de un movimiento cultural o religioso activo. No sabía que el helenismo todavía se practicaba. No he pretendido en absoluto menospreciar tus creencias. He venido a Grecia para obtener respuestas, no para insultar a una sala llena de gente muy agradable.

Eleni pareció defenderlo, dando a entender que era ella quien debía disculparse con él.

—El profesor Birch no tenía ni idea de en qué se estaba metiendo cuando aceptó venir aquí. Parece que estemos todos en su contra. Démosle un poco de tiempo para que asimile nuestra historia. ¿Podrías mostrar a todos el objeto que nos ha reunido?

David vaciló, indeciso. No se sentía cómodo revelando su descubrimiento a un círculo más amplio de desconocidos, sobre todo porque había infringido la ley turca al traerlo precisamente a Grecia, de todos los lugares posibles. Por otro lado, se trataba de una sala llena de personas que parecían saber mucho sobre el artefacto. Se quedaron en silencio mientras él deliberaba y parecieron exhalar al unísono cuando empezó a abrir la cremallera de la maleta.

—Mi escritorio —dijo Iriniki con entusiasmo—. Ponlo sobre el escritorio.

Levantó el dispositivo y lo colocó con cuidado en el único hueco despejado. Los que se hacían llamar Guardianes del Destino se reunieron a su alrededor, dejando espacio para la silla de ruedas de Iriniki. Observó cómo se impregnaban de él y murmuraban emocionados. Algunos de ellos susurraban la inscripción. Koriana lo miró fijamente y, en inglés, le preguntó a la mujer que estaba a su lado:

—¿Cómo explica él este mapa?

David se mantuvo en silencio y solo dijo algo cuando Stelios sacó su teléfono para hacer una foto.

—Lo siento, pero no puedes hacer fotos. Tengo que poner un límite en ese aspecto.

Stelios se disculpó y guardó el teléfono.

—¿Has hecho alguna?

—No. Te lo prometo. Te lo puedo enseñar.

Eleni interrumpió para decir:

—David, ¿te parece bien si le cuento al grupo cómo descubriste el mecanismo y lo que vi cuando miré dentro?

–No estoy seguro de querer revelarlo –respondió–. Publicaremos un informe exhaustivo a su debido tiempo.

Eleni sonrió y dijo:

–Si me permites hablar abiertamente con el grupo, compartiremos contigo cierta información que añade gran urgencia a la situación.

–¿Qué situación? No sabía que hubiera ninguna situación.

–Sin duda la hay –añadió Iriniki.

–¿Qué respondes, David? –preguntó Eleni–. Déjame revelar al grupo lo que me dijiste en confianza, y nosotros te contaremos lo que sabemos.

David asintió con la cabeza lo suficiente como para que Eleni comenzara a describir lo ocurrido en Derinkuyu y lo que había visto a través del endoscopio de Mazhar. Entonces, empezaron las preguntas. ¿Por qué Derinkuyu? ¿Por qué había acabado este tesoro griego en la lejana Anatolia? ¿Quién era aquel hombre del pico que podría haber llevado tan valiosa caja a esas cuevas? ¿Adónde se dirigía? ¿Quiénes eran los hombres que lo seguían? David respondió, sin ser capaz de esclarecer demasiado, con variantes de «no lo sabemos» o «quizá más excavaciones nos den alguna respuesta».

Cuando las preguntas se agotaron, David abrió los brazos y dijo:

–Muy bien, ahora te toca a ti. Cuéntame, ¿qué es eso tan urgente?

Iriniki hizo un gesto de acercar su silla, proclamándose así portavoz, y comenzó a explicar.

–Lo que sabemos nos ha sido transmitido a lo largo de los siglos mediante la tradición oral. Cada generación de Guardianes del Destino ha tenido la responsabilidad de buscar la Máquina del Destino. Si no la encontramos, es nuestro deber permitir que las generaciones futuras sepan de ella. La tradición oral invita al escepticismo sobre su veracidad histórica. Sin embargo, como oirás a continuación, lo que has descubierto confirma una parte importante. Nuestra tradición nos dice que la Máquina del Destino fue construida durante el primer año de la centésima cuadragésima segunda Olimpiada. Los antiguos griegos no contaban el tiempo en años individuales, sino en ciclos de cuatro años, los de los Juegos Olímpicos. La primera Olimpiada fue en el año 776 a. C., por lo que creemos que la Máquina del Destino se construyó en el año 212 a. C.

David se inclinó un poco hacia delante. La fecha concordaba con las pruebas halladas en Derinkuyu.

—Ahora, la parte más importante —prosiguió Iriniki—. Los Guardianes del Destino saben que el mundo sufrirá una profunda devastación quinientas sesenta olimpiadas después de la fecha en que se construyó la Máquina del Destino. Esa Olimpiada comenzó hace tres años. Solo queda un año. Ese desastre podría ocurrir hoy mismo. Podría suceder dentro de un año. Pero el tiempo se acaba.

—¿Para hacer qué exactamente? —preguntó David con irritación evidente.

—Según la tradición, la Máquina del Destino se perdió al mismo tiempo que el Mecanismo de Anticitera. Creemos que había cuatro piezas separadas, o llaves, que, unidas, formaban la Máquina del Destino: cuatro llaves que los dioses entregaron a los hombres y que revelaban los secretos del cosmos. Estas son: la Llave del Mundo, la Llave de las Catástrofes, la Llave del Tiempo y la Llave de los Dioses. Has descubierto la Llave del Mundo. Su mapa muestra el mundo tal y como es, un mundo que solo los dioses habrían podido conocer hace dos milenios. Esto nos llena de esperanza. Significa que es posible que se encuentren las otras tres llaves.

—¿Y luego qué? —preguntó David—. Supongamos que tenéis todas las llaves sobre esta mesa. ¿Qué pasa entonces?

—Una vez que conozcamos la naturaleza de la catástrofe —respondió Eleni—, podremos tomar medidas para salvar a la humanidad. Quieres salvar a la humanidad, ¿verdad, David?

–Algunos días sí, otros no –respondió. Al ver que su comentario era recibido con un silencio sepulcral, añadió:

–La verdad es que no sé qué puedo hacer por vosotros.

Koriana se puso de pie de un salto.

–Tengo veintiséis años –dijo–. No quiero morir. No quiero que mi familia y mis amigos mueran. Después de dos mil años, el destino te ha elegido a ti. Has sido tú quien ha encontrado la llave. Puedes ayudarnos a encontrar las otras.

David respondió tomando la caja de cedro y volviéndola a guardar en su maleta con ruedas.

–Ha sido un placer conoceros a todos –dijo–. Agradezco vuestra sinceridad, pero tengo que devolver esto a Turquía mañana.

–Por favor, ¡ayúdanos! –gritó Koriana.

–Lo siento, pero tengo que irme.

Los visitantes del Instituto Anticitera solían alojarse en un hotel en particular. Eleni insistió en acompañar a David y hacer los arreglos necesarios para que recibiera la tarifa especial del instituto. No hablaron durante el breve trayecto en coche. Dadas las circunstancias, se separaron cordialmente. Él le pidió que les transmitiera un cordial saludo a sus padres y ella le deseó suerte en su trabajo. Se intercambiaron los números de teléfono.

Esa noche se quedó en el hotel y pidió el servicio de habitaciones. Le habría gustado pasear por la Acrópolis, pero le daba miedo dejar el artefacto solo en la habitación. Se quedó dormido viendo un programa de televisión griego sin entenderlo y se despertó unas horas más tarde cuando sonó su teléfono móvil.

–David, soy Eleni. ¿Te molesto?

–En absoluto.

–Quería que supieras que mi madre ha fallecido esta noche.

–Lo siento mucho.

–El funeral será mañana.

–Vale.

David notó que a Eleni se le quebraba la voz.

–Ha pedido un último deseo, ha sido lo último que ha dicho. Su deseo es que asistas a su funeral.

CAPÍTULO 5

David pasó el día siguiente en su habitación, vigilando el artefacto como una gallina cuida a sus polluelos, y trabajando en el manuscrito de una excavación anterior. Llegó a la casa de los Lillakis antes de la puesta de sol y saludó a Eleni dándole el pésame.

—Gracias por venir —dijo ella, con los ojos secos pero enrojecidos—. Tu presencia es un honor para mi madre.

Dijo que se alegraba de haber venido y que, si no resultaba convincente, era por su reticencia a estar allí. Reflexionando sobre su poca sinceridad, resolvió ser mejor actor durante las siguientes horas. Su padre estaba en el jardín, bajo la pérgola, mirando al vacío y bebiendo una copa de vino. Al ver a David, se levantó con los brazos abiertos.

—No sé cómo darte las gracias —le dijo—. Eres un buen hombre.

—Lamento mucho su pérdida. Ojalá hubiera podido conocerla mejor.

—Era una mujer extraordinaria, puedes creerme. Un intelecto impresionante. Un corazón lleno de sabiduría y compasión. No sé qué vamos a hacer sin ella.

Las rodillas de Yiorgos flaquearon y Eleni le tomó la mano cuando se sentó en la silla.

—Pronto iremos hacia el cementerio —dijo Yiorgos.

Iban vestidos de manera informal y David supuso que se cambiarían.

—Siento no tener nada más apropiado que ponerme —comentó David.

—Ya verás que será todo muy informal —respondió Eleni.

David iba cargando su maleta con ruedas.

–No sabía qué hacer con ella. No iba a dejarla en el hotel. ¿Debería llevarla?

–Ven –dijo Yiorgos–. Tengo una solución que te hará sentir muy cómodo.

La entrada al sótano era a través de la despensa. La escalera crujía en sus viejas juntas. Las vigas del techo y los pilares estaban plagados de carcoma. Era una habitación grande, seca y polvorienta, equipada con estanterías, ordenadamente llenas de herramientas, artículos de jardinería, baratijas y recuerdos familiares.

–Durante la Segunda Guerra Mundial, esta era la casa de mi abuelo –dijo Yiorgos–. Cuando estuvo claro que los nazis iban a tomar Atenas, quiso proteger las reliquias familiares: cuadros, joyas y objetos similares. Algo de dinero en efectivo y oro, así que mandó construir una cámara acorazada. Eres un buscador de tumbas. Veamos si la encuentras.

David le siguió el juego y se pasó un rato inspeccionando la habitación, mirando detrás de la caldera, debajo de la escalera, debajo de alfombras viejas, buscando trampillas ocultas.

–Voy muy perdido –dijo.

–Aquí, mira –respondió Yiorgos, dirigiéndose a una estantería del lado del jardín de la casa, metiendo la mano por detrás y tirando de un grueso pasador de hierro hincado en el cemento. Una vez retirado, apartó de la pared un tramo de estantería con bisagras. Detrás había una puerta como la de la cámara acorazada de un banco.

–Sorprendente –dijo David maravillado.

–Excavaron debajo del patio, vertieron hormigón, lo volvieron a cubrir e instalaron la puerta de la cámara. Mi padre me contó que él estaba en la casa el día que los alemanes registraron el sótano. No encontraron nada.

Yiorgos giró la gran cerradura de combinación, abrió la cámara y encendió la luz. El pequeño espacio estaba vacío, salvo por unas pocas cajas.

–Los tesoros familiares desaparecieron hace mucho tiempo –añadió Yiorgos–, se vendieron para sobrevivir después de la guerra. Lo uso para guardar algunos euros, monedas de oro y la vieja pistola de mi abuelo, una FN 1910 con unas cuantas cajas de munición. Es ilegal, nunca obtuve un permiso, pero estoy seguro de que no me delatarás.

David sonrió.

–Tienes mi palabra.

–Así pues, ¿te quedas tranquilo dejando aquí tu tesoro?

Yiorgos siguió la puesta de sol hacia el Tercer Cementerio de Atenas, conduciendo lentamente entre el escaso tráfico. David se sentó a su lado, Eleni detrás, sollozando suavemente. Se sentía como un extraño en una reunión familiar íntima y, en su incomodidad, se recordó a sí mismo que eran ellos quienes querían que estuviera allí. En el aparcamiento del cementerio, Eleni sacó dos bolsas de tela del maletero y buscó caras conocidas. Vio a un hombre canoso salir de su vehículo y lo llamó por su nombre.

El hombre se acercó y los abrazó cálidamente a ella y a Yiorgos.

–David, te presento al profesor Alexandros Petridis. Era colega de mi madre en el museo y también arqueólogo. Te acompañará hasta donde se encuentra la tumba. Nosotros haremos una breve visita privada a la capilla antes de reunirnos contigo.

David vio a algunos de los Guardianes del Destino, cada uno con una bolsa de tela. Eleni y su padre se unieron a ellos en el camino hacia la capilla.

Petridis era corpulento y vestía un traje blanco impecable, del mismo tono que su generosa cabellera. David empezó a caminar con él por un camino ancho y arbolado.

–Me temo que solo sé de ti que eres un arqueólogo estadounidense –dijo Petridis–. ¿Eres amigo de la familia?

–Nos conocimos ayer.

—Entiendo, o, mejor dicho, no mucho. Pero seguro que detrás hay una historia interesante.

—Se podría decir así –dijo David, sin dar más detalles.

—Bueno, quizá Yiorgos y Eleni me lo aclaren en algún momento, o quizá no. ¿Tienes alguna afiliación académica, David?

—Estoy en Harvard.

—Oh, ¿conoces a Winnifred Cunningham?

—Ya lo creo –dijo David–. Su trabajo es excelente.

—A principios de los ochenta me visitó en una de mis excavaciones, un yacimiento clásico de Mykonos. Madre mía, ¡esa mujer sí que bebía! ¿Dónde trabajas?

—Principalmente en Turquía.

—¿Ah, sí? ¿Qué periodo?

—En general, los hititas, pero a veces me descarrío.

—Sí, los arqueólogos tendemos a vagar como animales callejeros, en busca de la poca financiación disponible. Me alegra ver que llevas zapatos cómodos. Nos espera un buen paseo. El cementerio es inmenso, el más grande de Grecia, quizá de todos los Balcanes. La muerte de Sofía no ha sido una sorpresa. La pobre mujer sufrió mucho al final. ¿Has estado alguna vez en un funeral griego?

—No.

—Casi todos son griegos ortodoxos. Este no lo será. La familia es, cómo decirlo, «originalista».

—Soy consciente.

—Me encanta su pasión y, como clasicista, admiro su dedicación a la antigüedad. Lo encuentro conmovedor. Los sacerdotes ortodoxos aprietan los dientes.

Con las últimas luces del día, caminaron durante un buen rato pasando junto a innumerables tumbas y sepulcros. Por el camino, David tuvo que escuchar una charla de su compañero sobre las prácticas funerarias griegas modernas.

—Tenemos un problema que los antiguos no tenían. Se nos ha acabado el espacio para enterrar a nuestros muertos. Para agravar el problema, la Iglesia ortodoxa griega prohíbe la

cremación. El país ni siquiera contaba con un solo cremato-
rio hasta 2019. ¿Sabes cómo hemos resuelto, abro y cierro
comillas, el problema? Por ley, después de tres años de
inhumación, los difuntos son exhumados y sus restos son en-
cajonados y enviados a un *osteofilakio*, un osario, para que
se queden allí.

—Tres años no suelen ser suficientes para convertir un cuerpo
en un montón de huesos —comentó David.

—¡Exacto! Por ese motivo, la mayoría de las familias deci-
den no asistir a esas macabras ceremonias. Ahora bien, hay
una trampa. Las familias deben pagar una cuota anual para
conservar los restos en el osario. Si los pagos se incumplen,
los huesos se envían a una fosa común llamada *honeftiri*. El
nombre procede de la palabra griega «digerir».

—Encantador.

—Sí, mucho. Afortunadamente, algunas familias como los Lillakis poseen sus propias tumbas. Creo que fue el bisabuelo de
Yiorgos quien consiguió originalmente la parcela. Sin embargo,
deben seguir efectuando un pago anual indefinidamente por el
privilegio de un descanso sin molestias. A Sofía le reconfortaba
saber que su hija no tendría que soportar una exhumación. Ah,
ya hemos llegado. Es un lugar precioso, ¿no crees?

La parcela familiar, un conjunto de rectángulos de mármol
elevados, cada uno de medio metro de altura, se encontraba
en una agradable arboleda en el extremo más alejado del
cementerio. Una de las tumbas de mármol estaba abierta y,
junto a ella, había tierra oscura. Poco a poco, se fueron unien-
do otras dos docenas de personas, que intercambiaban
saludos tristes. Un trabajador del cementerio encendió unas
velas colocadas sobre unos soportes de hierro.

—La mayoría de estas personas son académicos, colegas de
Sofía o Yiorgos —le dijo Petridis a David—. Por lo que yo sé,
ninguno es helenista. Por muy poco común que sea hoy en
día esta religión, era prácticamente desconocida cuando los
padres de Yiorgos y sus antepasados comenzaron a practicar

el paganismo. No sé hasta dónde se remonta en su árbol genealógico. Al principio de su noviazgo, Yiorgos le habló a Sofía sobre la fe y ella la abrazó. Dijo que eso hacía a Yiorgos aún más atractivo como pareja. Eleni creció como helenista, por lo que para ella es tan natural como respirar. –El profesor señaló hacia el sendero–. Ahí vienen.

En ese momento, David entendió el comentario de Eleni sobre la vestimenta. Los Guardianes del Destino atravesaban la oscuridad con antorchas encendidas, caminando lentamente mientras cantaban. Vestían un himatión blanco, la prenda tradicional de lana de la Grecia clásica, que se colocaba bajo el brazo izquierdo, se sujetaba al hombro derecho y caía hasta los tobillos. La silla de ruedas de Iriniki destacaba con un zumbido en la cabecera, y mantenía el exceso de tela amontonado sobre su regazo. A su paso, los visitantes del cementerio se quedaban boquiabiertos y tomaban fotos.

–Aunque parezca increíble, este tipo de manifestación pública de su fe era ilegal hasta 2017, cuando el Gobierno reconoció oficialmente el paganismo como religión válida –explicó Petridis–. Para la mayoría de la gente, es tan solo un espectáculo. Los helenistas siguen sin poder celebrar ceremonias en yacimientos arqueológicos y culturales como la Acrópolis sin la necesidad de obtener costosos permisos. Los sacerdotes ortodoxos realmente los odian.

Cuando la procesión se acercó, David vio que el ataúd de Sofía era transportado en una carroza tirada por Stelios y otro muchacho fuerte llamado Nikolaos. A medida que conducían el carro hacia la tumba, los Guardianes del Destino continuaban con su hipnótico canto en voz baja. Los demás invitados les cedieron el paso alrededor de la tumba.

El canto se detuvo abruptamente y Eleni alzó la voz con una plegaria en inglés.

–Oh, Naturaleza, en tu grandeza has tejido el tapiz de la existencia, enlazando vida y muerte como hilos inseparables.

En tu sabiduría, nos traes a este mundo y, cuando llega la hora, nos llamas para que volvamos a tu abrazo.

Petridis le susurró a David.

—Eres el único no griego aquí. Creo que su uso del inglés va dirigido a ti.

—Estamos aquí en recuerdo y honor de mi madre, Sofía, quien caminó por la vida guiada por la luz de la razón y el calor de la amistad. Del mismo modo que apreciaba la alegría de vivir, comprendía la naturaleza de la muerte: un retorno a la paz donde no hay dolor, miedo ni necesidad. En el sereno jardín de Epicuro, aprendimos que el fin de la vida no es más que la culminación de un proceso natural. Nos consuela saber que ahora descansa, libre de las ataduras de la carne y fuera del alcance de los problemas terrenales. Que en el apacible reposo del ciclo de la naturaleza encuentre la tranquilidad eterna y que nosotros encontremos consuelo en la marcha continua del universo, siempre girando, siempre evolucionando, pero siempre equilibrado en su eterna danza de creación y retorno. Así pues, con el corazón en calma y la mente lúcida, nos despedimos, en una aceptación serena del designio universal que todo lo rige. Hasta siempre, querida madre. Que el viaje te sea apacible en tu regreso al vasto e intemporal abrazo del cosmos.

Al pronunciar la última palabra, Eleni buscó a David entre las sombras y lo miró directamente. Su mirada le sobrecogió. En ese momento tomó conciencia de la fría brisa nocturna, de la luna baja en el cielo y del susurro de los cipreses.

La ceremonia continuó en griego. Yiorgos desplegó un pergamino escrito a mano y, a la luz de la antorcha de Eleni, comenzó a alzar su voz ronca.

Tras la primera estrofa, el profesor le susurró a David:

—Es una elegía, un canto fúnebre compuesto por Yiorgos. Habla desde el corazón sobre la vida y las virtudes de Sofía.

David no necesitaba saber el idioma para llegar a comprender la profundidad de las emociones de Yiorgos. Cuando terminó el canto fúnebre, dejó caer la barbilla sobre su pecho agitado y los presentes comenzaron a entonar una melodía sobrecogedora.

–Ah, es de *Antígona*, de Sófocles –susurró el profesor–. Te la puedo traducir:

Oh, Perséfone, reina de las sombras, hija de la cosecha,
en tu reino dual de luz y sombra, tejes el tapiz de la vida y el más allá.
En los campos dorados de Eleusis, tus pasos marcan el cambio de las estaciones,
desde el esplendor de la primavera hasta la tranquilidad del invierno, reflejando el ciclo de tu viaje mortal.
A medida que asciendes y desciendes, tendiendo un puente entre el mundo de los vivos y el de los muertos, enséñanos a aceptar la belleza de nuestra existencia terrenal y la inevitabilidad de nuestro regreso.
En las profundidades de tu reino, donde los espíritus encuentran descanso,
concede a Sofía un paso tranquilo y un lugar apacible entre los antepasados.

Las nubes ocultaron la luna, sumiendo la ceremonia en la oscuridad de la noche. De no haber sido por las antorchas, la oscuridad habría envuelto la tumba. Hubo más cantos fúnebres y lecturas. Con cada uno de ellos, David se sentía transportado a una antigüedad viva y palpitante. Salvo por los sonidos de fondo de la Atenas moderna, podía imaginar que estaba en la antigua Grecia, en el funeral de una noble, cayendo él mismo presa de un hechizo conmovedor.

«Escucha», le decía una voz en su cabeza. «Abre bien los oídos. Abre tu corazón».

Iriniki avanzó con su silla y sacó una hoja de papel. Su voz al hablar era discreta, pero su voz al cantar era extraordinaria, con tonos de soprano claros y puros y un registro vocal que fluía con naturalidad.

—Es una oda fúnebre al estilo clásico —susurró Petridis.

—¿Me la podrías traducir?

—Con sumo placer. Empieza con la estrofa.

Los Guardianes del Destino bailaban en sentido horario alrededor de Iriniki.

En la danza sagrada del cosmos, donde las Parcas tejen sus hilos,
Sofía, con tu búsqueda, tocaste los cielos y entrelazaste la tierra.
Con una mirada inquebrantable hacia las sombras de lo desconocido,
revelaste los misterios del universo, encarnando la eternidad.

—Y ahora, la antistrofa —dijo Petridis mientras Iriniki continuaba y los Guardianes del Destino invertían su dirección.

Tus palabras llegaron a los dioses, tus ojos se volvieron hacia las estrellas,
con la sabiduría de Atenea y la fuerza de Artemisa, iluminaste el camino.
Conversando con el destino, descifrando la danza de la vida y la muerte.
Sofía, te convertiste en un puente de armonía entre inmortales y mortales.

Los bailarines se detuvieron y alzaron sus antorchas en alto.

—Llegamos a la conclusión, el epodo —dijo el profesor.

Los Guardianes del Destino unieron sus voces en un coro lúgubre.

En el abrazo de las estrellas, donde nacen los sueños y las esperanzas,
has descubierto la verdad que el mundo ocultaba, resolviendo los enigmas del destino.

71

En el himno del universo, en la tranquilidad del infinito,
tu nombre resonará como una luz entre las estrellas.
Ahora, mientras viajas al Hades por los caminos secretos de
los dioses,
las Parcas te dan la bienvenida con canciones de armonía eterna.
Sofía, en el abrazo del cosmos, reposas en la eternidad.
En la eterna danza de la vida y la muerte, una estrella brillante
y pura.

Un grupo de trabajadores bajó el ataúd a la tumba y colocó la losa de mármol en su sitio. Tras este último acto, los Guardianes del Destino apagaron sus antorchas y bajaron lentamente por el oscuro sendero cantando.

Mientras David y los dolientes los seguían, Petridis le explicó que su canto era un canto a Zeus y a los dioses del Olimpo. En ese momento, David esperó a que el profesor dejara de hablar para poder limitarse a escuchar y empaparse de la noche. Su deseo se hizo realidad, permitiendo que sus pensamientos se desviaran hacia otro funeral. El funeral protestante de su hermana fue una ceremonia estéril y austera, con palabras e himnos sin emoción. Recordó haber tratado de encontrar en aquella iglesia blanca y sin adornos a alguien que mostrara abiertamente su dolor. Al no encontrar a nadie, tuvo que obligarse a reprimir sus emociones para no romper el silencio. El servicio de Sofía era todo lo contrario. En él, una antigua religión llena de fervor había cobrado vida. ¿Cuántas veces había fantaseado el arqueólogo que llevaba dentro con retroceder en el tiempo, aunque solo fuera por un día, para conocer una cultura extinta? Siguiendo a los Guardianes del Destino, con su música en los oídos y sus túnicas blancas ondeando al viento, se sintió transportado mágicamente a la antigua Grecia. En ese momento, alguien que iba detrás de la procesión se volvió y lo miró con ira. Era Koriana, la mujer que lo había acusado de exclusivismo religioso.

Y tenía razón.

¿Cuántos miles de deidades habían sido adoradas a lo largo de los eones desde que los primeros seres conscientes miraron al cielo? ¿Por qué los dioses antiguos fueron relegados al ámbito de la mitología, mientras que los dioses más recientes del cristianismo, el islam, el judaísmo y el hinduismo son venerados? ¿Qué tipo de arrogancia podía llevar a alguien a afirmar que sus creencias eran superiores a las de los demás, que su dios era el verdadero y que los demás eran ídolos falsos?

Durante el trayecto hasta la casa, Yiorgos y Eleni parecían agotados, casi apáticos.

—Gracias por venir —dijo Eleni.

—Me ha parecido una ceremonia muy emotiva —respondió David. No estaba fingiendo. Lo pensaba de verdad.

Esperamos que puedas acompañarnos en la fiesta que haremos en honor de Sofía —añadió Yiorgos—. Los demás estarán allí.

Durante el funeral habían llegado los camareros, y el jardín estaba adornado con linternas y repleto de comida y bebida. Eleni y Yiorgos dejaron a David y fueron a cambiarse de ropa. Él se sirvió un whisky seco y se sentó solo hasta que llegó el primer Guardián del Destino, Yannis Makris. El caballero con barba se había cambiado la bata por un elegante traje de lino.

—Ah, whisky —dijo, fijándose en la bebida de David—. Una excelente idea.

Se sentó junto a David y levantó su copa.

—Por Sofía. La echaremos mucho de menos.

David bebió con él.

—Entonces, ¿qué te han parecido nuestros ritos funerarios? Supongo que, sin saber griego, has tenido que guiarte por tus impresiones.

—Uno de los colegas de Sofía, el profesor Petridis, me ha hecho de intérprete. Me ha parecido precioso.

–La nuestra es una religión elemental y naturalista –dijo Yannis–. Sentimos la presencia de los dioses en el cielo nocturno, en los árboles, en el mar. Nunca estamos solos.

Los dos portadores del féretro llegaron en vaqueros y jersey.

–¿Stelios? ¿Lazaros? –dijo Yannis–, ¿podrías preparar la rampa para Iri? La guardan en el armario de delante.

En poco tiempo llegaron todos los Guardianes del Destino. Evangelea se dejó puesto el himatión. Sincronizó su teléfono con un altavoz exterior y se unió a David y Yannis. Comenzaron a sonar canciones populares griegas. Stelios se acercó y la rodeó con un brazo, en señal de posesión.

–Voy a poner a prueba mi memoria –dijo David–. Yannis, creo recordar que dijiste que trabajabas en un banco.

–Sí, en el Banco Central. Me ocupo de los tipos de interés y de otros aspectos aburridos pero esenciales de la economía.

–Y Evangelea, tú asistes a la Universidad de Atenas.

–Vaya, lo has recordado.

–¿Qué estudias?

–Arquitectura. Quiero diseñar edificios y espacios públicos.

–Y Stelios, dijiste que trabajabas para el Gobierno. ¿En qué departamento?

–En el Ministerio de Defensa Nacional –respondió–. Soy un pequeño engranaje en una gran máquina que se encarga de la planificación y la administración. Seguro que ser arqueólogo es más emocionante.

–Tiene sus momentos.

–Encontrar el Michaní Peproménou sin duda ha sido uno de ellos –afirmó Yannis.

Eleni y Yiorgos fueron los últimos en aparecer. Yiorgos se sentó junto a Iriniki bajo la pérgola y Eleni se acercó a David.

–¿Te puedo pedir prestado?

Lo llevó a la biblioteca y se sentó a su lado en un sofá de cuero agrietado por el paso del tiempo.

–Tengo una carta para ti de parte de mi madre.

David respiró hondo, contuvo el aire y aceptó el sobre cerrado.

–Puedes leerla ahora si quieres.

Estaba escrito en papel sin rayas, en inglés, con letra temblorosa. Las líneas no eran paralelas y había espacios irregulares entre las letras en los que David imaginó que ella se había detenido a toser.

David:

Siempre he sido capaz de leer a las personas, a menudo tras el más breve encuentro. Tus ojos te delataron. Son unos ojos bondadosos que brillan con inteligencia y curiosidad. Escribo esto mientras se agota la última arena de mi reloj. Si estás leyendo esto, es que has atendido mi petición de permanecer en Atenas para asistir a mi funeral. ¿Ves lo bondadoso que eres? En un funeral helenista se invoca a los dioses para que concedan al difunto la entrada en el Elíseo, donde podrá morar eternamente feliz bajo la atenta mirada de Hades y Perséfone. Yiorgos habrá puesto una moneda en mi boca para pagar al barquero Caronte el paso por el río Estigia, así que, si los dioses me han concedido su favor, ahora estoy allí. Has satisfecho mi último deseo; ahora, otórgame otro. Por favor, ayuda a Eleni y a los demás a encontrar las llaves perdidas.

A pesar de sus defectos, el mundo merece ser salvado. He conocido a muchos arqueólogos, todos ellos buscadores y aventureros de corazón. Los Guardianes del Destino son buenas personas, pero ninguno puede hacer lo que tú. Eres un buscador de objetos preciosos perdidos en el tiempo. Eres un detective, un solucionador de enigmas, y eres fuerte de carácter y de cuerpo. El destino te condujo a una de las llaves. Seguro que arde en tu vientre el deseo de encontrar el resto. Te lo ruego, salva a mi hija y a los niños que un día pueda traer al mundo. Salva a la humanidad.

Sofía Lillakis

Eleni lo había estado mirando fijamente y, cuando él posó el papel sobre su regazo, siguió con la mirada clavada en él.

—Supongo que ya sabes lo que pone —dijo.

—¿Tienes alguna respuesta que darle?

No se dio cuenta de que estaba llorando hasta que notó la humedad en sus mejillas, y parpadeó sorprendido. ¿Había llorado alguna vez siendo adulto? Había perdido la cuenta de las veces que su estoico padre le había dicho: «Los Birch no muestran emociones».

No había esperado nada de esto. Pensó que se limitaría a observar desapasionadamente los rituales de un grupo de excéntricos bienintencionados y luego volvería a Derinkuyu para continuar con su trabajo. A su debido tiempo, publicaría un artículo sobre su mapa misterioso y esperaría los comentarios de sus colegas académicos. Les contaría a sus amigos, entre copas, la historia de su noche de paganismo. No había previsto esta avalancha de emociones, la apasionante manera en que la antigüedad había cobrado vida de un modo visceral, la conexión forjada con Eleni y su familia y su simpatía por los Guardianes del Destino y su entrega a tan quijotesca misión. Su reacción instintiva había sido descartar su creencia en los dioses y el destino como una fantasía, pero ¿y si había una mínima posibilidad de que Sofía y los demás tuvieran razón? El mapa era real y parecía imposible de explicar.

Su respuesta le habría sorprendido hacía un día, pero esa noche parecía ser la conclusión inevitable.

—La respuesta es sí.

Su abrazo fue intenso y fugaz. Había cajas de pañuelos repartidos por todas partes en la casa de los Lillakis, Eleni tomó un par de ellos.

—¿Quieres uno?

—Nunca lloro —dijo, secándose la cara con la mano.

—Pues diría que ahora estás llorando. Tenemos que decírselo a los demás.

—¿El qué? ¿Que estoy llorando?

Ella, por un momento, creyó que hablaba en serio, hasta que una sonrisa fugaz le indicó lo contrario.

–Tu decisión.

–No deberías hacerte muchas ilusiones. No tengo ni la más remota idea de por dónde empezar a buscar.

–Iriniki ha estado revisando su archivo –respondió Eleni–. Creo que puede haber encontrado algo.

CAPÍTULO 6

Cuando regresó al jardín, Eleni le hizo un pequeño gesto de asentimiento a su padre y se dirigió al grupo:

–Tengo algo que contaros.

Todos dejaron sus platos y la miraron expectantes.

–La música –dijo Yannis secamente.

Evangelea deslizó el dedo por el teléfono para silenciar las canciones populares. El jardín quedó en silencio.

David nunca había vivido nada parecido a lo que sucedió después de que ella anunciara su intención de ayudarlos. Fue asaltado por apretones de manos, abrazos y besos, una efusión de gratitud y alegría que contrastaba extrañamente con el funeral.

–¿Me permitirás retirar todo lo malo que he dicho de ti? –preguntó dulcemente Koriana.

David pareció desconcertado.

–No creo que fuera tan malo.

–No me refería a lo que te dije a la cara –apuntó ella–. Me refiero a lo que les dije a los demás.

David rio.

–Por supuesto, puedes retirarlo –respondió él, aceptando su abrazo alrededor de su cuello.

Stelios se acercó por detrás, le dio una fuerte palmada en la espalda y dijo:

–Bien hecho.

David sintió una onda expansiva que le atravesó el pecho hasta llegarle al esternón.

–Menuda fuerza, amigo. Me alegro de que no estés enfadado conmigo.

–¿Qué te ha hecho cambiar de opinión? –preguntó Iriniki, acercándose en su silla de ruedas.

–Habéis sido todos vosotros –dijo David–, pero la carta de Sofía fue la gota que colmó el vaso.

Asterios, un abogado de mediana edad con una mata de pelo negro, propuso un brindis por Sofía. Las copas se alzaron y se vaciaron de vino.

Al cabo de un rato, Eleni se inclinó sobre la silla de Iriniki y le pidió que sacara el bolso que tenía entre el muslo y el cojín a su lado.

–La mayoría de vosotros decís que parezco cansada –comentó ella–. Es verdad. He estado despierta casi toda la noche. Durante años, he estado pensando en levantar las posaderas, en sentido figurado, claro está, y aprender a utilizar un *software* para catalogar nuestro archivo. Como la mayoría de vosotros sabéis, soy un dinosaurio en lo que respecta a la tecnología. Soy más una archivista del siglo XIX que del siglo XXI. Lo mejor que he podido hacer ha sido organizar el material cronológicamente. Seguro que te habrás fijado en los archivadores de mi biblioteca, David. Ese es nuestro archivo. Generaciones de Guardianes del Destino han aportado fragmentos de información desordenada acerca del posible paradero de la Máquina del Destino. Mis padres heredaron el archivo de un matrimonio sin descendencia, que lo había mantenido en su familia durante generaciones. Cuando digo información desordenada, lo digo en serio. Recortes de periódico. Telegramas. Notas de Guardianes del Destino que observaron u oyeron algo en sus viajes. Rumores. Algunas cartas se remontan al siglo XVI. Diría que más de la mitad de todo lo que tenemos son recortes de periódicos, revistas y diarios científicos sobre el Mecanismo de Anticitera desde 1901 hasta la actualidad.

Eleni se volvió hacia David.

–Nunca nadie sugirió que el Mecanismo de Anticitera y la Máquina del Destino estuvieran relacionados, pero el hecho de que los antiguos griegos pudieran fabricar un dispositivo increíblemente complicado y sofisticado dio a los Guardianes del Destino la esperanza de que la Máquina del Destino pudiera ser real y pudiera llegar a encontrarse. Los Guardianes del Destino han estado obsesionados con el Mecanismo de Anticitera. Yo ya estaba enamorada de él antes de tener la oportunidad de dirigir el Instituto.

Ante las risas, Iriniki dijo:

—Deberíamos hacer una distinción: a. D. para antes de David y d. D. para después de David. A. D. no teníamos puntos de referencia para examinar el archivo de forma crítica. D. D. hemos visto la llave del mapa. A las cuatro de la mañana encontré una nota de 1898 de un Guardián del Destino llamado Dimitri, de Salónica. En ella dice que ha oído hablar de un interesante papiro propiedad de un coleccionista privado de Creta. Escribe que no conoce los detalles, pero que el papiro menciona las ruedas del destino, un mapa de los sueños y a Zeus. Comenta que el papiro merece una investigación, pero que no sabe cuándo podrá viajar a Creta. Busqué más notas y cartas en los siguientes veinte años de material archivado y no pude encontrar nada más, así que no sabemos si Dimitri logró averiguar algo nuevo.

Yiorgos había estado hundido en su silla, aferrando un vaso de ouzo y mostrándose poco animado, pero fue el primero en hablar.

—Así pues, Creta es por donde debéis empezar. Las ruedas del destino. En mi opinión, las ruedas del destino son engranajes como los del aparato de David. Mapa de los sueños. La llave de David, el mapa, muestra un mundo físico con el que los antiguos solo podían soñar. Zeus. Bueno, el Michaní Peproménou es obra suya, ¿no? David, ¿has estado en Creta alguna vez?

—Una, en una conferencia.

—Solíamos ir allí de vacaciones en familia —dijo Yiorgos con tristeza—. Eleni la conoce bien.

David miró hacia Eleni y dijo:

—Entonces, supongo que nos vamos a Creta.

El festejo y las anécdotas continuaron hasta que Eleni metió a su padre ebrio en la cama. Los Guardianes del Destino fueron retirándose uno a uno, expresando sus esperanzas y plegarias por el éxito de David y Eleni.

Cuando todos se marcharon, Eleni dijo:

—Reservaré los vuelos.

Seguro que hay varios cada día a Heraclión.

David había estado bebiendo sin parar y su cabeza empezaba a nublarse.

—No a primera hora, por favor.

Estaba pensando en el lío en el que se había metido cuando le sonó el teléfono, era una llamada de Peter Andreeson.

—Peter, es más de medianoche. ¿Va todo bien?

La voz de su alumno sonaba tensa.

—Espero no haberte despertado.

—No, ya estaba despierto. ¿Qué ocurre?

—Quería llamarte por la mañana, pero no podía dormir.

—No hay problema.

—Hoy, después del trabajo, fui al almacén.

David sabía lo que venía a continuación, pero actuó como si nada.

—¿Por qué motivo?

—Por ninguno en especial, me gusta ser precavido.

—Entiendo.

—Abrí la caja donde estaba el dispositivo con el mapa. Estaba vacía. No había señales de que hubieran forzado la entrada al recinto. Eres el único que tiene llave, aparte de mí. Así que...

—No tienes por qué preocuparte, Peter. Lo tengo yo.

—Me lo he imaginado, pero no lo entiendo. Estás en Grecia, ¿verdad?

—Así es.

—¿Cómo has podido sacarlo sin licencia de exportación?

–Escucha, esto no tiene nada que ver contigo. No te preocupes por eso. Cuanto menos sepas, mejor. El artefacto está conmigo y está perfectamente seguro. Si acaba saliendo a la luz, asumo la responsabilidad al cien por cien. Diré que no sabías nada, y tú deberías decir lo mismo.

–Por Dios, David.

–Está todo bien. Estoy recabando información importante de mi contacto aquí. En cuanto termine, lo devolveré a Turquía.

–¿Cuándo?

–No estoy seguro. Un par de días, quizá una semana. Se lo haré saber a Mazhar y Oguz. ¿Qué tal por ahí? ¿Ha llegado ya la pieza de recambio de Mazhar?

–Todavía no. Hay algún tipo de retraso. Mientras tanto, he puesto una escalera en el agujero entre los escombros para explorar el nivel que había por encima del nuestro. Hasta ahora, más de lo mismo: muchos túneles vacíos. Tiene que haber puntos de conexión con otros niveles, pero no los he encontrado.

–No te pierdas intentándolo.

–No te preocupes.

–Y, Peter, lo digo en serio. No te preocupes por mi asunto, ¿vale?

–No estoy preocupado porque ni siquiera sé de qué estás hablando.

–Eso es –respondió David–. Respuesta correcta.

A la mañana siguiente, en el aeropuerto, David se alejó un momento de Eleni en la puerta de embarque para llamar a Oguz. Su benefactor necesitaba saber de su ausencia por él, no a través de alguien en Derinkuyu. No es que le hiciera especial gracia esa conversación.

–Bueno, David, ¿de vuelta al frente? –le preguntó Oguz.

–No exactamente. He mantenido conversaciones muy productivas con expertos acerca del dispositivo con el mapa, pero necesito un poco más de tiempo en Grecia para cuadrarlo todo.

—¿Cuánto tiempo más?

—Un par de días, supongo.

Tras una densa pausa, Oguz dijo:

—Debo decirte que no me hace ninguna gracia. Tus responsabilidades están en Turquía.

David sintió que se le revolvía el estómago, pero necesitaba evitar que la relación se deteriorara.

—Señor Oguz —dijo, adoptando el tono de formalidad que exigía su relación con el hombre de negocios—. No tengo palabras para expresar lo mucho que apreciamos su patrocinio. Sin embargo, como responsable del proyecto, debo tener libertad para orientar las investigaciones científicas en la dirección que considere necesaria. El mapa es un hallazgo de gran importancia y de relevancia histórica. La Dra. Lillakis, del Instituto Anticitera, sospecha que podría provenir del mismo taller donde se construyó el Mecanismo de Anticitera. Su hallazgo en Derinkuyu conecta Anatolia con las tecnologías más avanzadas del mundo helénico.

—Para mí, helénico significa cultura griega, no cultura turca. No he pagado para glorificar a Grecia. Ya tienen bastante gloria sin mi ayuda.

—El mundo antiguo no estaba tan aislado como podríamos creer —continuó David, defendiendo su postura—. El comercio y las conquistas fueron el motor de la interconexión entre culturas. El hallazgo de un sofisticado instrumento científico en Derinkuyu sitúa a Anatolia en el centro de los logros humanos de ese periodo. Cuando anunciemos el hallazgo al mundo, será nuestra obligación saber lo máximo posible al respecto.

—Bueno, ¿y qué has descubierto hasta ahora? —inquirió Oguz.

David ya había decidido mantener la ambigüedad en sus revelaciones.

–Probablemente se trate de algún tipo de dispositivo astrológico utilizado para predecir fenómenos terrestres. La inscripción en griego sugiere un nexo mitológico con los dioses y el destino. La Dra. Lillakis cree que había otros componentes del dispositivo que, si se encontraran, podrían hacerlo funcionar de alguna manera.

–¿Y qué hay del mapa del mundo moderno? ¿Qué dice ella al respecto?

–Está intrigada, por supuesto, pero no tiene ninguna explicación. Tiene algunas ideas sobre dónde podríamos encontrar los elementos que faltan. Si lo conseguimos, quizá tengamos algunas respuestas. Intentaré pasar el menor tiempo posible lejos de Derinkuyu. El Dr. Erduran sigue esperando la pieza de repuesto de Alemania para su sensor de muones. Haré lo posible por estar de vuelta a tiempo para ver las primeras imágenes de debajo de la cámara del mapa.

Oguz puso punto final a la conversación bruscamente.

–No te voy a engañar, David. No estoy nada contento. Mantenme informado sobre tu regreso a Turquía.

Eleni le había guardado una silla cerca de la puerta. Terminó una llamada y guardó el teléfono.

–Pareces enfadado –dijo ella, apartando la maleta.

–¿Tan evidente es? –preguntó sin esperar respuesta–. Si quisiera que me controlaran hasta el más mínimo detalle, me habría dedicado al mundo empresarial, no a la arqueología. Hice un pacto con el diablo cuando obtuve financiación de un hombre de negocios rico. No le ha gustado nada que me haya ido de Turquía.

–¿Sabe que te has llevado el mapa?

–Dios mío, no. ¿Saben en tu instituto que vas a Creta?

–Se los he comunicado a mis colaboradores. No tengo ningún superior al que rendir cuentas. El Instituto cuenta con una pequeña junta directiva que responde ante el Ministerio de Cultura, que es nuestra fuente de financiación. Los directores no intervienen, salvo en las reuniones periódicas.

–Qué suerte la tuya.

–David –le dijo–. Gracias de nuevo por aceptar ayudarnos. Siento que te esté causando problemas.

–No pasa nada –respondió sin mucha convicción–. ¿Era el director del museo quien estaba al teléfono?

–Sí, Nicos Galanis ha tenido la amabilidad de devolverme la llamada.

–Supongo que ser la directora del Instituto Anticitera te abre algunas puertas.

Su cuello pálido se sonrojó ligeramente.

–Nunca hasta ahora había intentado abrir puertas, pero parece que así es. Me ha comentado que no sabía decirme si tenían este papiro en su colección, pero que podíamos buscar con total libertad.

–¿Le has preguntado si es el único museo de Creta que guarda papiros?

–Según él, ninguno de los museos más pequeños podría tener algo así. Si alguien les hubiera ofrecido una pieza del periodo clásico, la habrían enviado a Heraclión. No supo decir si aún estaría en manos privadas, si se habría vendido o donado a algún museo de Creta o si realmente existía. Muy pronto sabremos si lo tienen.

El vuelo, de una hora de duración, iba repleto de turistas en busca de playas y lugares históricos. David y Eleni se sentaron juntos, pero apenas hablaron. Ella seguía lamentando la muerte de su madre, así que la dejó tranquila y se quedó mirando por la ventana el mar de un azul imposible. En el breve trayecto hasta el hotel, el taxista los tomó por una pareja.

Los oyó hablar en inglés y dijo:

–Hacen muy buena pareja. ¿Vienen de luna de miel a nuestra isla? Siempre acierto.

Eleni le respondió secamente en griego y él enmudeció durante el resto del trayecto. David no le preguntó qué había dicho. Ella había elegido el hotel, un alojamiento con encanto muy bien de precio en el centro de Heraclión, a dos minutos a pie del museo. Se registraron en sus respectivas habitaciones y almorzaron en una cafetería al aire libre cercana.

–¿Has estado antes en el museo? –le preguntó Eleni mecánicamente.

David pudo notar que ella estaba haciendo un esfuerzo por mantener la conversación. Quería decirle: «Mira, tu madre acaba de morir. No tienes por qué ser sociable», pero en lugar de ello, le respondió:

–Sí, hace años. Tienen una colección minoica impresionante, una de las mejores del mundo.

Al percibir su tristeza, la liberó de la charla trivial con una pequeña disertación sobre la difícil búsqueda de conexiones entre las culturas hitita de Anatolia y minoica de Creta.

–Seguro que hubo comercio entre ambas, pero hasta ahora no hay pruebas concluyentes –afirmó–. Me encantaría encontrar una estatua o una pieza de cerámica minoica en Turquía. Sería el descubrimiento de mi vida.

–Diría que ya has hecho el descubrimiento de tu vida –respondió lacónicamente.

Nicos Galanis, un hombre afable con una chaqueta de lino arrugada, los recibió en el vestíbulo del museo arqueológico.

–Les doy la bienvenida al AMH –dijo, utilizando el nombre con el que se conoce al museo. Es un gran placer contar con visitantes tan ilustres procedentes de Atenas y Cambridge. Por si no lo sabían, contamos con casi ciento cincuenta años de historia y somos uno de los museos más grandes de Grecia. Adelante, les llevaré a nuestras salas de almacenaje, allí les recibirá la Dra. Kyriadis, conservadora de nuestras colecciones clásicas, ella les asistirá.

Melina Kyriadis era una mujer de mediana edad con la expresión contrariada de alguien que acabara de comer algo desagradable. Su jefe pareció avergonzado por su nada amable saludo.

–Por más que lo intento –dijo ella–, no consigo imaginar por qué la directora del Instituto de Anticitera y un arqueólogo de Harvard, que según su biografía no trabaja en el periodo clásico, están interesados en un papiro cretense.

Habían preparado una historia para responder precisamente a esa pregunta.

–Me halaga que me haya investigado –respondió David–. Estoy aquí a instancias de un colega, un estudioso de los clásicos, que recientemente se enteró de la existencia de una carta del siglo XIX en la que se mencionaba el papiro que estamos buscando. Él sabía que yo venía a Creta, así que me pidió que intentara encontrarlo. Está escribiendo un artículo sobre Zeus y las Parcas y pensó que podría resultarle interesante. La Dra. Lillakis es una buena amiga mía.

–Nuestra visita no tiene nada que ver con el Mecanismo de Anticitera –prosiguió Eleni.

–Si nos hubieran avisado con más tiempo, habríamos podido organizar alguna conferencia con Eleni y David –intervino Galanis, dirigiéndose hacia la puerta–. Y ahora, les dejo en las competentes manos de Melina. Espero que encuentren lo que buscan.

–Síganme –dijo la conservadora–. No conozco ese papiro, pero tenemos cientos de fragmentos sin catalogar. Quizá si el Gobierno griego nos destinara una pequeña parte de lo que da al Instituto de Anticitera, podríamos permitirnos catalogar mejor nuestro material.

Eleni le dedicó una sonrisa cómplice a David a espaldas de la conservadora mientras esta los conducía a un almacén con armarios, una pequeña mesa de trabajo y un par de taburetes.

Kyriadis seleccionó dos cajas de un armario y dijo:

–Si no está aquí, no lo tenemos.

–¿De cuánto tiempo disponemos? –preguntó David.

–Cerramos a las cinco. Si necesitan volver mañana, abrimos a las nueve. Estaré al final del pasillo. Por cierto, ¿saben leer griego antiguo?

–Nos las arreglaremos –respondió Eleni.

–Perfecto, porque estoy muy ocupada. Encontrarán pinzas y lupas allí –continuó Kyriadis–. No debería tener que decírselo, pero, por favor, tengan cuidado con los papiros. Son muy delicados.

Cuando se quedaron solos, David dijo:

–Qué simpática. –Lo que le provocó una risita a Eleni, el primer atisbo de alegría que mostraba–. Veamos qué tenemos aquí.

Abrió la primera caja y lanzó un silbido. Estaba repleta de bandejas de plástico, cada una dividida en una docena de cuadrados por separadores. Los papiros eran en su mayoría fragmentos irregulares del tamaño de sellos postales, pero algunos eran más grandes. Rápidamente, elaboraron un plan de acción para aprovechar al máximo el tiempo. Eleni sugirió a David que aprendiera a reconocer una única palabra en griego koiné.

–Estamos buscando estos elementos clave: ruedas, destino, mapas, sueños y Zeus.

–Me quedo con Zeus –dijo David.

Eleni escribió el nombre del dios y dijo:

–No será tan perfecta como esta. Podría parecer un garabato, a no ser que la haya escrito un escribano profesional con una letra formal, conocida como escritura documental. Pregúntame si ves algo remotamente parecido.

–Me encantaría decirle a la conservadora que, de los dos, la astrónoma es la experta en griego antiguo –dijo.

–Sí –respondió Eleni socarronamente–, una astrónoma con mucha financiación del gobierno.

Cada paso resultó ser una ardua tarea, empezando por la extracción de los delicados fragmentos de sus bandejas. Muchos de los papiros estaban descoloridos y, a los ojos de David, las letras eran un galimatías. Se resistió a hacer la broma de que en realidad, a él le parecía chino más que griego, y se concentró en intentar encontrar la palabra Zeus.

Por miedo a que se le pasara algo, constantemente le pedía que revisara algún fragmento.

–¿Qué me dices de esta? –le preguntó.

–Me temo que no. Esa es la palabra para cerveza.

Pasaron la tarde trabajando sin descanso. A las cinco menos cuarto, la conservadora volvió a aparecer y les preguntó cómo iban.

–Acabamos de empezar con la segunda caja –dijo David–. No ha habido suerte por ahora.

–Casi todo son registros de la venta de cereales –añadió Eleni.

–¿Ah, sí? –respondió Kyriadis, volviéndose hacia David.

–No me mire a mí –comentó él–. La paleógrafa es la doctora Lillakis.

–Ya veo –respondió secamente la conservadora–. Una mujer de recursos. ¿Regresarán mañana?

–Sí, gracias –respondió David–. Estaremos aquí a las nueve.

A la mañana siguiente, David y Eleni se reunieron para desayunar en el comedor del hotel. Eleni se había saltado la cena la noche anterior. Estaba cansada y seguía afectada, y era evidente que necesitaba espacio para llorar su pérdida a solas. Sin nada que hacer, David dio un buen paseo por el centro de la ciudad y el puerto y encontró una cafetería tranquila, sin turistas, en una calle secundaria cerca del parque Georgiadis.

–Siento haberte abandonado anoche –le dijo.

–Lo entiendo perfectamente –respondió.

–¿Qué hiciste?

–Comí algo, tomé unas copas y me fui a la cama –respondió, omitiendo el tiempo que pasó meditando si continuar con la búsqueda y ojeando vuelos de vuelta a Atenas para la tarde siguiente–. ¿Has pensado en qué haremos si no hay nada interesante en la segunda caja?

–En cualquier caso, deberíamos consultar con los museos más pequeños de la isla –le respondió–. Debemos seguir haciendo preguntas. Hemos llegado hasta aquí. No podemos simplemente tirar la toalla.

Él levantó su vaso de zumo de naranja para brindar.

–Por la segunda caja.

La conservadora no se alegró más de verlos que el día anterior. Rápidamente, se excusó y se marchó. Esta vez, David se sentía más seguro a la hora de detectar la palabra Zeus y se movía por las bandejas a un ritmo más rápido.

Pasadas tres horas, cada uno de ellos tenía delante una última bandeja. Eleni terminó primero y observó cómo él sacaba con las pinzas los últimos fragmentos.

–Lo siento –dijo él–, cerrando la tapa de golpe.

Ella se echó a llorar. David no estaba seguro de si era la decepción por el fracaso, el dolor por la muerte de su madre o ambas cosas. No importaba. Sentía la necesidad de ayudarla, pero no se le ocurría nada que pudiera hacer.

–Ya lo hago yo –dijo ella, deslizando la caja de vuelta en su sitio.

Él se quedó esperando a que ella cerrara la puerta del armario, pero en lugar de eso, se dio cuenta de que estaba mirando hacia arriba.

--No hay escalera –le dijo–. ¿Llegas a la caja de arriba?

–¿Por qué?

–En la etiqueta pone: «Manuscritos varios. Donaciones al museo».

David pudo alcanzarla sin dificultades.

–¿Crees que deberíamos pedirle permiso a la señorita Simpatía? –Él mismo respondió a su pregunta–. No vale la pena. Dijo que estaba muy ocupada.

A diferencia de las cajas de papiros, esta estaba repleta de sobres de distintos tamaños y colores, cada uno con una etiqueta escrita a mano. Se pusieron a clasificarlos juntos.

–Esta es una carta de un general de la Gran Revolución Cretense de 1866 –dijo Eleni, apartándola–. Esta es una copia del Tratado de Varkiza de 1945. No creo que necesitemos saber más. Esta es una proclamación del siglo X de un sacerdote de la época bizantina. Por Dios, ¡esto es un caos! Realmente necesitan financiación para catalogarlo todo.

Ella siguió sacando sobres, leyendo las etiquetas y apilándolos. Habían llegado a la mitad cuando él notó que respiraba profundamente.

—¿Qué es? —le preguntó.

—Está etiquetado como «Papiro de la época helénica, donación de M. Kostas, 1935».

—Vale, vaya —dijo él.

Sacó un sobre blanco del sobre amarillo más grande. Dentro había un tercer sobre, de un papel muy fino semitransparente, que dejaba entrever un trozo de papiro más pequeño.

—¿Puedes usar las pinzas? —le susurró—. Me tiemblan las manos.

Sacó el frágil papiro, lo colocó con cuidado sobre el papel amarillo y observó cómo se movían los labios de Eleni mientras leía en silencio la tenue escritura marrón.

Con la voz entrecortada, dijo:

—La nota de Iriniki era cierta. Es un fragmento de un poema de alguien llamado Persopoulos: «Y murió de una fiebre, con la mente poseída por los dioses, delirando sobre las ruedas del destino, las tierras de los sueños y el lugar de nacimiento del poderoso Zeus. Persopoulos».

—Lo que voy a decir no será demasiado académico —indicó David—. Hay que joderse.

—Ni que lo digas. ¿Puedes decir algo sobre la época por su aspecto?

—Tendríamos que hacer una datación por radiocarbono —respondió David—, pero podría ser perfectamente del siglo II a. C.

—Todo cuadra —dijo ella—. Ruedas del destino: engranajes de bronce. Tierras de sueños: mapa irreconocible.

–¿Y el lugar de nacimiento de Zeus? –preguntó él–. ¿Qué crees que significa?

–David –añadió ella suavemente–. ¿Sabes qué hay en la isla de Creta?

–No, pero algo me dice que me lo vas a contar.

–La cueva de Psychro. El lugar mítico de nacimiento de Zeus. Tenemos que alquilar un coche. Está a una hora de aquí.

Mientras Eleni tomaba fotos del papiro, David se dijo que, probablemente, ese día no volarían de vuelta a Atenas.

Durante el trayecto hasta el pueblo de Psychro, por terreno montañoso y estrechas carreteras en zigzag, bromearon sobre la reacción de la conservadora ante su hallazgo.

–Sí, bueno –había dicho ella con crudeza–, nunca he oído hablar de Persopoulos. En el mejor de los casos, debió de ser una figura menor. ¿Lo envío para su datación? Si su colega en América está tan interesado, quizá nos pueda proporcionar los fondos. Tal vez deberían haberme pedido permiso antes de rebuscar en otras cajas.

Eleni había visitado la cueva de Psychro en dos ocasiones previamente. Le dijo a David que era un lugar especial para los helenistas, no porque creyeran que era el lugar de nacimiento de Zeus, sino porque respetaban las antiguas tradiciones.

–Creemos en el poder y la majestuosidad de los dioses del Olimpo –dijo–, pero hemos adoptado interpretaciones modernas. Nos centramos en los aspectos rituales, culturales y espirituales de la religión. No aceptamos sin reservas las narraciones mitológicas. Podrías compararnos con los cristianos que creen en Jesús y en los principios humanistas del cristianismo, no con los fundamentalistas que sostienen que cada palabra de la Biblia es cierta. Para nosotros, la cueva de Zeus es una especie de templo natural para contemplar los misterios del universo.

–¿Podremos explorarla por nuestra cuenta? –preguntó David.

–No lo creo. Hay una visita guiada de la sala principal. El resto es zona restringida.

Cuando llegaron al remoto y montañoso lugar donde se encontraba la cueva, solo faltaban dos horas para el cierre y el aparcamiento se estaba quedando vacío. David estiró los músculos y contempló el paisaje llano y marrón de la meseta de Lassithi y una cadena de áridas montañas lejanas que se elevaban hacia un cielo cubierto de bruma. A su alrededor, los vendedores de zumo y los quioscos de souvenirs empezaban a recoger, finalizando la jornada.

Eleni leyó el cartel y dijo:

–Solo queda una visita más. Empieza en veinte minutos.

David miró a su alrededor y, al no ver nada, comentó:

–¿Dónde?

Ella apuntó con el brazo en un ángulo pronunciado.

–Tenemos que subir para luego bajar.

Decidieron evitar el alquiler de burros y subieron la montaña por un terreno rocoso hasta llegar a una pequeña cabaña de piedra caliza, en la que Eleni compró dos billetes. Avanzaron un poco más, hasta donde la gente se arremolinaba, esperando a que comenzara la visita. Una puerta los separaba del abismo que era la entrada a la cueva.

Poco después, una fila de turistas sudorosos y jadeantes por el esfuerzo salió de aquella sima, liderados por un anciano hombrecillo vestido con pantalones cortos de montaña y botas, con la piel curtida y las pantorrillas musculosas de un hombre acostumbrado a la vida al aire libre. Abrió la puerta a los visitantes y se despidió en varios idiomas, guardándose discretamente las propinas.

Tan pronto como se marchó el último de ellos, el guía dirigió su atención al nuevo grupo y dijo en un inglés con fuerte acento:

–La experiencia me dice que algunos de ustedes no hablan griego. ¿Quién de aquí es griego?

La única en levantar la mano fue Eleni.

El guía la saludó en griego y luego continuó en inglés.

–¿Quién de los aquí presentes no entiende el lenguaje universal que estoy hablando? ¡Oh!, muy bien. Si nadie dice nada, seguiremos en inglés. Hablo alemán, español, francés e italiano, así que podría comunicarme con la mayoría de ustedes, pero eso ralentizaría el proceso. Mi nombre es Mikhail Kontos, y ahora empezaremos a bajar y bajar y bajar hasta la cueva. Si alguno de ustedes no puede dar más de cien pasos sin llevarse la mano al pecho, hágamelo saber y le devolveremos el dinero. ¿Todos bien? Entonces, acompáñenme y descendamos a lo que, según la leyenda, es el lugar donde nació el poderoso Zeus.

Las escaleras de piedra caliza y las barandillas de hierro se enroscaban en espiral hacia las profundidades frías y húmedas de la cueva. En el primer tramo, en el que todos podían estar al mismo nivel, Mikhail dijo:

–Comenzamos nuestro recorrido a unos mil metros de altitud y aquí estamos cien metros más abajo. Creta está formada por piedra caliza y la isla cuenta con más de tres mil cuevas de este material. Esta es la más famosa. Se la conoce con diferentes nombres: Cueva de Psychro, por el pueblo de Psychro; Cueva de Dikteon, por la montaña en la que está excavada, o, simplemente, la Cueva de Zeus. Por ponerles en contexto les diré que antes era arqueólogo. Me pueden reconocer como tal porque lo único que tengo peor que las rodillas es el hígado. En el improbable caso de que haya algún arqueólogo en nuestro grupo, le pido disculpas por la broma.

–Aquí hay uno –se presentó David con una sonrisa. La cara de Mikhail se iluminó.

–¿En serio? ¿De dónde?

–De Cambridge. El de Massachusetts.

–¿Trabaja usted en la facultad?

–Sí, señor.

–Dios mío, señoras y señores. Hemos sido bendecidos con la presencia de la realeza: ¡un hombre de Harvard! En esta cueva, el único más encumbrado es el propio Zeus. ¿Cómo se llama usted?

–David.

–Bien, David, siéntase libre de ofrecer una corrección instantánea de mi relato mientras balbuceo.

–No es mi campo –dijo David–. Su balbuceo está a salvo.

Contemplaron la enorme cámara de la cueva, con sus imponentes agujas de estalagmitas y estalactitas iluminadas desde abajo, cubiertas de un brillo verde debido al musgo y las algas.

–Sigamos descendiendo –dijo Mikhail–. Me gusta caminar y hablar. Para los antiguos griegos, Zeus era el gobernante del cielo y la tierra, la personificación misma de las maravillas de la naturaleza. Su familia, compuesta por otros doce dioses y diosas importantes, los grandes olímpicos, vivía en el monte Olimpo, nuestra montaña más alta. Pero la mitología nos dice que Zeus nació en Creta, en una cueva, y la tradición siempre se ha decantado por esta, situada en lo alto de las montañas. La historia es la siguiente: Cronos, el titán dios del tiempo y las edades, y Rea, la titán diosa de la fertilidad y la maternidad, tuvieron cinco hijos antes que Zeus, y Cronos, por miedo a que le quitaran el trono, se los comió. ¡Exacto, se los comió! Rea finalmente se dio cuenta y, cuando dio a luz a Zeus, le entregó a su esposo una piedra envuelta en pañales en lugar de a su bebé. Su estratagema funcionó. Cronos se tragó la piedra creyendo que así su trono estaría a salvo, y Rea escondió al pequeño Zeus en esta cueva, donde creció a salvo de su padre caníbal. Adelante, hagan algunas fotos. Cuando terminen seguiremos bajando.

Los turistas murmuraron y tomaron fotografías de las enormes formaciones de piedra caliza brillante. Un joven con una camiseta roja y blanca del club de fútbol Olympiacos llamó la atención de David porque no dejaba de grabar con su cámara de vídeo panorámicas de la cueva. David no compartía el asombro de los turistas. La indefinida misión que él y Eleni tenían entre manos le consumía la esperanza. Un poema garabateado en papiro mencionando el lugar de nacimiento de Zeus era un débil brote al que agarrarse. Venía de una expedición a unas cuevas para la que había reunido un equipo sofisticado y bien financiado. Aquí, en esta enorme cueva griega, no tenían ni los recursos ni la menor idea de lo que andaban buscando.

El grupo descendió lentamente por unas resbaladizas escaleras.

–Descansemos aquí –dijo Mikhail–. Hemos llegado a la cueva inferior, conocida como Kato Spileo. Donde estoy señalando, se puede ver una sala con pilas de piedra llenas de agua que, según la leyenda, es donde bebía Zeus. Y ahí está la vista más emblemática de la cueva, un lago subterráneo rodeado de grandes estalactitas y estalagmitas. Esa de ahí, la estalactita central que cuelga sobre el lago como una lámpara de araña, se conoce como el Manto de Zeus.

David y Eleni dejaron que los turistas hicieran preguntas, algunas inteligentes, otras sin sentido, antes de que David formulara la suya.

–¿Podría contarnos algo sobre las excavaciones arqueológicas realizadas aquí?

La respuesta de Mikhail resonó en la piedra caliza.

–¡Mi pregunta favorita! El rqueólogo griego Chatzidakis y el italiano Halbherr llevaron a cabo una excavación limitada del yacimiento en 1886. La primera excavación sistemática, dirigida por el británico David Hogarth, comenzó en 1899, y durante el siglo XX se practicaron campañas de menor envergadura. Los objetos encontrados están ahora en el Museo Arqueológico de Heraclión y en el Museo Ashmolean de Oxford. Gracias a su trabajo, sabemos que ha habido presencia humana en la cueva de Psychro durante seis mil años, desde el final del Neolítico. Sabemos que la cueva funcionó como centro de culto desde la época minoica, alrededor del año 2000 a. C., periodo que estudié personalmente, hasta la época arcaica, alrededor del año 700 a. C. El culto en la cueva continuó de una forma más esporádica durante la época romana. Hasta hace poco, los pastores y cazadores locales usaban la cueva como refugio. Durante la Segunda Guerra Mundial, cuando los nazis ocuparon Creta, los combatientes de la resistencia cretense huyeron a las montañas y utilizaron la cueva para esconderse de los alemanes. Vamos, acerquémonos al lago. La expresión está muy trillada, pero es un lugar mágico.

En la empinada subida de regreso a la entrada de la cueva, Eleni y David se mantuvieron junto a Mikhail, siguiendo el ritmo de sus incansables piernas.

—Así que, ¿qué tipo de arqueólogo es usted? —preguntó el guía turístico.

—Me dedico principalmente a los hititas —respondió David—. Actualmente trabajo en Turquía.

—¿Qué le trae por Creta?

—He venido a visitar a Eleni.

Mikhail la miró y luego volvió a mirarla antes de decir:

—Jovencita, usted me resulta familiar. ¿La he visto en televisión? ¿Es usted actriz?

Ella sonrió con timidez.

—Hice un documental para la EPT sobre el Mecanismo de Anticitera. Quizá lo haya visto.

—¡Dios mío! Usted es la directora. Es un honor conocerla.

—Gracias. ¿Puedo hacerle una pregunta? Estamos buscando información sobre un artefacto que podría haber sido encontrado o que aún podría estar enterrado en la Cueva de Zeus.

—¿Ah, sí? —preguntó Mikhail, mirando por encima del hombro para asegurarse de que ningún turista se quedaba muy atrás—. ¿Qué tipo de artefacto?

–Quizá algo parecido al Mecanismo de Anticitera –respondió ella evasivamente.

–Continúe.

–Sería bronce –prosiguió ella– y tendría engranajes.

–Ah, ya casi estamos arriba –dijo Mikhail y David pensó que se los estaba quitando de encima, pero al llegar a la entrada de la cueva, les preguntó–: ¿Qué planes tienen para esta noche?

–No tenemos planes –respondió David.

–Entonces deben venir a cenar conmigo –dijo el guía con los ojos brillando a la luz del sol de la tarde–. Hay alguien a quien creo que deberían conocer.

Absorto en su conversación, David no se dio cuenta de que el joven de la camiseta roja los estaba apuntando con su cámara de vídeo directamente a él y a Eleni.

CAPÍTULO 7

Siracusa, isla de Sicilia
212 a. C.

El gran hombre se agarró a la barandilla de bronce y miró hacia el mar. Siempre había estado agradecido de que su morada estuviera orientada al este, ya que el amanecer era su momento favorito del día. Cuando el orbe celeste se elevaba sobre el horizonte, bañaba el mar gris con reflejos de azul y destellos de luz danzante. Arquímedes solía despertarse cuando la mayoría de la gente aún estaba cómodamente acurrucada bajo la manta. Le gustaba salir a su terraza y contemplar el milagro diario y esperanzador de la naturaleza, antes de completar unas apresuradas abluciones y llegar a su estudio antes que nadie, incluso antes que el aprendiz más humilde o que cualquier esclavo. Su taller, repleto de instrumentos fabricados por él mismo, era famoso en todo el mundo civilizado por ser el lugar donde habían cobrado vida infinidad de inventos maravillosos y demostraciones matemáticas.

Había dormido muy poco aquella turbulenta noche. El reino de Siracusa, un próspero enclave de la isla de Sicilia, había sido durante mucho tiempo un botín disputado por griegos y cartagineses, pero en los últimos años había surgido un nuevo enemigo. Los romanos, liderados por el cónsul Marco Claudio Marcelo, habían sitiado Siracusa con una flota de buques de guerra y soldados durante tres años. Marcelo esperaba una victoria rápida, pero los valientes habitantes de Siracusa habían montado una eficaz defensa, en parte gracias a la inventiva de su famoso conciudadano, Arquímedes.

El rey de Siracusa le había presionado para que ideas fortificaciones contra la embestida naval. Al principio, Arquímedes se había mostrado reacio. Estaba ocupado con una misión encomendada por un poder mucho más elevado que el de un rey terrenal, pero la crudeza de la situación le convenció. Los romanos eran una amenaza a la propia existencia. Su gran proyecto, la culminación de su larga vida, no llegaría a buen puerto si los romanos tomaban la ciudad y la saqueaban. Fundirían sus elaboradas obras de bronce para convertir el metal en vulgares espadas. Así que diseñó armas navales que se utilizaron contra los invasores romanos. Había creado sambucas, torres de asedio flotantes con ganchos de abordaje. Elaboró un dispositivo que llegó a ser conocido como la Garra de Arquímedes, una enorme grúa flotante capaz de levantar barcos romanos fuera del agua y lanzarlos de vuelta al mar para hacerlos añicos y hundirlos. Construyó un espejo gigante para desviar los rayos del sol hacia las velas de los barcos romanos e incendiarlas. Sus catapultas, montadas en las murallas de la ciudad, lanzaban una lluvia de bolas de fuego sobre los invasores. Y durante los años de asedio, Arquímedes aprovechó su valioso tiempo para completar la mayor de sus empresas.

La última noche de su vida, Arquímedes tuvo un sueño agitado, poblado de gritos y agitación, solo para ser despertado por su más fiel ayudante, Héctor, quien le dijo que sus sueños eran reales. Era una noche festiva. Los habitantes de Siracusa, cansados del asedio, celebraban exuberantes la festividad de la diosa Artemisa. En el espolón más oriental de la isla de Ortigia, cerca del emplazamiento costero de Arquímedes, un grupo de soldados romanos había logrado escalar una sección de muralla sin vigilancia, abandonada por unos soldados entregados a las celebraciones. Los defensores que no habían sucumbido a la embriaguez se defendieron, pero Héctor le dijo a su amo que la situación era desesperada.

—Convoca al comandante —dijo Arquímedes, incorporándose sobre su colchón y enderezando sus articulaciones—. Dile que se prepare. Despierta a los carpinteros. Diles que deben terminar los trabajos inmediatamente.

Al amanecer, Héctor encontró a Arquímedes en su terraza, contemplando el mar. La flota romana estaba anclada en la bahía. El humo de los fogones se elevaba desde las cubiertas, pero Arquímedes no se dejó engañar por la serenidad de la escena.

—Le están esperando —dijo Héctor.

El taller era un edificio bajo en el jardín amurallado, cuyo tejado quedaba atravesado por la chimenea del horno de fundición. Hacía frío esa mañana. Cuando Arquímedes entró, los carpinteros estaban trabajando, serrando y martilleando furiosamente. Rechazó sus reverencias honoríficas y cruzó la sala hasta la esquina en la que el comandante del trirreme Delfos estaba reunido con cinco hombres, a los que Arquímedes llamaba los guardianes. Ninguno de ellos era de Siracusa. Procedían del otro lado del mar Jónico, en la Grecia continental, del montañoso Delfos.

Su barco había llegado un mes antes, eludiendo a la flota romana concentrada al este de la isla de Ortigia, en una noche sin luna, y había fondeado en una remota ensenada de la costa occidental de la isla. Había llegado a Delfos la noticia de que el gran artesano había completado su monumental tarea. Se envió una nave de guerra para rescatar los preciados frutos de su trabajo y transportarlos a un lugar sagrado donde serían conservados, un lugar que los guardianes habían visitado. Durante las comidas y los discursos nocturnos, Arquímedes había estrechado lazos con el comandante de la nave y los guardianes, afirmando que los echarían mucho de menos cuando llegara el momento de su partida. El inventor, soltero y sin hermanos, los llamaba, bromeando, el hermano y los hijos que nunca tuvo. Allí estaba Alejandro, el enjuto comandante, cuyo cuerpo duro y curtido por la intemperie mostraba las cicatrices de innumerables batallas contra enemigos y tormentas. Sebastián era ágil y rubio, de miembros largos y piel suave; su sonrisa siempre presente levantaba el ánimo del anciano y su voz cantarina y conmovedora le apaciguaba los ánimos. Damián, moreno y hermoso, tenía un ingenio agudo, aunque sin educación, no temía zambullirse en los debates filosóficos que Arquímedes arrojaba sobre la mesa durante las cenas. Cosmo era grueso y musculoso, con una melena negra que le caía sobre los hombros. Rudo y rápido en amedrentar, era igual de rápido en sonreír y ofrecer una mano conciliadora. De baja estatura y nervioso, Agapeto era bromista y aficionado al juego, con interminables historias subidas de tono y una bolsita de dados de taba siempre a punto. Pero el favorito de Arquímedes era Miseno, a quien consideraba tan perfecto como podía llegar a ser un hombre: un joven con el cuerpo de un dios, una sabiduría muy superior a la que le correspondería por edad y una dulce sensibilidad de la que carecían la mayoría de las mujeres. A decir verdad, el viejo se había enamorado de él, aunque nunca dijera una palabra al respecto.

En lugar de un saludo, Alejandro dijo a Arquímedes:

–Deberíamos haber partido hace una semana, cuando no había luna.

–Entonces no estábamos preparados –respondió Arquímedes–. Gracias a Zeus, lo estamos ahora.

–Hay combates junto al Templo de Apolo –añadió Cosmo–. Quería matar a unos cuantos cerdos romanos, pero mis hermanos me alejaron de allí.

–Es demasiado temprano para darse un festín de cerdo –dijo Damián.

–¿Cuándo se embalará la carga? –preguntó Alexander.

–Pronto –respondió Arquímedes–. Los carpinteros casi han terminado. Pero seguro que no zarparéis de día.

–Está todo lleno de romanos –dijo el comandante–. Si llegan a las tierras altas del este, podrían divisar nuestro barco y quemarlo anclado. No, debemos partir antes del anochecer. Los vientos son fuertes y el Delfos es rápido. Podemos dejar atrás a esos bastardos.

Arquímedes se dirigió a su mesa de trabajo y se detuvo ante la creación que había terminado apenas unos días antes. Habría sido una arrogancia llamarlo creación suya, pues él era tan solo el artesano. Según el Oráculo de Delfos, su diseño procedía de los dioses, del propio Zeus. La pitonisa había pasado semanas en estado de trance, copiando sus instrucciones en un largo rollo de papiro. Cada diente de cada engranaje. Cada radio. Cada varilla. Cada flecha. Cada mapa. Cada icono. Cada palabra. Todo medido y registrado con precisión. Y Zeus dijo a la pitonisa lo que ella ya sabía: que solo un mortal, Arquímedes de Siracusa, podía convertir sus dibujos en una máquina.

Arquímedes ya lo había hecho una vez, cuando los dioses respondieron a las plegarias de los hombres que deseaban predecir los movimientos de la luna y los planetas. En esa ocasión, Urano, el dios de los cielos, transmitió el conocimiento al Oráculo de Delfos. La pitonisa preguntó:

–¿Quién de entre los mortales podría plasmar sus dibujos en una máquina?

Y todos los dedos eruditos señalaron al este, hacia Siracusa, donde moraba el gran matemático e ingeniero Arquímedes. Arquímedes se vio obligado a inventar herramientas y técnicas para fabricar bronce con más precisión y finura de lo que nunca antes se había trabajado ese metal a fin de construir el artefacto al que llamó la Máquina Celestial. Aprendió a fabricar engranajes del grosor de unas pocas hojas de papiro, cada uno con hasta doscientos dientes intrincadamente tallados, y consiguió que estos engranajes interactuaran entre sí con complejos movimientos diferenciales y epicíclicos. Cuando terminó, su Máquina Celestial podía mostrar la posición del sol y la luna en el zodíaco y predecir eclipses y fases lunares. Podía mostrar la posición de los planetas en el cielo. Podía hacer un seguimiento y programar el ciclo cuatrienal de los Juegos Olímpicos. Y Arquímedes registró toda la información y los presagios obtenidos de la máquina y envió misivas detalladas a la Ekklesia de Atenas para que el órgano rector de los ciudadanos tomara nota de sus observaciones.

Arquímedes llamaba a su nuevo mecanismo la Máquina del Destino. Mientras que la Máquina Celestial no era más que una caja de engranajes con unas placas delante y detrás y una manivela, la Máquina del Destino era mucho más compleja. Eran cuatro cajas de engranajes unidas entre sí por varillas, a las que llamaba las llaves del cosmos. Había una Llave del Mundo, adornada con un extraño mapa de masas continentales y mares, lo que sugería que los dioses sabían mucho más sobre la naturaleza de la Tierra que los hombres mortales. Luego estaba la Llave de las Catástrofes, un dial pictográfico con una flecha que podía señalar terribles acontecimientos de muerte y destrucción. La Llave del Tiempo era un calendario mecánico compuesto por ruedas giratorias y diales. Y la Llave de los Dioses era un conjunto maestro de engranajes que, al accionarse, hacía que los engranajes de todas las demás llaves giraran en armonía. Mientras Arquímedes trabajaba sin descanso, el Oráculo ordenó a los hombres de Delfos que prepararan un lugar sagrado en un antiguo emplazamiento para guardar la máquina.

Arquímedes echó un último vistazo a su creación, cuando sintió un aliento cálido en la nuca, se volvió y vio que los cuatro guardianes se habían reunido a su alrededor.

—Su belleza es indescriptible —dijo Miseno.

—Es sobrecogedor, ¿verdad? —añadió Arquímedes—. Echaré de menos contemplar cómo giran sus ruedas, pero ha llegado el momento de que vosotros, valientes jóvenes, la llevéis a su escondite. Los romanos se acercan rápidamente.

—Es una pena separarlas —dijo Agapeto—. Fijaos con qué delicadeza encajan las cuatro llaves entre sí.

–Los carpinteros han fabricado una caja para cada una de ellas a fin de transportarlas con seguridad –indicó Arquímedes–. Sebastián, tú guardarás la Llave del Tiempo. Agapeto, tú guardarás la Llave de las Catástrofes. Cosmo, tú guardarás la Llave del Mundo. Y Miseno, tú guardarás la Llave Maestra.

–¿Y qué haré yo? –preguntó Damián.

–Tú protegerás mi Máquina Celestial. No puede quedarse en Siracusa. Debe permanecer en manos griegas, pero hay que llevarla a un lugar distinto al de la Máquina del Destino. El comandante Alejandro hará una parada en Atenas de camino al lugar sagrado elegido por el Oráculo. Los hombres de la Ekklesia deben tenerla.

–La protegeré con mi vida –dijo Damián.

–Ahora, tengo algo para vosotros –prosiguió Arquímedes, levantando la voz para que uno de sus criados trajera la bandeja con los regalos. La bandeja contenía cinco cajas de madera pulidas hasta alcanzar un brillo intenso–. Tomad una y abridla.

Los cinco guardianes abrieron sus pequeñas cajas y admiraron los hermosos anillos de bronce que había en su interior, cada uno con un engranaje de bronce en miniatura incrustado.

–Llevadlos con orgullo –dijo Arquímedes–, pues os identifican como los guardianes de élite de la Máquina del Destino. Vuestra valentía permitirá a la humanidad tomar las riendas de su destino y derrotar a las caprichosas Parcas.

Los cinco hombres se pusieron los anillos, inclinaron la cabeza y dieron las gracias al gran maestro.

–Mantened vuestras preciadas llaves siempre cerca –añadió Arquímedes–. Dormid con ellas. No las perdáis de vista. Si os separan de vuestros compañeros guardianes, haced todo lo que esté en vuestra mano por reuniros de nuevo con vuestros hermanos en el lugar sagrado. Allí, una nueva orden de hombres, los Guardianes del Destino, accionarán la manivela de la Máquina del Destino y advertirán a la humanidad de los peligros que se avecinan.

–Las Moiras se enfadarán –dijo Miseno.

–El dios Zeus se encargará de ellas –respondió Arquímedes–. Él solo piensa en sus hijos, nosotros, los hombres mortales.

–Maestro, ¿ha girado la manivela? –preguntó Damián.

Arquímedes cerró sus ojos lechosos y vació los pulmones antes de curvar los dedos alrededor de la manija de madera de la Llave Maestra.

–Sí, lo he hecho. En ocasiones, he sentido como si me hubiera invadido la locura, porque no podía dejar de darle vueltas y observar cómo giraban las ruedas y las flechas del destino. A veces, el día se convertía en noche, y la noche se convertía en día.

–¿Qué ha descubierto? –preguntó Cosmo.

A lo lejos, Arquímedes oyó gritar a un soldado herido.

¿Era griego? ¿Romano? ¿Acaso tenía importancia? Era un hombre.

–Debemos darnos prisa –dijo–. Pero os diré algo. –Puso la punta de un dedo sobre el mapa de bronce–. Muchos de los lugares que aparecen en este mapa son tierras de ensueño que solo conocen los dioses, pero algunos son conocidos por nosotros. Aquí, en Italia, al sur de Roma, un volcán entrará en erupción dentro de setenta y dos olimpiadas. ¿Cuántas vidas se salvarán gracias a este conocimiento?

–Son vidas romanas –resopló Cosmo–, no merecen ser salvadas.

–Una vida es una vida –respondió el anciano–. Y sabed esto: dentro de quinientas sesenta Olimpiadas algo verdaderamente catastrófico afectará al mundo entero.

–¿El qué? ¿Qué ocurrirá? –preguntó Miseno.

En ese momento, se oyó un torrente de gritos y el sonido de las espadas provenientes de un barrio cercano.

El comandante del Delfos se acercó apresuradamente y dijo:

–¡Debemos irnos ya!

Arquímedes no tuvo tiempo de responder a la pregunta de Sebastián. Se dispuso a retirar las varillas y la manivela para que su ayudante, Horatio, pudiera empezar a meter cada una de las llaves en sus cajas y rellenarlas con paja. Una vez puestos los clavos, introdujo cada caja en una bolsa de tejido fino untada con grasa animal para impermeabilizarlas, otra de las innovaciones de Arquímedes.

–Cuida bien de mis muchachos –dijo Arquímedes a Alejandro–. Mi querido Damián dice que no sabe nadar.

Uno por uno, los cinco guardianes abrazaron y besaron a su ilustre anfitrión. ¿Notó Miseno que su abrazo había sido más largo que el de los demás? Luego se colgaron las bolsas tejidas al hombro y salieron tras el comandante del barco. Cuando se marcharon, Arquímedes se sentó en su mesa de trabajo, ahora vacía, y empezó a llorar.

A medida que avanzaba la mañana, los sonidos de la batalla se hicieron más fuertes, pero Arquímedes permaneció ajeno al tumulto. Había despedido a sus esclavos domésticos y al personal de su taller y les había ordenado que cruzaran a tierra firme por la pasarela que unía la isla con el continente. Solo se quedó Héctor, su fiel hombre de confianza, quien había estado a su lado durante treinta años.

–No le abandonaré –le dijo.

Arquímedes asintió solemnemente.

–No esperaba menos.

El gran hombre decidió pasar la mañana trabajando en una demostración matemática. Había resuelto un gran número de teoremas, enigmas y problemas prácticos durante su larga e inquieta vida. Por ejemplo, la ley de la palanca, que demostraba el funcionamiento de tal artilugio. Había encontrado un método que utilizaba el desplazamiento del agua para determinar el volumen de un objeto de forma irregular, por el cual, en el momento del descubrimiento, no dijo, como afirma la historia, «¡Eureka!», sino algo más banal, como «Ah, ya lo entiendo». Había calculado el valor de la circunferencia de un círculo en relación con su diámetro, obteniendo un valor muy preciso de π. Había descubierto métodos ingeniosos para medir esferas, cilindros y parábolas. Y, mientras los romanos se acercaban, él trabajaba en un método para calcular el área o el volumen de cualquier objeto, dividiendo una figura en partes infinitamente pequeñas.

Estaba absorto en sus pensamientos, dibujando figuras intrincadas en una hoja de papiro, cuando oyó a Héctor exclamar: «¡No puedes entrar!», seguido del grito de angustia de su sirviente al ser degollado.

Un corpulento soldado romano se acercó a Arquímedes con la espada roja y húmeda.

–¿Has matado a mi hombre? –preguntó Arquímedes.

–Oro –exclamó el romano, ignorando la pregunta–. ¿Dónde guardas el oro?

–No poseo oro.

–Mira esta bonita casa. No te creo.

–¿Sabes quién soy? –preguntó Arquímedes imperiosamente.

–No me importa quién seas.

–¡Vete! –gritó el anciano–. Estoy trabajando y me estás molestando en mis cálculos.

El bárbaro lo insultó y decidió zanjar la cuestión con un golpe de espada, provocando que chorros de sangre caliente se derramaran sobre la inacabada prueba matemática. Antes de registrar la mansión, el soldado limpió su espada en un trozo de pergamino cubierto de círculos cuidadosamente dibujados.

El trirreme Delfos era una imponente maravilla tecnológica construida por los maestros carpinteros navales de Atenas. El buque de guerra estaba provisto de tres filas de remos a cada lado, lo que hacía que el casco pareciera un puercoespín.

Había sido diseñado para ofrecer velocidad y maniobrabilidad en todas las condiciones marítimas. Cuando el viento hinchaba la única vela de lino situada en medio del barco y ciento setenta hombres remaban con todas sus fuerzas, la embarcación podía surcar las olas a doce nudos y destrozar las embarcaciones enemigas con su proa revestida de bronce. Un contingente de soldados y arqueros expertos en abordaje y rechazo estaba listo para acabar con los enemigos heridos. Los trirremes como el Delfos no estaban construidos para viajes largos. Estaban diseñados para abrirse paso a través de las flotas enemigas y enviar a sus marineros sus sepulturas acuáticas. Los remeros dormían en sus puestos en las galeras. Todo lo que cargaban era agua y comida suficiente para mantener a la tripulación hidratada y alimentada durante varios días. El comandante del barco, Alejandro, calculó que tardarían tres o cuatro días en llegar a su destino. Cuando dio la orden de levar anclas, vio un humo negro y amenazante que se elevaba desde todos los rincones de la ciudad.

Se dirigió a popa y se colocó junto al timonel, que controlaba el rumbo del barco con dos timones, y al maestro de remo, que marcaba el ritmo gritando órdenes bajo cubierta al oficial de proa.

–Dame diez remadas –ordenó Alejandro al maestro de remo–. Trataremos de aprovechar el viento cuando salgamos de esta ensenada.

Los remos comenzaron a agitar el mar resplandeciente y el Delfos viró hacia el este.

En la zona central del barco, los cinco guardianes, Miseno, Cosmo, Agapeto, Sebastián y Damián, se aferraban a la barandilla, tratando de divisar algún barco romano. Cosmo se arrodilló a comprobar las amarras que sujetaban sus cinco preciadas cajas a los herrajes de la cubierta.

–¿Dudas de la resistencia de mis nudos, hermano? –dijo Agapeto.

Cosmo sonrió.

–Solo dudo del nudo que hay dentro de tu cráneo, donde debería estar el cerebro.

–¿Creéis que los romanos nos seguirán? –preguntó Damián.

–Tengamos fe en que no –dijo Sebastián–, pues sé que no sabes nadar.

Cosmo se rio a carcajadas y rodeó con sus enormes brazos la delgada cintura de Damián, levantándolo del suelo y amenazando con lanzarlo por la borda.

–Vamos, veamos si es verdad –gritó Cosmo con regocijo–. Un hombre que se enfrenta a la muerte es capaz de las más increíbles hazañas.

–Bájame –gritó Damián, sin encontrarle ninguna gracia–. Los remos me matarían a golpes antes de llegar al maldito mar.

Estaban a tres leguas de la costa cuando uno de los soldados a cargo de vigilar posibles amenazas gritó:

–¡Un barco! ¡Barco a popa!

Alejandro se giró hacia el oeste y entrecerró los ojos. Incluso a distancia, reconoció el perfil característico del barco que rodeaba la punta afilada de la isla de Ortigia.

–¡Es de cuatro! –gritó para que todos lo oyeran.

El barco romano era un cuatrirreme, una embarcación grande y potente con dos mástiles y cuatro filas de remos. Aunque inspirado en los diseños griegos, el buque de guerra tenía una popa más alta y una manga más ancha que el trirreme, y una cubierta ataviada de balistas y catapultas escorpión.

–Los cuatrirremes son temibles –dijo Alejandro a su maestro de remo–, pero son pesados y, si los dioses quieren, los dejaremos atrás. –Acto seguido, gritó–: ¡Izad las velas!

El cuatrirreme tenía dos velas. Las desplegó, iniciando la carrera. Durante todo el día y hasta bien entrada la noche, los remeros griegos y romanos mantuvieron un ritmo frenético, descansando sus doloridos músculos por turnos, pero la tripulación romana era más numerosa y fue ganando terreno poco a poco.

Alejandro mantuvo a la vista al tenaz enemigo y, cuando el sol se sumergió en el mar, el cuatrirreme había reducido la distancia a una sola legua.

Los guardianes hablaban en voz baja, preocupados por su impotencia en cuestiones marítimas. Como todos los hombres jóvenes y sanos, sabían luchar, y ninguno mejor que Cosmo, quien había sido miembro de la guardia de élite que protegía el templo de Apolo en Delfos. Pero ¿de qué les servirían sus espadas y dagas si el barco era alcanzado y abordado por toda una tropa de soldados romanos?

—Necesitamos un milagro —le confió el maestro de remo a Alejandro—. Al amanecer estarán lo bastante cerca para que podamos oler su pestilente aliento.

—Tengo un plan —respondió Alejandro—. Hay una isla griega que conozco bien y que se encuentra directamente al este. Se llama Anticitera. ¿Has atracado alguna vez allí?

—Nunca.

—Las mujeres son hermosas, pero no es por eso por lo que quiero ir allí. Hay una ensenada protegida en la parte más septentrional de la isla. Podemos llegar antes de que salga el sol. Los dioses nos han bendecido envolviendo la luna en nubes. Si llegamos en lo más oscuro de la noche, podríamos escondernos de esos malnacidos.

—¿Y despertar a la vista de mujeres hermosas? —respondió el maestro de remo.

—Sigue soñando, amigo mío, y mantén a los muchachos remando fuerte.

A medida que la luz del atardecer se desvanecía, los vientos del oeste llenaban las velas de los barcos griego y romano y los fornidos hombres de ambos bandos tensaban sus músculos, agitando las aguas.

Al caer la noche, los vientos cambiaron y la lluvia arreció sobre el Delfos, dejando su cubierta resbaladiza.

113

El comandante conocía estas aguas mejor que a su propia familia y estaba seguro de que la isla de Creta se encontraba cerca, al sur, y que Anticitera estaba igualmente cerca, al norte. Sintió el viento golpeándole la cara y lanzó un gruñido al maestro:

—Los dioses nos están poniendo a prueba. Estos vientos etesios nos azotan con furia justo cuando necesitamos virar hacia el norte. Sé que los muchachos están cansados, pero serán los remos los que nos salvarán, no la vela. Transmite mis órdenes sin levantar la voz, el enemigo puede estar lo suficientemente cerca como para oír nuestros gritos.

Los guardianes, apiñados para protegerse del aguacero, vieron cómo la vela se plegaba y cómo todos los remos de babor salían del agua. El barco ponía rumbo al norte.

Miseno se unió a ellos desde la popa.

—El comandante informa de que nos dirigimos a una isla llamada Anticitera —dijo.

—¿Dónde está el maldito cuatrirreme? —preguntó Damián—. No hemos visto a esos cabrones desde que cayó la noche.

—No pueden andar lejos —respondió Sebastián.

—Confiemos en el comandante y en los dioses —añadió Agapeto—. Esperemos que los romanos no vean nuestra maniobra y pasen de largo sin darse cuenta.

A medida que avanzaba la noche, el comandante miraba hacia el oeste, tratando de calcular la distancia que los separaba de la costa de Anticitera, atento al sonido de las olas rompiendo contra la costa. Cuando finalmente las oyó, estaban peligrosamente cerca de las rocas. El viento se hacía más fuerte y el mar golpeaba contra el casco.

Súbitamente, se oyó un tremendo estruendo, seguido de angustiosos lamentos procedentes de la cubierta inferior. Dos remeros habían sido despedazados por una pesada lanza con punta de hierro que había atravesado el casco. Otros tres habían resultado gravemente heridos. Las flechas romanas impactaban con estruendo contra la cubierta y el mástil.

–¡Ahí! –gritó el maestro de remo, señalando hacia el este.

Desde la oscuridad de la noche, la elegante proa del cuatrirreme romano se alzaba entre las olas, tan cerca de Delfos que los guardianes podían ver a la tripulación de soldados romanos tensando la cuerda de una balista montada en cubierta y cargando una lanza en su ranura.

–¡Al suelo! –gritó Cosmo.

La lanza cruzó la cubierta y se estrelló contra una de las escotillas, astillando la madera.

–¡A la izquierda! ¡Izad la vela! –gritó Alejandro a los maestros de remo y navegación–. ¡Daremos la vuelta y los embestiremos! ¡Los remeros que aún estén en condiciones remen con todas sus fuerzas!

Se volvió hacia sus soldados y les ordenó que dispararan. Una lluvia de flechas cayó sobre la cubierta romana, pero no lograron impedir que la proa del cuatrirreme golpeara el casco del Delfos.

Los dos barcos pasaron unos instantes unidos como bestias enfurecidas antes de que el viento hinchara la vela griega y separara las embarcaciones. El trirreme mantuvo el rumbo hacia el norte. El cuatrirreme se desplazó hacia el oeste, en dirección a las rocas.

–¡Nos estamos alejando! –gritó Sebastián, agarrándose a la barandilla.

Momentos después, el Delfos comenzó a escorarse a un lado. Se oyeron gritos procedentes de las cubiertas inferiores.

–¡Estamos haciendo agua! ¡Nos hundimos!

Cuando el cuatrirreme chocó contra la rocosa costa, el viento arrastró consigo los aterrados gritos del barco romano. El agua inundaba las cubiertas inferiores del Delfos y el barco comenzó a inclinarse peligrosamente. El maestro de remo bajó a inspeccionar los daños. Reapareció con el rostro desencajado y le dijo al comandante que todo estaba perdido.

–Muy bien –contestó Alejandro con frialdad–. Ordena a los hombres que abandonen el barco.

Así se hizo, y los remeros se apresuraron a subir a cubierta. Alejandro tuvo que pegarse a la barandilla para llegar al centro del barco, donde los guardianes permanecían en su puesto con el preciado cargamento.

–Nos hundimos –gritó por encima del rugido del viento y los gritos de los hombres–. El maestro Arquímedes os confió sus máquinas. Tomadlas. Nadad hacia la orilla, si podéis. Las corrientes y el viento tratarán de impedíroslo. El cuatrirreme está en algún lugar entre las rocas, así que manteneos alejados de ellas. Ahora apresuraos, o el barco os arrastrará a las profundidades junto a Neptuno. Que los dioses os protejan.

Miseno tomó el mando y ordenó a los demás que cortaran las correas que sujetaban las cajas.

–Seguidme hacia la orilla e intentad permanecer juntos.

–¡Sabes que no sé nadar! –gritó Damián.

Miseno respondió:

–Las cajas flotarán. Agarra la bolsa con el brazo más débil y sostenla contra el pecho. Usa el brazo más fuerte y las piernas para nadar. Mantente cerca de mí. Todo irá bien.

En el momento en que los guardianes desataron las cajas, el Delfos se ladeó bruscamente, amenazando con tirarlos por la borda. La tripulación empezó a lanzarse al mar.

–Vete –le dijo Alejandro al maestro de remo–. Ha sido un honor, amigo mío.

–Comandante, ¿no viene?

–Me quedaré con mi barco. Tal vez nos reencontremos en el Hades.

Alejandro se aferró al mástil y gritó a los guardianes:

–¡Marchaos, ahora!

Miseno ató su caja al cinturón y fue el primero en saltar. Cosmo, Agapeto y Sebastián lo siguieron. Cuando Damián terminó de rezar a Neptuno, el barco se había hundido tanto que solo tuvo que dar un paso al mar.

La oscuridad de la noche y el oleaje le dificultaban localizar a sus compañeros. Apretó la caja contra su pecho y luchó por mantener la cabeza fuera del agua.

Oyó a Cosmo llamarlo:

—¡Damián, aquí estoy! ¡Nada con fuerza!

De repente, sintió que la caja pesaba más. En su prisa por abandonar el barco, no se había dado cuenta de que la lanza de la balista romana había rozado la caja de madera, rasgando la bolsa y rompiendo una esquina. Ahora, a medida que la caja se llenaba de agua, comenzaba a arrastrarlo hacia el fondo.

—¡Ayuda! —gritó—. ¡Ayudadme!

—¿Dónde estás? —oyó gritar a sus compañeros, pero las voces parecían muy lejanas.

Cosmo, Sebastián y Agapeto no pudieron hacer nada. Cada uno de ellos debía luchar por su propia existencia contra las fuertes corrientes y el viento. Rápidamente perdieron la orientación en la oscuridad. Cada uno nadaba en una dirección diferente. Solo Miseno se dirigió hacia la orilla.

Damián buscó su cuchillo para cortar la caja que lo arrastraba hacia abajo, pero la torpeza hizo que la hoja se le resbalara de la mano. Antes de que su cabeza fuera engullida por el agua, llenó los pulmones. El tiempo que podía aguantar la respiración era el tiempo que le quedaba de vida y pronto, se fue hundiendo hacia el fondo del mar junto con el dispositivo que Arquímedes llamaba su Máquina Celestial. Las criaturas de las profundidades se comerían la carne de Damián; sus huesos desaparecerían, la madera se desintegraría y el metal se corroería. Con el tiempo, lo único que quedaría sería el trozo de bronce, que un buzo encontraría en 1901 y pasaría a conocerse como el Mecanismo de Anticitera.

Al amanecer, un grupo de soldados romanos que buscaban comida cerca de su destrozado cuatrirreme, tambaleándose sobre las rocas de la isla de Anticitera, encontraron al maestro de remo griego medio ahogado en la orilla.

Lo llevaron ante su comandante, quien le dio vino para reanimarlo y luego lo sometió a un interrogatorio.

Le preguntaron qué había sido de su barco.

—Perdido —les respondió.

—Sabemos, por haber interrogado a sus esclavos, que el famoso matemático Arquímedes os confió algunos de sus inventos —le dijeron—. ¿Se hundieron con el barco?

—Todos ellos desaparecieron —afirmó.

—¿Cómo lo sabes?

—Porque tengo ojos.

—Discúlpame si no te creo. Dime adónde los llevabais y te perdonaré la vida.

El maestro remero sabía que su respuesta no cambiaría nada.

—Nos dirigíamos a follarnos a tu madre —dijo finalmente.

El comandante romano lo mandó torturar y, a la mañana siguiente, no habiendo sacado nada en claro, lo mandó ejecutar con la espada.

Persopoulos pasaba los días cuidando con languidez el rebaño de su padre en la isla de Creta. Persopoulos, el pastor. Así era como lo veía su familia. Así era como lo veía la gente de su pueblo. Sin embargo, el joven tenía una opinión diferente de sí mismo. «Soy poeta», les decía a sus ovejas y, si las criaturas se mostraban obedientes, las deleitaba con sus declamaciones.

El joven había aprendido a leer y escribir con un tío suyo, escribano de un comerciante de aceite de oliva. Persopoulos no poseía pergaminos, no conocía a nadie que los tuviera y solo había aprendido sobre las obras de grandes poetas como Eurípides, Homero, Aristófanes y Safo gracias a artistas itinerantes. La transmisión de la poesía de generación en generación mediante la recitación estaba muy bien, pero, si quería que su obra perdurara, tenía que plasmarla en papiro.

Había amanecido un día precioso, con la dorada luz del sol salpicando los prados de la ladera de la montaña, todo lo contrario al tiempo tormentoso de la semana anterior, que lo había dejado empapado, tiritando de frío. Durante el mal tiempo, había comenzado a escribir un poema elegíaco y melancólico sobre la fugacidad de la vida, pero el sol le había levantado el ánimo y sus pensamientos poéticos de ese día se habían volcado hacia el amor. Como la tarde era muy agradable y las ovejas estaban ya en el redil, decidió subir por un sendero sinuoso para tomar su cena de pan y queso en la montaña. A menudo se inspiraba en los misterios de los picos escarpados; en particular, en la cueva sagrada de Zeus, que atraía a peregrinos de todas partes. De niño, había explorado a fondo sus profundidades, pero en la actualidad se contentaba con contemplar su negro abismo y absorber su poder espiritual. A mitad del camino vislumbró una pálida silueta en la distancia, tal vez del tamaño de una de las cabras marrones que vagaban por los acantilados. Estaba inmóvil, y pensó que quizá se trataba de un animal muerto. Al acercarse, se alarmó porque no era un animal.

Se detuvo junto al hombre y gritó.

—Hola. ¿Está usted durmiendo?

No hubo respuesta, así que se acercó sigilosamente. El quitón del hombre estaba subido hasta la cintura, dejando al descubierto sus redondas nalgas y sus piernas bronceadas. Su perfecta desnudez dejó paralizado al pastor durante unos instantes, hasta que recuperó la compostura y le dio un golpecito en la pierna con el cayado, primero con suavidad y luego con más fuerza.

Un gemido sordo hizo que Persopoulos retrocediera asustado.

El rostro del hombre quedaba oculto por un brazo. Cuando Persopoulos lo giró sobre el costado, vio los rasgos finos y claros de un joven que no parecía mayor que él. Tenía el rostro cubierto de sudor y sus rizos rubios se le pegaban a la cabeza. Apenas logró abrir los párpados, lo suficiente como para revelar unos ojos vidriosos y desenfocados. En ese momento, un olor acre invadió las fosas nasales del pastor y, al inspeccionarlo, vio que su quitón estaba rasgado y cubierto de sangre seca. Al mirar a través del agujero roto, pudo ver una profunda herida supurante en el costado, causada por el impacto contra una roca irregular. Persopoulos nunca llegaría a saber cuánto tiempo había luchado el náufrago contra la corriente ni cómo había despertado en aquella playa desolada, sangrando y sediento. Tampoco conocería al niño que, mientras buscaba almejas, había encontrado a Sebastián, le había dado agua y le había dicho que estaba en Creta. Nada sabría del doloroso y arduo viaje de Sebastián, quien había escalado la montaña sagrada para llegar a la cueva que había visitado una vez en peregrinación, ni del tiempo que había pasado primero en la cueva, delirando por la fiebre mientras su herida se infectaba, y luego inconsciente junto al camino.

–¿Puedes oírme? –preguntó Persopoulos.

La respuesta no fue más que un gemido sordo.

–¿Cómo te llamas?

Otro gemido.

–¿Tienes sed?

Tenía un odre de vino y derramó suavemente unas gotas sobre los labios agrietados del muchacho. Este sacó la lengua para lamer el líquido, así que vertió un poco más

Persopoulos era fuerte. Podía llevar una oveja enferma a la espalda, así que fue capaz de levantar a Sebastián, cargarlo sobre sus hombros y bajarlo de la montaña hasta su aldea.

Una vez en el exterior de la casa de su padre, Persopoulos pidió ayuda. Su padre y sus hermanos salieron corriendo y tumbaron al muchacho en el suelo.

–¿Quién es? –preguntó su padre.

–No lo sé. Lo encontré en el camino hacia la cueva. Tal vez sea un peregrino. Está herido y ha perdido sangre.

Su madre apareció y tocó la frente de Sebastián.

—Está ardiendo por la fiebre —dijo.

Levantó el quitón para ver la herida.

—Está infectada. Puedo hacerle una cataplasma, pero su destino está en manos de los dioses.

—¿Podemos acogerlo? —preguntó Persopoulos.

—No tenemos sitio —respondió su madre—. Si quieres, ponlo con las ovejas.

—¡Pero madre!

—¿Tiene un monedero? ¿Puede pagar por su alojamiento? —preguntó su padre.

—No tiene nada.

—Entonces, ¡ya has oído a tu madre! —gritó su padre—. El redil o el camino, a mí me da igual.

—Me quedaré con él y lo cuidaré —dijo Persopoulos.

—Mientras no dejes de ocuparte de las ovejas mañana, puedes hacer lo que quieras —respondió el padre.

Así empezaron los dos días más intensos de la vida de Persopoulos.

Colocó a Sebastián en la parte trasera del redil, con techo de paja, para que estuviera protegido de las inclemencias del tiempo. Le hizo una cama con paja limpia y se arrodilló junto al muchacho herido, le secó la frente, le limpió el cuerpo largo y liso y le aplicó la cataplasma de barro que había preparado su madre en la herida abierta y supurante. Durante todo ese tiempo, Sebastián solo era capaz de gemir y murmurar de forma ininteligible.

Persopoulos se quedó con Sebastián toda la noche, tratando de bajarle la fiebre con paños fríos y haciéndole beber agua. A la mañana siguiente pagó a uno de sus hermanos para que cuidara de las ovejas y siguió atendiendo al apuesto joven. A medida que pasaban las horas se dio cuenta de que se estaba enamorando. Nunca había visto un rostro y un cuerpo tan perfectos. Sin duda, alguien con unos rasgos tan delicados debía de tener una mente refinada.

Imaginaba que el muchacho era un poeta como él, que viajaba por mar para encontrarse con su amada, de la que llevaba mucho tiempo separado y a la que había dedicado una serie de poemas hermosos y quizás una obra de teatro. Entonces, una de las crueles tormentas del destino había partido su barco en dos, arrojándolo al mar y depositando su cuerpo destrozado en la costa cretense.

Durante el día, Sebastián se mostró inquieto, agitando los miembros y contorsionando la columna vertebral. El pus se escapaba por los bordes resecos de la cataplasma y unos filamentos rojos se extendían por su vientre y su espalda. Persopoulos trataba de calmarlo con palabras reconfortantes y recitándole algunos de sus poemas meditativos. Al caer la noche, Sebastián, cansado, yació inmóvil, con la cabeza ladeada y los ojos abiertos y la mirada perdida. La fiebre ardía en su cuerpo y, entre murmullos incoherentes, comenzaron a surgir algunas palabras. Persopoulos acercó el oído e intentó entender lo que decía.

¿A qué se refería con «ruedas del destino»? ¿Dónde estaban esas tierras de los sueños? ¿Quién era Damián? ¿Su amante? ¿Qué era un cuatrirreme? ¿Por qué no dejaba de hablar de la Cueva de Zeus?

A la mañana siguiente, Sebastián estaba en silencio, con el cuerpo casi inmóvil. Más tarde, mientras Persopoulos dormitaba, un ruido lo despertó. Un sonido agónico se escapaba de la garganta seca de Sebastián. Tras pocos segundos, el estertor cesó y su pecho se agitó por última vez.

Persopoulos lloró largamente, limpió el cuerpo de Sebastián y lo dejó desnudo, salvo por el hermoso anillo de bronce para que pudiera llevarlo con él a la tumba. A continuación, lo subió delicadamente a un carro. Enganchó una mula y llevó el cadáver a un prado cercano donde pastaban ovejas y allí cavó una tumba en tierra blanda con una pala de madera. Antes de cubrir el perfecto cuerpo desnudo con tierra, rezó a los dioses para que le concedieran un paso seguro al más allá y para que, algún día, pudiera reunirse en el Hades con la persona que amaba.

Persopoulos estaba demasiado agotado para ir a buscar a su hermano y relevarlo de sus tareas de pastor. En lugar de eso, se fue a su habitación, tomó una hoja de precioso papiro y escribió un poema sobre el hombre perfecto que nunca llegaría a conocer. Era tan importante para él que lo firmó para que algún día el mundo pudiera reconocer su genio.

Y murió de una fiebre,
con la mente poseída por los dioses,
delirando sobre las ruedas del destino, las tierras de los sueños
y el lugar de nacimiento del poderoso Zeus.

Persopoulos

CAPÍTULO 8

Mikhail Kontos vivía en una pulcra casa del siglo XIX, cerca del centro del pueblo de Psychro, frente a una plaza en la que se alzaba una hermosa iglesia ortodoxa blanca. Les dio la bienvenida a David y Eleni y aceptó la botella de vino que habían comprado en el supermercado.

—Me alegro mucho de que hayáis podido venir —dijo con cordialidad—. ¡Anastasia, nuestros invitados ya están aquí!

Por respuesta, obtuvo un estrépito de ollas. El vestíbulo estaba tan cerca de la cocina que el aroma del cordero asándose les invadió las fosas nasales.

—Espero que no os hayáis tomado demasiada molestia —dijo David.

—Tonterías —respondió Mikhail—. ¿Con qué frecuencia tenemos visitas tan intrigantes en nuestro pequeño enclave?

La esposa de Mikhail, que según supieron era una maestra jubilada, hizo una breve aparición y se excusó para terminar de cocinar. El comedor estaba en un extremo de una larga sala de estar y, mientras su anfitrión les servía las bebidas, David se fijó en que la mesa solo estaba puesta para cuatro personas. Se preguntó cómo encajaba eso con la invitación de Mikhail.

Anastasia se unió a ellos alrededor de una mesa de cóctel durante varios minutos de animada acogida. Ella también había visto el documental sobre el Mecanismo de Anticitera y parecía emocionada por charlar con Eleni. Las dos se pusieron a hablar animadamente en griego, y Mikhail, dándole una palmadita en la rodilla a David, le dijo:

—No te lo tomes a mal. Para ella, los arqueólogos son tan

comunes como las moscas, pero ¡una astrónoma! Eso sí que es emocionante.

–No puedo estar más de acuerdo –respondió David.

Cuando Mikhail le sirvió más cerveza a David, pareció darse cuenta de su perplejidad.

–Te estás preguntando quién es esa persona misteriosa que quería presentaros.

–Se me ha pasado por la cabeza, sí.

–Es mi padre –dijo Mikhail–. Es muy mayor y está postrado en su habitación. Ha cenado temprano y ahora está descansando. Cuando terminemos de comer, hablaremos con él. Puede que sepa algo sobre el artefacto que habéis mencionado.

La comida estaba deliciosa y estuvo acompañada de entretenidas conversaciones sobre arqueología, astronomía y Creta. Eleni le había pedido a David que no mencionara nada sobre su reciente pérdida. Él notaba que ella estaba apagada, pero dudaba que sus anfitriones hubieran notado algo extraño. Después de un postre de pastel de miel, Mikhail fue a ver cómo estaba su padre.

–Venid –les dijo a David y a Eleni–. Está sentado en su silla.

Giorgio Kontos estaba sentado con su gran cabeza inclinada hacia delante y la papada sobre el pecho. La levantó cuando entraron y sus ojos lechosos encontraron a Eleni, dedicándole una sonrisa caída y sin dientes.

–Sigue siendo un donjuán –rio Mikhail, y prosiguió en griego–. Papá, estas son las personas de las que te he hablado. Él es americano. Ella es griega. Quieren hacerte algunas preguntas sobre la guerra.

–¿Americano? –preguntó Giorgio. Y continuando en un inglés entrecortado, dijo–: ¿Tienes Lucky Strikes darme?

Mikhail rio.

–Lo aprendió de los soldados estadounidenses después de la guerra.

David sonrió e hizo un gesto como si se revisara los bolsillos.

–Lo siento, no fumo.

–Tiene noventa y un años –añadió Mikhail–. Recuerda muy bien el pasado, pero, si le pregunto qué ha comido hoy, no sabría responderme. Le vamos a preguntar sobre algo que sucedió cuando era niño. Nos ha contado la historia muchas veces, pero así podréis hacerle las preguntas que consideréis importantes. Adelante, preguntad.

Eleni formulaba las preguntas y le traducía las respuestas del anciano a David. Esta es la historia que les contó:

En 1943, Giorgio era un niño de ocho años que vivía en Psychro. Los nazis invadieron Creta en 1941 y se apoderaron de la isla, pero un feroz movimiento de resistencia dificultó seriamente su ocupación hasta la rendición alemana en 1945. Apenas había pueblo o aldea que no contara con algún tipo de resistencia, y Psychro no era una excepción. Un destacamento de milicianos cretenses operaba en la zona montañosa, llevando a cabo operaciones en las costas norte y sur y retirándose a escondites en las cuevas de piedra caliza del interior, bien provistas de víveres y municiones.

En el verano de 1943, Giorgio estaba ordeñando la vaca de la familia cuando oyó disparos en la montaña. Sus amigos también los oyeron y, al poco tiempo, los chicos subían temerariamente por los empinados senderos para ver qué estaba pasando. Algo ocurría en la Cueva de Zeus. Un escuadrón de soldados alemanes fuertemente armados se encontraba en la entrada de la cueva, disparando con bazucas y ametralladoras.

Giorgio se escondió detrás de una gran roca a pocos metros de los alemanes. Nunca olvidaría el aspecto del oficial que dirigía el ataque. Los soldados gritaban y corrían frenéticamente, pero el oficial, alto y delgado, estaba tranquilo, dando órdenes con tono mesurado. Pasado un rato, los alemanes avanzaron hacia la cueva y las explosiones que siguieron resonaron en la superficie. De repente, se produjo una enorme explosión, seguida varios segundos después por una nube de polvo fino y escombros que se elevaba desde la boca de la cueva. Y entonces se hizo un silencio total.

Los amigos de Giorgio seguían escondidos, pero él era un niño intrépido y quería saber qué estaba pasando. Se dirigió hacia la entrada y avanzó con cautela por un camino que conocía bien, pues había explorado la cueva muchas veces. En una cornisa sobre el Kato Spileo, o cueva inferior, vio cómo el oficial sacaba de su chaqueta una pitillera de plata de la que, con toda naturalidad, extrajo un cigarrillo. Antes de que pudiera encenderlo, dos de sus hombres aparecieron desde un rincón más recóndito, arrastrando el cuerpo destrozado de un combatiente de la resistencia griega, mientas le gritaban algo. Vio cómo el oficial devolvía rápidamente su pitillera plateada a la chaqueta, pero, debido a las prisas, esta no llegó a la solapa y cayó en una grieta. El oficial se agachó, maldijo y se levantó para centrar su atención en el drama que se estaba desarrollando.

Los soldados se enzarzaron en una acalorada discusión, gesticulando y señalando hacia la zona más profunda de la cueva. El oficial lanzó una orden y los hombres se apresuraron a entrar en el vacío. Cuando los perdió de vista, el oficial hizo otro intento infructuoso por alcanzar su pitillera plateada, pero los soldados regresaron enseguida. Uno de ellos llevaba una especie de máquina del tamaño de una pequeña cesta de pan. El oficial se la quitó y empezó a retirar trozos de madera podrida hasta dejarla limpia.

Poco después, otros soldados empezaron a sacar más cadáveres de milicianos muertos. El oficial parecía más interesado en la máquina que en el resto de la operación y salió de la cueva. Giorgio se refugió en las sombras. El oficial pasó a pocos metros de su escondite, permitiendo al muchacho observar bien la máquina mientras el alemán se alejaba a toda velocidad. Estaba hecha de un metal dorado, como los candelabros de latón de su madre, y tenía un montón de engranajes que le recordaban al reloj de pie que había visto una vez cuando acompañó a su padre a un edificio municipal de Heraclión.

En ese momento, Eleni, emocionada, interrumpió los recuerdos del anciano para preguntarle si la máquina tenía una caja de madera.

—No —fue la respuesta—. Después de que el oficial retirara los trozos de madera, lo único que vio fue metal.

—No es de esperar que la madera sobreviva durante miles de años en un entorno húmedo como el de la cueva Psychro —afirmó David.

—¿Miles de años? —se sorprendió Mikhail—. Mi padre siempre pensó que era un viejo reloj de latón que alguien había dejado en la cueva para mantenerlo a salvo. Supuso que una bomba alemana lo había arrancado de su escondite.

David se apresuró a disimular su metedura de pata.

—Quise decir cientos de años.

—Ah, así que ese artefacto vuestro no es tan antiguo según los estándares arqueológicos —respondió Mikhail con un guiño.

Eleni continuó con la mentira:

—Estamos buscando un antiguo instrumento astronómico que supuestamente está enterrado en una de las grandes cuevas de Creta. Yo soy quien lo busca. David me está ayudando. Ciertamente, parece ser que tu padre lo vio.

—¿Puedes preguntarle si sabe qué fue del aparato? —insistió David.

Giorgio respondió a la pregunta de Eleni lamiéndose los labios secos y continuando con su historia.

Nunca volvió a ver la máquina ni al oficial. Se escondió hasta que todos los cadáveres y las armas de los griegos fueron retirados de la cueva y el pelotón alemán se marchó. Solo entonces bajó al *Kato Spileo* e intentó recuperar la pitillera de plata abandonada. El brazo del oficial era demasiado grueso para introducirse en la rendija, pero el del niño no. Logró alcanzarla y la sacó. Estaba finamente grabada y llena de aromáticos cigarrillos alemanes, que luego intercambió por objetos de mayor valor para un niño de ocho años.

–¿Qué fue de la pitillera? –preguntó Eleni.

El anciano levantó la cabeza del pecho y señaló con un rechoncho dedo hacia la cómoda.

–La ha conservado todos estos años –dijo Mikhail–. Yo solía jugar con ella cuando era niño. Es un auténtico trofeo de guerra.

Mikhail abrió un cajón de la cómoda y, tras rebuscar un poco, sacó una fina pitillera de plata con una intrincada filigrana en un lado rodeando un nombre grabado: Oberst Wilhelm Biermann.

–¿Podemos hacerle una foto? –preguntó Eleni.

–Claro, por supuesto –respondió Mikhail–. Espero que os sea de utilidad. Si encontráis el artefacto, debéis regresar y contárnoslo todo. A Anastasia y a mí nos encantaría volver a veros.

David y Eleni encontraron habitaciones en un hostal cercano recomendado por Mikhail. Antes de retirarse, exhausta, Eleni dijo:

–Seguro que se trata de una de las llaves, David. Tiene que serlo.

Se reunieron durante el desayuno y hablaron de cómo podrían encontrar más información sobre un oficial alemán de la Segunda Guerra Mundial. Si le creían a Giorgio Kontos, este tal Wilhelm Biermann podía haberse quedado con la máquina como botín de guerra. Y, si había sobrevivido a la guerra, la llave podía estar en Alemania. David apartó su plato de huevos fritos y tocino salado y empezó a buscar en su portátil.

–Parece que hay un archivo centralizado en Friburgo con los expedientes personales de todos los oficiales y funcionarios de la Wehrmacht que prestaron servicio durante la guerra.

–¿Hay alguna base de datos en la que buscar? –preguntó Eleni.

David continuó y negó con la cabeza.

–Hay que ir en persona.

Cerró los ojos con frustración.

–Conozco a alguien en Friburgo –dijo él de repente–. Uno de mis antiguos alumnos de posgrado, un muchacho alemán, consiguió un puesto de profesor en la Universidad de Friburgo en estudios sobre Oriente Próximo. Era bueno, no excelente, y me debe mucho por cierta recomendación con la que consiguió el puesto. Le pediré que me devuelva el favor.

David pasó al salón del hostal con su teléfono y Eleni llamó a su padre para saber cómo estaba. Pasado un buen rato, David regresó mostrando el pulgar hacia arriba.

–Werner dice que estará encantado de ayudarnos. Esta tarde se acercará al Departamento de Archivos Militares para ver qué puede encontrar sobre Biermann. Mientras tanto, no veo ninguna razón para que nos quedemos aquí.

–Ya he reservado el vuelo de vuelta a Atenas para las dos y cuarto.

–Sabes que hay pocas probabilidades de que...

Ella lo interrumpió para decir:

–Sí, lo sé.

Cuando aterrizaron en Atenas, David ya había tomado una decisión. Había un vuelo nocturno a Estambul. Recuperaría la caja con el mapa de la cámara acorazada de la familia Lillakis y regresaría a su trabajo habitual. Mazhar le había enviado un mensaje diciendo que la pieza de recambio para el detector de muones roto ya estaba de camino desde Alemania, por lo que el escaneo podría reanudarse en los próximos días. Lo único que fallaba era Eleni. Despedirse de ella no iba a resultarle fácil. Estaba afligida y vulnerable, y él no quería contribuir a su sufrimiento abandonando la misión. Y había algo más. Cuando estaba con ella, sentía una punzada de adrenalina en el pecho, como le ocurría siempre que se sentía atraído por una mujer. Cuando terminara su trabajo en Derinkuyu, volvería a verla, si a ella le parecía bien.

Estaban ya en la terminal cuando su teléfono móvil recuperó la cobertura y vio que tenía un mensaje de voz.

–David, soy Werner. Bueno, he estado en el archivo y ha sido relativamente sencillo. Tenían todo el expediente personal de tu hombre, Wilhelm Biermann. He solicitado copias y he podido tomar notas sobre los elementos más importantes, sobre todo de su servicio a partir de 1943. Sirvió en la Luftwaffe como oficial adjunto del general Kurt Student, que era el comandante de la división aerotransportada en la campaña de Creta. Parece ser que Student fue trasladado en 1943 a Italia y más tarde a Francia, pero Biermann se quedó a cargo de la operación en Creta, donde permaneció hasta el final de la guerra. Cuando esta terminó, los Aliados condenaron a Student por crímenes cometidos contra los prisioneros de guerra griegos. Biermann también fue acusado de algunos delitos, pero no he encontrado ninguna mención acerca de una condena. Regresó a su ciudad natal, Lemgo, en Renania del Norte-Westfalia, donde falleció en 1967. Encontré su última dirección y me he tomado la libertad de hacer una búsqueda. Todavía vive allí una tal Frieda Biermann. Te he enviado su información de contacto por correo electrónico. Bueno, David, espero haberte ayudado. Echo de menos mis años en Cambridge, sí, sí, ya sé que mi tesis me llevó dos años más de lo previsto. Si vas a Lemgo, está a solo tres horas en coche desde Friburgo, así que acércate.

Eleni se había quedado esperando mientras David escuchaba el mensaje.

–Werner ha tenido suerte –dijo David–. Biermann falleció en 1967 en Lemgo, Alemania. Una mujer llamada Frieda Biermann vive en la última dirección que figura en el expediente. Me ha mandado su contacto.

La noticia pareció sacarla de su abatimiento.

–Tienes que llamar –insistió ella.

–No hablo alemán, ¿y tú? –preguntó, con la esperanza de evitar la tarea. Tenía ganas de zanjar el asunto y comunicarle su decisión de volver a Turquía.

–Tal vez hable inglés –le respondió–. Si no, puedo buscar a alguien que nos ayude.

Encontraron una puerta de embarque vacía y tranquila, desde donde David pudo llamar.

Respondió una mujer con la voz temblorosa propia de una persona mayor.

–Biermann. Guten Tag.

–Hola, ¿habla usted inglés?

–Sí, lo hablo. ¿Quién llama?

–Mi nombre es David Birch. Soy profesor de la Universidad de Harvard. Estoy investigando un tema de interés y eso me ha llevado hasta un señor llamado Wilhelm Biermann.

Con un tono cargado de sospecha, la mujer le respondió:

–Ya veo. Es mi padre. ¿Cuál es este tema de interés?

Se trata de una vieja máquina de bronce que él podría haber tenido, del tamaño de una pequeña máquina de escribir. Con engranajes. Muchos engranajes.

Hubo una larga pausa, tan larga que David temió que la mujer hubiera colgado.

–Siempre me he preguntado si algún día alguien se interesaría por el viejo reloj de papá.

David supo entonces que Derinkuyu tendría que esperar.

Él y Eleni se iban a Alemania.

CAPÍTULO 9

Lemgo era una pequeña ciudad medieval, cuyo centro estaba repleto de encantadores edificios con entramado de madera. David y Eleni habían tomado un vuelo a Hannover y habían alquilado un coche para ir a Lemgo. Llegaron demasiado tarde para hacerle una visita a Frau Biermann, así que se registraron en un hotel modesto. Después de que Eleni se excusara para no cenar, David se paseó entre los antiguos edificios hanseáticos y encontró una cafetería, donde se puso al día con los correos electrónicos de trabajo de su equipo en Derinkuyu. Afortunadamente, no había ningún mensaje de Binnur Oguz en su bandeja de entrada.

A la mañana siguiente, condujeron hasta la dirección de Biermann y encontraron una casa de ladrillo de aspecto robusto detrás de un seto alto en una zona residencial al este del centro de la ciudad.

Fuera de la casa, Eleni dijo:

—Así que aquí vivía el hombre que ultrajó mi país.

Frieda Biermann se presentó vestida de domingo, oliendo a perfume y muy maquillada. Era tan anciana como le había parecido por teléfono, unos ochenta años.

—¡Oh! Ha traído a una señorita con usted —dijo desde la puerta.

David le había dicho que vendría con Eleni, pero al parecer ella lo había olvidado. Pronto se darían cuenta de que su memoria era irregular. Mientras tomaban el té en un salón atestado de relojes, que marcaban el tiempo con su ruidoso tictac, cachivaches y libros, sin necesidad de que se lo pidieran, se dispuso a relatar su vida.

--Es muy agradable recibir visitas. Ya nadie me llama últimamente. Tantos amigos han fallecido. Es lo que pasa a esta edad, ¿no? Nací en esta habitación. ¿Se lo pueden creer? Fue dos años después del final de la guerra. Entonces no había tanto desorden. Fue antes de que mi padre empezara su colección. Basta mirar para darse cuenta de lo que le gustaba. Pájaros de porcelana. Y conejos, por supuesto, pero, sobre todo, relojes. Cuando era niña, me llevaba a anticuarios y subastas. Al principio, los relojes que compraba estaban rotos, hay quien diría que eran chatarra, pero arreglarlos era su afición. Vendió algunos para conseguir algo de dinero extra en tiempos difíciles. Para mí era algo maravilloso: los dos, de pueblo en pueblo, a la caza de relojes. Mi madre murió cuando yo tenía nueve años, ¿saben? Así que solo estábamos él y yo. ¿Les he contado que nací en esta habitación?

–¿Qué hizo su padre después de la guerra? –preguntó Eleni.

–Era un hombre muy importante, ¿saben? Antes de la guerra era un abogado de éxito. Tenía un alto rango en el ejército. Después, le acusaron de cosas terribles. Cosas que él nunca habría podido hacer. El culpable de las atrocidades era su superior, el general Student, a quien papá conocía desde antes de la guerra. Student también era de Lemgo. Papá se libró de los cargos, pero la mancha nunca se borró. Ya no podía trabajar como abogado. Tuvo que aceptar un trabajo como simple empleado, muy por debajo de sus capacidades. Creo que la humillación lo llevó a una muerte prematura. Yo estaba en la universidad cuando él murió. Me casé con un profesor como yo. Un buen muchacho. Nos mudamos a esta casa. Nunca le gustaron los artilugios de mi padre, pero yo no pensaba vender sus preciados objetos. Murió muy joven en un accidente de coche. Nunca tuvimos hijos. Bueno, así es la vida. Lo que no sé es qué voy a hacer con todas las cosas de mi padre. Cuando yo no esté, ¿quién las querrá? ¿Qué es lo que quería saber, querida?

David y Eleni habían estado inspeccionando los relojes desde la distancia. Ella dijo:

—Sus relojes son preciosos. ¿Hay más?

—Oh, sí. ¡Los hay por todas partes, desde el ático hasta el sótano! Por supuesto, los que están en el sótano están casi todos rotos. Murió antes de poder arreglarlos.

—Ayer, por teléfono, mencionó el viejo reloj de su padre —comentó David.

Ella frunció el rostro con expresión confundida.

—¿Lo hice?

—Uno de bronce, con muchos engranajes —continuó esperanzado.

—Todos los relojes tienen engranajes. La mayoría son de latón, creo.

—¿Me permitiría echar un vistazo por la casa? —preguntó David

—Solo si me promete disculpar el polvo. Realmente, debería limpiar el polvo más a menudo.

Eleni se quedó sentada con Frau Biermann, mientras David registró la casa durante casi una hora. El ático y el sótano eran el paraíso de un acumulador compulsivo; revisar las estanterías y las cajas de cartón le llevó mucho tiempo. Estaba rebuscando en el ático cuando Eleni le llamó para que bajara.

—Me acaba de decir que se ha acordado.

La señora Biermann estaba en la cocina rellenando la tetera.

—¿Puede contarle a David lo que me acaba de decir? —preguntó Eleni.

—¿Sobre el reloj de papá?

—Sí, sobre el reloj.

—Hasta algún tiempo después de su muerte no me di cuenta de que faltaba su reloj más peculiar. Y también el reloj de bolsillo de oro que había pertenecido a su padre. Y un precioso retrato esmaltado de mi madre. Miré por todas partes. Por más que lo intenté, no pude encontrar nada.

–Por favor, háblenos de ese reloj tan particular –dijo Eleni con la mirada seria.

–Bueno, no tenía la típica esfera de reloj. Tenía varias ruedas giratorias con extrañas inscripciones grabadas. Cuando era pequeña, quería saber por qué no hacía tictac como los demás relojes. Mi padre lo intentó sin descanso, pero no consiguió averiguar cómo funcionaba. Se convirtió en su obsesión. Sería incapaz de decirle cuántas horas se pasó estudiándolo. Lo llevó de un experto relojero a otro, pero nadie sabía qué era ni cómo funcionaba. Mi padre pensaba que era muy antiguo, sin duda el reloj más antiguo que tenía, y sospechaba que era valioso. Le ofrecieron dinero, pero él nunca quiso venderlo. En aquella época no teníamos internet, ¿sabe? Hoy en día, probablemente habría encontrado la respuesta en internet o habría podido ponerse en contacto con algún experto en otro país. Todo lo que tenía era su red de relojeros en Alemania y las bibliotecas. ¿Ya les he comentado que era su obsesión?

–¿Ha dicho que lo buscó después de que él muriera? –preguntó Eleni, aceptando otra taza de té.

–Sí, así fue. Me preocupaba que alguien lo hubiera robado mientras celebrábamos el funeral, pero no faltaba nada más de valor. Solo sus tres posesiones más preciadas: ese reloj, el reloj de su padre y el retrato esmaltado de mi madre. A día de hoy, sigo sin tener ni idea de qué fue de ellos. Si pudiera elegir, lo que más me gustaría recuperar sería el retrato de mi madre. Me encantaba cuando era pequeña. Era un retrato maravilloso, tal y como la recordaba.

–¿Cree que podría haberlos vendido mientras usted estaba en la universidad? –preguntó David.

–Oh, no. Seguro que no, si bien... –Su voz se apagó, como en un sueño.

–¿Si bien, qué? –insistió David.

–No estaba bien al final. Ojalá hubiera prestado más atención, pero ya sabe cómo son los universitarios, tan centrados en sí mismos. Vivía solo y su cabeza empezaba a funcionar de manera extraña. Casi diría que estaba perdiendo contacto con la realidad. Estaba obsesionado por la mitología.

–¿Qué quiere decir? –preguntó Eleni.

–Me refiero a Egipto y a todos los dioses egipcios.

David había notado que muchos de los volúmenes de las estanterías del salón eran libros en alemán sobre el antiguo Egipto.

–¿Por qué Egipto? –le preguntó.

La siguieron hasta la sala de estar.

–Antes de la guerra, había visitado Egipto con mi madre. Estaba fascinado por las pirámides, la esfinge y todo lo relacionado con las tumbas. Siempre quiso volver, pero nunca pudo. Lo leía todo al respecto. Decía que admiraba más la religión egipcia que las religiones occidentales. No le interesaba el cristianismo. Indicó expresamente que no quería un funeral cristiano. Antes de morir estaba leyendo *El libro egipcio de los muertos*, lo encontré en su mesilla de noche. Sufría de una insuficiencia hepática, ya sabe, por la bebida. Después de la guerra, empezó a beber mucho. Solía tener que meterlo en la cama por las noches. No era malo cuando bebía. No se ponía a gritar como hacen algunos borrachos. Se volvía reflexivo e introvertido. Hablaba consigo mismo sobre el pasado. Usted es griega, ¿verdad, querida? A menudo hablaba de Creta. Estuvo destinado allí mucho tiempo. Hacia el final, sabía que se estaba muriendo. No quiso ir al hospital. Murió en su cama, solo, me entristece decirlo. Amarillo por la ictericia. La mujer de la limpieza fue quien lo encontró.

–¿Qué explicaba acerca de Creta? –preguntó Eleni.

La señora Biermann se hundió pesadamente en su silla.

–Oh, lo siento, no lo recuerdo. Fue hace tanto tiempo.

Señaló un libro que estaba encima de una pequeña pila sobre la mesa junto a ella y dijo:

–Ese es. Este es el último libro que leyó.

David se fijó en un trozo de papel doblado que sobresalía de él.

—¿Puedo verlo? —preguntó.

—Adelante.

El libro era una traducción al alemán del texto funerario egipcio que establecía los hechizos necesarios para cruzar con éxito el inframundo. David lo hojeó y, al no encontrar ninguna anotación, centró su atención en el papel doblado. Era una breve carta de un abogado dirigida a Wilhelm Biermann, enviada en septiembre de 1967.

—Esta carta —preguntó David—. ¿Sabe lo que pone?

La señora Biermann lo cogió y se puso las gafas de lectura que llevaba colgadas del cuello con una cadena.

—Oh, sí, lo recuerdo muy bien. Me resultó curioso. Le pregunté al Dr. Neumann al respecto. Recuerdo que me dijo que le sabía muy mal, pero que la muerte de mi padre no le eximía de la confidencialidad a la que estaba obligado. Ese pequeño misterio nunca se resolvió.

—¿Podría traducirnos la carta? —le preguntó.

—Dice: «Mi querido señor Biermann, he recibido sus instrucciones a fecha del 24 de agosto de 1967 relativas a la adición de un codicilo a su última voluntad y testamento. Como usted sabe, tras su fallecimiento, su testamento podrá ser consultado por sus dependientes, notarios y determinados funcionarios judiciales. Por lo tanto, no se puede garantizar la confidencialidad absoluta que usted exige. Le sugiero que me deje a mí, como su representante y albacea, la tarea de transmitir sus deseos al director de la funeraria. Por favor, hágame saber si esta propuesta le parece aceptable. De ser así, necesitaré saber cómo, tras su fallecimiento, podré obtener lo que ha mencionado». Y la firma. Eso es todo lo que pone. Lo que les decía, una carta curiosa.

—¿No tiene idea de a qué se refería? —preguntó Eleni.

—Ninguna. ¿Qué importancia puede tener para ustedes?

—Estamos muy interesados en el reloj especial de su padre

—respondió Eleni—. Es un objeto importante que debería estar en un museo.

—¿Su padre guardaba archivos de su correspondencia? —preguntó David.

—Sí, era muy meticuloso con sus registros. Lo he guardado todo. No sé por qué, pero así ha sido. Alguien, no sé quién, tendrá que ocuparse de todo eso cuando yo ya no esté.

—¿Dónde están esos archivos? —preguntó David.

—¿Su correspondencia? Su despacho estaba en la habitación de la entrada. Su correspondencia debería estar en el archivador.

—¿Podemos echar un vistazo? —preguntó David.

—Adelante, por favor. Estaré en la cocina. Mi amiga Anna vendrá a tomar el té esta tarde y quiero hacer una pequeña tarta.

David y Eleni se acomodaron en la oficina de Wilhelm, repleta de relojes.

—¿Estás pensando lo mismo que yo? —preguntó David.

—Tres de sus posesiones más preciadas desaparecieron —respondió ella—. Un retrato de su esposa, el reloj de su padre y el extraño reloj. No creerás de verdad que...

—Aquí tenemos a un hombre fascinado por la mitología egipcia —dijo—, que leyó *El libro de los muertos* antes de morir y pidió a su abogado que se asegurara de que el director de la funeraria recibiera ciertas instrucciones. ¿Y qué hacían los egipcios? Se enterraban con lo que consideraban importante para la vida después de la muerte.

Se sentó en la silla de cuero de Wilhelm y la giró hacia él.

—Necesitaríamos mucho más que nuestra febril imaginación —le respondió.

—Así pues, veamos qué podemos encontrar —prosiguió David, abriendo el archivador.

Era evidente que Wilhelm Biermann había sido muy meticuloso en el mantenimiento de sus registros. El armario estaba lleno de carpetas colgadas, cuidadosamente etiquetadas con letra caligráfica. Ni David ni Eleni sabían alemán, pero los títulos eran bastante fáciles de entender. Cada uno de sus relojes tenía una carpeta con los recibos de compra, las reparaciones realizadas y toda la información histórica que había recopilado. Había archivos sobre su servicio militar, su comandante, Kurt Student, con recortes de periódico sobre su juicio, y otros con cuentas domésticas, impuestos sobre la renta y diversos registros sobre su esposa e hija.

Finalmente, David dijo:

–Aquí hay algo –y sacó un archivo con la etiqueta «Herr Dr. Neumann». Lo dejó sobre el escritorio y empezaron a rebuscar en él.

–Lo traduciré con el móvil –dijo Eleni–. No creo que debamos preguntarle a ella.

–¿Qué significa esto? –preguntó David, señalando un archivo con la etiqueta «Letztwillige Verfügung».

Su respuesta fue:

–Creo que es su testamento. Su abogado dijo que no lo modificaría, así que no tiene mucho sentido revisarlo.

–Hay un montón de correspondencia –continuó David–. Parece que guardó copias de las cartas que enviaba a Neumann.

Las revisó por fecha y encontró una carta de Biermann a Neumann del 24 de agosto de 1967.

–Esta podría ser la que mencionaba Neumann –dijo.

Eleni se puso a escribir el texto en alemán en su aplicación hasta que transcribió todo el contenido de la carta de una página. David se quedó de pie junto a ella mientras le leía en voz alta la traducción del párrafo más relevante:

–Te pido que añadas el siguiente codicilo a mi testamento. Deseo ser enterrado con ciertos objetos de gran importancia personal, a saber... –en ese momento, la voz de Eleni se elevó por la emoción–: el reloj de bolsillo de oro de mi padre, un retrato esmaltado de mi esposa y uno de mis relojes especiales, el único hecho de bronce, que durante mucho tiempo me ha mantenido bajo su enigmático hechizo. Además de ti y del director de la funeraria, a quienes hay que informar por razones obvias, exijo total confidencialidad. No quiero que mi tumba sea profanada por ladrones. –Alzando la mirada hacia David, dijo con la voz rasgada–: Teníamos razón. Se hizo enterrar con él.

–Joder, parece increíble –balbuceó.

Eleni empezó a temblar de rabia.

–Ese desgraciado invadió mi país, mató a mis compatriotas, robó nuestro tesoro y luego vivió tranquilamente en esta bonita casa en las afueras. ¿Dónde está la justicia?

–No vamos a encontrar justicia, pero quizá encontremos otra llave –dijo mientras cerraba el archivador.

Eleni se puso de pie y se quedó frente a él.

–No puedes estar hablando en serio. No puedes estar sugiriendo lo que creo que estás sugiriendo.

–Incluso si pudiéramos obtener el permiso de la hija, dudo que los tribunales concedieran la exhumación. Eso solo suele ocurrir en casos penales a fin de reexaminar la causa de la muerte. Y en el mejor de los casos, el proceso se alargaría una eternidad. Averigüemos dónde está enterrado y echemos un vistazo.

–¡David! –exclamó ella exasperada.

–Mira, soy arqueólogo. Desentierro tumbas continuamente. Vale, quizá sean unos cuantos miles de años más antiguas, pero sé cómo hacerlo. Además, el imbécil les tenía miedo a los ladrones de tumbas.

Ella sonrió y dijo:

–Tal vez sea ese nuestro pequeño acto de justicia.

Encontraron a Frau Biermann en la cocina, a punto de meter un pastel en el horno.

–Ya hemos terminado –dijo David–. Muchas gracias por su ayuda. Ya nos vamos.

–¿Qué era lo que estaban buscando? –preguntó ella, agachándose para meter el molde en el horno.

–Un reloj –respondió Eleni–. Un reloj de bronce.

–Pero no lo han encontrado, ¿verdad?

–No, así es –dijo Eleni.

–Oh, vaya, entonces me temo que no he sido de mucha ayuda.

–Ha sido de más ayuda de lo que cree –respondió David–. Solo una cosa más. Nos encantaría presentar nuestros respetos a su padre. ¿Podría decirnos dónde está enterrado?

–Oh, qué encantador –exclamó con dulzura. Está en el cementerio de Obernberg, en Bad Salzuflen. Es el mismo cementerio donde está enterrado su comandante, Kurt Student.

–Qué encantador –añadió Eleni, disimulando apenas su sarcasmo.

Bad Salzuflen estaba a veinte minutos en coche de Lemgo. El cementerio era modesto, frondoso y bucólico. Su coche era el único que había en el pequeño aparcamiento. Recibieron unas vagas instrucciones de Frau Biermann sobre cómo encontrar a su padre y se pusieron a buscarlo. Mientras caminaban entre lápidas, David vio cómo Eleni se tensaba y lamentó que, tan poco tiempo después del funeral de su madre, tuviera que volver a enfrentarse a la muerte. Ella, en cambio, notó que David miraba hacia arriba, no hacia abajo, y le preguntó por qué.

–Cámaras –le respondió–. Busco cámaras de seguridad. Los cementerios las utilizan para prevenir actos vandálicos o gamberradas. No veo ninguna. Supongo que Bad Salzuflen no es ese tipo de sitio.

Encontraron la tumba de Wilhelm Biermann cerca del centro del cementerio, en un claro llano rodeado de abedules. Era una de las dos docenas de tumbas que había en esa sección, todas con lápidas horizontales a ras del césped recién cortado. La mayoría de las lápidas tenían pequeños ramos de flores, pero no la de Biermann. Su anciana hija probablemente ya no salía mucho de casa.

–Está junto a su esposa --dijo Eleni.

David apenas la oyó. Había entrado en modo arqueólogo. Pensaba que, probablemente, los ataúdes estarían orientados hacia el noreste y enterrados a un metro y medio de profundidad. Un montículo de tierra excavada ocuparía más o menos ese espacio. Hundió el talón en la hierba; el suelo estaba firme y seco. Cavando él mismo, tardaría unas tres horas en excavar y una hora en rellenar.

–Disculpa, ¿qué decías?

–Su esposa –comentó ella, señalando la tumba.

–Bonito detalle. Vayamos a comer algo, cuando terminemos, nos iremos de compras.

De regreso a Lemgo, comieron en una cafetería del centro de la ciudad, pararon en un cajero automático, donde David sacó dinero, y luego se dirigieron en coche a una tienda de bricolaje en las afueras. David llenó el carro con una pala de cavar, otra de carga, una escalera plegable, un par de linternas, una luz de *camping*, pilas y una lona grande, y pagó en efectivo para evitar que quedara constancia en su tarjeta de crédito.

De regreso al hotel, se separaron y acordaron encontrarse después de la puesta del sol.

A las nueve, David la llamó a su habitación, le pareció que había estado durmiendo. Se reunieron en el vestíbulo y condujeron por las calles casi desiertas de Lemgo.

Eleni abrió la cremallera de la mochila que tenía en el regazo.

–He traído provisiones –dijo, mostrándole con tono animado algo de pan, queso, agua, barritas de chocolate y una botella de vino con tapón de rosca.

–Lo has bordado –dijo él–. Estás oficialmente invitada a todas mis excavaciones.

El aparcamiento del cementerio quedaba al final de un pequeño callejón, bien oculto desde la carretera. Cuando llegaron, la noche era completamente negra. Nubes tenues y plateadas se deslizaban frente a un resquicio de luna. David se dijo que era el momento ideal para saquear una tumba. Trasladaron su equipo a la parcela de Wilhelm Biermann y David comenzó a preparar la zona. Desplegó la lona sobre la hierba y colocó la linterna de *camping* encima de la losa de Wilhelm.

En el momento en el que puso el pie sobre la hoja de la pala, Eleni dijo:

—Está recibiendo lo que se merece.

—Amén —respondió David, empujando el acero a través de la hierba.

Cortó un rectángulo perfecto de césped, lo enrolló como una alfombra y lo dejó a un lado. La tierra debajo estaba húmeda y suelta, y en dos horas había cavado una zanja rectangular limpia de un metro de profundidad. La fuerza de la costumbre lo obligaba a hacer las paredes de la zanja perfectamente verticales. Como arqueólogo que era, se negaba a hacer las cosas a medias. Mientras cavaba de espaldas a Eleni, la oyó llorar, pero prefirió dejarla a solas con los recuerdos de su madre.

Se tomó un descanso y se sentó en la hierba a comer un poco de pan y queso y a beber vino de la botella, que se fueron pasando.

—¿Cuánto más hay que cavar? —preguntó ella.

—Cerca de un metro, puede que menos —le respondió—. En las culturas occidentales las dimensiones de las tumbas modernas son bastante estándar.

—Es agradable estar con un experto ladrón de tumbas —dijo ella.

—Tendré que añadirlo a mi currículo —le respondió.

En ese momento, oyeron unas risas entre los árboles y David apagó la luz de camping.

—Viene del aparcamiento —susurró.

—¿Qué hacemos? —preguntó ella en voz baja.

–Quédate aquí. Voy a echar un vistazo.

Salió del hoyo y avanzó a hurtadillas por la línea de árboles hasta que alcanzó a ver la zona a través de los arbustos. Un segundo coche estaba en la zona pavimentada, aparcado lo más lejos posible del coche de alquiler. La ventanilla del conductor estaba abierta y salía humo de cigarrillo. Se quedó un rato escuchando. Oyó a una mujer reírse y, finalmente, los sonidos propios de una actividad amorosa.

De vuelta a la tumba, le comentó a Eleni que, al parecer, aquel lugar era un «nidito de enamorados». El término era nuevo para ella, pero dijo que entendía el significado.

–Por si acaso, esperemos a que se vayan –dijo mientras volvía a abrir la botella de vino.

Tras media hora, oyeron cómo arrancaba el coche y se alejaba. David levantó el pulgar, cogió la pala y saltó de vuelta al agujero.

Cavó durante otra hora, aumentando el considerable montículo de tierra que se acumulaba sobre la lona. Había bajado otro medio metro y aún no había llegado a la madera.

–Los plantan bien hondo en estos pagos –se quejó.

–¿Estás seguro de que no quieres que cave yo un rato? –preguntó Eleni.

–Estoy bien –le respondió.

Sus manos de arqueólogo estaban siempre llenas de callos, las de ella se llenarían de ampollas en unos minutos.

–Estoy seguro de que ya estamos cerca.

Sus palabras resultaron ser proféticas. Poco después, sintió el satisfactorio golpe del acero contra la madera. Eleni también oyó aquel sonido hueco y bajó al hoyo con la escalera de mano. David comenzó a rascar la madera y a lanzar con destreza la tierra suelta por encima de su cabeza. Cuando los bordes del ataúd quedaron completamente al descubierto, cavó un poco más a lo largo de uno de los lados hasta que encontró un grueso pestillo de latón.

Habían pasado casi sesenta años desde que había sido

enterrado, pero el ataúd estaba en perfectas condiciones y su barniz reflejaba el haz de luz de la linterna.

—Es madera dura de buena calidad —dijo David—. Caoba. De lo mejorcito.

—Qué suerte la suya —espetó ella.

—¿Estás lista? —le dijo, levantando el pestillo.

—Sí.

—No puedo predecir el estado del cuerpo —continuó—. Depende de la calidad del precinto.

—No te preocupes por mí. Lo único que quiero es ver qué más hay ahí dentro.

Ella sujetó la linterna mientras él tiraba con fuerza para levantar la pesada tapa.

Se abrió con un chirrido.

Las enzimas y las bacterias del cuerpo habían terminado su trabajo hacía mucho tiempo. Todo lo que quedaba de Wilhelm Biermann eran sus restos óseos envueltos en un traje oscuro de doble botonadura, sorprendentemente intacto, con una corbata de seda colgando holgadamente alrededor de la vértebra cervical más alta. Su cráneo carecía de cabello y era de color marrón, y sus empastes dentales resplandecían. Había unos objetos brillantes entre los huesos desarticulados de una mano. A la izquierda había un pequeño retrato esmaltado de una mujer, sin duda su esposa. A la derecha había un reloj de bolsillo de oro.

Ambos fijaron la mirada en algo rectangular que había dentro de una bolsa de terciopelo azul entre las piernas del traje.

—¿Es eso? —preguntó Eleni.

—Solo hay una manera de saberlo —dijo David, agachándose para cogerlo—. Pesa bastante.

Eleni salió de la excavación y se arrodilló al lado con las manos extendidas. David se lo entregó y subió a toda prisa. Ambos se sentaron al borde del montículo de tierra, con el objeto entre ellos.

—Adelante —dijo él.

La lente de visión nocturna mostraba a David y Eleni con un brillo verde, como si fueran espectros levantándose de la tumba. El hombre entre los arbustos aumentó el zoom al máximo y lo enfocó hacia la bolsa, esforzándose por mantener los prismáticos estables.

Eleni abrió los cordones de la bolsa y sacó un objeto que medía aproximadamente la mitad de la Llave del Mundo de Derinkuyu. A la luz de la linterna de David, la placa frontal de bronce con cuatro conjuntos de tambores cilíndricos tenía una pátina más oscura que la Llave del Mundo, debido a los milenios que había pasado en la húmeda Cueva de Zeus y al medio siglo dentro del ataúd. Al igual que la otra llave, estaba guardada en una caja de cedro con agujeros perforados a ambos lados del eje longitudinal. David se quedó mirando, tan atónito como cuando vio por primera vez el mapa de bronce en Derinkuyu.

Fue Eleni quien rompió el silencio con un suave sollozo.

—Es la Llave del Tiempo, David. Lo hemos conseguido. La hemos encontrado. Te dijimos que existía.

—Admito que no os creí —respondió en voz baja—. Supongo que ahora sí.

Ella le tocó la mano.

—Gracias.

—Volvamos a arropar a Wilhelm —dijo, dirigiéndose a la escalera—. Nos llevará un buen rato.

David se quedó un momento pensando si debía coger el retrato de la madre de Frieda Biermann y hacérselo llegar, pero ese gesto de bondad sin duda los delataría. Una vez que volvió a cerrar el ataúd, comenzó a echar tierra en el hoyo.

Eleni se había apartado del montículo y se había sentado en la hierba fresca, con la máquina en el regazo, iluminada por la luz de *camping*.

—¿Quieres que te ayude? —le dijo distraídamente.

–No hace falta –respondió, balanceando los hombros rítmicamente–. Será rápido.

El hombre entre los arbustos observaba cómo las manos de Eleni se deslizaban sobre la placa frontal de la llave, haciendo girar los pequeños cilindros de bronce con sus dedos verdes. Tenía el teléfono en modo oscuro, pero por seguridad se giró para enviar un mensaje de texto.

David era tan experto en rellenar agujeros como en cavarlos. En poco tiempo, la lona quedó limpia y el suelo sobre la tumba, nivelado. Volvió a colocar el rollo de césped, pisó las juntas y declaró que el trabajo había terminado. La noche era inquietantemente tranquila. Incluso los pájaros y los insectos permanecían inactivos. Las nubes habían desaparecido, dejando paso a un resplandeciente cielo nocturno.

–Es hora de irse –dijo él.

David cargó todo el equipo hasta el coche para que Eleni tuviera los brazos libres para sujetar la máquina. De camino al hotel se deshicieron de los utensilios para profanar tumbas. La lona y las linternas acabaron en el contenedor de un lavadero de coches y las herramientas y la escalera en un lago del pueblo de Hartigsee. Durante el trayecto, David apretaba las manos sobre el volante, respetando el límite de velocidad, temeroso de que la policía les parara a esas horas de la noche.

Antes de entrar en el vestíbulo del hotel, Eleni cubrió la máquina con su chaqueta, pero la maniobra fue innecesaria. Estaban en mitad de la noche y la recepción estaba vacía.

Entraron en el ascensor, sintiéndose aliviados. Fuera de su habitación, ella susurró:

–Creo que sé cómo funciona. ¿Quieres verlo?

Él respondió abriendo la puerta y dejándola entrar.

Desenvolvió la llave, la colocó sobre la cama y se sentó junto a ella para hacer una demostración.

–Es muy ingenioso –dijo–. Hay cuatro conjuntos de cilindros giratorios. El de la izquierda tiene dos cilindros y muestra los días con dos dígitos. El siguiente es un cilindro único que muestra los meses. El siguiente tiene tres cilindros. Muestra los años, pero no de una forma convencional. Estoy casi segura de que es el número de la Olimpiada, de hasta tres dígitos. El último es un solo cilindro que muestra el año dentro del ciclo olímpico de cuatro años.

David se puso las gafas de lectura y observó los gruesos cilindros de bronce.

–No veo ningún número.

–Los antiguos griegos utilizaban un sistema de numeración alfabético –le respondió–. Las unidades del uno al nueve están representadas por las primeras nueve letras del alfabeto. Alfa es uno, beta es dos, y así hasta iota, que es nueve. Las siguientes nueve letras del alfabeto representan las decenas, del diez al noventa. Las centenas se representan con las siguientes nueve letras. He estado haciendo girar los cilindros. Aquí, mira esta configuración. El primer tambor muestra alfa y zeta. Eso es uno y seis, el decimosexto día del mes. El siguiente tambor muestra mu, que es doce, el duodécimo mes del ciclo lunar. Ten en cuenta que el ciclo lunar era ligeramente diferente al nuestro, pero sería relativamente sencillo calcular las equivalencias. Existe una posible complicación, ya que cada ciudad-estado griega tenía su propio sistema de calendario, pero probablemente se trate del sistema de Delfos, ya que sabemos por los grabados de la máquina de Derinkuyu que las llaves se concibieron en Delfos.

–Relativamente sencillo para ti –dijo David.

–Tendría que crear un programa –respondió encogiendo los hombros con indiferencia–, no me llevaría mucho tiempo. El tercer tambor muestra tres letras: ro, ómicron y zeta. Eso es uno, siete y siete: la Olimpiada ciento setenta y siete. El cuarto tambor es único, con letras que representan del uno al cuatro, correspondientes al año en el ciclo olímpico de cuatro años. Está mostrando alfa, lo que significa que es el primer año del ciclo.

Sacó su teléfono y marcó unos números en la calculadora.

–Lo que equivale al año 72 a. C. según nuestro calendario gregoriano actual –dijo–. ¿Ves los agujeros? Estoy segura de que son para las varillas que conectan la llave con otras dos llaves. No he tratado de abrir la caja, pero escucha, se oye cómo se mueven los engranajes cuando giro los cilindros. Es increíble.

«También ella gira como una peonza», pensó David, y sonrió al verla tan rebosante de emoción.

–¿Qué tal un brindis? –propuso.

La botella de vino estaba medio llena. Ella dio un gran trago y se la devolvió. Cuando él la apartó de sus labios, ella se inclinó para besarlo.

–Gracias –le susurró.

No se esperaba ese gesto, pero lo respondió sujetándola por los hombros y devolviéndole el beso. No se había permitido pensar en ella de esa manera. Su dolor era evidente. Pero en un instante fue consciente de su atracción.

–Formamos un buen equipo –dijo él con torpeza

–No quiero estar sola esta noche –le respondió ella.

–¿Estás segura? Quiero decir...

–Te preocupa estar aprovechándote de una mujer vulnerable que está de luto –le respondió–. Es muy caballeroso, pero no es lo que está pasando. Es lo que yo quiero, es lo que he querido desde el día en que llegaste al instituto.

David colocó con cuidado la máquina sobre la cómoda, puso el cartel de «No molestar» en la puerta y regresó rápidamente a la cama.

Cuando la luz de la madrugada empezó a colarse por las rendijas de la persiana, Eleni seguía en brazos de David. Él se despertó lentamente. Solo habían dormido unas pocas horas, y pasaron unos segundos antes de que recordara todo lo que había sucedido la noche anterior. Un artefacto imposible se encontraba sobre la cómoda y una mujer increíblemente atractiva yacía en su cama. Sintió el suave calor de su espalda contra las palmas de las manos y pensó en lo maravilloso que sería poder embotellar lo que sentía en ese momento y descorcharlo cada vez que se sintiera desanimado. Entonces ella se agitó y levantó la cabeza de su pecho.

–Buenos días –dijo con una voz ronca.

Él la abrazó suavemente.

–Buenos días.

–¿Qué hora es?

--Sobre las cinco y media.

–Hay algo que me gustaría hacer.

–¿Qué?

Ella le palpó la cabeza hasta encontrar la goma de su coleta, tiró de ella y dejó que su cabello le cayera sobre los hombros.

–Me gusta más así –le dijo.

–Está bien saberlo –respondió él con un beso.

Se alejó un momento de ella y le trajo un zumo del minibar.

Después de correr juntos al baño, regresaron desnudos a la cama y, como suelen hacer los nuevos amantes, se acurrucaron de nuevo bajo el edredón para hacer el amor.

David notó una silenciosa lágrima en su mejilla y le preguntó si estaba bien.

–Sí... y no –le respondió–. ¿Me entiendes?

–Has pasado por muchas cosas. Altos y bajos.

Eleni se apoyó sobre el codo.

–Sabes tanto sobre mí… Mi trabajo, mi familia, mis amigos, mis creencias. Pero yo sé muy poco de ti.

Él sonrió.

–Soy un libro abierto.

Deslizando un dedo por su pecho, le dijo:

–¿Nos ponemos con la lectura?

–Claro. Pregúntame lo que quieras.

–¿Cuál es el título?

–El hombre al que le gustaba cavar. O algo parecido.

–¿Y por qué le gusta cavar a ese hombre? –le preguntó.

El recuerdo que evocó le enterneció.

–Cuando era niño, solía ir a la granja de mi abuelo los fines de semana. Crecí en un lugar llamado Buck's County, en Pensilvania. Su granja quedaba al oeste, a una hora en coche aproximadamente. Cuando terminaba las tareas habituales con el ganado, me gustaba ir a dar un paseo. La granja estaba en una zona montañosa, atravesada por un arroyo y rodeada de bosques. Un día, mientras jugaba, tirando piedras al arroyo o haciendo alguna otra travesura infantil, vi un trozo de cerámica azul y blanca asomando de la orilla del río. Lo desenterré con el zapato. Parecía viejo, y cuando lo lavé y vi su bonito diseño esmaltado, me emocioné muchísimo, como si me hubieran hecho el mejor regalo de Navidad. Volví a la granja y se lo enseñé a mi abuelo. Me dijo que era indio, me dio una pala y me dijo que cavara alrededor para ver si encontraba alguna punta de flecha. Y, bueno, la idea de encontrar una punta de flecha me dejó fascinado, así que cavé como un loco en la orilla del río. ¿Y sabes qué?

–¿Qué? –preguntó ella con una deliciosa sonrisa.

–Cuando ya estaba oscureciendo, encontré una. Una punta de obsidiana negra. Inmaculada. Probablemente no se había disparado nunca. Todavía la guardo. Vendería todo lo que tengo antes de deshacerme de esa pequeña punta.

–¿Y eso es todo? ¿Te quedaste prendado?

–Me quedé prendado. Probablemente de la misma manera que te debió de ocurrir a ti cuando miraste fijamente las estrellas por primera vez.

–Sí, tienes razón –dijo ella emocionada–. Mi punta de flecha fue la constelación de Escorpio. Cuando mi padre me enseñó la cola del escorpión y me contó la mitología griega sobre Artemisa enviando un escorpión para matar a Orión, me atrapó para siempre.

–Así pues, ¿qué más quieres saber? –le preguntó con timidez–. ¿Qué estudios he cursado? ¿Mi historial de publicaciones?

—Leí tu currículo en internet. Era muy seco, como suelen ser. Como alguien que ha estado intimando contigo, me gustaría saber cosas más íntimas sobre ti.

—¿Por ejemplo?

—Mmm, veamos. ¿Qué hay de tus creencias?

—Ya expliqué delante del grupo que me criaron como protestante, más bien a la fuerza. Mis padres me arrastraban a la iglesia esperando a que se encendiera la llama. No fue así. Me resultaba una experiencia vacía.

—Nos dijiste que creer en Dios no formaba parte de tu manera de entender el mundo. Suena a evasiva. O se cree o no se cree o no se sabe.

David se tomó un momento para reflexionar.

—Cuando estaba en la universidad, supongo que me consideraba ateo. Ya sé que es un cliché, pero en aquella época creía fervientemente en el sexo, las drogas y el *rock and roll*. Cuando volví a casa de mis padres para las vacaciones, me negué a ir con ellos a la iglesia, lo que provocó muchos roces. Ahora que ya estoy algo viejo y canoso...

—¿Viejo y canoso? —se burló ella.

—Oh, seguro que encuentras algunas canas si te fijas bien. Con la edad, he llegado a la conclusión de que la certeza del ateísmo es tan errónea como la certeza de la presencia divina. Así que, con humildad, tengo que decir que estoy en el bando de los que no tienen ni idea en lo que respecta a un poder superior.

—¿Incluso después de encontrar estas dos máquinas aparentemente imposibles que los antiguos griegos no podrían haber inventado sin ayuda divina? —le preguntó.

Le respondió con una mueca.

—¿Es esa la cara que ponías de niño cuando te obligaban a ir a la iglesia?

—Es más bien la cara de alguien que está completamente confundido y no sabe qué pensar.

—Pero te intriga, ¿no?

–Sí, me tiene completamente descolocado.

–Bien.

Bebió un poco de zumo y dijo:

–Me has preguntado en qué creo. Te lo diré. Creo en las relaciones, tanto en las amistosas como en las románticas. Y creo en el trabajo. Eso es lo que me hace seguir adelante.

Eleni sonrió con picardía.

–Entonces debo preguntarte por tus romances. Estoy segura de que ha habido muchos.

–Demasiados –se rio–. Hubo un tiempo...

–Durante tu época rockera –dijo ella.

–Exacto. Luego, en la escuela de posgrado, conocí a una mujer en mi departamento, era un par de años mayor que yo, y nos casamos. Duró un año y once meses. Ni siquiera pudimos aguantar hasta el segundo aniversario. Éramos ridículamente incompatibles. Todavía nos vemos en conferencias académicas. Está felizmente casada y tiene hijos.

–¿Nunca te volviste a casar?

–Nunca.

–Pero habrás estado con muchas mujeres desde entonces.

–Esa afirmación es correcta.

–¿Y ahora?

–Ahora estoy contigo –dijo, acercándose a ella.

Cuando David salió de la ducha, Eleni estaba leyendo algo en el móvil.

–Le envié un mensaje a Iri cuando regresamos del cementerio –le comentó–. Quería que lo viera cuando se despertara. Le dije: «Lo tenemos». Veo que se acostó muy tarde y que recibió el mensaje. Esta es su respuesta: «Yo también he encontrado algo».

–Entonces, ¿nos volvemos a Atenas? –preguntó David, poniéndose los vaqueros.

–Sí, nos volvemos a Atenas –le respondió Eleni, haciendo lo mismo.

CAPÍTULO 10

Eleni y David encontraron a Yiorgos Lillakis trabajando en el jardín. Al principio, no se dio cuenta de su llegada, pues estaba absorto podando una parra junto a la valla trasera. Pero, al oír los pasos ligeros y familiares de su hija, se volvió para recibirlos con los brazos abiertos.

–Papá –exclamó emocionada–. ¿Cómo estás?

–Mejor ahora que estás en casa.

Posó la mirada en David, que estaba junto a la puerta trasera, y le saludó con la mano.

–Habéis regresado de vuestra aventura –dijo Yiorgos–. Venid, prepararé café.

Yiorgos puso a hervir el café molido en el *briki* y les preguntó por Alemania con el tono de alguien que espera malas noticias.

–Wilhelm Biermann se llevó su secreto a la tumba –dijo Eleni.

–Cuando me llamaste desde Creta, ya me lo esperaba –respondió su padre con desánimo–. Era pedir demasiado.

Eleni asintió con la cabeza a David, quien, siguiendo sus indicaciones, levantó su maleta con ruedas y la colocó sobre la mesa de la cocina.

–El muy cabrón se lo llevó literalmente a la tumba –prosiguió Eleni.

Yiorgos, en griego, exclamó:

–¿Qué quieres decir?

Observó que David abría la funda y sacaba la bolsa de terciopelo verde. Eleni se adelantó, metió la mano en la bolsa y sacó el dispositivo.

–Aquí está, papá. La Llave del Tiempo.

157

Yiorgos se desplomó sobre una silla de la cocina y se quedó boquiabierto ante aquella antigua máquina.

—Pero, ¿cómo? ¿Cómo lo habéis hecho?

—David es muy bueno en su trabajo —respondió Eleni.

—Formamos un equipo excelente —replicó David.

—¿Estáis diciendo que abristeis la tumba de Biermann? ¿Y que os habéis ido de rositas? —espetó Yiorgos.

—Pensé que nos cogerían —prosiguió Eleni—. Estaba aterrada y emocionada. Nunca antes había infringido la ley.

—Me temo que tu hija se ha juntado con agentes del crimen —dijo David con rostro serio.

Yiorgos tocó la placa de bronce con un dedo, como para comprobar que era real.

—¿Por qué? ¿Por qué se enterró con ella?

—Estaba obsesionado con descubrir su secreto, pero no lo consiguió —respondió Eleni—. Creía en el concepto egipcio del más allá y seleccionó algunos objetos de gran valor personal para colocarlos en su ataúd para su viaje al inframundo.

—¿Qué creían los egipcios? —preguntó Yiorgos—. ¿Que en el juicio final el corazón sería pesado contra una pluma y, si pesaba más, sería arrojado a Ammut, el Destructor, y el alma, arrojada a la oscuridad? Esperemos que Wilhelm Biermann, el monstruo que ayudó a Kurt Student, el Carnicero de Creta, esté vagando sin alma en la oscuridad por toda la eternidad.

—Amén —dijo David.

—¿Sabes cómo se acciona? —preguntó Yiorgos.

—Creo que sí —respondió Eleni—. Te lo enseñaré.

David se excusó y regresó al jardín para llamar a Peter Andreeson por si estaba en la superficie y podía recibir señal. Peter contestó al primer tono.

—Hola, jefe, ¿dónde estás?

—Sigo en Atenas.

—Ah, vaya. Esperaba que ya hubieras vuelto. Estoy terriblemente nervioso porque ya sabes qué no está donde debería estar.

—No te preocupes. Está a salvo. Estoy deseando contarte todo lo que he averiguado al respecto. Prefiero hacerlo en persona, cuando haya agotado todas las pistas. Cuéntame, ¿cómo va por ahí?

—He trazado un mapa de unos quinientos metros de túneles interconectados en el nivel superior de nuestra ubicación principal. Más allá de la zona del desprendimiento, no he podido encontrar ninguna conexión con los niveles superiores o inferiores. Mi hipótesis es que este conjunto de túneles conduce a las cuevas de Kaymakli, situadas cinco kilómetros al norte.

—¿Algún artefacto? —preguntó David.

—Nada. Limpio como una patena.

—¿Cómo es que estás en la superficie?

Estoy ayudando a Mazhar. La pieza llegó de Alemania, pero hemos tenido mala suerte, es una versión más nueva del componente y no encaja en el detector. Tiene que modificar los soportes. Hakan y yo nos pasaremos por todas las ferreterías locales buscando los tornillos y las tuercas adecuados y algo para doblar aluminio.

—¿Solucionable?

—Mazhar cree que sí. Es una persona optimista. No le hace mucha gracia que no estés por aquí.

—Lo llamaré esta noche. Peter, siento haberme ido así. Sigue defendiendo el fuerte. No puedo esperar para contarte lo que he descubierto. Hará que te explote la cabeza.

Cuando David se reunió con Eleni y su padre, ella estaba terminando de mostrarle los cilindros giratorios.

—¿Y ahora qué? —les preguntó Yiorgos—. Tenemos dos preciosas piezas de la Máquina del Destino. Faltan dos. Sin ellas, la Llave del Tiempo y la Llave del Mundo no son más que unas bonitas pero inútiles piezas de bronce.

—Tenemos que seguir buscando —afirmó Eleni—. Iri me comentó anoche que quizá había encontrado alguna pista más. No contesta al teléfono.

—Se encuentra mal a menudo —dijo Yiorgos—. Es mejor que te acerques a verla.

—En cuanto pongamos esto a buen recaudo —respondió Eleni.

David lo bajó por las escaleras del sótano, Eleni movió la estantería y Yiorgos giró la cerradura de la cámara acorazada de la familia. David colocó con cuidado la Llave del Tiempo junto a la llave que había traído de Derinkuyu.

—Fijaos en lo bien que quedan juntas —mencionó Yiorgos—. Ojalá Sofía hubiera podido verlo. Mejor marchaos ya. Me quedaré aquí sentado un rato.

—¿Por qué, papá?

—Solo quiero contemplarlas y recordar a tu madre. Dale un abrazo a Iri de mi parte.

Eleni seguía llamando al timbre de la destartalada casa de Iriniki en la calle Perinandrou.

—Si está arriba, tarda en responder, pero esto es demasiado —dijo.

David probó el pomo.

—Hay una llave escondida por si necesita ayuda —añadió Eleni.

—¿Qué tipo de ayuda?

—Suele tener infecciones de orina por el catéter y, a veces, entra en sepsis. La convencimos de que escondiera una llave por si necesitábamos ver cómo estaba. Está debajo de una maceta al lado de la casa.

Eleni se fue un momento y volvió con la llave. Una vez dentro, la llamó.

En cuanto entraron en la biblioteca, se dieron cuenta de que había sido saqueada. Los libros estaban tirados por el suelo y los armarios y cajones estaban abiertos de par en par.

—Estoy asustada —dijo Eleni, poniéndose tensa.

David agarró el atizador de la chimenea y gritó:

—Iriniki, somos David Birch y Eleni. ¿Estás ahí?

El comedor y la cocina también estaban hechos un desastre. La puerta del ascensor estaba bloqueada.

–El ascensor está arriba –confirmó Eleni–, así que ella también.

Subieron con cautela las escaleras, sin dejar de llamarla, y David siguió a Eleni por el pasillo hasta su dormitorio. En el umbral Eleni vio algo junto a la cama, corrió hacia allí y se derrumbó en el suelo.

–¡Oh, no! ¡Por favor, no! –gritó–. Está muerta, David. Alguien le ha hecho daño.

Iriniki yacía sobre el costado izquierdo junto a su silla de ruedas, vestida con un polo y unos pantalones deportivos. Las cortinas estaban corridas, pero entraba la luz suficiente como para distinguir signos de violencia. Tenía la mano derecha destrozada y varios dedos retorcidos. Tenía la cara hinchada y había sangre por todas partes; en su ropa, la silla de ruedas, el suelo y la pared. Había perlas esparcidas por la alfombra. David le tocó la frente.

–Está fría –dijo–. Ha ocurrido hace horas. Tenemos que llamar a la policía.

–¿Quién ha podido hacer esto? –se lamentó Eleni–. Es más de lo que puedo soportar. ¡Iri!

La vio acercarse para abrazar a su amiga y le hizo un gesto con la mano para que se alejara.

–No, Eleni. Esto es la escena de un crimen. Te lo ruego, llama a la policía y vayamos fuera a esperarlos.

La ayudó a ponerse de pie y, con un brazo alrededor de sus hombros, la condujo escaleras abajo.

La policía llegó, seguida por detectives, investigadores forenses y el juez de instrucción. David y Eleni pasaron gran parte de la tarde dentro de un coche patrulla aparcado frente a la casa, siendo interrogados por varios agentes. Era tarde cuando finalmente los llevaron a la comisaría de la Acrópolis, donde la magistrada, una mujer de mediana edad, desaliñada, con el pelo teñido de rubio y gafas de montura metálica, entró en la sala de interrogatorios en la que los habían hecho esperar.

—Buenas tardes —les dijo—. Soy la magistrada Anastasia Georgiou. Soy la investigadora encargada del caso de la muerte de Iriniki Baros. Entiendo que no habla griego, señor Birch. Podemos proceder en inglés, no hay problema. —La magistrada miró la mesa desnuda—. ¿No les han ofrecido nada de comer o beber? ¿En qué estarían pensando? ¿Qué podemos ofrecerles? ¿Café? ¿Un refresco?

—Un café sería fantástico —dijo David.

Eleni la miró desconcertada.

—Querida, tiene muy mal aspecto. Vuelvo enseguida.

La magistrada regresó con una bandeja de bollería y dos cafés.

—Creo que llevan horas ahí, pero aún son comestibles, al menos según mis dudosos criterios. Sírvanse ustedes mismos.

Eleni rechazó la comida, pero David estaba hambriento.

—Sé que ya han hablado con la policía y los detectives, pero es mi responsabilidad determinar qué le sucedió a su amiga. Así pues, les ruego que respondan a mis preguntas de la forma más completa y detallada posible, incluso si ya las han respondido a otras personas. Cuanto antes terminemos aquí, antes podrán irse a casa.

La magistrada fue minuciosa y metódica. Durante las largas horas de aquella tarde, David y Eleni habían acordado ocultar la información sobre los Guardianes del Destino y la Máquina del Destino. Habría abierto una caja de Pandora muy complicada para David, el contrabandista de antigüedades, y temían que comprometiera su búsqueda de las otras llaves. La magistrada quiso saber más sobre la amistad de Eleni con Iriniki, por qué habían decidido entrar en la casa utilizando una llave oculta, cuándo habían hablado por última vez con la fallecida, si Iriniki tenía enemigos y qué hacía David en

Atenas, entre otras cuestiones. Aunque los estaban grabando, la magistrada anotó sus respuestas en su cuaderno con una letra inclinada.

Eleni e Iriniki eran amigas desde siempre.

Era raro que no contestara al teléfono y, dada su discapacidad y sus recurrentes problemas médicos, Eleni se preocupó lo suficiente como para utilizar la llave de emergencia de la casa.

Eleni se tomó al pie de la letra la pregunta sobre si había hablado con Iriniki y respondió que no había hablado con ella en los últimos dos días, ya que había estado de vacaciones con David en Creta, sin mencionar los mensajes nocturnos. Iriniki no tenía enemigos. Todo el mundo la quería y apreciaba.

David, prosiguió, era un buen amigo que estaba excavando en Turquía ese verano y se había tomado unos días para visitarla. En un momento dado, Eleni le apretó la mano para demostrar su cercanía. Él le devolvió el apretón, y lo hizo con sinceridad.

—La policía habló con algunas personas que acudieron a la casa haciendo preguntas —prosiguió la magistrada.

Revisó sus notas.

—Uno de ellos dijo que la última vez que la vio fue en un funeral helenista hace unos días.

—Mi madre —dijo Eleni.

—Oh, mi más sentido pésame. Una muerte natural, imagino.

—Cáncer.

—¿Es usted helenista?

Eleni asintió con la cabeza.

—¿Usted también?

David dijo que no, pero que estaba en Atenas y había asistido al funeral.

—Otra persona dijo que conocía a Iriniki de un grupo llamado los Guardianes del Destino. ¿Qué grupo es ese?

Eleni fingió una leve risa.

–Ah, eso. Es un foro helenista de lectura y debate, como un club de lectura, pero más pretencioso. Nos reunimos en casa de Iriniki.

–¿Iriniki también era helenista?

–Sí –respondió Eleni.

–Ya veo. Tal vez les pida los nombres de los participantes en ese grupo de Guardianes del Destino.

David decidió desviar su atención de ese tema.

–¿Puedo preguntarle si sabe algo sobre el asesinato?

La magistrada cruzó las manos.

–Miren, aún es pronto, pero la hipótesis inicial es que se trata de un robo que salió mal. Una mujer discapacitada vive sola en una casa grande. No hemos encontrado ni su teléfono ni su bolso. Parece que le han arrancado el collar y las perlas han salido disparadas por todas partes. No sabemos qué más falta, pero han registrado la casa en busca de dinero, joyas y quién sabe qué más. Parece que pensaban que les estaba ocultando algo. Me temo que hay indicios de que la torturaron antes de terminar con su vida cortándole el cuello. ¿Conoce bien la casa, señorita Lillakis?

–Sí, la conozco bien.

–Sería de gran ayuda que acompañara a los detectives para determinar si se han sustraído objetos de valor. Sé que ha sido un día largo, pero ¿estaría dispuesta a hacerlo?

David regresó a casa de Yiorgos y lo ayudó a cocinar mientras Eleni estaba en casa de Iriniki. El detective le pidió que empezara por la planta baja, buscando cuadros desaparecidos, antigüedades, cubertería de plata o cualquier otra cosa que le llamara la atención. Le dijeron que podía mirar donde quisiera y tocar cualquier cosa, ya que ya habían tomado fotografías y huellas dactilares.

En la biblioteca, el detective dijo:

–Han destrozado el lugar. ¿Tiene alguna idea de lo que estaban buscando?

–No lo sé –respondió Eleni–. No era rica. Como puede ver por el estado de la casa, no tenía mucho dinero.

–¿Qué son todos esos archivos?

–Iriniki era una erudita. Investigaba sobre la Grecia antigua.

–Alguien pensaba que era rica.

Arriba, Eleni se dio cuenta de que faltaba un pequeño cuadro en el pasillo, cerca del ascensor.

–Aquí había un cuadro al óleo –dijo–. Era de la artista Sophia Laskaridou, que había sido amiga de los padres de Iriniki.

–Nunca he oído hablar de ella.

–Era una pintora impresionista y también era feminista. La pintura de Iriniki era un paisaje marino de principios del siglo XX.

–¿Valioso?

–No especialmente. Sus cuadros no se venden por más de unos pocos miles hoy en día.

–Eso es mucho para un adicto. ¿Sabe si hay alguna foto del cuadro en algún sitio? Me gustaría hacerla circular.

–Veré si encuentro alguna.

Fuera del dormitorio de Iriniki, el detective le hizo saber que el cuerpo había sido trasladado al depósito de cadáveres y, en ese momento, recibió una llamada.

–Adelante –le dijo a Eleni–. Enseguida vuelvo.

Iriniki guardaba su joyero en una mesita junto al cuarto de baño. No le gustaban especialmente las joyas, aunque nunca se quitaba el collar de perlas de su abuela. Rara vez se ponía los anillos y broches de su madre, y Eleni no logró verlos entre la maraña de collares baratos y objetos de culto helenistas. Se acercó a las mesitas de noche para ver si faltaba algún objeto en los cajones. La silla de ruedas volcada bloqueaba una de las mesas. En lugar de pasar por encima, Eleni la volvió a colocar sobre sus ruedas y se sintió enferma al ver la sangre en el respaldo y los cojines. La acercó hacia ella tirando de los reposabrazos, se fijó en algo y se detuvo.

Podía oír al detective al final del pasillo, inmerso en una conversación.

Lo que vio, sobresaliendo apenas por el lateral del cojín del asiento de la silla de ruedas, fue el borde de un papel amarillo. Lo sacó y vio que era una carta doblada, pero, en ese momento, entró el detective y ella se la guardó rápidamente en un bolsillo.

—¿Falta algo? —le preguntó el detective.

—Parece que han desaparecido algunos anillos y broches de su madre.

—Putos yonquis —respondió el detective.

Eleni fue de la barbarie en la casa de Iriniki a la tranquilidad y calidez del hogar de su padre. Sonaba música clásica suave y la cocina olía a comida casera. David estaba en los fogones mezclando algo con tomate y carne.

—¿Qué tal ha ido? —le preguntó.

—Horrible —respondió ella—. ¿Dónde está mi padre?

—En el jardín con una botella de vino.

Sacó la carta del bolsillo y se la mostró.

—¿Qué es?

—La encontré entre el cojín y el lateral de la silla de ruedas. No sé si la estaba escondiendo o si simplemente la dejó allí cuando se fue a la cama. Es lo que me comentaba en su mensaje. Debió de encontrarla anoche en el archivo. Es una carta escrita en 1932 por un Guardián del Destino en la isla de Naxos a otro Guardián del Destino en Atenas.

—¿Qué pone? —preguntó.

—Déjame encontrar a papá.

Cuando Yiorgos entró, Eleni abrió la carta y la leyó, traduciéndola al inglés.

Mi querido Sr. Makris:

Le escribo para informarle acerca de un pequeño pero extraño suceso que me llamó la atención durante mi visita a

Naxos este mes. Probablemente no sea nada, pero, sabiendo su interés en conocer cualquier información que pueda estar relacionada con la búsqueda de Michaní Peproménou, sería una negligencia por mi parte no comunicarle lo que me ha contado un residente de la isla y miembro de nuestra sociedad, el Sr. Lippio Kolovos. Un caballero y compañero Guardián del Destino, el Sr. Spyro Valatos, editor de un periódico y a quien solo había visto una vez, de repente y sin previo aviso, le dijo a su esposa hace un mes que tenía que irse urgentemente a Inglaterra, según dijo, para perseguir catástrofes. Esa fue su única explicación. El Sr. Valatos, como seguramente sabrá, se convirtió en Guardián del Destino hace solo dos años. Por lo que yo sé, es un periodista respetado y sensato y no abandonaría impulsivamente su trabajo, a su esposa y a su hijo pequeño. Salió de Naxos en barco de vapor hacia El Pireo el 7 de mayo y, desde allí, tenía previsto continuar su viaje hacia Inglaterra. El Sr. Kolovos prometió escribir si obtenía más información del Sr. Valatos.

Con mis mejores deseos,

Sr. Palamedes Kanelos

Eleni levantó la vista y añadió:

—Y hay una nota escrita a lápiz por Iri en el margen que dice que no hay nada más en el archivo sobre Spyro Valatos.

Yiorgos parecía más emocionado que David.

—¿Se refería Valatos a la Llave de las Catástrofes? —preguntó.

—Es todo muy vago —dijo David—. Quiero decir, si Valatos encontró algo importante, ¿no crees que habría causado un terremoto en el mundillo de los Guardianes del Destino de aquella época?

—No sé qué pensar —dijo Yiorgos—. Andreas Makris era conocido por ser un administrador muy respetado de nuestra sociedad a principios del siglo xx. Esta carta le habría interesado, pero en aquella época la información no circulaba como hoy en día. Tal vez encontró algo, pero nunca regresó a Naxos.

–O, más probable –dijo David–, no encontró nada y se volvió a casa para hacer frente a los reproches de su airada esposa.

Eleni le pasó la carta a su padre. Vio una mancha roja en una esquina y preguntó:

–¿Es sangre de Iri?

–Tenemos que investigarlo –respondió ella, eludiendo la pregunta–. Se lo debemos a Iri.

–¿Cómo? –insistió David.

–En Naxos. Rebuscando en cualquier archivo que haya en la isla. No hay otra forma de encontrar información sobre un hombre corriente de 1932.

–Eleni tiene razón –añadió Yiorgos–. Si lo único que averiguáis es que Valatos murió en Naxos, entonces podremos suponer que no encontró nada interesante en su extraño e impulsivo viaje.

Durante la cena, Yiorgos les contó que había estado recibiendo llamadas de los Guardianes del Destino acerca de Iriniki durante todo el día.

–Querían reunirse esta noche y los invité a venir. Deberían estar aquí pronto.

Los Guardianes del Destino comenzaron a llegar después de las nueve, intercambiando abrazos, lágrimas y preguntas llenas de dolor. Una vez más, rostros tristes y demacrados se reunieron en el jardín de Yiorgos para recordar a una amiga fallecida. La última vez que David había estado con ellos era un extraño. Ahora le trataban como a uno más. Incluso la impetuosa Koriana lo saludó besándole en las mejillas.

Eleni fue la encargada de relatar a todos lo que sabía sobre la investigación policial.

–Creen que fue un robo –dijo.

Asterios, el abogado de pelo negro azabache, exclamó:

–¿Un robo? ¡Era más pobre que una rata de iglesia!

–Una señora sola en una casa grande –se lamentó una de las

mujeres–. Atenas está llena de escoria hoy en día. Estos son los tiempos en que vivimos.

–Faltaban algunas cosas –prosiguió Eleni–. Su cartera, las joyas de su madre, su pequeño cuadro de Laskaridou.

–Pero ¿por qué matarla? –Lexi lloraba con tanta fuerza que Stelios se estremeció a su lado.

–Cuéntales lo que le hicieron esos animales –dijo Yiorgos, conteniendo las lágrimas.

Eleni apretó los ojos con fuerza y dijo:

–La torturaron. Le rompieron los dedos. La golpearon. La magistrada cree que querían que revelara dónde guardaba las joyas o el dinero en efectivo, que sabemos que no tenía. Tenéis que disculparme, pero no me veo capaz de explicaros cómo la mataron.

–Por favor, dime que no abusaron de ella –inquirió Evangelea.

–La policía cree que no –añadió Eleni en voz baja.

Stelios rompió el silencio que sobrevino tras esas palabras.

–No nos habéis contado qué pasó en Creta.

Eleni parecía demasiado agotada para responder.

–David, ¿podrías...?

David dejó la cerveza sobre la mesa y dijo:

–Han sido unos días de locos.

Y luego mantuvo a los Guardianes del Destino embelesados mientras relataba los acontecimientos ocurridos en Creta y Alemania. Añadiendo un poco de teatralidad, logró que sintieran como si hubieran estado a su lado durante la excavación de la tumba de Wilhelm Biermann, y terminó diciendo:

–¡Y ahí estaba! Justo entre los huesos de las piernas de ese bastardo.

–¡No! –exclamó Yannis, el banquero–. ¿De verdad la habéis encontrado?

David sonrió.

–Así es.

–¿Dónde está? –preguntó Andreas. ¿Podemos verla?

Eleni asintió con la cabeza en dirección a su padre, quien dijo:

–Dadme un minuto.

–¿Está aquí? –preguntó Stelios.

–Con su hermana –concluyó Yiorgos.

Los Guardianes del Destino estaban muy emocionados cuando Yiorgos regresó, sosteniendo el dispositivo como si de un bebé se tratara.

Lo sacó de su bolsa de terciopelo y dijo:

–Aquí está: la Llave del Tiempo.

A David le sabía mal que Eleni tuviera que repetir su discurso sobre cómo funcionaba la máquina, pero ella siguió adelante, respondiendo a todas las preguntas. Lo único que podía hacer era quedarse a su lado y mantenerle la copa llena.

–Esto es como un rayo de luz en la noche más oscura –declaró Yannis finalmente–. Parece increíble que Iri no esté aquí para vivir este milagro.

–Su espíritu está aquí –dijo Eleni–. Y nos ha dejado un regalo de despedida.

–¿A qué te refieres? –preguntó el banquero.

–Anoche me envió un mensaje diciendo que quizá había encontrado otra pista. Cuando estuve en su casa, encontré esto en el cojín de su silla de ruedas. Es una carta entre dos Guardianes del Destino de 1932. Papá, ¿puedes leérsela?

Cuando Yiorgos terminó, Koriana exclamó:

–¡Tenéis que ir a Naxos!

–David y yo tomaremos un vuelo mañana por la mañana –respondió Eleni–. La magistrada nos dijo que, debido a la investigación, el funeral de Iriniki no podrá celebrarse hasta dentro de varios días.

Stelios carraspeó ruidosamente y dijo:

–Escuchad un momento. Quizás sea por el tipo de personas conspiradoras con las que trato en mi ministerio, pero ¿de verdad nos creemos que es una coincidencia que Iriniki fuera asesinada la noche en que encontró una nueva pista?

—¿Qué otra cosa podría ser? —preguntó Asterios. Estoy bastante seguro de que ninguno de nosotros ha dicho ni una palabra a nadie sobre la Máquina del Destino y nuestra búsqueda de las llaves. Si no es así, ahora sería el momento de que alguien diera un paso al frente.

Todos negaron con la cabeza en silencio.

—Como abogado me baso en los hechos —afirmó Asterios—. Siempre nos ha preocupado que Iri viviera sola. Para la jueza fue un robo. Es difícil creer que pueda tratarse de otra cosa que no sea un robo.

La reunión comenzó a disiparse. Yannis se acercó a Yiorgos, lo llevó a un rincón para tener más intimidad y se inclinó hacia él para que no lo oyera nadie.

—El archivo —dijo—. Ahora que Iri ya no está, tienes que ponerte a cargo. Permíteme nombrarte nuestro nuevo archivista. La votación será unánime. Tienes el instinto de un estudioso, además de todo el espacio necesario en esta casa.

—Me estoy haciendo mayor, amigo mío —respondió Yiorgos—. No es una solución a largo plazo.

De la boca de Yannis emanaban vapores de vino.

—Respecto a eso, me gustaría decir dos cosas. En primer lugar, si nuestra historia oral es correcta, el mundo será devastado por alguna catástrofe en el plazo de un año, a menos que encontremos las llaves perdidas y logremos de alguna manera burlar al destino. En segundo lugar, tienes una sucesora natural. Tu hija es joven y más inteligente que todos nosotros juntos.

Yiorgos le dio una palmada en el hombro al banquero.

—Entiendo. Entreguemos a nuestra amiga Iri a la tierra antes de seguir hablando de este tema.

Antes de irse, Koriana buscó a Eleni, se apartó el flequillo morado de los ojos y le susurró:

171

–Tengo que preguntártelo. ¿Tú y David estáis...?

–¿Estamos qué? –dijo Eleni.

–Vamos, cariño, puedes contármelo. He visto cómo te miraba esta noche.

–Es tarde, Kori –le respondió Eleni con un suspiro–. Vete a casa.

CAPÍTULO 11

En esa época del año, los vuelos a Naxos salían cada hora desde Atenas, y David y Eleni tuvieron que apretujarse en un avión repleto de turistas. Lo mejor que pudieron hacer para estar cerca el uno del otro fue sentarse en asientos separados por el pasillo, por lo que se vieron obligados a inclinarse y susurrar. Aunque habían compartido la cama la noche anterior, habían estado demasiado agotados emocionalmente para comentar los siguientes pasos.

—¿Has pensado en un plan de ataque? —preguntó David, dándose cuenta de inmediato de que no era el lenguaje más apropiado dentro de un avión—. Quiero decir, un plan de acción.

Eleni levantó la vista del teléfono.

—Estaba buscando en las páginas blancas de la guía telefónica el número de Naxos. No hay nadie con el nombre de Valatos. Eso significa que no tenemos forma de contactar con ningún descendiente.

—Siempre queda la genealogía —dijo David—. Podría haber una línea materna.

—Eso no nos ayudará mucho hoy —respondió ella—. Deberíamos ir a las oficinas del ayuntamiento y buscar los registros de nacimiento y defunción.

—¿Y si ahí también hacemos un *strike*?

Ella puso cara de no entender la metáfora de béisbol.

—Si no encontramos nada —puntualizó.

—Siempre nos queda la Cueva de Zas.

—¿Que sería...?

—El lugar donde se dice que Zeus pasó su infancia, escondido de Cronos.

—Me tomas el pelo. ¿Otra cueva de Zeus?

—¿Qué quieres que te diga? Tenemos muchas cuevas en Grecia y Zeus era de los que no paraban quietos.

El aeropuerto de una sola pista de Naxos estaba a un corto trayecto en taxi del edificio municipal frente al mar, que servía como centro administrativo central de Naxos y las islas Cícladas circundantes. Era un atractivo complejo de color amarillo canario, con elegantes arcos y con los marcos de ventanas en color aguamarina, a juego con el mar que quedaba a tan solo unos metros.

—Una ubicación privilegiada —dijo David, admirando las olas que rompían contra el dique.

Eleni asumió el mando, haciendo preguntas en cada una de las oficinas a las que los derivaban.

Tras una animada conversación con un empleado de la Oficina del Registro Civil, le dijo a David:

—Creo que estamos llegando a algún sitio. Me ha dicho que los registros de nacimientos y defunciones hasta la década de 1980 solo están en papel, lo cual no es un problema, pero la dificultad radica en acceder a ellos. Se requiere una carta escrita al alcalde solicitando permiso. He pedido hablar con su supervisor.

—¿Qué vas a decirle?

Eleni sonrió.

—Le enseñaré mi tarjeta. El mecanismo de Anticitera es un motivo de orgullo universal para Grecia.

La supervisora tenía el aspecto de alguien que acababa de morder un limón. Echó un vistazo a la tarjeta de visita de Eleni y se la devolvió sin decir nada, como si no la hubiera visto. Cuando la mujer le dio un formulario para que lo rellenara, David notó que Eleni se alteraba, levantando la voz y gesticulando como una loca. Finalmente, señaló en su dirección. La supervisora miró al techo, levantó las manos en señal de rendición y habló con el empleado.

Eleni dio un paso atrás para susurrarle:

–No te lo vas a creer, nunca ha oído hablar del Mecanismo de Anticitera.

–Me lo he imaginado.

–Así que le he contado que eras un famoso profesor estadounidense de la Universidad de Harvard que iba a estar en la isla solo un día. Harvard le sonaba. Pensé en lo que dijiste en el avión sobre las líneas maternas. Y se me encendió la bombilla. ¿Sabías que tu madre era griega, de Naxos?

–No lo sabía –respondió David.

–Quieres averiguar cosas sobre su padre, Spyro Valatos, que nació en la isla a principios del siglo XX. Y lo sientes mucho, pero no sabías que necesitabas un permiso previo.

–Tu historia es parcialmente cierta –susurró–. No tenía ni idea de que de que necesitara un permiso. Entonces, ¿qué está pasando?

–Le has caído en gracia. Creo que nos van a dejar entrar.

–Excelente.

Ella le rozó la pierna con la rodilla.

–A mí también me has caído en gracia.

La sala de archivos no tenía ventanas, y el ventilador de techo, que giraba lentamente, apenas servía para mover el aire caliente. Les mostraron los archivadores correspondientes y les indicaron que sacaran los libros uno a uno.

–Empecemos por establecer que Spyro Valatos existió –dijo David– y busquemos primero su partida de nacimiento.

–No sabemos cuántos años tenía en 1932 –añadió Eleni.

–Cierto, pero en la carta decía que tenía un hijo pequeño. En aquellos tiempos, la gente se casaba joven. Creo que es seguro empezar en 1900 e ir avanzando.

Llevaron el libro, que abarcaba el periodo comprendido entre 1900 y 1909, a una mesa situada contra la pared, y Eleni empezó a buscar. Afortunadamente, la isla no estaba más poblada entonces que ahora. Se registraban menos de cincuenta nacimientos y cien muertes al año.

David se quedó mirando fijamente las páginas escritas en griego, notando cómo se le cerraban los ojos, pero se despertó de golpe cuando Eleni señaló con el dedo una entrada.

—¡Aquí! En 1907. Un bebé llamado Spyro Valatos nació en la ciudad de Chora, hijo de Demetri y Eirini Valatos.

—Vale, vamos bien —dijo David—. Eso significa que tenía veinticinco años en 1932.

—Joven para ser un Guardián del Destino —dijo Eleni—. Debía de estar muy emocionado.

—Digamos que la esperanza de vida media de los hombres en aquella época no era más de sesenta y cinco años. Eso significa que tenemos que buscar su fallecimiento hasta aproximadamente 1972. Supongo que no nos dejarán traer café aquí dentro.

Mientras Eleni revisaba los libros, David se sentía atrapado en un espacio sin ventanas, sin cobertura móvil y sin wifi para invitados. Al poco tiempo, su barbilla descansaba sobre su pecho.

Un toque en la nariz lo despertó y él parpadeó, mirándola.

—¿Cuánto rato...?

—Casi una hora —le respondió—. No quise molestarte. No he podido encontrar ningún registro de su fallecimiento. Fui hasta el último libro que tenían, del año 1985. Después de eso, empezaron a llevar registros electrónicos.

—No creo que viviera tanto —dijo David bostezando—. Vayamos a almorzar.

En el exterior, tuvieron que entrecerrar los ojos ante la intensa luz del sol y hablar por encima del ruido de las gaviotas.

—Estuve aquí cuando era adolescente —dijo—. La zona más interesante de la ciudad está por allí.

El móvil de David recuperó la cobertura. Hizo una mueca tan evidente que Eleni le preguntó qué le pasaba.

—Tengo una llamada perdida importante de mi compañero en Derinkuyu y hay un correo electrónico urgente de mi patrocinador preguntando por qué no he vuelto a Turquía. Por otra parte, estoy en una preciosa isla griega con una mujer preciosa.

Mientras caminaban, escuchó el mensaje de voz de Mazhar.

Hola, mi ausente colega. Por aquí todo bien. Ya casi hemos terminado de reparar el detector de muones. Afortunadamente, todo lo que he aprendido renovando la casa de mi suegra ha dado sus frutos y he podido fabricar un nuevo soporte para la pieza. Voy a bajar ahora y no podré hablar contigo hasta esta noche. Definitivamente, deberíamos hablar. El Sr. Oguz me ha llamado esta mañana temprano para comentar tu ausencia. No está contento y nos amenaza con tomar medidas que no ha especificado. Cuento contigo para que resuelvas esto rápidamente. Hasta luego.

–¿Problemas? –preguntó Eleni.

–Sí, eso parece. Esto está empezando a ser un problema.

–¿Esto?

Pudo notar que fingía ignorancia.

–Ya sabes, esto.

–¡Ah! Esto –exclamó ella riendo. Luego, poniéndose seria, le dijo–: Lo siento, no debería reírme. Sé que te está resultando difícil, pero lo que estamos haciendo es importante.

–Pero tengo que volver.

Ella aceleró el paso y dijo:

–Entonces, démonos prisa.

Lo condujo hacia la parte antigua, por callejuelas estrechas y claustrofóbicas, pavimentadas con adoquines y bordeadas de casas encaladas, muchas de ellas con contraventanas pintadas de azul, enredaderas trepadoras y buganvillas de vivos colores.

Pronto atravesaron la Porta Trani, un histórico portal de madera enmarcado en un arco de piedra.

—Ahora estamos en el barrio de Kastro —dijo Eleni—. Esta es la antigua ciudad veneciana, construida en la Edad Media, cuando los venecianos gobernaban la isla. Si fuéramos turistas, visitaríamos el castillo y las iglesias antiguas.

—Me conformaré con un restaurante turístico —dijo David.

—Me he dado cuenta de que siempre tienes hambre —notó Eleni.

—Especialmente cuando estoy estresado.

Se abrieron paso por los callejones abarrotados y consiguieron una mesa en un restaurante cerca del castillo. Mientras Eleni examinaba el menú, David releía el duro y casi amenazante correo electrónico de Oguz.

—¿Sabes lo que vas a pedir? —preguntó Eleni.

—¿Podrías pedir algo por mí? Y una cerveza, por favor. Una grande. Tengo que enviar un correo electrónico.

Sr. Oguz,

Comprendo su preocupación, pero debe saber que mi prolongada ausencia de Turquía está resultando beneficiosa para nuestro proyecto. El artefacto que hemos descubierto tiene una gran importancia histórica y cada vez estoy más convencido de que tiene vínculos técnicos con el Mecanismo de Anticitera. No estoy de acuerdo con su opinión de que el hallazgo de un artefacto griego en Derinkuyu resta importancia al esclarecimiento de las raíces culturales anatolias tempranas que nuestra excavación pretende descubrir. En todo caso, refuerza la idea de que Anatolia era un centro vital y un socio comercial de la Grecia clásica en el siglo ii a. C. ¿Por qué si no se habría encontrado en Anatolia uno de los ejemplos más avanzados jamás descubiertos de la tecnología griega? Estoy investigando cómo y por qué llegó este artefacto a Turquía. Las respuestas sin duda realzarán, y no menoscabarán, la importancia de la cultura anatolia. A través de la divulgación pública, podremos hacer que este descubrimiento se centre más en Turquía que en Grecia. Mientras tanto, el Dr. Mazhar espera tener su escáner en funcionamiento hoy mismo, y, para cuando yo regrese, estaremos preparados para actuar ante cualquier nuevo hallazgo.

David

Guardó el teléfono justo cuando le trajeron su cerveza Mythos y se bebió un cuarto del vaso de un trago.

–¿Mejor? –preguntó Eleni.

–Mejor.

–Así que aquí estamos, en Naxos, donde Spyro Valatos no murió –prosiguió ella–, y no hay nadie apellidado Valatos a quien interrogar. Quizá deberíamos considerar tu idea sobre la genealogía. He estado mirando sitios web, o tal vez podríamos pagar a un genealogista.

–No tenemos tiempo para eso. O, mejor dicho, yo no tengo tiempo. Tengo que volver a Turquía. Tú sigue buscando y sigamos hablando. Quizá pueda volver a Atenas en una o dos semanas. Necesito avanzar en la excavación para mantener al lobo lejos de la puerta.

A ella se le empezaron a llenar los ojos de lágrimas, por un instante había olvidado que estaba en un momento de extrema fragilidad, y se sintió un miserable.

–Lo siento, Eleni. No quiero hacerlo todo más difícil de lo que ya es.

Llegó la comida y ella empezó a picotear la ensalada.

Se tomó otra cerveza y entonces se le ocurrió una idea.

–¿Crees que hay alguna biblioteca pública por aquí?

–Seguro que sí. ¿Por qué?

–Por la carta, sabemos algunas cosas sobre Spyro Valatos. Sabemos que era un Guardián del Destino, que era periodista, que estaba casado y tenía un hijo y que abandonó Naxos el 7 de mayo de 1932. Las bibliotecas tienen archivos de periódicos antiguos. Quizá podamos averiguar qué estaba pasando en Naxos en la época en que se marchó.

Ella dejó el tenedor y dijo:

—Es una idea brillante.

—Yo no diría tanto. Es tan solo una idea.

Eleni llamó al camarero desde el otro lado de la sala.

—¿Estás pidiendo la nota? —preguntó él—. Aún no he comido.

—Quiero preguntarle dónde está la biblioteca.

El camarero respondió a su pregunta señalando.

Eleni tomó la mano de David y dijo:

—Debe de ser cosa del destino, David. La biblioteca está a cien metros.

La biblioteca se encontraba en el Centro Cultural de Naxos, ubicado en una antigua escuela para niñas del siglo XVIII fundada por monjas ursulinas. Las monjas habían mantenido un bastión católico en esta isla ortodoxa oriental, vestigio de la ocupación veneciana medieval. La escuela había estado cerrada durante décadas antes de que la ciudad renovara el complejo neoclásico y lo convirtiera en un centro cultural.

Dentro de la biblioteca, el bibliotecario jefe recibió con entusiasmo la tarjeta de visita de Eleni y no pudo ser más servicial.

—Sí, tenemos un archivo del periódico local de Naxos, el *Kykladiki*, que se remonta a la década de 1920 —dijo—. Me temo que no hemos tenido los recursos necesarios para digitalizarlo. Es una antigualla, está en microfilm. Les traeré los rollos. ¿Me dijo 1932?

David y Eleni se sentaron uno al lado del otro frente a un visor de microfilm y fueron pasando las ediciones del *Kykladiki* desde abril de 1932. David no podía hacer más que tomar alguna que otra fotografía. El *Kykladiki* era un periódico diario, de solo dieciséis páginas en aquella época, con dos páginas dedicadas a anuncios publicitarios. Los sujetos de las fotos eran personas comunes y corrientes —una fiesta escolar, un alcalde sonriente, un sacerdote ortodoxo bendiciendo un barco pesquero– hasta la edición del 6 de mayo de 1932.

En la portada había una fotografía de un hombre barbudo con un traje de tres piezas, de pie en un muelle delante de un barco de vapor. A su lado había un gran carrito de equipaje cargado con varias cajas de madera.

David señaló y dijo:

–¿De qué va este artículo?

–¡Oh, Dios mío! –exclamó ella–. Es un artículo escrito por Spyro Valatos. Se refieren a él como «nuestro editor, Spyro Valatos».

–Un día antes de que dejara Naxos –apuntó David–. Léemelo.

–«La expedición a Naxos del señor Charles Gilday, de Nottingham, Inglaterra, ha llegado a su fin» –leyó Eleni–. «El señor Gilday, un destacado anticuario y arqueólogo aficionado, ha pasado un mes en Naxos con su esposa y varios acompañantes, comprando obras de arte, cerámicas y muebles locales y emprendiendo excavaciones por toda la isla en busca de antigüedades. Le preguntamos si había descubierto algún tesoro en nuestra isla. El Sr. Gilday declaró: "Diría que hemos hecho varios hallazgos interesantes, como era de esperar en el corazón de la antigua civilización griega. Ninguno ha sido tan interesante y, diría yo, tan revolucionario como uno de nuestros descubrimientos en las profundidades de la cueva de Zas". Cuando le insistimos en que nos diera más detalles, el Sr. Gilday dijo: "Esperamos concluir nuestros estudios y escribir un artículo sobre nuestros hallazgos para publicarlo en una revista de antigüedades lo antes posible". Le preguntamos si volvería a Naxos para dar una conferencia sobre sus descubrimientos y respondió que estaría encantado de hacerlo, ya que había encontrado a los habitantes de la isla cálidos y hospitalarios».

Eleni levantó la vista.

–David, ¿crees que...?

–Joder –dijo, escondiendo la cara entre las manos–. No hago más que meterme en problemas.

–¿Por qué?

–Porque mañana no iré a Turquía. Nos vamos a Nottingham.

CAPÍTULO 12

Naxos
212 a. C.

Agapeto llevaba tres cosas en el cinturón: un cuchillo, un monedero y una bolsa con dados. Dos de esas cosas le salvarían la vida. Una lo mataría.

Llevaba dos días a la deriva, aferrado a su caja flotante, dejándose arrastrar por el viento y las corrientes, sin saber que su compañero guardián, Sebastián, navegaba en la misma dirección. Aunque quemado por el sol y sediento, recuperó la esperanza al ver la nebulosa masa terrestre de Creta asomando en la distancia. Al amanecer del tercer día después del naufragio, dormía sobre la caja y se despertó sobresaltado al oír gritos en un idioma desconocido.

Abrió lentamente los ojos y pensó que Agapeto era un bastardo con suerte. Siempre lo había sido y siempre lo sería.

El barco que estaba junto a él era un Kyrenia, un barco mercante de tamaño mediano tripulado por fenicios, quienes lo sacaron del agua. Le hablaron en una lengua que no entendía y le dieron agua y un trozo de pan antes de seguir navegando. Cuando ya llevaban un buen tramo de viaje, el capitán del barco, un marinero arrugado y desdentado, se inclinó hacia él y le habló en fenicio.

Agapeto sacudió la cabeza y dijo:

—No entiendo lo que dices.

—Ah, griego —dijo el capitán—. Yo hablo poco griego. ¿Dónde tu barco?

—Hundido por los romanos.

El marinero pareció alarmado y escudriñó el horizonte.

—¿Romanos? ¿Dónde romanos?

—En Anticitera.

—Bien. No ir allí.

—¿Adónde vais?

—Venimos de Creta. Vamos a Naxos. Tenemos buen aceite de oliva, buen vino.

—¿De dónde sois?

—Sidon.

—Fenicios —murmuró Agapeto. El resto se lo guardó para sí. No confiaba en los fenicios.

El capitán se fijó en la bolsa de Agapeto.

—¿Qué ahí?

El griego improvisó rápidamente una mentira.

—Una estatua para mi maestro de su dios patrón, Hermes. Me envió a Siracusa para encargársela a un escultor.

Hermes, cuyas atribuciones incluían la suerte y la oportunidad, era el patrón de Agapeto.

—¿Tú de dónde?

Prefirió mentir.

—De Rodas —dijo, nombrando la isla griega más cercana a su verdadero destino, Anatolia.

—Largo camino para estatua —replicó el marinero.

—Se trata de un escultor muy famoso. ¿Podéis llevarme a Rodas?

—Vamos a Naxos. Luego, casa. Tú paga ir a Naxos.

—¿Pagarte? —dijo Agapeto con desdén.

El capitán dijo algo a los tripulantes más cercanos y estos se colocaron en círculo con los cuchillos desenvainados.

—Paga o volver al mar, pero antes saco ojos y corto polla.

—Tranquilo, amigo mío —dijo Agapeto, rebuscando en su cinturón.

El capitán se puso tenso cuando la mano de Agapeto rozó la funda de su cuchillo, pero se relajó cuando la acercó al monedero. Agapeto metió la mano en la bolsa y sacó una dracma.

–¡No! ¡Más! –gritó el capitán.

Agapeto intuyó que una sola dracma no iba a ser suficiente.

–¿Cuánto más?

El capitán mostró cinco veces todos los dedos.

–¡Cincuenta! –exclamó Agapeto–. Vaya lobo de mar... ¿Sabes qué? Vale, que sean cincuenta y todo el vino que pueda beber.

Mientras le colocaba las monedas en la palma de su curtida mano, miró al cielo despejado y pensó: «Mi suerte continúa. Habría pagado cien. Gracias, Zeus, por hacer que mi monedero no se perdiera cuando salté del Delfos».

Durante la semana que tardaron en llegar a Naxos, Agapeto estuvo preocupado por sus compañeros y por el destino de las otras llaves. Mantuvo la Llave de las Catástrofes siempre cerca y seguía decidido a encontrar una forma de llegar a Anatolia, rezando para que los dioses hubieran favorecido a sus compañeros como lo habían hecho con él.

Fue un gran alivio desembarcar de aquel barco fenicio, que hacía aguas por todas partes y apestaba, con los ojos y la polla en su sitio. La ciudad portuaria de Naxia estaba repleta de gente que apenas prestaba atención a los recién llegados. Frente a una tienda, Agapeto llamó la atención de un viejo fabricante de sandalias que estaba sentado sobre una roca plana, cosiendo cuero.

–¿Me puedes decir dónde está la posada más cercana? –preguntó Agapeto–. Y el templo más cercano.

–La posada más cercana está al final de ese callejón –respondió el zapatero–. ¿Templo, dices? Tenemos uno para Deméter y otro para Dioniso.

Dioniso, el dios del vino y la fertilidad, atraía más a Agapeto que la diosa de la cosecha, aunque ninguno de los dos era su patrón.

–¿A qué distancia está el de Dioniso?

–Si sales ahora, podrías llegar en tres, quizá cuatro horas.

Por mucho que necesitara rezar, estaba demasiado cansado y sediento para tal viaje.

–¿No hay otros templos en Naxos?

El hombre se rascó la barba y, al sentir algo, se sacó un pequeño piojo.

–Si te das la vuelta, podrás ver el Templo de Apolo justo ahí. No lo mencioné porque es una ruina, nunca se terminó, así que supongo que no es un templo de verdad.

–Lo que realmente busco es un templo de Zeus.

El zapatero asintió con entusiasmo.

–No hay ningún templo, pero tenemos un lugar sagrado en Naxos, la Cueva de Zas.

–Háblame de esa cueva.

El zapatero volvió a su trabajo y dijo:

–Preguntas mucho y das poco, extranjero.

Agapeto le lanzó una dracma.

–Que el mismísimo Zeus te bendiga –continuó el hombre–. Cuando Zeus fue sacado de Creta, su lugar de nacimiento, huyendo de su padre, Cronos, que quería devorarlo, fue llevado a Naxos, donde creció hasta convertirse en hombre en una cueva situada en la cima que llamamos Monte Zas en su honor.

Agapeto rebosaba alegría. La misma pitonisa de Delfos había reunido a los guardianes antes de que partieran hacia Siracusa y les había dicho que Zeus sería su dios protector a partir de ese día. Ningún otro dios tenía el poder de asegurar el éxito de su sagrada misión.

–¿Cuánto me llevará llegar a ella? –preguntó.

–Si salieras al amanecer, llegarías al atardecer.

–Quisiera hacerle una ofrenda a Zeus. ¿En qué dirección está el monte Zas?

El zapatero señaló hacia las lejanas montañas grises. En ese momento un individuo alto y moreno, vestido con una túnica de lino típica de los hombres africanos, interrumpió la conversación. En un griego rudimentario le preguntó al zapatero si ya le había arreglado las sandalias.

El zapatero dijo que estaban listas y pidió a Agapeto que esperara. Cuando se completó la transacción, el zapatero se dirigió a Agapeto:

—Si vas a hacer todo el camino hasta la cueva de Zeus, deberías comprar un par de sandalias nuevas. Otra dracma y te venderé mi mejor par.

Agapeto se calzó sus nuevas sandalias y caminó con ellas hasta la posada. Situada frente a unos establos, había sido construida con bloques de mármol, lo que denotaba la omnipresencia de esta piedra en una isla plagada de canteras. Agapeto atravesó el patio abierto, abarrotado de gente bulliciosa, y llamó al tabernero, un hombre de tez roja que limpiaba una mesa con un trapo sucio.

—¿Buscas habitación, amigo?

—Sí, así es —respondió Agapeto.

—¿Comunal o individual?

—¿Cuánto cuesta una individual?

—Una dracma por noche.

—Aquí tienes dos dracmas —dijo Agapeto con una sonrisa—. El jugador que hay en mí apuesta a que mañana por la noche seguiré vivo.

—¿Eres jugador? —dijo el posadero, bajando la voz y acercándose—. Entonces, puedes hacer una visita a la mesa junto al abrevadero para probar suerte en los juegos de azar. Son marineros egipcios esperando a que reparen su barco. Muchos les han quitado monedas a estos tontos en las últimas semanas.

Agapeto vio que el hombre alto cuyas sandalias habían sido reparadas estaba sentado entre ellos.

—Agradezco la amabilidad —respondió Agapeto con un guiño—. ¿Sabes de algún barco que se dirija a Rodas?

—Ahora mismo no hay ninguno en el puerto, pero no creo

que debas esperar mucho. Es un destino bastante habitual para los comerciantes del Egeo.

Su habitación resultó ser una celda diminuta junto al patio con una plataforma para dormir cubierta de paja sucia, una mesa pequeña y un cofre tosco para guardar cosas. Una mujer asomó la cabeza tosiendo y le entregó una jarra de agua sacada del pozo.

—¿Necesita algo más?

—¿Me compraría una dracma de paja limpia y una jarra de vino?

Ella le mostró sus dientes marrones.

—Sin duda, señor.

—Perfecto. Y una cosa más. Quiero que te quedes aquí sentada y vigiles mi bolsa mientras voy a las letrinas.

Aquella noche, Agapeto se despertó en su habitación, sintiéndose muy descansado tras una siesta inducida por el vino. Tenía hambre y se adentró en el patio, llevando consigo su preciada bolsa. Al ver a la mujer de la tos, la llamó para que se acercara a su mesa.

—Comida, buena mujer. Pan, queso, aceitunas, cualquier cosa.

—¿Y vino? —le preguntó.

—¿Qué pregunta es esa? ¡Por supuesto! Más vino.

Mientras comía, su atención se centró en los egipcios sentados cerca de él, y observó con creciente interés cómo lanzaban dados y monedas sobre la mesa. Tras haber comido bien, con una jarra de vino en el estómago, cargó su bolsa hasta donde estaban los jugadores y carraspeó.

—¿Alguno de vosotros habla griego?

El hombre alto al que le habían arreglado las sandalias sonrió y dijo:

—Hablo poco. Suficiente para toma tu dinero. ¿Conoces juego?

—Déjame ver las tabas.

Inspeccionó los dados y se quedó desconcertado por sus extraños símbolos, pero anunció:

—Hacedme sitio. Este tío es enorme. Muévete un poco, grandullón. Gracias. Vamos a ello —dijo, guardando su bolsa debajo del banco.

Trataron de enseñarle los símbolos y los números correspondientes, pero le resultaba demasiado difícil, pues tenía la mente nublada por el vino.

—Otros griegos, como tú —dijo el hombre alto—. Tienen dados griegos. Nosotros no problema. ¿Tienes dados griegos?

Agapeto sonrió.

—Casualmente, aquí tengo un juego.

Jugaron durante horas y el vino corrió a raudales. Los dados no eran más que un juego de azar. Agapeto ganó algunas rondas y perdió otras, pero a medida que los egipcios se emborrachaban, sus apuestas se volvían más imprudentes y erráticas. Agapeto se fue aprovechando de sus malas decisiones hasta que tuvo una enorme pila de monedas y ellos, apenas unas pocas.

Molesto, el egipcio alto dijo:

—Dime, ¿qué dentro bolsa? Sentado sobre ella como gallina con huevos.

—No es asunto tuyo, amigo.

—Quizá tú apuesta bolsa, no moneda.

—Como ya te he dicho, no es asunto tuyo.

Era tarde y eran los últimos que quedaban en el patio. Agapeto se levantó, cogió la bolsa y dijo:

—Hasta aquí, muchachos. Buen juego. Estaré aquí mañana por la noche si queréis volver a probar suerte.

Los egipcios murmuraron en su idioma y el que hablaba griego dijo:

—Mi amigo cree tus dados con plomo. Tú siempre gana. Nosotros pierde.

Agapeto replicó enfadado:

–No he hecho trampas en mi vida. Habéis perdido. Yo he ganado. Culpaos a vosotros mismos, no a mí.

–No, no –respondió el hombre alto, levantándose también–. Queremos monedas ganadas con trampa.

–Eso no va a pasar –replicó Agapeto–. Que durmáis bien, muchachos. Nos vemos mañana, cuando estéis sobrios.

Los egipcios se pusieron de pie y lo rodearon. Por muy aguerrido que fuera, Agapeto pensó que iba a salir mal parado, así que utilizó sus pulmones como arma.

–¡Ayuda! ¡Posadero! ¡Hombres de Naxos! ¡Los egipcios me atacan!

Los egipcios se alarmaron y se sintieron confundidos por sus gritos, lo que les hizo dudar lo suficiente como para permitir al posadero y sus hijos entrar corriendo al patio. Cuando Agapeto explicó la situación, el posadero advirtió a los egipcios que llamaría a la guarnición griega si no se retiraban a sus habitaciones de inmediato. El hombre alto habló con sus compañeros y se alejaron de mala gana, murmurando entre dientes.

Agapeto se retiró a su habitación. Aunque cansado, decidió dormir con un ojo abierto y el cuchillo en la mano, por si los jugadores se sentían tentados a recurrir a la violencia. Sus temores resultaron premonitorios, pues tuvo que incorporarse de golpe al oír el crujido de su puerta al abrirse.

Aunque le superaban en número siete a uno, estaba más sobrio que los egipcios y tenía la ventaja de estar contra una pared, lo que impedía que nadie se le acercara por detrás. También era rápido como un rayo con el cuchillo.

Trataron de apuñalarlo con sus dagas, pero fallaron. Él no falló. Su primer golpe atravesó la mejilla de uno de los hombres, perforándole la lengua. Su segundo golpe cortó profundamente la pierna de otro.

Por el rabillo del ojo, pudo ver que uno de los hombres tenía la mano sobre su preciada bolsa. Tras apartar de una patada a dos atacantes, se abalanzó sobre el ladrón y le atravesó el corazón por la espalda, provocando que cayera como una piedra.

El egipcio alto ordenó la retirada y gritó:

–Griego, tú muerto. Hombre muerto.

Agapeto se sentó sobre el colchón de paja, jadeando, y pensó: «Gracias, Zeus, por hacer que el cuchillo de mi cinturón sobreviviera al naufragio». Decidió que sería una temeridad pasar allí la noche, ya que los egipcios podían regresar en cualquier momento. Se bebió el resto del agua de la jarra, se echó la pesada bolsa al hombro y se alejó sigilosamente en la noche.

La luz naranja de un amanecer sin nubes le despertó en el olivar que había elegido como refugio. Agapeto se irguió y salió de Naxia, atravesando el campo cubierto de matorrales en dirección a la Cueva de Zas. Por el camino, una campesina que pareció encontrarlo guapo le dio pan (ella también le resultó atractiva, hasta que apareció el marido en la puerta de la cabaña), y, cada vez que el camino se bifurcaba, pedía indicaciones a los pasantes para no perderse. A medida que transcurrían las horas, se iba sintiendo más ligero. A pesar del naufragio, de la preocupación por la suerte de sus compañeros guardianes y de sus preciadas cargas y de la violencia de la noche anterior, estaba convencido de que una ofrenda a Zeus lo arreglaría todo. Y que sus nuevas sandalias fueran cómodas también ayudaba.

El egipcio alto aporreó la puerta del zapatero aquella mañana, obligándolo a abandonar su banco de trabajo.

–Griego ayer. Cuando recojo sandalias. Tú señala. ¿Dónde ir?

El zapatero se frotó la barba y dijo:

–Te costará una dracma saberlo.

El egipcio sacó su daga y respondió:

–Yo no paga. Tú dice o tú paga a mí. Con tu vida.

Agapeto se cruzó con un peregrino que había visitado la Cueva de Zas y regresaba a Naxia. Este le indicó que caminara hacia el pico más alto y que, al final de la tarde, llegaría al pueblo de Filoti. Cuando llegó, compró una cabra a un cabrero y una vasija de barro llena de aceite de oliva, y pidió que le indicaran el camino a la cueva.

A partir de ahí el recorrido era más escarpado y estaba lleno de rocas sueltas y traicioneras. La cabra atada con una cuerda caminaba con paso firme; Agapeto, no. Siguió adelante, decidido a llegar mientras aún quedara luz. Finalmente, jadeando por el esfuerzo de cargar la caja por la pendiente, encontró la oscura boca de la Cueva de Zas, que se adentraba en la ladera de la montaña.

Dio los últimos pasos apresuradamente, recogió yesca para encender un fuego y golpeó unas piedras para producir chispas. Cortó una tira de tela del dobladillo de su himatión para hacer una mecha y no tardó en conseguir que el cuenco de aceite iluminara lo suficiente como para adentrarse en la cueva con paso firme.

El peregrino le había dicho que había un pequeño santuario de piedras. Avanzó con cautela por la fría oscuridad. La piedra caliza bajo sus pies estaba seca y era arenosa y resbaladiza. A medida que el terreno descendía Agapeto se iba deslizando sobre las puntas de los pies. En lo profundo de la cueva dio con el altar del que le había hablado el peregrino, cuyas piedras estaban manchadas con la sangre de un pollo decapitado.

Agapeto cayó de rodillas y comenzó a rezar, dando gracias a Zeus por su grandeza y guía. Mostró su gratitud sacrificando la cabra con una pequeña puñalada, derramando su sangre sobre las piedras del altar y disponiendo ante el altar el cadáver aún convulso. Continuó recitando sus plegarias hasta bien entrada la noche. Las bendiciones de Zeus que creyó sentir en respuesta lo calmaron lo suficiente como para quedarse dormido, recostado contra la preciosa caja.

No sabía cuánto tiempo había estado dormido, cuando unas voces en la distancia lo despertaron sobresaltado. Su luz se había apagado y, aunque tenía yesca y piedras en el bolsillo para volver a encenderla, prefirió no hacerlo. Aguzó el oído, con la esperanza de que fueran otros peregrinos, pero se le heló la sangre cuando distinguió los sonidos guturales de la lengua egipcia. Así que se adentró más en la absoluta oscuridad de la cueva, arrastrando la caja y avanzando a tientas sobre manos y rodillas. Avanzó todo lo que pudo hasta llegar a lo que parecía un callejón sin salida. Se detuvo a escuchar y se le encogió el corazón, pues aún podía distinguir las voces de los egipcios.

El egipcio alto iba acompañado de los tres hombres que habían quedado ilesos tras la furiosa defensa de Agapeto. Llegaron al santuario e inspeccionaron los cadáveres de los animales a la luz de sus lámparas de aceite.

–¿Qué es esto, una ofrenda pagana? –dijo el egipcio más alto.

–¿Deberíamos seguir buscándolo? –preguntó uno de ellos.

El líder tocó la cabra y el pollo, y concluyó:

–Están fríos. Ha venido y se ha vuelto a ir. Lo buscaremos por la mañana. Qué detalle por su parte dejarnos comida. Vamos, salgamos de este lugar inmundo.

Agapeto trató de idear un plan. Si lo encontraban en ese pasaje oscuro, solo tendrían que lanzarle piedras hasta que resultara mortalmente herido. Por otro lado, si se aventuraba a salir ahora, corría el riesgo de caer en sus manos. Por encima de todo, su mayor obligación era proteger la Llave de las Catástrofes. La idea de que se la arrebataran esos apestosos paganos le revolvía el estómago. Frustrado, hundió los dedos en la tierra y, en un instante, se le ocurrió una idea, inspirada por el mismísimo Zeus.

Tomó el cuchillo y tanteó el suelo de la cueva. La frágil piedra caliza se desprendía fácilmente y, con la mente llena de alabanzas a Zeus, comenzó a cavar un agujero en cuanto las voces se desvanecieron hasta desaparecer.

Pasaron las horas mientras trabajaba en la más absoluta oscuridad. Le sangraban las manos y, antes de que pudiera terminar, la hoja del cuchillo se había hecho añicos. Continuó con lo que quedaba del mango hasta que el agujero fue lo suficientemente grande. Tras colocar la caja en su interior, rezó una última oración, rellenó el agujero con arena, lo alisó con las palmas de las manos en carne viva y, agotado, se quedó dormido.

Cuando se despertó, no sabía si era de noche o de día. Al no oír ningún ruido, utilizó su pedernal para encender la poca yesca que le quedaba y prender el cuenco de aceite y salió, diciéndole a la llave enterrada:

—Volveré cuando sea seguro. El gran Zeus te protegerá hasta entonces.

Llegó al santuario y vio que las ofrendas habían desaparecido. Pensó en los paganos egipcios, hirviendo por la indignación. Al acercarse a la salida, distinguió una luz pálida y apagó la lámpara. El amanecer pintaba la ladera de la montaña con tonos azules y púrpura. Decidió bajar al pueblo a comer algo y, cuando fuera seguro, volvería a por su tesoro.

Respiró el aire fresco de la montaña, se maravilló ante la vista del sol naciente y se sintió bendecido por la buena fortuna que Zeus le seguía otorgando. Tras doblar una curva cerrada del camino, allí estaban: los egipcios, que habían acampado para pasar la noche, se levantaron al unísono como una bestia asustada.

Agapeto buscó su cuchillo, pero no encontró más que lo que quedaba del mango.

Peleó como una fiera, pero las dagas de bronce le atravesaron el vientre y los costados, y mientras su vida se desvanecía, sintió que el egipcio alto le metía la bolsa de dados en la garganta y le arrancaba con violencia el anillo de bronce del dedo.

Lo último que pensó fue que ojalá la bolsa de dados se le hubiera caído del cinturón y se hubiera hundido en el fondo del mar.

CAPÍTULO 13

Ni David ni Eleni habían estado nunca en Nottingham. Para llegar allí, tuvieron que soportar un largo día de viaje, volando primero a Atenas desde Naxos, luego a Ámsterdam, después, un vuelo de conexión al aeropuerto de East Midlands y, por último, alquilar un coche para recorrer los veinticinco kilómetros que los separaban de la ciudad. Aprovecharon el tiempo de la mejor manera posible, buscando información en internet y haciendo llamadas durante las escalas.

–No encuentro ninguna publicación escrita por Charles Gilday en la bibliografía arqueológica –dijo David.

–Spyro mencionaba que era un aficionado –añadió Eleni.

Había dos Gilday en la guía telefónica de Nottingham. Eleni prefirió que David hiciera las llamadas, ya que pensó que su fuerte acento no sería bien recibido.

Desde Atenas, David llamó a Margaret Gilday, quien dijo que nunca había oído hablar de Charles Gilday y le colgó el teléfono. Sin embargo, ya en Ámsterdam, se puso en contacto con alguien llamado Brian Gilday.

–¿Quién dijo usted que era? –preguntó Gilday.

–David Birch. Soy arqueólogo de la Universidad de Harvard.

–¿Y me llama acerca de Charles Gilday?

–Sí.

–¿Qué interés tiene en él?

Animado por la respuesta, David miró a Eleni poniendo cara de optimismo y dijo:

–Estoy interesado en un descubrimiento que hizo en unas excavaciones en la isla de Naxos.

Gilday preguntó con tono combativo:

—¿Interesado en qué sentido?

—Me gustaría averiguar si el objeto acabó en un museo o en manos privadas.

—¿Ah, sí? ¿De qué mierda de objeto me habla?

—Una especie de dispositivo de bronce —prosiguió David, sacudiendo la cabeza ante la grosería de aquel individuo—. ¿Acaso sabe quién era Charles Gilday? —le soltó finalmente.

—Era mi tatarabuelo. Pensé que llamaba por lo de su asesinato. Cada pocos años recibo la llamada de algún pódcast o de algún idiota por el estilo preguntándome por su asesinato.

—¿Asesinato?

—Lo más interesante que ha ocurrido nunca en mi árbol genealógico. Pero, mire, no sé nada sobre objetos de bronce, salgo para Londres y no tengo tiempo de seguir hablando. Pregunte en Hutchinson's.

—¿Dónde?

—Hutchinson's Auctions. Les vendí la casa de subastas familiar después de que mi padre y mi abuelo murieran en un accidente de coche. A mi querido padre le gustaba beber. Por aquel entonces no existía Uber. Las subastas eran un negocio horrible de todos modos. Me alegré de recibir algo de dinero. Siento no haber podido serle de más ayuda.

David colgó justo cuando empezaban a embarcar en el avión para su vuelo hacia el Reino Unido.

—El tío era un capullo, pero Charles Gilday era pariente suyo y, no te lo pierdas, lo asesinaron. Espero que haya internet en el vuelo.

No lo había, lo que hizo que se volvieran locos por la impaciencia. Tan pronto como desembarcaron en East Midlands, se pusieron a hacer pesquisas. No encontraron nada sobre el asesinato de Charles Gilday, pero sí había una página web de Hutchinson's Auctions en Nottingham y Londres.

Llamaron al número de Nottingham y les pasaron con la

directora general, una mujer de voz alegre que les confirmó que Hutchinson's había comprado Gilday Auctions en 2012, tras el fallecimiento de los propietarios. No sabía nada sobre el heredero de la familia, Charles Gilday, pero les dijo que habían conservado los archivos históricos de la empresa. Y que, si un profesor de Harvard estaba interesado en echarles un vistazo, ella estaría encantada de recibirlo.

Para ahorrar tiempo, comieron algo rápido en el aeropuerto y condujeron el coche de alquiler hasta el centro de la ciudad. Hutchinson's estaba situada en la concurrida Upper Parliament Street, frente al Theatre Royal, con su fachada clásica. Eleni bromeó diciendo que las columnas corintias del teatro le hacían sentirse como en casa.

La directora general de la casa de subastas, Meghan Parmeter, les recibió en su oficina repleta de obras de arte. Era una mujer refinada y exuberante, muy sociable y extremadamente cordial. Intercambiaron tarjetas y cumplidos y les sirvió café muy amablemente.

—No trabajaba en la empresa cuando se adquirió la sede de Nottingham —les dijo—. Me incorporé en 2019, justo antes de la pandemia, en un momento de lo más oportuno. En fin, ¡aquí seguimos! Todo sonrisas. Como han podido ver, estamos especializados en arte europeo, mobiliario y objetos decorativos. Charles Gilday fundó la casa que lleva su nombre. Al parecer, un miembro de la enésima generación de la familia quiso dejar el negocio después de que las dos generaciones anteriores se topasen con un muro, literalmente. —Hizo un gesto cómplice con la mano y susurró—: El conductor iba borracho. ¿Puedo preguntar por qué un arqueólogo especializado en el Cercano Oriente y una astrónoma que estudia el artefacto más interesante de la Grecia clásica estarían interesados en una casa de subastas de provincias?

—Parece ser que, en su época, Charles Gilday era un arqueólogo aficionado —respondió David.

—Otra forma de decir saqueador —resopló Parmeter.

—De hecho, se apropió de un artefacto en Naxos —añadió Eleni—. Es lo que estamos buscando.

Parmeter miró por encima de sus gafas.

—¿Ah, sí? ¿Qué tipo de artefacto? ¿Similar al de Anticitera?

David sonrió.

—Impresionante.

—Solo he sumado dos más dos. Dios mío, ¿no sería increíble? ¿Qué puedo hacer para ayudar?

—Nos gustaría echar un vistazo a cualquier archivo que puedan tener de la década de 1930 —respondió David—. No sabemos exactamente qué estamos buscando, pero nos interesa cualquier información que podamos encontrar sobre el asesinato de Charles.

—¿Asesinato?

—¿No sabía que lo habían asesinado? Nos hemos enterado por su bisnieto —respondió David.

—Primera noticia. ¿La maldición de los Gilday? —reflexionó—. Déjenme mostrarles las mazmorras. Es broma. El sótano es realmente bonito. Es donde guardamos las cajas con los archivos antiguos.

El sótano del edificio de época victoriana estaba repleto de mercancía excedente —artículos de menor calidad que los que se exhibían en la planta superior—, un taller de reparaciones y montones de cajas de plástico apiladas.

—Los archivos más antiguos están aquí —dijo Parmeter—. ¿Les importa si les dejo? Tengo una llamada con la oficina de Londres en unos minutos. Pasen a verme antes de irse y cuéntenme cómo les ha ido.

En algún momento alguien se había tomado la molestia de ordenar y etiquetar las viejas cajas de archivos de la casa de subastas. La más antigua era de 1905, el año en que Charles había fundado la empresa, y había una o dos por cada año posterior. Las movieron hasta que encontraron una muy liviana de 1932.

Dentro había una docena de carpetas amarillentas, que

llevaron a una mesa en la zona del taller, donde había buena luz. Dividieron los archivos en dos partes y se dispusieron a revisarlos. El contenido eran principalmente facturas de ventas, escritas con una elegante caligrafía.

David acababa de abrir un nuevo archivo cuando Eleni exclamó:

—¡David, mira!

Levantó un montón de hojas grapadas, muchas de ellas con manchas marrones. La portada, que tenía la misma caligrafía que las facturas, decía:

Borrador del catálogo de invierno de 1932
Charles Gilday Auctioneers

Luego abrió las hojas por una página del medio para mostrarle una de las entradas mecanografiadas del catálogo.

Curioso reloj, pieza única, posiblemente del siglo XVIII, descubierto en una cueva griega, sin duda enterrado para su custodia. La esfera del reloj es poco convencional, con una simbología inusual en lugar de los elementos típicos de relojería. El mecanismo es de bronce, no de latón, como era habitual en esa época, y es de la más alta calidad. Aunque no está firmado, creemos que fue fabricado por uno de los prestigiosos relojeros de la época en Londres, París o, quizá, Viena. El reloj está en buen estado, pero no funciona y puede que le falten algunos elementos para su funcionamiento. Se aceptarán ofertas superiores a 200 guineas.

Una nota escrita a lápiz en el margen decía: «Pendiente de fotografiar».

—Madre de Dios —exclamó David—. Virgen santísima. Gilday no pensaba escribir un artículo sobre el aparato. Quería trapichear con él.

–¿Trapichear? –preguntó Eleni.

–Es una manera de decir que quería hacer un negocio poco honesto.

–David, estábamos en lo cierto –dijo.

La besó en la mejilla.

–Sí, lo estábamos. –Echó un vistazo al catálogo más detenidamente–. ¿Qué es esa mancha? –preguntó–. ¿Sangre?

Ella se encogió de hombros y dijo:

–¿Y ahora qué?

–Tú haz fotos del catálogo y yo veré si hay algo sobre el asesinato en el resto de estos archivos.

Por desgracia, no encontró nada más interesante.

–Los periódicos cubren los asesinatos –dijo–. La siguiente parada, ¿la biblioteca? En Grecia nos fue bien.

Eleni sacó el móvil.

–Tal vez no nos haga falta. Mierda. No hay señal.

Un muchacho acababa de bajar al sótano con una gran urna y David le pidió la contraseña del wifi.

Poco después, Eleni ya había encontrado algo.

–El *Nottingham Journal* publica un periódico diario desde 1811. Genial. Está digitalizado. Y se puede consultar. Tengo que introducir un número de tarjeta de crédito. Dame un momento.

Mientras ella buscaba, David utilizó el wifi para consultar sus mensajes. Solo ver de quién era uno de ellos le hizo sentir mal. El Sr. Oguz había respondido más rápido de lo que le habría gustado. Esperaba que fuera un mensaje mesurado y tal vez incluso conciliador, pero no fue así.

David,

Tu mensaje de ayer no me gustó. No creo que comprendas del todo lo mucho que me han disgustado tu ausencia y tu actitud. Estoy considerando cuál será mi próximo paso. Tendrás más noticias mías en breve.

Binnur Oguz

Sintió que le tiraban de la camisa y miró a Eleni, que tenía los ojos muy abiertos.

–Portada del 21 de mayo de 1932 –leyó–. Titular: «Subastador local asesinado». Escucha esto: «El subastador y anticuario local Charles Gilday ha sido hallado hoy asesinado en su establecimiento comercial de Upper Parliament Street. El jefe de policía Reginald Nellis acudió al lugar del crimen. Según su relato, un empleado de la empresa abrió las instalaciones por la mañana y encontró al Sr. Gilday desplomado en su escritorio con una herida abierta en la cabeza, en una escena que solo puede describirse como sangrienta y espantosa. La policía está trabajando para determinar si el motivo del delito fue el robo o si hubo otras intenciones. Por el momento, no hay sospechosos. Se recomienda a los vecinos de la zona cercana a Upper Parliament Street y al Theatre Royal que estén atentos a cualquier persona sospechosa».

David agradeció la distracción que le supuso de la situación con Oguz.

–Encaja con lo que me dijo Brian Gilday. La mancha marrón en el catálogo. ¿Crees que podría ser sangre de Charles? Quizá estaba en su escritorio cuando lo mataron. Sigue buscando a ver si encuentras cómo fue la investigación policial.

Ella se desplazó por la pantalla durante un rato y, finalmente, dijo:

–Cielo santo, aparece un nuevo artículo cada día, durante varios días. Déjame que los mire uno a uno. Vale, el del día siguiente dice: «La policía de Nottingham ha determinado que el robo podría haber sido el motivo del brutal asesinato del Sr. Charles Gilday en sus oficinas de Gilday Auctioneers. Según los empleados, faltaba un valioso reloj antiguo que el Sr. Gilday había adquirido hacía poco. Curiosamente, su cartera llena de dinero en efectivo y su reloj de bolsillo de oro permanecían con él y no parecía que se hubieran sustraído otros objetos de valor del establecimiento. El jefe de policía ha declarado al *Nottingham Journal* que, hasta la fecha, no se ha identificado al autor del delito».

Eleni siguió desplazándose y leyendo artículos y le dijo a David que, aunque el periódico mantenía viva la noticia, no se producía ningún cambio en varios días.

—¡Espera! —exclamó, dando un salto de emoción—. El 28 de mayo, ¡mira el titular!

Eleni levantó el teléfono y esperó a que David se pusiera las gafas de lectura.

La policía mata a un extranjero sospechoso de haber asesinado a Charles Gilday

Eleni leyó la noticia:

—«Un extranjero, que fue abatido a tiros por la policía anoche, podría ser el responsable del brutal asesinato del Sr. Charles Gilday. Los atentos vecinos de Peel Street alertaron a la policía de que habían visto a un hombre sospechoso robando comida de una vivienda adosada desocupada. Cuando un agente intentó detenerlo, desapareció por un callejón abandonado de Peel Street que conducía a las cuevas de arenisca de la ciudad. Se inició una búsqueda policial generalizada y se exploraron las cuevas de la zona. El presunto ladrón, que fue descubierto en un callejón sin salida en el que se había ocultado, atacó violentamente a un agente que había acudido a la llamada, quien disparó su pistola modelo Webley hiriendo mortalmente al ladrón. Los documentos personales del fallecido lo identificaron como un ciudadano griego de treinta años, el Sr. Spyro Valatos».

—Dios santo, Spyro, así que viniste a recuperarla —exclamó David—. Continúa.

—«El jefe de policía Reginald Nellis declaró al *Nottingham Journal* que, teniendo en cuenta el reciente regreso del Sr. Gilday a Inglaterra tras una expedición a Grecia, la policía estaba interesada en saber si la nacionalidad del Sr. Valatos era una coincidencia. Se requirió al secretario personal del Sr. Gilday, Nathaniel Green, quien lo había acompañado a Grecia, que acudiera al depósito de cadáveres para identificar el cuerpo. Declaró que reconocía al Sr. Valatos como alguien a quien había visto por primera vez en la isla de Naxos y de nuevo en el viaje en barco de vapor de Naxos a Atenas. El mayordomo del Sr. Gilday, el Sr. Selwyn Grove, informó de que un hombre moreno, presuntamente el Sr. Valatos, se había presentado en repetidas ocasiones en la mansión de los Gilday, en Cavendish Road, durante la semana anterior al asesinato preguntando por el Sr. Gilday. El personal de Gilday Auctioneers también dijo que un hombre se había personado en sus instalaciones en varias ocasiones. El jefe de policía Nellis cree que Valatos conocía el valor del reloj del Sr. Gilday y que, en un arrebato de desequilibrio mental, lo habría seguido hasta Inglaterra para robarlo. A pesar de las exhaustivas búsquedas en las cuevas, el reloj desaparecido no pudo recuperarse y la policía sospecha que el ladrón pudo haberlo arrojado al río Leen. Siguiendo el protocolo, se notificará al embajador griego y el autor del delito será enterrado en una fosa común».

Eleni siguió desplazándose frenéticamente hacia abajo, pero las noticias sobre el asesinato pronto desaparecieron sin más información.

Sacudiendo la cabeza con incredulidad, dijo:

—¿Sabías que había cuevas en Nottingham?

—No. Pero tendremos que ponernos al día en ese aspecto.

Subieron a informar sobre sus avances a Meghan Parmeter y pasaron un rato en su despacho, lamentando la pérdida del artefacto griego.

—Es una verdadera lástima —comentó Parmeter—. ¿Qué harán ahora?

—¿Podría recomendarnos un hotel en el centro? —preguntó David.

—Mi preferido es el St. James. Es un pelín caro.

–Vayamos a ese –dijo David–. No he llegado al límite de mi tarjeta de crédito desde la universidad.

–Aplaudo su actitud –comentó la directora general con tono de aprobación.

Una vez en la calle, David atrajo a Eleni hacia él y le dijo:

–Vayamos ahora mismo. Quiero hacer el amor contigo.

–Parece increíble –respondió ella.

–¿Por qué?

–Porque yo también quiero hacer el amor contigo.

CAPÍTULO 14

Spyro Valatos tenía un gran número de preocupaciones. Le preocupaban su hijo pequeño y su esposa, a quienes había abandonado con una breve explicación. Le preocupaba tener que moverse por un país extranjero. Le preocupaba el dinero. Le preocupaba cómo convencer a Charles Gilday para que anulara la subasta. Pero, sobre todo, le preocupaba su carácter impulsivo. Hacía muy poco que era un Guardián del Destino. Había sido un estudiante brillante y era un gran conocedor de los clásicos. Le atraían tanto las costumbres antiguas que comenzó a preferir los ritos helénicos a la rígida ortodoxia de la Iglesia oriental.

Spyro había llamado la atención de un destacado residente de Naxos, el comerciante de aceite de oliva Lippio Kolovos, un veterano Guardián del Destino vinculado al grupo de Atenas. Kolovos había quedado tan impresionado con el compromiso del joven con el helenismo que se decidió a avalarlo y obtuvo el permiso del importante consejo ateniense para iniciarlo como miembro. Cuando Spyro descubrió la existencia del Michaní Peproménou y la amenaza existencial que suponía para la humanidad, pensó en sus descendientes y se comprometió con la misión de los Guardianes del Destino de dedicar su vida a buscar las llaves perdidas.

Spyro había pasado de ser reportero a convertirse en el editor del periódico de Naxos, y ese puesto le otorgaba cierto prestigio. No era un hombre guapo. Su pequeño rostro estaba dominado por una nariz bulbosa y un bigote espeso, que dejaba crecer para ocultar un labio leporino. Sin embargo, su importante trabajo le había permitido contraer un buen matrimonio. Tenía una casa de campo cerca del puerto y era el orgulloso padre de un niño sano. La mañana del 6 de mayo, lo último que esperaba era que su vida se pusiera patas arriba en cuestión de horas.

Se reunió con Charles Gilday en el hotel, condujo la entrevista en inglés, idioma que dominaba bastante bien, y acompañó a Gilday y al fotógrafo del periódico hasta el muelle para capturar una imagen de él de pie, orgulloso, junto a su botín embalado en cajas. No le gustaba aquel hombre cuyo rostro le recordaba a los *bulldogs* que los caricaturistas de la época dibujaban para ridiculizar a los ingleses. Le pareció arrogante y condescendiente, imbuido de una mentalidad colonial. Y, décadas antes de que esa actitud se generalizara, él ya condenaba el saqueo de los tesoros de su país por parte de extranjeros adinerados. Cuando oyó a Gilday mencionar que iba a sacar un artefacto de la cueva sagrada de Zas, se enfureció.

El inglés se mostraba tremendamente reservado acerca de su hallazgo. Tras la entrevista, Spyro buscó al carpintero que había fabricado las cajas para la expedición de Gilday y le pidió que le contara en confianza qué objetos había embalado para el viaje de vuelta a Gran Bretaña. La mayoría de los objetos eran muy poco interesantes: urnas, jarrones, cerámicas, pinturas de paisajes, mesas y sillas. Cuando el carpintero pensó que ya había terminado su trabajo, la secretaria de Gilday se presentó con una última pieza, una especie de dispositivo rectangular. Se le indicó que tuviera el máximo cuidado al embalarlo, que lo protegiera bien con material acolchado adicional y que utilizara una caja doble.

–¿Qué era? –preguntó Spyro.

–Oh, no lo sé –respondió el carpintero–. Algún tipo de máquina.

–¿Una máquina? ¿Qué tipo de máquina?

–Estaba hecha de metal. No sabría decirte de qué tipo. Soy carpintero, yo entiendo de madera. Estaba metida en una caja de ciprés, de eso estoy seguro. Era madera vieja.

Indicó sus dimensiones con gestos y dijo que pesaba bastante.

–Vale, ¿qué aspecto tenía? ¿Tenía ruedas y palancas? ¿Botones y engranajes?

–Si tuviera que poner la mano en el fuego, diría que era más como un reloj. Tenía una flecha larga, como la aguja de un reloj, pero no indicaba la hora del día.

El interés de Spyro no podía ser mayor.

–¿Qué indicaba?

–Imágenes. Imágenes grabadas en el metal.

–¿Qué tipo de imágenes?

–¡No lo sé! Imágenes.

–¿Podría hacerme un dibujo?

–Si usted insiste, Sr. Valatos… No las recuerdo todas.

El carpintero tomó lápiz y papel y dibujó lo que recordaba. Spyro lo miró con incredulidad, pues lo que había dibujado coincidía con la descripción de una de las llaves de las que Lippio Kolovos le había hablado.

Se preguntó si podría ser la Llave de las Catástrofes. ¿Sería eso lo que el inglés había encontrado en la cueva sagrada? No podía comprobarlo por sí mismo, ya que mientras estaba sentado con el carpintero, la carga se estaba embarcando con destino a Atenas.

Abandonó el taller del carpintero alterado.

Estaba desesperado por hablar con alguien sobre sus sospechas, pero recordó que Lippio Kolovos, el único hombre en Naxos que podía comprender la situación, se encontraba fuera de la isla, en Rodas.

Deambulaba por el puerto sin saber qué hacer, con la mirada fija en el barco de vapor atracado en el muelle. De repente, en un momento que solo puede describirse como épico, sintió el peso del destino y supo que tenía que subirse al barco por la mañana. Esperó que su jefe le perdonara su atrevimiento. Esperó que su esposa perdonara lo imperdonable. Esperó que los adinerados Guardianes del Destino restauraran su salud financiera. Sobre todo, esperó lograr algo en lo que ningún Guardián del Destino había tenido éxito en dos milenios.

Presentó su artículo de rigor sobre Charles Gilday, comunicó al editor del periódico que tenía asuntos personales urgentes que atender en Atenas, retiró gran parte de sus ahorros del banco y le dijo a su esposa que al día siguiente emprendería un viaje por un tiempo prolongado.

—Pero ¿por qué, Spyro? —le preguntó en una súplica.

Era una mujer devota, la preferida del sacerdote ortodoxo oriental que presidía la catedral de Zoodochos Pigi, a pesar de las blasfemas inclinaciones de su marido. Los Guardianes del Destino habían jurado mantener el secreto, por lo que no podía revelar el motivo de su viaje y, aunque pudiera, ella no habría logrado entenderlo.

Los ojos de Spyro ardían con un extraño fuego, y lo único que pudo revelarle fue que seguía la pista a ciertas catástrofes por el bien de su descendencia y que volvería tan pronto como pudiera. Y, sorprendentemente, le pidió que informara a Lippio Kolovos de su decisión.

Spyro y Charles Gilday viajaban separados, en clases diferentes. Durante los siguientes siete días la comitiva de Gilday viajó en primera clase en todos los ferris y trenes hasta Nottingham. Los billetes de Spyro eran de tercera clase y solo podía ver a Gilday fugazmente durante los transbordos. Comía con moderación, administrando sus fondos con prudencia, y su dieta consistía casi exclusivamente en pan y queso local. Cuando se sentía especialmente melancólico, se permitía una cerveza o un pastelito.

La travesía de Calais a Dover fue muy movida y se pasó toda la noche vomitando por la borda del ferri. La última etapa del viaje terminaba en la estación de Nottingham. Cuando trató de correr por la pasarela para ver a Gilday salir de su vagón de primera clase, un cúmulo de equipaje y gente se lo impidieron y se quedó en el andén buscando inútilmente. Presa del pánico, corrió por la estación y salió a la calzada, solo para ver a Charles Gilday y a su esposa subirse a un Rolls Royce, que se alejaba bajo una lluvia torrencial.

Abatido y sin saber qué hacer a continuación, Spyro preguntó a un portero dónde podía encontrar un hotel barato. Se registró en un hotelucho cercano, el Bentinck, se dejó caer sobre el duro colchón y se echó a llorar.

Agotado, durmió hasta casi la hora de comer del día siguiente, momento en que se dispuso a buscar a Charles Gilday. Pero ¿cómo? La ciudad parecía enorme e impenetrable, con gente corriendo por las aceras como hormigas. Algunas de ellas se dirigían al pub Barley Twist, en Carrington Street, y decidió seguirlas. Había leído sobre los pubs británicos en una novela de D. H. Lawrence y tenía curiosidad por saber a qué se debía tanto revuelo.

Una mujer rolliza estaba sirviendo en la barra y le preguntó:

—¿Qué te pongo, cariño?

Hizo un esfuerzo por encontrar las palabras adecuadas en inglés.

—Tengo hambre y quiero una cerveza. No sé qué cerveza. No soy de aquí.

—Ya lo veo, cariño. Deja que Betty se encargue de todo.

—¿Betty?

Ella se echó a reír.

—Esa soy yo. Me llamo Betty.

—Oh, ya veo. Yo soy Spyro.

Le sirvió una pinta de cerveza amarga Shipstone's y sacó un huevo en vinagre de un frasco.

—Aquí tienes, Spyro. Son nueve peniques.

Metió la mano en el bolsillo, sacó un puñado de monedas y extendió la palma con esperanza.

–Ni siquiera reconozco la mayoría de ellas, cariño. Has estado viajando mucho, ¿verdad? Aquí está. He encontrado algo de dinero británico.

Spyro le dio las gracias efusivamente y preguntó:

–¿Cómo puede encontrar persona en Nottingham?

–¿A quién buscas?

–Nombre Charles Gilday.

–Nunca he oído hablar de él. No es uno de los clientes habituales que vienen por aquí. ¿Por qué lo buscas?

–Quiero comprar algo.

Dos clientes habituales se acercaron a la barra y pidieron una pinta.

La camarera se apresuró a servirles y le dijo a Spyro:

–¿Has probado en el Kelly?

–¿Qué eso?

–El directorio Kelly, ya sabes, la guía telefónica.

–¿Dónde encuentro, por favor?

–Hay uno en la oficina de correos de Queen Street.

La cerveza no era de su agrado, pero el huevo estaba delicioso. Con el estómago lleno y feliz de haber conocido a Betty, siguió sus indicaciones hasta Queen Street.

Había dos direcciones para Charles Gilday en el directorio Kelly: una residencial y otra comercial, Gilday Auctioneers. Spyro las anotó en su libreta de reportero y le preguntó a un hombre que estaba pegando sellos dónde podía comprar un mapa de la ciudad.

–En el Boots –le indicó.

Compró un mapa plegable en la tienda Boots y vio que la casa de subastas estaba cerca. Con paso ligero y sintiéndose en cierto modo dueño de la situación, llegó a la impresionante y ornamentada fachada de Gilday Auctioneers, en Upper Parliament Street.

Cuando abrió la puerta de cristal, sonó un timbre y un hombre con un traje impecable se acercó a él con desdén, mirando con desprecio la indumentaria poco sofisticada de Spyro.

–¿En qué puedo ayudarle?

–Necesito hablo con Sr. Charles Gilday.

El acento y la gramática de Spyro no lo ayudaron a lograr su objetivo.

–¿Le está esperando?

–No entiende. ¿Esperando?

–¿Tiene usted una cita con el Sr. Gilday?

–No cita. Necesito hablo a él.

El hombre suspiró con cansancio.

–El Sr. Gilday no está. Si me da su tarjeta, le diré que ha venido.

–¿Cuándo él venir? Yo volver.

–El Sr. Gilday acaba de regresar de Europa. No puedo decirle cuándo volverá a su oficina. Su tarjeta, si no le importa.

–No tarjeta.

–En ese caso, le deseo un buen día, señor.

Sin perder el ánimo, Spyro trazó la ruta hasta la residencia de Gilday, a veinte minutos a pie hacia el oeste. A medida que se alejaba del centro de la ciudad, las calles eran más boscosas y las casas más grandes. Su destino, Park Estate, era un enclave exclusivo donde residía la élite adinerada de la sociedad de Nottingham. Spyro apenas podía creer la opulencia de aquel barrio. Nunca había visto mansiones como aquellas, pero, cuando llegó a la dirección de los Gilday en Cavendish Road, se quedó boquiabierto. ¿Era el sitio correcto? ¿Era un hotel? ¿Un hospital?

La casa era una enorme finca victoriana de ladrillo rojo con detalles de estilo Tudor, rodeada por un extenso jardín. Comprobó la dirección que había anotado y sintió cómo su rabia crecía. Pensó que ese inglés se había hecho rico saqueando tierras extranjeras como la suya. Se armó de valor, recorrió el camino de pizarra y pulsó el timbre, lo que desató una tormenta de ladridos de los perros de la familia.

El mayordomo, un hombre adusto y canoso vestido de etiqueta, se quedó mirando al visitante y luego volvió su larga nariz hacia la placa de latón que había junto a la puerta: No se reciben vendedores.

–¿Sí?

–Quiero hablar con el Sr. Charles Gilday.

–¿Le está esperando?

–No, yo...

–El señor Gilday no recibe visitas –dijo el mayordomo, interrumpiéndolo, y, sin decir una palabra más, le cerró la puerta con fuerza en las narices.

Spyro volvió a tocar el timbre, pero esta vez se abrió la ranura del buzón y el mayordomo le advirtió que se marchara o soltaría a los perros.

Spyro se retiró a su hotel, y así comenzó un ritual que repitió durante los siguientes seis días.

Todas las mañanas iba al Barley Twist a por huevos en vinagre, una cerveza y unas palabras amables de Betty antes de intentar ver a Charles Gilday en su oficina y en su casa. Cada noche, desconsolado, regresaba al Barley Twist para más de lo mismo y luego regresaba a su habitación, llorando por su esposa y su hijo, y rezando a Zeus para que lo ayudara.

Entonces, en la mañana del 21 de mayo, decidió romper el círculo. Se despertó al amanecer, caminó hasta la casa de subastas y esperó a que llegara el Rolls Royce con chófer y dejara a Gilday en la puerta principal. Todo sucedió tan rápido que Spyro no tuvo tiempo de gritar su nombre. Así que decidió esconderse al otro lado de la calle y esperar a que Gilday saliera. El día dejó paso al atardecer. Spyro vio cómo se marchaban los empleados de la casa de subastas. Cayó la noche y el lugar se quedó a oscuras, salvo por una única luz en una ventana del primer piso. Por un instante, pudo ver a Gilday a través de las cortinas. Sintiendo que era su oportunidad, probó la puerta principal, pero estaba cerrada con llave. Se dirigió al callejón trasero. La puerta de servicio también estaba cerrada con llave. Con la respiración entrecortada y apretando los dientes, rompió una ventana del sótano con el zapato.

El sótano estaba oscuro. Esperó a que sus ojos se acostumbraran a la penumbra, hasta que distinguió algunos escritorios y desorden. Palpó a lo largo de la pared y encontró un interruptor, pero tuvo miedo de encender las luces del techo. Un poco más adelante, se topó con una caja de fusibles sobre la que había una linterna de baquelita. El cono de luz amarilla le abrió el camino por las escaleras hasta el piso principal.

Encontró al hombre al que había seguido por toda Europa sentado en su escritorio.

Gilday levantó la vista y, sobresaltado, exclamó:

—¿Quién coño es usted? ¿Cómo ha entrado aquí?

—¿Puedo hablo usted, señor? —logró decir Spyro con la voz entrecortada y débil.

—Respóndame o llamaré a la policía.

Fue entonces cuando Spyro lo vio, sobre el tapete de la mesa de Gilday, con su placa frontal de bronce reflejando la luz de la lámpara del escritorio.

—El Michaní Peproménou —murmuró Spyro.

—¿Qué es usted? ¿Griego? —dijo Gilday. En ese momento, entrecerró los ojos y dijo—: Espere un momento. ¿No le he visto antes? ¿No es usted el periodista de Naxos?

—Sí, señor, yo Spyro Valatos.

—¿Se puede saber qué está haciendo en Nottingham?

—Yo viene, señor, a pedir vender lo que llevar de la Cueva de Zas.

—¿Está usted loco? Me ha seguido hasta Inglaterra.

—Sí, señor, así es.

—Que me aspen. ¿Cómo lo ha llamado? ¿El Michaní algo?

—Michaní Peproménou. Significa «Máquina del Destino».

Gilday se relajó visiblemente, quizá porque entendió que no se trataba de un ladrón.

—¿Qué sabe usted de ese reloj?

—¿Reloj, señor? No reloj.

—Entonces, ¿qué es?

—Los dioses dar a hombres para ayudar al mundo. Es importante para griegos y para humanidad. Tenemos esta, quizá puede encontrar otras llaves y tener todo el Michaní Pepроménou.

—¿Dioses? ¿Destino? ¿Salvar al mundo? ¿De qué? ¿Qué son esas supersticiones y tonterías? —dijo Gilday con desdén—. Estamos en el siglo XX, por el amor de Dios.

—No superstición —respondió Spyro, luchando por controlar sus emociones—. Usted coge de Naxos. De cueva sagrada. Vale, entiendo que ricos pueden hacer. Usted gana dinero vendiendo robado. Yo compro. ¿Cuánto querer?

—¡Disculpe usted! —exclamó Gilday—. Entienda una cosa. Yo no robo. Soy un explorador. Organizo expediciones legítimas con un gran gasto personal y tengo derecho a quedarme con lo que descubro. Es el fruto de mi trabajo, ¿entiende? Por alguna razón, alguien enterró ese reloj en una cueva y yo lo encontré.

—No reloj —repitió Spyro.

—¿Es usted un anticuario, como yo? ¿Cuántos años cree que tiene esto? —preguntó Gilday mirando de soslayo—. Usted no es más que un periodista de un periodicucho de una primitiva isla en medio de la nada.

Spyro no entendió bien lo que dijo Gilday, por lo que no reaccionó con tanta ira como cabría esperar.

—Miles de años.

—Tonterías —dijo Gilday, golpeando con el dedo el borrador del catálogo de la subasta que estaba revisando. Es un reloj muy peculiar del siglo XVIII. Si cree que sus antepasados primitivos eran capaces de elaborar este tipo de trabajos en metal, debería hacerse revisar la cabeza.

Spyro metió la mano en el bolsillo del pantalón y sacó un fajo de billetes.

—¿Cuánto querer? —repitió.

Gilday se burló y consultó el precio en el catálogo, en el que se indicaban doscientas guineas.

—Se lo doy por quinientas guineas —le dijo.

—¿Qué es guinea?

—Una guinea, Señor Reportero, es un poco más de una libra esterlina.

Spyro miró la miseria que tenía en la mano, que representaba una fracción del precio que le había pedido.

—Solo tengo esto —dijo, mostrando los billetes a Gilday.

—Parece que le falta un poco —se burló Gilday—. Le deseo unas buenas noches. Váyase ahora y haré la vista gorda ante el hecho evidente de que ha entrado en mi establecimiento fuera del horario de apertura por medios ilícitos.

—Es todo dinero tengo. Todo dinero ahorro en vida.

—He dicho: buenas noches —añadió Gilday, volviendo a su trabajo.

Spyro se quedó de pie frente al escritorio, furioso, sin decir nada.

Gilday levantó la vista.

—Todavía está aquí —dijo, acercando la mano al teléfono—. Parece que voy a tener que llamar a la policía, usted mismo podrá explicarles cómo ha entrado aquí.

Spyro vio su vida pasar ante sus ojos. Vio a su esposa y a su hijo, su acogedora oficina en el periódico y la vista del mar desde su ventana. Entonces vio a aquel anciano desdeñoso, aquel saqueador profano, sosteniendo el auricular con la mano, y perdió los estribos.

Un instante después, la lámpara de latón del escritorio estaba en sus manos.

El escritorio quedó en penumbra en el momento en que desenchufó la lámpara de la toma de corriente.

La sangre salía a chorros de la cabeza calva del inglés, salpicando la pared, el catálogo, el Michaní Peproménou y a Spyro, que se limpió con los billetes que tenía en la mano. Luego cogió la Llave de las Catástrofes.

Mientras huía por la casa de subastas, vio un chal de mujer en el respaldo de una silla, envolvió el objeto de bronce en él y salió por la puerta trasera que daba al callejón.

La noche era fría y despejada. Lo único que se le ocurrió a Spyro fue esconderse para que nadie pudiera ver el terror en sus ojos y la sangre en su ropa. Apenas había transeúntes en Upper Parliament Street, pero Spyro se sentía tan expuesto como un hombre desnudo en una iglesia. Con la cabeza gacha y caminando lentamente bajo las farolas, pasó por delante del Theatre Royal y salió de Sherwood Street para adentrarse en callejuelas y callejones. No podía regresar al hotel. El entrometido recepcionista, que estaba allí a todas horas, vería en qué estado se encontraba y le preguntaría qué llevaba consigo. La única persona que conocía en ese lugar era Betty, la camarera, pero no podía acudir a ella en busca de ayuda.

Al cabo de un rato se encontró en Peel Street, una tranquila zona residencial que le era desconocida. Justo al lado de la calle desierta, cerca de un pequeño parque, vio una reja de hierro oxidada y, al acercarse, un oscuro vacío detrás de ella.

Pensó que debía esconderse.

La reja estaba sujeta por un alambre, que pudo desenrollar sin demasiada dificultad. Todavía tenía la linterna en la chaqueta y la utilizó para explorar el espacio vacío.

Se encontraba en un túnel muy empinado, lo suficientemente ancho como para que cupiera una persona. Las paredes y el suelo eran rugosos, de color rojizo, y Spyro arrastró los zapatos por la mugre. Cuando alcanzó la parte más llana, siguió caminando y tropezando, girando a un lado y a otro, hasta que tropezó con un trozo de hierro oxidado y cayó de rodillas, llorando como un niño pequeño, más asustado que herido.

Pasó más de veinticuatro horas en ese frío y extraño mundo subterráneo. Sin reloj, medía el paso del tiempo por el hambre que sentía. Para no gastar las pilas de la linterna, se quedó casi todo el tiempo en la oscuridad. A esas alturas ya debían haber encontrado a Charles Gilday, y la policía debía de estar buscando a su asesino. En casa, su esposa estaría dormida junto a la cuna de su hijo. Lippio Kolovos y los demás Guardianes del Destino no se imaginaban que a sus pies yacía uno de los legendarios componentes del Michaní Peproménou. Lloró hasta que se le acabaron las lágrimas. ¿Cómo iba a lograr regresar a Grecia, a los brazos de su esposa y a la admiración de los Guardianes del Destino?

El problema más acuciante era el hambre y la sed. Si sus cálculos eran correctos, debía de ser de noche, el único momento seguro para salir a la superficie en busca de comida y agua. Iluminó con la linterna las catástrofes grabadas en el bronce y le habló a la llave como si le hablara a un amigo.

–Debo dejarte sola un momento, pero estarás a salvo. Encontraré la manera de devolverte a tu patria. Te lo prometo: a partir de ahora, solo te tocarán manos griegas.

Envolvió la llave en el chal y sostuvo con fuerza la oxidada pieza de hierro entre los dedos.

Cuando Spyro inspeccionó la despensa de la casa desocupada de Peel Street en la que había entrado, estaba tan hambriento que devoró las galletas que encontró allí mismo. A continuación, cargó toda la comida y bebida que pudo meter en los bolsillos y salió a hurtadillas.

Una botella de cerveza se le cayó de la chaqueta y se rompió en mil pedazos. Un perro ladró, lo que provocó que otros perros del vecindario también ladraran. Pudo ver la luz de una vela en una casa oscura al otro lado de la calle. Un hombre abrió una ventana y le gritó. Empezó a correr y un tarro de conservas cayó ruidosamente al suelo.

Casi había llegado a la reja de hierro cuando oyó un grito.

–¡Tú! ¡Detente! ¡Policía!

Estaba de nuevo en los túneles, corriendo, con la luz de la linterna cada vez más tenue. Giró una y otra vez, tratando de encontrar el camino de vuelta al Michaní Peproménou, pero los pasajes le resultaban desconocidos. Oyó voces de hombres, gritándose unos a otros; luego se hizo el silencio. Continuó hasta que se encontró en un callejón sin salida en el túnel, entonces se derrumbó, jadeando como un conejo perseguido por perros.

Permaneció en silencio durante una hora o más, rezando a Zeus y a todo el panteón de dioses y diosas hasta que volvió a oír voces. A medida que estas se hacían más fuertes, él se iba acurrucando en posición fetal. De repente, la luz inundó su escondite y un policía le gritó:

—¡Tú! Levántate y déjate ver. Te vienes conmigo.

La luz en sus ojos le hizo pensar en el sol del mediodía brillando sobre el mar azul de su tierra natal.

—¡Soy un Guardián del Destino, un hijo de Zeus, y no iré contigo! —gritó en griego, embistiendo al policía como un toro enfurecido y apartándolo de un empujón. Corrió a ciegas en la oscuridad total hasta que otra luz lo deslumbró.

—¡Detente! ¡Policía! ¡Estoy armado! ¡Voy a disparar!

Pero no se detuvo.

CAPÍTULO 15

David dejó caer el teléfono sobre el colchón y dijo:

–Tengo buenas y malas noticias.

Eleni yacía a su lado, acariciándole distraídamente el pecho. El aire acondicionado del lujoso hotel refrescaba sus cuerpos sudorosos, mientras ellos estaban cómodamente estirados sobre el edredón.

–Nunca me ha gustado ese juego. Nunca sé cuál prefiero oír primero.

–Yo empezaría por las buenas noticias –respondió David.

–De acuerdo. ¿Cuáles son las buenas noticias?

–Hay visitas guiadas a las cuevas de arenisca.

–¡Estupendo! –dijo ella–. ¿Hoy mismo?

–Eso parece.

–Vale, ¿cuáles son las malas noticias?

–Son las cuevas equivocadas. No hay visitas guiadas a las que están debajo de Peel Street.

Ella puso cara de disgusto.

–Por eso odio el jueguecito de buenas noticias, malas noticias.

–Lo siento –le dijo–. La ciudad está plagada de cuevas. Hay kilómetros de ellas. Solo unas pocas están abiertas al público.

–¿Qué podemos hacer? –preguntó Eleni, cubriendo su desnudez con el edredón.

–¿Quieres darte una ducha primero mientras yo trato de ponerme en contacto con alguien?

Eleni salió del baño, secándose el pelo con una toalla, y escuchó atentamente el final de la conversación de David.

–Sí, claro, hoy sería lo mejor. Mañana también sería posible, pero luego ya nos iremos...

...

–¿Mañana no estás?

...

–¿Seguro que no puedes hoy? Te estaré eternamente agradecido. Quiero decir, si alguna vez vas a Boston...

...

–¿No planeas ir a Estados Unidos?

Miró a Eleni frunciendo exageradamente el ceño.

–Sí, mi amiga se va a llevar una gran decepción. Ha venido desde Atenas...

...

–No, no es arqueóloga. Es la directora del Instituto de Anticitera...

Ella vio que David asentía con entusiasmo.

–Se trata de la Dra. Eleni Lillakis. No tengo ninguna duda de que querrá corresponderte y realizar una visita al instituto cuando estés en Atenas para el Congreso Mundial de Arqueología del año que viene.

...

–Excelente. Nos vemos allí a las tres.

–¿Nos has conseguido una visita guiada? –exclamó ella.

–En realidad, la has conseguido tú. He visto en internet que el ayuntamiento de Nottingham cuenta con un arqueólogo en su plantilla, un tal Malcolm Terry. Las súplicas de un arqueólogo de Harvard no le han impresionado en absoluto, pero tú le has hecho perder la cabeza. Nos reuniremos con él en la entrada de las cuevas de Peel Street.

–Estoy segura de que no he sido yo –dijo con una sonrisa radiante–. Ha sido el Mecanismo de Anticitera.

–¿Tú crees? Ya me dirás cuando te vea –respondió David.

Malcolm Terry era extremadamente delgado, muy joven, y vestía unas botas robustas, pantalones caqui y un polo blanco con el escudo del Ayuntamiento de Nottingham.

Lo reconocieron de lejos por la bolsa de red que llevaba al hombro con tres cascos de seguridad.

Levantó las cejas al ver a una mujer hermosa en lugar de a la sosa directora de instituto que probablemente se había imaginado. David quedó automáticamente relegado a un segundo plano.

—El Mecanismo de Anticitera me ha fascinado desde mis tiempos de universitario —dijo Terry—. Hice un trabajo sobre él. Siempre me ha motivado mucho.

—Estaré encantada de enseñártelo —respondió Eleni—. Hemos logrado desvelar sus secretos uno tras otro.

—Hablando de secretos —intervino David—. Estamos fascinados por las cuevas que tenéis aquí. Yo mismo he pasado bastante tiempo trabajando en cuevas.

—¿Es tu primera visita a la Ciudad de las Cuevas, Eleni? —añadió Terry, ignorando por completo a David.

—La primera, pero espero que no sea la última —respondió Eleni—. Es una ciudad muy interesante.

—Me alegra que te guste. Yo nací aquí, fui a la universidad aquí, obtuve mi doctorado y el trabajo de mis sueños aquí. Mi novia dice que me enterrarán en las cuevas. Creo que sería espectacular; ilegal, pero espectacular. ¿Sabes algo de ellas?

Eleni se dio cuenta del poco interés del joven por David y tomó las riendas.

—No mucho —respondió—, pero veo que hemos encontrado a la persona indicada.

—La mayoría de la gente quiere ver las cuevas de Drury Hill en Garner's Hill. La cueva Mammoth es impresionante. Las de Peel Street son mis preferidas, pero están cerradas al público por motivos de seguridad en algunas de sus secciones. Buscamos financiación para añadir algo de apoyo estructural. ¿Por qué Peel Street?

David y Eleni habían preparado una excusa, pero no habían decidido quién la iba a explicar. En su versión, Spyro

Valatos sería un pariente lejano de él o de ella. Dadas las circunstancias, le tocó a Eleni.

–Un familiar mío murió en estas cuevas en la década de 1930 –dijo.

–¿En serio? –respondió Terry mostrando un gran interés–. ¿Qué ocurrió?

Le contó una historia sobre un inmigrante griego en desgracia que robó a un anticuario y encontró la muerte escondido bajo Peel Street. Terry leyó el viejo artículo de periódico en el móvil de Eleni y lanzó un silbido.

–¡Guau! Nunca había oído nada al respecto. Me muero de ganas de añadir el relato a mis visitas guiadas.

–Me encantaría encontrar el lugar donde murió y dedicarle una oración. Al parecer, era un buen hombre en una situación desesperada que acabó por cometer un acto terrible.

–Bueno, echemos un vistazo –dijo Terry–. No hay mucha información en el artículo, pero se me ocurre algo.

El joven arqueólogo los condujo hasta un portón de acero inoxidable a poca distancia, que estaba empotrado en una estructura parecida a un iglú de ladrillos. Se inclinó sobre un candado, movió las ruedas y quitó la pesada cadena.

–Pongámonos los cascos y entremos –dijo, encendiéndole a Eleni su linterna de minero y dejando que David se las arreglara solo–. Las ratas han roído los cables eléctricos de esta zona. Tendremos que volver a cablear estos túneles si queremos retomar las visitas públicas. Hacía meses que no entraba, pero no creo que haya sorpresas.

Terry se puso en modo guía turístico mientras descendían varios pisos por unas escaleras de hormigón y acero.

–Nottingham se construyó sobre un grueso estrato de arenisca, una roca porosa relativamente fácil de excavar –les explicó–. A lo largo de los siglos, se llegaron a excavar al menos quinientas cuevas de arenisca bajo la ciudad. Si tuviera que adivinar la longitud total de la red, diría que hay al menos diez kilómetros, aunque podría ser el doble, ya que gran parte de ella no está cartografiada. El primer uso registrado de las cuevas se remonta al periodo anglosajón, cuando se excavaron para almacenar alimentos en condiciones frescas, así como viviendas y talleres. Durante la Edad Media, se excavaron muchas más para las curtidurías, cervecerías y bodegas de la ciudad. La Revolución Industrial supuso la mayor expansión de la red de cuevas para apoyar la creciente industria de Nottingham. La extracción de arena para la industria del vidrio fue uno de los principales impulsores.

Llegaron a un nivel con paredes de ladrillo y grandes cámaras abovedadas.

—Aquí podemos ver el uso más moderno que se les dio a las cuevas. Durante la Segunda Guerra Mundial la ciudad sufrió intensos bombardeos de la Luftwaffe, y las cuevas de la zona de Peel Street se adaptaron para servir de refugios antiaéreos —añadió, señalando los letreros de los baños de mujeres y hombres.

—Por lo que toda esta zona no existía en 1932 —dijo Eleni.

—Exacto. Atravesaremos los refugios hasta llegar a la zona de cuevas y túneles, que se conservan prácticamente en su estado original. Podemos suponer que se trata de la sección en la que se habría escondido nuestro Sr. Valatos.

—¿Cómo puedes estar seguro con la escasa información que aparece en el artículo del periódico? —preguntó David.

—La pista está en la expresión «callejón sin salida». Sé por experiencia que solo hay dos tramos sin salida en los quinientos metros que hay desde la entrada de Peel Street. Dudo mucho que haya seguido más allá. Puedes rezar en ambos sitios si lo deseas.

Los túneles de techo bajo y las cámaras más elevadas que encontraron tenían el color y la textura del azúcar moreno granulado. David clavó la punta del zapato en el suelo. La arenisca era poco compacta y se desprendía con facilidad. Unos minutos más tarde, llegaron al primero de los pasadizos sin salida, un ramal del túnel que terminaba en una pequeña cámara redondeada.

—Te dejo con tus oraciones —dijo Terry, alejándose un poco. David se quedó junto a ella.

—¿Cómo podemos averiguar si la escondió aquí abajo? —susurró Eleni.

—Con un detector de metales, supongo —respondió David—. Hay mucho terreno que cubrir.

Se reunieron con Terry, quien los condujo hacia el otro callejón sin salida.

De pronto, ambos lo vieron al mismo tiempo. Eleni tomó la mano de David y la apretó con fuerza.

—¿Crees que...? —susurró.

—Sí, eso creo.

—Perdón, ¿qué decías? —preguntó Terry, volviéndose hacia ellos.

—Comentaba que estas cuevas son increíbles —respondió David.

—Sí, ¿verdad? David, dijiste que te dedicabas a los hititas. ¿No mencionaste algo de unas cuevas? No sabía que habían construido cuevas.

Pensó en mencionar Derinkuyu, la madre de todas las cuevas construidas por el hombre, pero Terry ya le estaba preguntando a Eleni por hoteles en Atenas.

—Ya hemos llegado —dijo Terry poco después—. Callejón sin salida número dos. Os dejo con los rezos. Luego tendré que regresar a mi despacho. Espero que te haya resultado útil, Eleni.

—No te lo puedes ni imaginar —respondió ella.

David y Eleni se apresuraron hasta una cafetería cercana. Pidieron dos cervezas y se sentaron en una mesa, susurrando, sus frentes prácticamente se tocaban.

—Nunca lo hubiésemos imaginado, ¿verdad? —dijo ella.

—Estaba allí —respondió él—. Quiero decir, había algunos grafitis, algunos del siglo XIX, tallados en la arenisca, iniciales y fechas, cosas así, pero ¿la letra griega omega? ¡Venga ya! Por lo que sabemos, tiene que tener algún sentido.

—Yo también lo creo —confirmó ella—. Spyro Valatos se estaba escondiendo, desesperado. Era un periodista de una pequeña isla, con una familia normal, un Guardián del Destino desde hacía poco, tan ferviente como todos nosotros, ¡pero no un asesino! Probablemente, Charles Gilday se negó a devolverle la llave y él perdió el control. De pronto, se vio convertido en un asesino y un ladrón. Encontró estas cuevas, estaba solo, en la oscuridad. Tenía hambre, así que salió a buscar algo de comida. No quería llevar la llave consigo, por lo que decidió enterrarla. La arenisca fue fácil de excavar. ¿Pero cómo recordaría dónde la había enterrado? Hemos visto lo fácil que es perderse allí abajo, incluso con una linterna. Así que marcó la pared con la letra omega, la última del alfabeto, que simboliza el fin. Para un hombre desesperado como Spyro, que probablemente había entendido que todo había terminado y que nunca volvería a su tierra natal, debió de parecerle que era el fin.

—Creo que tienes toda la razón —dijo David.

—¿Qué vamos a hacer? —preguntó ella.

—Somos profesionales —le respondió con serenidad—. Si hemos logrado saquear una tumba, ¿qué dificultad puede tener esto para nosotros?

Ella se inclinó aún más hacia él y el aroma a jazmín y vainilla de su cabello lo distrajo por completo.

—¡Pero está cerrado con llave! —susurró en una voz demasiado alta.

Cruzó los brazos sobre el pecho para dar más énfasis y dijo con aire de satisfacción:

—Seis, cuatro, siete, tres.

—¿La combinación del candado? ¿Cómo?

—Observando al joven Malcolm.

No lo dijo sin pensar. Pareció ponderar sus palabras.

—Creo que estoy enamorada de ti.

Él le tomó ambas manos y añadió:

–Te subo la apuesta. Yo sé que estoy enamorado de ti.

Se equiparon en una tienda de excedentes del ejército británico situada a un kilómetro y medio de donde se alojaban y regresaron al hotel con una herramienta de excavación de la Segunda Guerra Mundial, un par de linternas frontales de minero y una gran mochila. Pasaron el resto de la tarde en sus ordenadores portátiles, dedicados a sus obligaciones diarias. David no había tenido más noticias de Oguz. El equipo de Derinkuyu le envió un mensaje alentador: el detector de muones volvía a funcionar y reanudarían el escaneo por la mañana. Esa noche encontraron un romántico restaurante italiano para celebrar sus declaraciones mutuas y luego pasaron varias horas apasionadas en la cama.

Poco después de la una de la madrugada, salieron del hotel y caminaron por el centro de la ciudad hasta Peel Street, cruzándose con pocos vehículos y aún menos personas. David no vio ninguna cámara de CCTV en los edificios frente a la entrada de la cueva, pero eso no significaba que no las hubiera. Peel Street estaba desierta. Rápida y silenciosamente abrieron el candado y cerraron la puerta tras ellos con el candado cerrado, pero desbloqueado.

Eleni expresó su admiración por el increíble sentido de la orientación de David mientras los guiaba con precisión por los túneles, con las linternas frontales iluminando el camino.

–A veces resulta útil –dijo–. Dos a la izquierda, uno a la derecha, en la bifurcación a la izquierda y habremos llegado.

Ella extendió la mano hacia él.

–¿Has oído algo? –dijo.

Se detuvieron a escuchar.

–No oigo nada –le respondió.

–¿Crees que hay ratas?

–Ratas y murciélagos –dijo–. No me sorprendería en absoluto.

Se quedaron de pie ante la letra omega, tallada a la altura de las rodillas, del tamaño de la esfera de un reloj de pulsera. Eleni pasó el dedo por su contorno labrado.

–Oh, Spyro –dijo–. Nunca regresaste a casa. Si los dioses lo permiten, terminaremos tu trabajo.

David agarró el mango corto de madera de la herramienta para excavar trincheras con sus manos callosas, se arrodilló junto a la omega y comenzó a cavar. La capa superior de arenisca estaba compactada por las pisadas de los pasantes a lo largo de los siglos y, al principio, le resultó muy dura, pero, por debajo de esta, la hoja de acero endurecido la atravesaba con mayor facilidad. Solo había cavado unos quince centímetros cuando notó que algo se había quedado enganchado en la superficie dentada de la pala.

–¿Pero qué...?

Sacó unos cuantos hilos de tela azul de la pala y se los mostró a Eleni.

Rascó la superficie del rectángulo excavado y vio más tela.

–Hay algo aquí abajo –dijo.

Mientras ella lo observaba, él amplió la zona rectangular y expuso con destreza una tela azul podrida, un poco más grande que un libro de tapa dura.

–¡Ahí está! –exclamó Eleni–. La envolvió en algo.

David cavó alrededor, apartando la tierra con las manos.

–Hay algo de madera –dijo, palpando la caja.

Ella le instó a que retirara la tela. Así lo hizo, dejando al descubierto una placa de bronce patinada por el paso del tiempo y, cuando ella la vio, se derrumbó.

–David, hemos encontrado la Llave de las Catástrofes.

Apartó furiosamente la tierra que rodeaba la caja y, cuando excavó lo suficiente como para meter los dedos por debajo, la sacó del agujero y la levantó.

Aunque sonó como una manada galopando por el túnel, el atacante que irrumpió por detrás tenía solo dos piernas y calzaba unas pesadas botas.

David no vio venir el golpe, pero sintió un impacto en la cabeza y cayó de rodillas con la llave aún entre las manos. Los gritos de Eleni sonaron lejanos. El atacante era musculoso y ocultaba el rostro tras un pasamontañas. Sostenía una pesada cizalla en las manos y la levantó para asestar el golpe definitivo, pero Eleni se abalanzó sobre él. Él la apartó de un codazo sin emitir ningún sonido y ella salió disparada contra la pared. David se obligó a recuperar la consciencia para alcanzar el mango de la pala y, antes de que el agresor pudiera levantar los brazos de nuevo, giró el torso y lanzó el brazo, alcanzando al hombre en medio del muslo con el borde dentado de la herramienta.

Un grito salvaje resonó en el túnel, seguido de unas palabras guturales que David no entendió. La cizalla se le resbaló de las manos al hombre al doblegarse por el dolor. David recuperó el equilibrio y la llave de bronce cayó al suelo.

Lo que sucedió a continuación fue algo automático, un instinto primario que le hizo recurrir a la violencia extrema, y, en un acto inconsciente, golpeó con todas sus fuerzas la cabeza del hombre con la parte plana de la pala.

Se oyó un gruñido y el hombre se desplomó hacia delante, con la cara contra la arena.

–¡Corre! –gritó David, agachándose para coger la llave.

Eleni iba delante de él, hasta que se equivocó de camino y él tomó la delantera durante el resto del trayecto. Giraba el cuello cada tanto para ver si los seguía el agresor.

Cuando alcanzaron el portón de acero, se detuvieron unos segundos para recuperar el aliento, por si se cruzaban con alguien que estuviera dando un paseo nocturno por Peel Street.

El vecindario estaba tranquilo.

Aún jadeantes, cerraron la puerta tras de sí.

–Voy a encerrar a ese cabrón –exclamó David con el pecho agitado, mientras colocaba el candado en su sitio–. Deberíamos haber cogido su cizalla.

–David, estás sangrando –le dijo.

–Mierda, vale, toma.

Ella envolvió la llave en su chaqueta y, con David sujetándose la cabeza con la mano, caminaron rápidamente hasta el hotel.

Eran las tres de la mañana. El único empleado que había en recepción les dedicó una sonrisa y siguió atento a sus cosas. Regresaron a su habitación, visiblemente conmocionados.

–¿Qué aspecto tiene? –dijo David, quitándose la mano ensangrentada de la cabeza en el cuarto de baño.

–Tienes un corte y sigue sangrando. Tenemos que ir al hospital.

–Ni hablar –respondió él–. No queremos que llamen a la policía para investigar el asalto. ¿Quién coño era? ¿Algún matón que nos vio entrar en la cueva?

David estaba alarmado por su mirada de miedo.

–Sonaba como un americano –dijo ella.

–¿Cómo puedes saberlo?

–Cuando le pegaste en la pierna, dijo «maldito hijo de puta» con acento americano.

–¿Estás segura?

–Estoy segura en un noventa por ciento de que era un acento norteamericano. ¿Podía haber sido británico? Hubiera sido más fácil saberlo si hubiera dicho algo más que un par de palabrotas.

Trató de verse la herida en el espejo.

–¿Hay por aquí un kit de costura? Los buenos hoteles suelen tener.

Rebuscó y regresó con uno.

–¿Quieres que lo haga? ¿Sin anestesia?

–Un par de puntos y desaparecemos de aquí. ¿Cuánto puede llegar a doler?

—Nunca me interesó aprender a coser —dijo mientras enhebraba una aguja.

David siguió la ruta que le indicaba el teléfono. No se sentían seguros en la ciudad y prefirieron marcharse.

Decidieron no esperar al vuelo de la tarde desde el aeropuerto de East Midlands a Grecia. Había un vuelo a Atenas desde Heathrow en cinco horas. Mientras conducía, iba pensando en la logística.

—El GPS dice que llegaremos a Heathrow a las cinco y cuarenta y cinco. Tenemos que devolver el coche de alquiler. El vuelo sale a las ocho y media. No creo que me quepa en la maleta. Tal vez tengamos que comprar una en el aeropuerto.

Ella sostenía la llave en el regazo.

—Cabrá en la mía si quito la ropa. No la necesito. David, he estado dándole vueltas. Era americano.

—Hay muchos estadounidenses en el Reino Unido y hay muchas probabilidades de que alguno de ellos sea un malnacido.

—Vale, pero ¿y si…?

—¿Y si nos han estado siguiendo? ¿Quién podría estar siguiéndonos? Nadie sabe lo que estamos haciendo, excepto los Guardianes del Destino, y ninguno de ellos es estadounidense o británico. Y tú les has ido informando de todo lo que ocurría en cada momento.

—Tienes razón. No puede ser uno de ellos. Además, son como de la familia. ¿Qué hay de ti? Tú eres americano.

—¿Disculpa? —respondió enfadado.

—Me refiero a que en tu excavación de Derinkuyu hay norteamericanos. Podría ser uno de ellos...

—No le he contado nada a nadie en la excavación, ni en ninguna otra parte, acerca de las llaves. Solo saben que fui a Grecia para buscar alguna conexión entre el Mecanismo de Anticitera y el artefacto que encontramos.

Ella pensó en lo que le había dicho y estuvo de acuerdo.

–¿Por qué llevaba una cizalla?

–No lo sé. Tal vez era un ladrón de bicicletas. Nos ve entrar en la cueva y decide robarnos.

–¿Crees que lo has...?

–¿Matado? En absoluto. Aún respiraba.

–¿No deberíamos llamar a la policía de forma anónima? –preguntó y se respondió ella misma–: No, no podemos.

–No se quedará ahí abajo para convertirse en momia –dijo David–. Puede romper el candado y salir. Estoy seguro de que le debe de doler la cabeza tanto como a mí, espero que más.

–No nos dio tiempo de rellenar el agujero –señaló ella–. ¿Cuánto pasará hasta que Malcolm Terry lo encuentre y se acuerde de nosotros?

–No creo que vaya allí muy a menudo, pero, cuando lo haga, no estará pensando en mí. Quizá debas ignorar sus llamadas si alguna vez va a Atenas.

David dejó que ella examinara la llave en silencio. Mientras el cielo se iluminaba tenuemente con los primeros rayos del amanecer, salieron de la M1, se detuvieron en un área de servicio de la autopista y regresaron al coche con unos cafés de máquina expendedora.

–¿Estás lista para contarme lo que has aprendido? –preguntó David.

–Es increíble –dijo Eleni, sosteniendo la llave como si fuera un bebé–. Está diseñada para conectarse solo a otra llave. ¿Lo ves? Solo hay un agujero en uno de los lados, así que debe de tratarse de la última llave de la cadena. Su indicador es bastante sencillo, aunque el mecanismo interno debe de ser tan complejo como los de las llaves con el mapa y el calendario. Esta flecha larga gira alrededor de un eje central y apunta a uno de estos pictogramas.

–Volvemos a la autopista. ¿Qué sabes de los pictogramas?

–Hay seis, cada uno de los cuales representa algún tipo

de desastre natural. Son bastante claros, aunque cada uno de ellos está sujeto a interpretación.

–¿No hay ningún texto?

–No, no están etiquetados. Pero hay una inscripción en griego koiné: «No sabemos por qué las Parcas envían calamidades a la humanidad».

–¿Qué significan los pictogramas?

–Hay una imagen de líneas onduladas que recuerda a una gran ola. Representa las inundaciones. Creo que el siguiente es un espacio agrietado entre dos masas: los terremotos. Y el otro es bastante claro: un volcán en erupción. A continuación, uno muy enigmático con dibujos esquemáticos de personas tumbadas en el suelo.

–¿Plagas? –preguntó David.

–Sí, podrían ser plagas. El siguiente vuelve a ser más claro. Parece un cometa o un asteroide en llamas acercándose a la Tierra. Y, por último, otro enigmático que creo que podría referirse a las sequías. Se ve el sol sobre algo que parece un campo de cereales secos.

David continuó conduciendo en silencio hasta que ella le preguntó en qué estaba pensando.

–Quiero saber si realmente lo crees.

Ella reaccionó con irritación.

–¿Si creo en qué? ¿En el Michaní Peproménou? Hemos demostrado que es real. Estoy tocando uno de sus componentes ahora mismo.

–En el destino. ¿Crees que los desastres naturales están predestinados? ¿Crees que el Michaní Peproménou realmente funciona? Eres una científica, Eleni.

–Como física, entiendo que se sabe mucho sobre las leyes de la naturaleza, pero no todo. La mecánica cuántica, que es fundamental para el mundo tal y como lo conocemos, se basa en probabilidades. Las partículas pueden ser objetos discretos con masa o pueden ser ondas. Pueden estar en un lugar u otro, no podemos saberlo con certeza. Solo podemos hablar de probabilidades. Quizá la probabilidad sea otra forma de hablar del destino.

David agarró el volante con frustración.

–De acuerdo, pero la máquina que tienes en el regazo no es una especie de ordenador cuántico. Está hecha de engranajes de bronce. ¿Cómo se supone que funcionan los engranajes giratorios que hacen que las flechas apunten a imágenes de desastres y lugares en un mapa y los cilindros giratorios que marcan fechas del calendario? ¿Crees que hay una certeza matemática en esos acontecimientos? ¿Crees que los antiguos griegos descubrieron cosas que nosotros aún no sabemos, como predecir los movimientos de las placas tectónicas, la trayectoria de los asteroides, la acumulación de magma en los volcanes o las mutaciones de bacterias y virus?

Eleni profirió un grito:

–¡No! Por supuesto que no. Creo en mi religión, en mis dioses, en las Parcas, en el papel que juegan en la vida de los hombres. Creo en la tradición oral que dice que los dioses querían ayudar a la humanidad a evitar los desastres que las Parcas les tenían reservados. ¿Cómo puedes creer lo contrario después de ver lo que hemos visto y descubrir lo que hemos descubierto?

–Mira, aunque no sea una persona creyente, respeto tus creencias. Estoy absolutamente asombrado de que una antigua historia oral sobre la existencia de una máquina como el Mecanismo de Anticitera haya resultado ser cierta. Pero, a menos que pueda ver la Máquina del Destino en acción, no estaré convencido.

–¿En acción?

–Confirmando que es capaz de predecir desastres históricos que sabemos que ocurrieron.

–Para eso necesitaríamos la llave que falta –le respondió.

–Bueno, no sé cómo podremos encontrarla –apuntó él– Iriniki ya no está. De todos modos, es posible que el archivo no dé más de sí. No tenemos más pistas que seguir. Y mi excavación acabará por cerrarse si no regreso a Turquía mañana. Con la llave del mapa.

–No podemos abandonar ahora –dijo ella llorando.

Trató de tocarle el hombro, pero ella se apartó, y David siguió conduciendo en silencio hacia el amanecer.

CAPÍTULO 16

Casi en el mismo momento en que David y Eleni estaban en la cueva buscando la tercera llave, Yiorgos Lillakis había recibido una llamada de los guardias de seguridad de la Universidad Nacional y Kapodistriana informándole de que una tubería rota en el edificio académico había inundado su despacho. Se le pidió que acudiera al campus para ayudar en la recuperación del material esencial.

Yiorgos se vistió presa del pánico. Llevaba tres décadas en ese despacho. En él, había borradores de todos sus manuscritos sobre literatura clásica griega, cajas con notas de investigación, correspondencia con académicos de otras instituciones y recuerdos de sus lejanos viajes. Se maldijo por haber bebido demasiado vino la noche anterior, preocupado por su capacidad para conducir.

Cuatro hombres estaban sentados en un coche al otro lado de la calle, observando cómo se iluminaba la casa mientras Yiorgos iba de una habitación a otra.

Cuando se marchó, esperaron unos minutos más y, seguidamente, pasaron a la acción.

David y Eleni durmieron en el vuelo a Atenas desde el momento del despegue hasta la sacudida del aterrizaje; cuando despertaron, ella le revisó con ternura la herida de la cabeza.

—Deberíamos ir a un centro médico para que te pongan puntos de verdad —le dijo.

Él se tocó con cuidado la línea de sutura, ya seca.

—Los tuyos están funcionando.

Mientras esperaban en el pasillo para desembarcar, el teléfono de Eleni se iluminó con varios mensajes de llamadas perdidas de su padre.

–Mi padre ha estado tratando de ponerse en contacto conmigo toda la mañana –le dijo a David.

–¿Algún mensaje de voz?

–Solo pidiendo que lo llame. Parecía alterado.

Lo llamó desde la pasarela.

–¿Dónde estáis? –le preguntó

–En Atenas. Acabamos de aterrizar.

–Bien. Venid a casa. Alguien entró anoche.

David notó su mirada de pánico.

–¿Estabas dentro? ¿Te han hecho daño?

–No, no estaba dentro. No fue un simple robo.

–¿Qué hay de...?

–Están a salvo. Daos prisa.

Cuando bajaron del taxi, sus nervios estaban a flor de piel. No había ayudado que la maleta de Eleni con la llave fuera una de las últimas en salir. David la siguió mientras ella se abría paso entre los muebles volcados y el desorden de los armarios y cajones vacíos y gritaba llamando a su padre, que apareció desde el jardín con una taza de café.

–Estoy bien –insistió–. Por supuesto, cuando ocurre algo así, es natural sentirse violado. Es la primera vez desde que murió tu madre que me alegré de que no estuviera aquí. ¿Cómo estáis vosotros? David, ¿es sangre lo que tienes en el cuello de la camisa?

–Un pequeño percance. Ya está todo bien –dijo apuntando a su cabeza–. Tu hija es una cirujana excelente.

–¿Te ha tenido que coser?

–Seis puntos.

–¿Qué tal en Inglaterra?

–Ya llegaremos a eso –respondió Eleni–. Cuéntanos qué ha ocurrido aquí.

Yiorgos insistió en prepararles un café y les contó su historia a la sombra de la pérgola.

—Como os podéis imaginar, estaba muy alterado. Cuando llegué al campus, salí corriendo del aparcamiento, esperando ver equipos de emergencia alrededor del edificio, pero todo estaba completamente en silencio. No había nadie. Entré, mi oficina estaba en perfecto estado, sin agua ni inundaciones. Estaba desconcertado. Me habían despertado en plena noche unas personas que parecían ser autoridades y que conocían el número de mi despacho. Debo admitir que no ayudó que hubiera bebido demasiado vino antes de acostarme.

—¿Y qué hiciste? —preguntó Eleni.

—Me senté un momento para recomponerme y luego llamé al departamento de seguridad de la universidad. Quería saber quién me había llamado y por qué. No sé si los guardias estaban durmiendo o atendiendo algún asunto, pero tardaron mucho en devolverme la llamada. Me dijeron que nadie de su departamento había llamado y que no había constancia de ninguna inundación. Esto fue todo.

—¿Y entonces? —preguntó Eleni.

—Entonces me volví a casa y me encontré con esto. Bajé inmediatamente al sótano. Esos hijos de puta también bajaron allí. Espera a ver el desastre. Pero todo está bien. Si mi abuelo fue capaz de engañar a los nazis, también puede engañar a unos ladrones. Por supuesto, llamé a la policía de inmediato. No fueron rápidos. Echaron un vistazo y me preguntaron si faltaba algo. Fui de habitación en habitación, mirando. ¡No faltaba nada! Las joyas de Sofía, las pinturas, las esculturas, la cubertería de plata... Estaba todo.

—¿Qué ha dicho la policía? —preguntó David.

Han dicho que parece tratarse de una banda de ladrones profesionales. Te llaman para que salgas de casa y luego fuerzan la entrada.

—¿Cómo se explican que no se hayan llevado nada?

–No lo tenían muy claro. Creen que tal vez los ladrones dispusieran de información incorrecta sobre los objetos de valor que pudiera tener, como monedas, oro o relojes. No se llevaron nada más porque no valía la pena. Me alegro de que mis pertenencias no sean nada del otro mundo.

Yiorgos quiso saber por qué los dos se habían quedado callados.

David y Eleni intercambiaron miradas.

–¿Quieres contárselo tú o lo hago yo? –dijo él.

–¿Contarme qué? –preguntó Yiorgos.

Eleni estaba temblando.

–Tú –fue todo lo que pudo decir.

–Venga, me estáis preocupando –dijo su padre.

David se levantó y miró alrededor del marco del cenador, lo que llevó a Yiorgos a preguntarle qué estaba haciendo.

–¿Tienes una radio? –preguntó David.

–¿Una radio portátil? No, pero tengo altavoces con Bluetooth.

–¿Puedes poner algo? Alto.

–Hablas como un loco, pero no creo que lo estés.

–Papá, por favor –dijo Eleni.

–Está bien, está bien, pondré algo de Mozart.

Con una sinfonía sonando a todo volumen, David se inclinó y habló lo suficientemente alto como para que Yiorgos pudiera entenderlo.

–Me preocupa que alguien haya colocado dispositivos de escucha en la casa.

–¿Cómo? Al final va a resultar que sí que estás loco.

–Papá, escúchalo.

–Todo está empezando a cobrar sentido. Lo que parecía ser una serie de incidentes aislados podría no serlo –dijo David–. Primero, entran a robar en casa de Iriniki y la matan.

–Pero eso fue sin duda un robo. Se llevaron cosas –indicó Yiorgos.

–Es cierto, pero quizá no fuera tan solo un robo –añadió David–. Luego entran en tu casa y la ponen patas arriba. Y anoche nos pasó algo en Nottingham.

–¡Oh, por los dioses! –exclamó Yiorgos–. ¿La cabeza? ¿La sangre?

–Nos atacaron –añadió Eleni–. David se llevó la peor parte, aunque en realidad fue el agresor quien salió mal parado. David estuvo increíble.

–Lo estuve, ¿verdad? –añadió David, aceptando el cumplido con una sonrisa.

–Te vamos a contar toda la historia –dijo Eleni–, pero la encontramos. Encontramos dónde estaba enterrada la Llave de las Catástrofes. La tenemos.

–¿La tenéis? –dijo Yiorgos, levantando demasiado la voz.

–Shhh –susurró Eleni–. Vayamos abajo. Te la mostraremos en el interior de la cámara acorazada.

–¿Es necesario? –preguntó su padre.

–Es una precaución –le respondió David.

David llevó la maleta de Eleni al sótano y la siguió, junto con su padre, hasta la cámara acorazada. David dejó la puerta entreabierta para que entrara aire.

Eleni retiró la máquina de bronce, la colocó en un estante y dispuso las tres llaves en el orden en que podrían haber estado conectadas: primero la Llave del Tiempo, luego la Llave del Mundo y, por último, la Llave de las Catástrofes.

Yiorgos se quedó contemplando la nueva llave, pasando los dedos por su placa de bronce.

–¿Habéis averiguado qué fue de Spyro Valatos? –les preguntó.

–Se enfrentó al inglés Charles Gilday, quien había encontrado la llave en Naxos –respondió Eleni–. No sabemos qué pasó exactamente, pero Gilday acabó siendo asesinado.

–¿Por Valatos?

–Eso parece. Huyó con la llave a las cuevas de arenisca que hay bajo la ciudad y la enterró. La policía lo encontró allí y le disparó. Mientras desenterrábamos la llave, alguien nos atacó, pero David se defendió y lo dejó inconsciente. No pudimos verle la cara, pero creo que era estadounidense.

–¿Cómo lo sabes?

–Cuando David lo golpeó, maldijo con acento americano.

–Gracias a los dioses, estáis a salvo. Así que un americano. Si, como decís, estos delitos están relacionados, ¿quién podría estar detrás? ¿Quién más, aparte de los Guardianes del Destino, sabe algo acerca del Michaní Peproménou?

–¡Nadie! –exclamó Eleni–. Es lo que me está volviendo loca.

–¿Confiáis en todos ellos? –preguntó David.

–Es un grupo pequeño y muy comprometido –dijo Yiorgos–, especialmente el de Atenas, a quienes reclutamos y seleccionamos personalmente antes de su iniciación. Les hemos pedido que no expliquen nada de vuestra búsqueda a los Guardianes del Destino de fuera de Atenas, no porque no confiemos en ellos, sino porque a veces las comunicaciones pueden ir mal. No entiendo nada.

–Estamos a salvo –continuó Eleni–, pero la pobre Iriniki...

–No podemos acudir a la policía con vuestras sospechas –dijo Yiorgos.

–Lo sé, papá.

–Por mucho que confiéis en vuestra gente en Atenas –añadió David–, no creo que debáis decirle a nadie que hemos encontrado la tercera llave ni dónde está escondida. Odio tener que irme, pero tengo que devolver la llave del mapa a Turquía antes de que alguien se entere de que... Bueno, digamos que la he tomado prestada.

–Entiendo, seré discreto –dijo Yiorgos–. Habéis estado increíbles. Los dos. Habéis logrado lo que ningún Guardián del Destino había conseguido en dos mil años. Estamos muy cerca. Solo necesitamos la Llave de los Dioses para que el

Michaní Peproménou funcione. ¿Tenéis alguna idea, lo que sea, de dónde buscarla?

–No tenemos nada. Hemos llegado al final del camino –respondió Eleni–. Y David se va mañana.

Yiorgos pareció darse cuenta de su decepción y le habló con tono paternal.

–David ha estado descuidando sus responsabilidades. Encontraremos la última llave si los dioses quieren que lo hagamos. Ahora, salgamos de la cámara acorazada y tomemos un poco de aire fresco.

–Te ayudaremos con la casa –dijo Eleni.

–Almorcemos primero –respondió su padre, cerrando con llave la puerta de la cámara.

Durante su sencilla comida al aire libre, David expuso sus inquietudes.

–Me preocupa que vuelva alguien, Yiorgos. ¿Puedes quedarte en otro sitio durante un tiempo?

–Este es mi hogar. No lo abandonaré.

–Me quedaré aquí contigo, papá.

–Me quedaría mucho más tranquilo si hubiera alguien más por aquí –añadió David.

–Si tanto te preocupa, ¡no te vayas! –gritó ella con tono malhumorado.

–Eleni, no seas así –dijo Yiorgos, mirándola por encima de las gafas.

–A ver qué os parece la idea –insistió David–. ¿Qué tal si alguno de los Guardianes del Destino, alguno de los muchachos más jóvenes, se quedara aquí con vosotros un par de días? Solo por precaución.

Yiorgos agitó el móvil.

–Sí, ¿por qué no? Haré un par de llamadas.

Tres jóvenes y fuertes Guardianes del Destino respondieron a su petición y llegaron después de sus respectivos trabajos. Nikolaos era un adicto al gimnasio de unos treinta años provisto de enormes músculos. Trabajaba como analista financiero para un banco de inversiones con sede en Estados Unidos. Durante las tardes y los fines de semana, se dedicaba a levantar pesas. Stelios era unos años mayor, aficionado a las actividades al aire libre y con físico de excursionista. Su novia, Lexi, llegó con él y preguntó si podía quedarse también. Konstantinos, de unos cuarenta años, jugaba al *hockey* sobre hielo en una liga menor cuando no trabajaba en una agencia internacional de ayuda a los refugiados.

Para cuando anocheció, Yiorgos, Eleni y David habían vuelto a poner la casa en orden. Mientras cenaban pizza a domicilio, los Guardianes del Destino les preguntaron si habían encontrado algo en Naxos. David notó que Eleni se sentía culpable por tener que mentir y decirles que no habían encontrado nada. Lexi se mantuvo optimista.

–Habéis llegado muy lejos. Los dioses nos han enviado a David. Encontraremos las llaves que faltan, estoy segura de ello.

La conversación derivó hacia el robo y Eleni les mostró las fotos que había tomado con su teléfono del interior de la casa saqueada.

–Así pues, ¿no se llevaron nada, Yiorgos? –preguntó Konstantinos.

–Nada.

–¿A la policía no le pareció extraño? –preguntó Stelios.

–Encogían mucho los hombros con indiferencia –añadió Yiorgos.

–¿Y qué hay de...? –inquirió Nikolaos.

Yiorgos se llevó el dedo a los labios y pulsó un botón de su teléfono. La música empezó a sonar a través del altavoz de la cocina. Luego Yiorgos continuó, diciendo en voz baja:

–David se pregunta si los ladrones hicieron una entrega en lugar de un retiro.

–¿Qué quieres decir? –preguntó Nikolaos.

–Que quizá alguien haya dejado dispositivos de escucha –susurró Yiorgos.

–¿Estás bromeando? –reaccionó Konstantinos.

–No digo que sea probable –respondió David–, solo que es algo para tener en cuenta.

–Lo que quería preguntar... –intentó Nikolaos de nuevo.

–Sé lo que ibas a preguntar –susurró Yiorgos–. Las llaves están a salvo. Eso es todo lo que necesitáis saber.

–Vale, no lo volveré a preguntar –dijo Nikolaos, cogiendo otro trozo de pizza–, pero espero que sea un lugar muy seguro, como la cámara acorazada.

David vio cómo Eleni y Yiorgos se tensaban.

–Ya sabéis –susurró Nikolaos–, la cámara acorazada del instituto de Eleni, donde guardan el Mecanismo de Anticitera.

–No hablemos de eso –sentenció Eleni secamente.

–Estoy con David –dijo Stelios, al parecer, siguiendo las indicaciones de cambiar de tema–. Todo esto huele mal. Primero, el robo en casa de Iriniki y ahora esto. Tal vez lo de Iriniki no fue realmente un robo, pero se llevaron algunos objetos para que lo pareciera. Quizá estuvieron tan ocupados plantando bichitos ocultos aquí que no tuvieron tiempo de llevarse nada. ¿Cuánto tiempo estuviste fuera, Yiorgos?

–Algo más de una hora, tal vez hora y cuarto.

–¿Lo veis? No es demasiado tiempo.

–¿Cómo se puede saber si hay bichitos de esos revoloteando por ahí? –preguntó Lexi.

–No revolotean, cariño –dijo Stelios–. Los esconden en objetos.

–Yo estudio poesía, no insectos –respondió ella.

–Me pregunto si se pueden encontrar detectores de micrófonos ocultos en internet –dijo Konstantinos.

Stelios frunció el ceño.

–Conozco a cierta gente. Chicos con los que almuerzo en el ministerio. Trabajan para algunas de las agencias más secretas. Quizá ellos sepan algo al respecto.

–¿Te refieres a espías? –preguntó Yiorgos.

–El término correcto es «agentes de inteligencia».

–¿Podrías pedirles ayuda sin mencionar el tema?

–Supongo que sí. Uno de ellos, Petros, me debe un gran favor. Su hermano necesitaba posponer el servicio militar, y digamos que lo consiguió. ¿Quieres que lo llame?

–Sería fantástico –respondió Eleni.

Después de un desayuno conjunto, los Guardianes del Destino se fueron a trabajar. David intentó reservar el vuelo nocturno a Ankara, pero estaba completo. Lanzó un par de insultos a su ordenador y reservó un asiento en el primer vuelo de la mañana. Eleni se marchó de mal humor para pasar unas horas en el Instituto de Anticitera.

A última hora de la mañana, Yiorgos se unió a David en el jardín con una buena noticia.

–Stelios me acaba de llamar. Su amigo puede venir a casa durante la hora del almuerzo para ver qué pasa con el problema de insectos que nos tiene tan preocupados.

–Espero estar equivocado –dijo David.

–Tanto si estás en lo cierto como si no, es mejor saberlo. ¿Puedo decirte algo, David?

–Por supuesto, lo que sea.

–Es un poco delicado.

–Por favor, dispara –respondió David.

–Vale. Un padre lo sabe. Creo que tal vez está pasando algo entre tú y Eleni. Algo bonito. Eres un buen hombre, así que me alegro, pero quisiera hablar contigo sobre ello.

–Tienes muy buen instinto –dijo David, dando un sorbo a su zumo de naranja.

–Eleni es muy sensible. Su sensibilidad la convierte en una persona desinteresada y cariñosa, pero también la hace vulnerable. Ha tenido un par de relaciones que la hicieron feliz, seguidas de un dolor y una desesperación devastadores cuando llegaron a su fin. Sofía siempre estaba ahí para sostenerla cuando se caía, pero Sofía ya no está.

–No voy a hacerle daño, Yiorgos.

–Me alegra oírte decir eso, pero...

–Lo digo en serio.

Yiorgos entornó los ojos para observar una formación de nubes.

–Te creo. Todo se verá. Hay una cosa más. Tu vida está en Estados Unidos. La suya, aquí. Su trabajo y sus amigos están aquí. Los Guardianes del Destino están aquí, y yo también. No me gustaría que abandonara este círculo protector. Ahora que sabemos que el Michaní Peproménou es real, mi creencia en un desastre inminente ha pasado de ser una probabilidad a una certeza. Algo terrible va a suceder en el próximo año. Quiero que esté aquí conmigo para que podamos afrontarlo juntos. Tal vez esté siendo egoísta, no lo sé.

David se retorció en su silla, sopesando su respuesta, decidido a mostrarse respetuoso.

–Soy empirista, Yiorgos. Creo en las conclusiones basadas en pruebas, así que estoy más que dispuesto a modificar mi opinión a medida que surjan nuevas pruebas. La veracidad de vuestra tradición oral es innegable. Hemos encontrado tres llaves. No tengo motivos para creer que no exista una cuarta llave. Esperemos que siga existiendo y que logremos encontrarla. Pero discúlpame si no comparto vuestra creencia de que el Michaní Peproménou puede predecir el futuro. Me fascinan los mitos, pero no les doy credibilidad.

–Esto ha ido mucho más allá de la mitología, David, ¿no crees? Algo terrible va a suceder, y será pronto.

–Voy a tener que mantener un escepticismo saludable –insistió David.

–¿Qué haría falta para convencerte?

–¿Qué haría falta? Una buena prueba sería encontrar la cuarta llave, colocarlas todas juntas y ver si la máquina puede mostrar las fechas de los desastres naturales conocidos a lo largo de la historia. Enséñame que podía predecir la peste negra de 1348. La erupción del Krakatoa en 1883. El terremoto de San Francisco de 1906.

–Respeto tu punto de vista, David. No estás tan inmerso en las tradiciones como nosotros. Necesitas pruebas.

–Y voy a demostrarte que quiero lo mejor para tu hija. Ella es...

Eleni apareció por la puerta trasera con una copa de agua fría.

–¿Ella es qué? –dijo con una sonrisa.

–Ella es de las que vuelven enseguida –respondió David con torpeza.

Yiorgos le guiñó un ojo y añadió:

–Sí que lo es.

Stelios llegó al mediodía con un hombre que no encajaba en la idea que David tenía de cómo debía ser un agente de inteligencia. No era un tipo seguro de sí mismo al estilo James Bond, ni tampoco un empollón tecnológico con sudadera y capucha. Era un hombre tímido, de mediana edad y calvo, con un traje gris que no le acababa de quedar bien.

Petros Antoniou mantuvo un débil contacto visual y abrió un maletín rígido con aparatos electrónicos envueltos en espuma. Emitió un silbido al ver el tamaño de la casa y les dijo que más valía que se pusieran manos a la obra o se perdería su reunión de la tarde.

–Es un buen tipo –dijo Stelios a Yiorgos, Eleni y David–, pero no esperéis que os dé mucha conversación.

–¿Cómo de bien lo conoces? –preguntó Eleni.

–Solo superficialmente. No sabría decirte dónde vive, si tiene novia o novio, ni siquiera si tiene un perro. Llevamos almorzando juntos con un grupo de compañeros de diferentes departamentos desde hace unos años. Trabaja de espía en el EYP.

–¿El EYP? –preguntó David.

–Nuestro servicio nacional de inteligencia. El equivalente a la CIA.

–¿Qué le dijiste para que viniera? –preguntó Eleni.

—Le dije que habían entrado a robar en vuestra casa, que los ladrones la habían destrozado buscando algo y que se habían ido con las manos vacías. Que la policía no hizo nada, por lo que ahora estáis paranoicos pensando que han colocado algún tipo de micrófono o cámara para descubrir dónde habéis escondido los objetos de valor.

—¿Qué le dijiste que tenemos escondido? —preguntó Yiorgos.

—Tenía que decirle algo para justificar la paranoia —prosiguió Stelios—. Así que le dije que teníais una colección muy valiosa de monedas antiguas. Está bien escondida, pero ahora tenéis miedo de acceder a ella por si os están escuchando o mirando. Pensó que era poco probable que hubieran puesto micrófonos ocultos, pero se creyó la historia. ¿Por qué no iba a hacerlo?

Eleni le preguntó si quería algo de comer o beber.

—Estoy bien —le respondió—. Tal vez un refresco. ¡Eh, Petros! —gritó hacia el interior de la casa—. ¿Quieres un refresco?

—Estoy ocupado —fue su respuesta.

Pasó una hora. Petros entró en el jardín y dijo que quería echar un vistazo al cenador. Stelios le preguntó si había encontrado algo, pero Petros le pidió que le dejara terminar, diciendo:

—Un trabajo que vale la pena hacer, vale la pena hacerlo bien.

Pasó el detector por la estructura de madera, los marcos de las puertas y ventanas y algunas macetas y, cuando terminó, se unió a ellos a la mesa.

—Ahora me tomaría ese refresco.

Eleni le trajo uno de la cocina y todos se quedaron observándolo mientras le daba un sorbo, esperando su veredicto.

Finalmente, Yiorgos no pudo esperar más y dijo:

—¿Entonces? ¿Has encontrado algo?

Petros respondió metiendo la mano en el bolsillo de la chaqueta y sacando un puñado de objetos negros del tamaño de unos clips de papel.

–Dos arriba, tres en la planta baja y uno en el sótano. Ninguno aquí fuera –respondió–. Todos inalámbricos, obviamente. Solo de escucha. No son como los que usamos nosotros. Tal vez chinos. O quizá rusos. Puedes conseguirlos en el mercado negro. En la deep web. No puedo hablar de ciertos detalles que conozco por motivos profesionales, pero las bandas más sofisticadas, como los albaneses o los turcos, podrían utilizar este tipo de tecnología para vigilar a sus objetivos más valiosos. Alguien realmente quiere sus monedas, Sr. Lillakis. Mi consejo es que las saque de casa y las guarde en una caja de seguridad de un banco. Si lo desea, puedo hacer que revisen los dispositivos, extraoficialmente, por supuesto, para intentar averiguar su origen. –Se puso de pie bruscamente–. Stelios, amigo mío, es hora de que me lleves de vuelta al Ministerio o tendré serios problemas.

Una vez solos, David, Eleni y Yiorgos se quedaron sentados en silencio durante un largo rato hasta que Yiorgos dijo:

–En nombre del gran Zeus, ¿qué coño está pasando?

El EYP estaba ubicado en un edificio alto y lúgubre con vistas a los hospitales generales del Ejército y las Fuerzas Aéreas. Petros Antoniou tomó el ascensor hasta la décima planta, atravesó un laberinto de cubículos y se detuvo frente a la oficina de uno de los dos subdirectores, un teniente general retirado del ejército llamado Talos Fotopoulos.

–¿Le está esperando? –le preguntó su secretaria.

–Querrá verme –respondió Petros.

Fotopoulos vestía una impecable camisa blanca y corbata azul. Su chaqueta estaba colgada en un perchero. Era un hombre de unos sesenta años, tenía el cuerpo de un boxeador venido a menos. Los músculos seguían ahí, pero estaban envueltos en grasa. Levantó la cabeza calva del informe que estaba leyendo y mostró a su visitante las arrugas inmóviles de su frente.

Petros dejó caer un puñado de dispositivos de escucha sobre el escritorio. El subdirector inspeccionó uno de ellos.

—Vaya —dijo incrédulo.

—A mí también me ha sorprendido —dijo Petros.

—¿Quién los ha puesto?

—Americanos, británicos, franceses... Todos usan este tipo de dispositivos. Incluso los turcos.

Fotopoulos soltó un par de tacos.

—¿Cómo se han enterado de esto?

Petros propuso varias hipótesis.

—¿Una filtración por nuestra parte? ¿Vigilancia activa de nuestro chiringuito? O tal vez...

—¿Tal vez, qué?

—El americano, David Birch. Tal vez no conozcamos toda su historia.

—Investígalo a fondo y averigua si Langley lo tiene controlado, pero no descartes otras posibilidades. Si tenemos un infiltrado, hay que encontrarlo. Y cambia todos nuestros teléfonos, incluido el mío, por si nos han pirateado las tarjetas SIM. ¿Crees que hay una agencia de inteligencia extranjera detrás del asesinato de Iriniki Baros?

Se encogió de hombros.

—Nosotros no hemos sido.

—¿Birch o la chica han dado alguna pista sobre dónde han escondido las llaves?

—Han cerrado filas.

—Es una pena que no encontraran nada en Inglaterra.

—A menos que sí hayan encontrado algo —dijo Petros—. Como ya he dicho, han cerrado filas. Están asustados.

—Está bien —dijo Fotopoulos con impaciencia—. Vuelve al trabajo. Y, por lo que más quieras, tráeme el Michaní Peproménou.

Yiorgos instó a David y Eleni a que pasaran la tarde solos, asegurándoles que estaría perfectamente a salvo durante el día. Decidieron disfrutar de una pausa cultural en el Museo Nacional de Arqueología. Él ya lo había visitado antes, pero ella estaba deseando enseñarle su galería favorita. Le cogió de la mano en las salas del periodo helenístico y lo guio.

–Hacía tiempo que no iba de la mano de una chica guapa por un museo –dijo David.

–Háblame de la vez anterior –le pidió ella.

–Está bien, me has pillado. Esta es la primera vez. Es algo que siempre he querido hacer.

Ella le apretó la mano con fuerza y dijo:

–No sé qué voy a hacer cuando te vayas mañana.

Estaba a punto de decir algo cuando ella se detuvo y señaló una escultura de mármol, el retrato de un sacerdote del año 50 a. C. Tenía abundante pelo y llevaba una corona de laurel. Su rostro, de una belleza extraordinaria y con un aire maduro, presentaba profundas arrugas y solo le faltaba la punta de la nariz. Había algo triste en él.

–Este fue mi primer amor –le dijo.

–Puedo entender por qué. Eleni, voy a volver. Esto, lo nuestro, es diferente. Nunca había sentido nada igual por nadie.

–Quizá sea solo porque hemos estado viviendo aventuras. Tal vez todo eso esté distorsionando tus emociones.

Él sacudió la cabeza.

–Esto es real. He creído estar enamorado otras veces, pero me he dado cuenta de que no era amor. Esto es amor.

Ella lo atrajo hacia sí para darle un beso. Cuando él lo interrumpió para recuperar el aliento, señaló con el pulgar el busto de mármol y dijo:

–Se va a poner celoso.

–Volverás, ¿verdad?

–Créeme. Volveré. –Su móvil vibró y decidió que era mejor no ignorarlo–. Es mi colega turco en Derinkuyu –dijo.

–Responde –le animó Eleni–. Estaré por aquí.

David contestó y dijo:

–Hola, Mazhar, ¿qué hay de nuevo?

–Escucha, creo que tu ausencia está llegando a un punto crítico.

–Ya te he dicho que tengo un vuelo mañana temprano. Estaré en la excavación a primera hora de la tarde.

–Sí, lo sé. El Sr. Oguz me acaba de llamar. Va a venir a Derinkuyu. Él estará aquí esta noche. Quiere cenar conmigo.

–Mierda –soltó David–. ¿Te ha dicho qué está tramando?

–No. Pero no puede ser nada bueno, ¿verdad?

–¿Qué impresión te ha dado?

–No lo sé. Todo muy profesional, diría yo. Nada de cortesías. Le pregunté si quería que le pusiera al día y me dijo que ya lo haría cuando llegara.

–Dile que estoy de camino y que tengo información importante sobre nuestro dispositivo.

–Eso haré.

De pronto, David reaccionó a lo que había oído.

–¿Has dicho que le ibas a poner al día? ¿Poner al día de qué?

–El escáner de muones vuelve a estar operativo y funciona perfectamente. Lo hemos puesto donde querías, en la sala con el mapa de bronce. Tal y como sospechabas, hay otro nivel más abajo. Podemos ver una cámara inferior, que es considerablemente más grande que la superior. Y hay algo ahí que no parece una formación geológica.

David apretó el teléfono contra su oreja con tanta fuerza que le dolió y dijo:

–¿Hecho por el hombre?

–No lo sé, David. Es grande y simétrico.

Sintió un nudo en el pecho.

–¿Me puedes enviar el resultado del escáner?

–Claro. Ahí va.

David se quedó mirando el teléfono hasta que emitió un sonido, indicando que había recibido el mensaje de Mazhar.

Encontró a Eleni en la sala contigua, contemplando una pequeña estatua de un niño encapuchado que apretaba un cachorro contra su pecho.

–¿Va todo bien? –preguntó.

Él le puso las manos sobre los hombros y le dijo:

–Te vienes conmigo a Derinkuyu.

CAPÍTULO 17

A la mañana siguiente, David y Eleni se levantaron antes que nadie para tomar el vuelo a Ankara. Los protectores de Yiorgos, los tres fornidos Guardianes del Destino, dormían en sofás, repartidos por la sala de estar y la biblioteca. Yiorgos había dicho que quizá no se despertaría a tiempo, así que se despidió de ellos la noche anterior.

Se movieron sigilosamente en la penumbra, con cuidado de no molestar a nadie, pero cuando sus susurros de desacuerdo amenazaron con convertirse en una discusión, salieron al jardín para zanjar la cuestión.

—No puedes —dijo Eleni.

—No me queda otra. Esa ha sido siempre la idea.

Ella gesticulaba frenéticamente.

—Las llaves tienen que estar juntas. Separarlas de nuevo después de dos milenios sería..., no encuentro la palabra..., una atrocidad. Sería una atrocidad.

—Según todos los principios del derecho internacional y de la ética, el artefacto pertenece al pueblo turco —insistió—. He cometido un delito al sacarlo del país. Tenemos que devolverlo.

—Siguiendo esa lógica, también cometimos delitos al sacar las llaves de Alemania y el Reino Unido.

—Desde el punto de vista ético, pertenecen a Grecia. Fueron saqueadas de suelo griego. Hay una diferencia.

—Suenas como un abogado —dijo ella.

Él esbozó una sonrisa.

—Me siento insultado.

Ella no cedió, con el rostro más severo que él jamás le había visto.

–Si la devuelves, ¿qué pasará con ella?

–Volverá al almacén temporal.

–¿Y entonces?

Él alzó las manos.

–Antes de iniciar la excavación, firmamos un acuerdo con el Ministerio de Cultura turco según el cual cualquier artefacto descubierto en Derinkuyu pasaría a ser propiedad de la Universidad de Ankara.

Ella casi le gritó.

–¿Lo ves? Una vez que esté fuera de tu control, es posible que nunca volvamos a reunir todas las llaves.

Yiorgos apareció, vistiendo una bata, con aire preocupado.

Eleni miró hacia la ventana abierta de su habitación y dijo:

–Lo siento, papá. Te hemos despertado.

–¿Por qué os peleáis? –preguntó.

Eleni le expuso sus argumentos contrarios.

Yiorgos escuchó atentamente y, finalmente, dijo:

–David, me dijiste que no te convencerías de que el Michaní Peproménou podía predecir catástrofes hasta que pudieras comprobarlo con acontecimientos históricos. Eso requiere conectar todas las llaves.

–Todavía falta una –indicó David.

–¡Exacto! –respondió Eleni–. Por eso volamos a Turquía esta mañana. Fuiste tú quien nos ilusionó ayer a papá y a mí cuando volvimos del museo. Si encontramos la Llave de los Dioses, podremos demostrarlo todo.

La noche anterior, les había mostrado el resultado del escáner de muones de Mazhar.

–La densidad en la cámara inferior indica que tiene unos diez metros de altura –dijo entonces.

–Es mucho –contestó Yiorgos

–Así es. Es simétrica, con un patrón complejo y densidades que varían de muy altas a muy bajas. Tiene una estructura completamente diferente a la de las rocas que la rodean.

–¿Lo que significa…? –preguntó Yiorgos.

–Lo que significa que no está hecha de piedra.

–Dile lo que piensas –le instó Eleni.

–Es pura especulación –prosiguió David–. Había un esqueleto aplastado junto a un pico de minero dentro de un túnel que conduce a la cámara donde encontramos la llave con el mapa. Tenemos otros dos esqueletos aplastados junto a unas espadas. ¿Y si el hombre del pico sabía que la cámara inferior estaba ahí? ¿Y si pretendía usar el pico para alcanzar lo que fuera que hubiera en la cámara inferior? ¿Y si pretendía llevar la llave con el mapa allí abajo? ¿Y si los hombres con espadas le seguían y, con la intención de detenerlos, hizo que les cayeran todas esas piedras encima, aunque tuviera que morir con ellos?

La impaciencia de Eleni pudo más que ella y se apresuró a intervenir.

–¿Y si la cuarta llave se encontrara en la cámara inferior?

Ahora estaba amaneciendo y Yiorgos había salido al patio con el pelo enmarañado.

–Entiendo ambas posturas –dijo–. Quiero que encontremos la cuarta llave. Sin ella, nunca podremos saber el momento, el lugar y la naturaleza del desastre que creemos que se avecina. Pero no quiero que David tenga problemas por haber sacado la llave del mapa de territorio turco. Quizá podamos encontrarnos en el medio. Volved hoy a Derinkuyu sin la llave. Si no encontráis la llave que falta, me reuniré con vosotros en Turquía cuando tú me digas y te la llevaré. ¿Te parece aceptable, David?

David miró su reloj. Debían ponerse en marcha y él no lograba encontrarle demasiados peros a la propuesta de Yiorgos.

–Vale, me parece bien.

Eleni echó los brazos al cuello de su padre.

–Papá, eres un genio.

–Eso es lo que le estuve diciendo a tu madre durante años.

–No lo comentes con nadie, Yiorgos, ni siquiera con los chicos que se alojan ahora contigo –le indicó David–. Ya saben que me vuelvo a Turquía. Diles que Eleni ha tenido que viajar por motivos de trabajo. Hasta que sepamos quién nos persigue, es mejor ser muy cautelosos.

Alquilaron un coche en el aeropuerto de Ankara y acababan de incorporarse a la autopista 21 cuando sonó el teléfono de David.

Echó un vistazo al número y le dijo a Eleni:

—Esto podría resultar desagradable. —Conectó el manos libres del teléfono y dijo—: Sr. Oguz, me ha comentado Mazhar que está usted en Derinkuyu.

—Así es —fue la fría respuesta—. ¿Dónde estás tú?

—Acabo de salir del aeropuerto de Ankara. Debería estar allí en unas tres horas.

—Ya no estaré aquí.

—Es una lástima. Estoy seguro de que Mazhar le ha informado sobre el escaneo de la cámara inferior. Esperaba que pudiéramos comentar mi plan para acceder a ella.

La respuesta fue aún más fría y quirúrgica, el tipo de discurso que Oguz había pronunciado muchas veces en su carrera empresarial.

—No será necesario, David. Ya no necesitamos tus servicios. Desde esta mañana mi colaboración con Harvard ha quedado sin efecto. Mis abogados han informado a Harvard de que he retirado mi apoyo. El profesor Erduran es ahora el único investigador principal y ya he firmado un acuerdo con la Universidad de Hacettepe. Erduran conseguirá ayuda de arqueólogos turcos.

Eleni alargó la mano para tocarlo, pero él apenas se percató del gesto.

David se obligó a mantener la calma.

—Creo que es un error, Sr. Oguz. Bajo mi dirección hemos logrado avances sin precedentes en un periodo de tiempo muy breve. Aunque nuestro objetivo era buscar los orígenes fundacionales de Derinkuyu, hemos establecido una conexión entre Anatolia y Grecia en el siglo II a. C. que hasta ahora se desconocía. Así es como funciona la investigación. El azar puede abrir caminos nuevos y emocionantes. El antiguo dispositivo cartográfico despertará un enorme interés internacional por Derinkuyu y Turquía.

Oguz no quería saber nada de ese tema.

–Te fuiste de la excavación en contra de mi voluntad y, en mi opinión, tu ausencia prolongada es un incumplimiento de tus obligaciones.

–Y lo siento mucho, pero era necesario y ha resultado ser muy productivo –dijo y articuló un «lo siento» con los labios dirigiéndose a Eleni. Luego añadió–: He logrado establecer una conexión entre nuestro dispositivo y el Mecanismo de Anticitera. La manufactura es similar y es posible que se fabricaran en el mismo taller. También es posible que el mapa formara parte originalmente de un mecanismo más amplio diseñado para predecir acontecimientos futuros, como desastres naturales. Veremos qué revela la excavación de la cámara inferior, pero es razonable pensar que en el siglo II Derinkuyu era un lugar ritual helénico dedicado a la adivinación y la profecía.

Los argumentos de David resultaron inútiles en todos los frentes. Eleni cruzó los brazos y fijó la mirada en la autopista, visiblemente enfadada. Y Oguz se enfureció.

–¡Adivinación y profecías! ¿Es eso lo que acabas de decir? No permitiré que mi dinero se utilice para promover el paganismo griego. Soy un turco orgulloso. Y soy un cristiano orgulloso. La Biblia condena la adivinación. Levítico 19:26: «No practicarás la adivinación ni buscarás presagios». Sí, puedo citar la Biblia, David. Y puedo citar a Donald Trump: «Estás despedido».

–Mis estudiantes –protestó David–. ¿Qué hay de ellos?

–También están despedidos.

La comunicación se cortó y David se dio cuenta de que estaba conduciendo a toda velocidad por una autopista desierta. El paisaje a ambos lados era llano, marrón y árido.

A lo lejos, el cielo y la tierra parecían fundirse entre ellos. Redujo la velocidad y dijo:

–Lo siento. No debería haber sacado a pasear la Máquina del Destino delante de sus morros. Estaba tratando de salvar el proyecto.

–Te hemos contado tanto… –dijo finalmente–. Hemos confiado en ti.

–Sabes que puedes confiar en mí.

Nadie dijo una palabra hasta que él la oyó respirar hondo y decir:

–Siento que te hayan despedido.

–De todos modos, tampoco me gustaba mucho tener un jefe –le respondió–. Lamerle el culo a alguien nunca ha sido santo de mi devoción.

–¿Qué harás ahora?

–No lo sé. Ya se nos ocurrirá algo.

Cerca de Derinkuyu, la moderna autopista llegó a su fin y las carreteras se hicieron más estrechas y accidentadas. Acababan de dejar atrás un parque infantil de colores vivos en un pueblo lleno de casas de nueva construcción cuando Peter, el estudiante de posgrado de David, lo llamó.

–David, ¿dónde leches estás?

–A diez minutos de Derinkuyu. ¿Y tú dónde estás?

–En el hotel, haciendo las maletas. Oguz ha estado aquí esta mañana, ¿lo sabías?

–Sí, he hablado con él.

–Entonces sabes que nos han despedido. Se nos ha dicho que recojamos nuestros objetos personales y que abandonemos la excavación. Mazhar se ha lamentado de cómo se han desarrollado los acontecimientos, pero le ha seguido el juego a Oguz. Estoy echando una mano a todo el mundo para reservar los billetes de vuelta a Estados Unidos. Joder, David, esto es una mierda.

–Lo sé. Es terrible. Siento que es culpa mía.

–Eh… ¿Tal vez porque es culpa tuya? Lo siento. Sé que no

es bueno para tu carrera despotricar contra tu profesor, pero ¿qué cojones, David?

–Te lo compensaré, a ti y a los demás, te lo prometo.

–Sí, claro. Pero espera, aún hay más. Después de que Oguz se marchara, Mazhar me pidió las llaves del yacimiento arqueológico y de los almacenes. Dijo que las iba a cambiar todas. Me dijo que nunca había estado en los espacios de almacenamiento que tenemos en la ciudad y me pidió que se los enseñara.

–Mierda –dijo David.

Vio que Eleni había cerrado los ojos y sacudía la cabeza.

–Sí, mierda. Le he tenido que decir que te lo llevaste. No es que tuviera otra opción precisamente.

–No, tienes razón –dijo David.

–Es un tipo muy tranquilo, pero en ese momento pensé que le iba a dar un infarto. Lo único que puedo decir es que más vale que lo devuelvas hoy mismo. Está muy enfadado.

–Gracias por avisarme. Te llamaré más tarde para ver cómo están todos. Llegados a este punto, no creo que pueda arreglar las cosas con Oguz, pero lo intentaré.

David se detuvo en una estación de servicio y le dijo a Eleni que tenía que llamar a Mazhar antes de que lo llamara él y la dejó en el coche con el aire acondicionado encendido. Mientras hablaba con el geólogo, caminaba de un lado a otro junto a la valla metálica que separaba el garaje de los campos secos y pedregosos. El calor era insoportable y David casi agradeció que la conversación fuera breve.

Volvió al coche y lo dejó en punto muerto.

–¿Cómo ha ido? –preguntó Eleni.

–No muy bien. No estaba interesado en tratar de que Oguz me diera una segunda oportunidad. De lo único que quería hablar era del mapa de bronce. Fue al almacén a verlo por sí mismo. Me ha preguntado si pensaba devolverlo.

–¿Qué le has dicho?

–Le he dicho que sí, que lo traería en un par de días. Le he dicho que lo había cogido para una investigación importante en Grecia, pero me ha costado explicarle por qué había vuelto yo, pero el mapa no. Está profundamente enfadado. Tiene todo el derecho a estarlo. Yo habría dicho lo mismo sobre el robo cultural y la arrogancia académica si hubiera estado en su lugar.

—¿Cómo habéis quedado?

—Le he dicho que quería que nos reuniéramos para hablar, pero no estaba interesado. Me ha dicho que ha cambiado todas las cerraduras y que no puedo entrar en el recinto. Es más, me ha dicho que está pensando seriamente en denunciar el robo a la policía.

—Oh, David —dijo ella con tristeza—. He sido yo quien te ha convencido para no traerla de vuelta. Lo siento mucho. Deberíamos avisar a mi padre para que la traiga.

Arrancó el coche y tomó la carretera en dirección a Derinkuyu.

—Iremos al hotel y le daremos un par de vueltas a todo esto. —Forzó una sonrisa—. No soy precisamente experto, pero ¿es posible que las Parcas se estén cachondeando de nosotros?

Ella se rio y dijo:

—Eso mismo pensaba yo.

David seguía manteniendo su habitación en el Crystal Kaymakli, un moderno hotel cerca de las cuevas. Cuando pidió la llave, el recepcionista se inclinó sobre el mostrador y le dijo discretamente que iban a necesitar otra tarjeta de crédito, ya que la reserva del grupo de Harvard había sido cancelada. David quedó impresionado por la eficiencia de Oguz.

—Ya estamos en casa —le dijo David a Eleni una vez dentro de la habitación.

Sus maletas estaban apiladas cerca de la ventana. Eleni se fijó en la enorme y tentadora piscina.

—Qué pena no haber traído el bañador —dijo.

—Vamos al pueblo a comer algo y compraremos uno —le respondió—. De todos modos, voy a necesitar un par de cosas para esta noche.

—Veo que ya le has dado alguna vuelta —dijo ella—. ¿Qué es lo que vamos a hacer esta noche?

–Lo mismo que hemos estado haciendo durante la última semana, solo que más extremo.

El sol se puso a las ocho en punto. David quería esperar hasta que oscureciera, así que salieron del hotel a las nueve y pasaron por delante de la entrada turística cerrada del complejo de cuevas. Su mochila pesaba poco –solo llevaba un martillo, un cincel, un par de linternas y un par de botellas de agua–. A poca distancia, por una calle pavimentada con ladrillos de color ocre, llegaron a un garaje independiente cerca de los escombros de una casa demolida.

–Te apuesto lo que quieras a que no se les ha ocurrido cambiar esta cerradura –le dijo a Eleni.

El candado se abrió con un clic y él levantó la puerta, dejando al descubierto un par de carritos de golf.

–Ni esta otra –añadió, deslizándose en el asiento–. Sube.

Giró la llave en el contacto y se adentraron en la carretera desierta.

La entrada a la excavación de las cuevas se encontraba a un kilómetro de distancia, al final de un camino polvoriento, en el sótano de una granja abandonada. Los lugareños sabían que estaba allí, pero cuando David decidió utilizarla para evitar las zonas turísticas del complejo, mandó construir una estructura de hormigón sobre la entrada para mantener alejados a los niños y a los cazadores de tesoros.

Aparcó el carrito detrás de la casa y probó la llave en la puerta con candado encastrada en el hormigón. Gruñó.

–De esta sí que se han acordado.

Hicieron falta una docena de golpes con el martillo y el cincel para romper el candado. Una vez dentro de la estructura de hormigón, dijo:

–Veamos si han dejado conectada la electricidad.

Accionó un interruptor y la escalera de piedra se iluminó. Eleni lo siguió por los túneles volcánicos, maravillándose ante las paredes lisas y los techos altos.

–Son más impresionantes que las cuevas de Nottingham –exclamó emocionada–. Y mucho más antiguas.

–Los antiguos excavadores de túneles eran muy hábiles –dijo David–. Espera a ver los sistemas de ventilación y de recogida de agua de lluvia.

La llevó cada vez más abajo, por rampas y pasillos sinuosos, hasta llegar al decimoctavo nivel subterráneo. Desde allí, bajaron por la escalera plegable hasta el nivel diecinueve y caminaron a gatas por el último túnel estrecho hasta llegar al centro de mando de la excavación.

Al encender las luces, David dijo:

–Este era mi despacho.

Ella sonrió y tocó las paredes de piedra.

–Las vistas son preciosas.

Su escritorio estaba vacío.

–Lo han vaciado todo –dijo–. Incluso se han llevado el forro polar que iba a darte.

Se inclinó sobre la mesa de trabajo de Mazhar y revisó algunos de los resultados del escáner muones que había impreso.

Tomó uno de ellos y dijo:

–Cojamos algunas de estas herramientas. Te mostraré dónde encontramos la llave con el mapa.

En el último tramo del túnel, apuntó con el pico hacia el lugar donde habían descubierto los esqueletos bajo los escombros y le mostró la abertura sobre sus cabezas, donde estaba la trampa. La escalera que Peter Andreeson había utilizado para explorar los túneles superiores descansaba junto a la pared.

–Dame un momento –dijo ella.

Se arrodilló en el lugar donde habían encontrado los esqueletos y cerró los ojos, moviendo los labios en señal de oración.

Luego, mirando a David, dijo:

–El hombre al que seguían, el que trajo la Llave del Mundo hasta esta cueva. Me pregunto cómo se llamaría.

CAPÍTULO 18

Isla de Anticitera
212 a. C.

Cosmo yacía en la arena, jadeando como un caballo que galopa cuesta arriba. Le dolían los hombros y las caderas de dar brazadas y patadas en contra de la marea. Antes de saltar al mar desde el agonizante Delfos, se había atado la cuerda de la bolsa a la muñeca derecha y, mientras nadaba, esta se retorció formando un torniquete que le inmovilizó la mano. Una vez que logró liberarla, su mente pudo dejar de pensar en el dolor y centrarse en otras cosas.

¿Dónde estaban sus compañeros, los demás guardianes? ¿Habían sobrevivido al naufragio?

Quien más le preocupaba era Damián. A su rudo amigo lo único que era capaz de asustarle en este mundo era el agua, pero, si se amarraba bien a su bolsa, podría mantenerse a flote indefinidamente.

Una vez que su respiración se estabilizó, se puso de pie y se sacudió la arena de las sandalias. La playa le hacía sentir vulnerable, el bosque le resultaba más tranquilizador. Había una arboleda cerca. Se echó al hombro la bolsa con la Llave del Mundo y subió corriendo por el montículo de arena.

Era demasiado pronto para pensar en un plan. La supervivencia era su preocupación más inmediata.

Pronto necesitaría agua fresca y comida, pero, antes que nada, necesitaba descansar y un espeso trozo de musgo parecía invitarle a tumbarse.

Los rayos del sol matutino se filtraron a través de las ramas de los pinos hasta alcanzar sus párpados. Parpadeó y gimió, desorientado. Finalmente, lo recordó todo.

Oyó voces, gente hablando, riendo, y el sonido de martillos y sierras trabajando. Alarmado, se puso en pie a toda prisa y se acercó sigilosamente hasta el margen del bosque. En la playa, a no más de trescientos pasos, el cuatrirreme de los romanos estaba encallado contra las rocas, inclinado, pero aún a flote. Los marineros en cubierta y en tierra reparaban los daños. Vio soldados entrando y saliendo del bosque, buscando algo, probablemente griegos.

Su misión era lo más importante. Tenía que proteger la llave a toda costa y, si los dioses lo habían permitido, los demás guardianes seguirían vivos protegiendo las suyas.

Se dijo que debía esconderla en un lugar al que pudiera volver cuando fuera seguro. Cogió la bolsa y se adentró en el bosque, buscando un sitio que le resultara lo suficientemente bueno para ese propósito.

Pasado un rato, se topó con unos cipreses dispuestos en semicírculo alrededor de un claro cubierto de helechos. Los árboles parecían susurrarle: aquí. Aquí. Aquí. Giró sobre sí mismo, estudiando el terreno y grabando el lugar en su memoria. Se prometió volver pasara lo que pasase.

Agachado entre los helechos, utilizó el cuchillo para cortar un cuadrado perfecto en la hierba y lo arrancó, junto con trozos de raíces. Dentro de ese cuadrado de tierra, cavó con las manos hasta que el agujero fue lo suficientemente grande como para guardar su valiosa bolsa. Puso la mitad de las monedas de su monedero dentro de la bolsa y rellenó el agujero hasta que el suelo quedó liso y listo para ser coronado por el cuadrado de hierba y helechos. Convencido de que nadie que pasara por allí se daría cuenta de su labor, rezó a Zeus Todopoderoso para que protegiera las maravillosas máquinas de Arquímedes y a los guardianes que habían jurado velar por ellas.

No tenía demasiados conocimientos sobre Anticitera, pero creía que las islas de esas aguas eran macedonias. Necesitaba encontrar un asentamiento macedonio. Los macedonios veneraban al Oráculo de Delfos, por lo que, a pesar de sus diferencias políticas con las ciudades-estado griegas, estaba seguro de que abrazarían la misión de Cosmo. Pero ¿qué dirección tomar? En lo alto, un halcón pasó volando hacia el sur, y él lo tomó como una señal de que también debía ir en ese sentido, a pesar de que el barco romano estaba varado en la playa, al sur. Así que se adentró en la vegetación, decidido a mantenerse lejos de los romanos.

Estaba en lo profundo del bosque cuando una cabra de monte pasó a toda velocidad por delante de él a tan solo cinco pasos. El animal estaba en estado de pánico y apenas se percató de su presencia. Inmediatamente entendió por qué.

—¡Tú! ¡Detente! ¡Identifícate!

El soldado romano profirió sus órdenes en latín y, si bien no entendía lo que le decía, tenía claro que era una amenaza.

Un grupo de soldados con arcos y flechas listos para disparar había estado persiguiendo al animal para conseguir algo de carne. Al ver a Cosmo, dirigieron su atención hacia otro tipo de presa.

Echó a correr, pero una flecha en el brazo le obligó a detenerse, dándoles tiempo a los cazadores para rodearlo con las espadas desenvainadas. Como guerrero que era, quería luchar hasta la muerte, pero, como guardián, necesitaba sobrevivir, ya que si perecía la llave quedaría escondida para siempre bajo los helechos en el bosque. Con un gran peso en el corazón, dejó caer el cuchillo y se rindió.

Lo trataron brutalmente y lo interrogaron, pero la barrera lingüística no los llevó a ninguna parte. Oyó que alguien se refería a él con desprecio como macedonica. Otro le llamó graecus. Un joven rompió la parte emplumada de la flecha, se la arrancó de la carne y envolvió la herida con un trozo de cuero. Parecían impresionados de que no se hubiera inmutado ni pronunciado una sola palabra. A base de empujones con las espadas, lo condujeron hasta la playa.

Al llegar a la orilla rocosa, lo llevaron en presencia de su comandante, quien ordenó que lo registraran. Todo lo que encontraron fue una bolsa medio llena con una variedad de tetradracmas, dracmas y óbolos de menor valor.

El oficial quedó impresionado por las tetradracmas, se las guardó en el bolsillo y dijo en un griego entrecortado:

—¿Tú griego? ¿Del trirreme?

Cosmo observó estoicamente cómo las olas lamían las rocas y no dijo nada.

Ni un fuerte puñetazo en el estómago ni la presión que ejercieron sobre la herida de la flecha hasta hacerle caer de rodillas lograron hacer que abriera la boca. Fue entonces cuando el romano se fijó en su peculiar anillo de bronce y se lo arrancó a la fuerza con la punta de la espada.

Asqueado, el oficial fue a consultar con el capitán del cuatrirreme, quien bajó del barco para examinar al prisionero por sí mismo, trayendo consigo a un marinero que hablaba griego.

—¿Cuál era tu trabajo en el barco?

—¿Te dieron algo para transportar?

—Cuando estuviste en Siracusa, ¿te encontraste con Arquímedes?

No importó que le formularan las preguntas en un idioma que pudiera entender. Cosmo se negó a decir palabra y, en consecuencia, fue torturado. Lo ataron a un árbol, lo golpearon día y noche, y solo le dieron la suficiente comida y bebida como para mantenerlo con vida. Desde el lugar donde lo tenían atado podía ver a los romanos sacar del agua a los griegos náufragos, uno tras otro. Les hacían las mismas preguntas que a él. Cuando respondían que eran remeros, tripulantes o soldados, eran pasados a cuchillo y los dejaban morir en la arena, por lo que Cosmo pensó que no decir nada era lo que lo mantenía con vida.

A medida que pasaban los días, Cosmo oía un ruido constante de golpes, sierras y martillos. Comprendió que estaban sacando su barco de las rocas.

Cosmo perdió la noción del tiempo. Su mundo eran las cadenas y aquello a lo que estaba encadenado. Primero, fue un árbol. Luego, un pilar en la popa del cuatrirreme, cerca de un cubo de basura, mientras el barco navegaba hacia el oeste. Más tarde, una celda húmeda en la ahora ocupada Siracusa. Y, finalmente, un sitio aún peor, Lilibea, la base operativa del ejército romano en Sicilia.

Marco Claudio Marcelo, el general romano que había comandado la campaña en Sicilia, se había ganado el apodo de «La Espada de Roma» por sus brutales tácticas para someter la isla griega. Cuando se enteró de que la carga del trirreme Delfos se había perdido en la batalla, reaccionó con furia, la misma furia que mostró cuando descubrió que un soldado idiota había asesinado al ciudadano más célebre de Siracusa, Arquímedes. Sin embargo, este nuevo prisionero le hizo preguntarse si los tesoros de Arquímedes se habían perdido realmente. Quería interrogar a este griego náufrago. A fin de causarle la mayor impresión, se puso su túnica de color rojo sangre y se ciñó la coraza imperial.

Marcelo frunció el ceño al ver las condiciones de la celda de Cosmo y exigió que sacaran al prisionero de su lecho de paja sucia, lo rociaran con un cubo y lo trasladaran al patio para interrogarlo.

Cosmo llevaba mucho tiempo sin ver la luz del sol y tuvo que protegerse los ojos. Finalmente, estos se fijaron en el águila plateada que lucía Marcelo en el pecho. Levantó la cabeza y vio una mandíbula poderosa, una nariz imponente, unos ojos azul claro y una melena castaña. El vigor y la fuerza de este romano le hicieron lamentar cómo su propio cuerpo se había deteriorado en manos de esos monstruos.

Le sorprendió que el romano se presentara en un griego perfecto, fruto de los años que había pasado sometiendo a los compatriotas de Cosmo. Marcelo había sido informado sobre los interrogatorios previos del prisionero y utilizó esa información en su beneficio.

—Me han dicho que eres un hombre de pocas palabras —comentó Marcelo—. Admiro a los hombres que no parlotean como una mujer. Sin embargo, en tu situación, esta virtud te ha servido de bien poco. Solo te ha traído sufrimiento. Me han dicho que te llamas Cosmo. Y que eso es todo lo que has dicho. No has reconocido ni siquiera el hecho más elemental, que estabas en el trirreme que embestimos frente a Anticitera, aunque tenemos la certeza de que así fue. ¿Quieres que te cuente qué más sabemos?

Cosmo no dijo nada.

Sabemos que eres un ciudadano de Delfos. ¿Sabes cómo lo sabemos? Interrogamos a los sirvientes del matemático Arquímedes. Nos contaron que cinco hombres de Delfos habían sido encargados de llevar algunos de sus inventos a un lugar desconocido. Sabemos cómo se llamaban. Uno de ellos era Cosmo.

—Conozco a una veintena de griegos con ese nombre —respondió Cosmo.

—¡Alabados sean los dioses! ¡Puedes hablar! Ningún otro Cosmo recibió esto —dijo, buscando en su túnica el anillo de bronce de Cosmo.

Cosmo no dijo nada.

—Arquímedes ha muerto —dijo Marcelo, tratando de provocar una reacción en su rostro—. En consecuencia, has quedado liberado de tus juramentos y promesas. Soy un hombre benevolente. Te daré una cama blanda y comida limpia. Traeré a mi médico personal para que cure tus heridas. Incluso podría llegar a liberarte. Lo único que tienes que hacer es responder a estas sencillas preguntas. ¿Cuál era el uso previsto de los inventos de Arquímedes? ¿Eran armas o dispositivos militares de algún tipo? ¿Has sido testigo del destino de los otros cuatro guardianes? ¿Qué ha pasado con el invento que tú mismo llevabas? Y, por último, ¿dónde os indicaron que los llevarais?

Y Cosmo no dijo nada.

Marcelo no se manchaba las manos de sangre y mugre. Tenía hombres que se ocupaban de ello. Durante los dos años siguientes, Cosmo sufrió dos palizas diarias destinadas a infligirle dolor sin matarlo.

Y ni siquiera así soltó una sola palabra.

Pero un día las palizas cesaron. Cosmo las esperaba porque eran su forma de medir el tiempo. Finalmente, fue trasladado a una celda común en otra parte de la ciudad portuaria, donde disfrutó de la compañía de otros prisioneros griegos. No supo hasta más tarde que el general Marcelo había sido trasladado a la península itálica para enfrentarse a Aníbal. El nuevo comandante de Sicilia tenía poco interés en Arquímedes y sus inventos y Cosmo pasó a ser ignorado casi por completo.

Cuatro años después, ocurrió un milagro. Cosmo se había puesto en fila con los demás hombres para recibir el engrudo matutino cuando un oficial anunció que se había negociado un intercambio de prisioneros entre Roma y la ciudad-estado de Atenas. Los griegos se irían a casa.

Así, un trirreme griego llegó para recoger a los prisioneros e iniciar el viaje de quince días a Atenas. Pese a todos sus años de abyecto sufrimiento, Cosmo no había perdido, ni por un momento, su determinación como guardián y, una semana después de comenzar el viaje, empezó a atosigar al comandante del trirreme con súplicas para que hicieran una breve parada en Anticitera.

–Imposible –respondió el comandante.

–Tengo dinero. Puedo pagarte –añadió Cosmo.

–¿Dónde? Enséñame el dinero. ¡Has estado en una cárcel romana durante años!

–Está enterrado en Anticitera. Te daré dos tetradracmas de plata por las molestias. Te juro por Zeus que es la verdad.

El comandante decidió darle una oportunidad a aquel hombre entusiasta y destrozado y echó el ancla frente a la costa oriental de Anticitera, concediéndole apenas seis horas a Cosmo para encontrar su tesoro.

Saltó del bote a la playa y trató de encontrar algún punto de referencia, pero nada le resultó familiar. Las selvas tropicales azotadas por las tormentas eran cambiantes y Cosmo empezó a desesperarse. Pero cuando había transcurrido la mitad del tiempo, encontró algo en la playa, cerca de donde empezaba la arboleda. Era una hoja de sierra rota y oxidada.

Ese era el lugar donde los romanos habían reparado su cuatrirreme.

Se adentró a toda velocidad en el bosque en busca de aquel semicírculo de cipreses y, de pronto, levantó la vista y allí estaban.

En su excitación, creyó oír a los árboles darle la bienvenida: lo habían estado esperando, habían protegido su tesoro.

El comandante del trirreme estaba a punto de levantar el ancla cuando vio a Cosmo corriendo por la playa, cargando una bolsa al hombro. Subió a cubierta, puso dos valiosas monedas en la palma de la mano del comandante y pasó los últimos días del viaje en la proa, sonriendo.

Una vez en Atenas, Cosmo se dirigió al recinto cercano a la Acrópolis, donde se reunía la ekklesia, los ciudadanos que gobernaban la ciudad-estado. Allí, preguntó si había llegado su compañero Damián, a quien Arquímedes había encargado llevar su Máquina Celestial. Nadie había oído hablar de él. Abatido, consideró viajar a Delfos para consultar al Oráculo, pero la ciudad-estado quedaba demasiado al oeste y él debía dirigirse al este. Regresaría a su tierra natal cuando completara su misión.

Con la bolsa llena de plata, Cosmo pudo adquirir un pasaje en un barco mercante con destino a Esmirna, la bulliciosa ciudad portuaria en la costa occidental de Anatolia. Allí compró un caballo veloz e inició su viaje hacia el este, atravesando las vastas llanuras de Anatolia. No era la primera vez que hacía ese viaje. Siete años antes había recorrido esa misma ruta comercial con sus cuatro compañeros y otras personas que el Oráculo había elegido para su nuevo culto.

Durante su paso por el reino de Galacia, en Anatolia central, Cosmo trató de mantenerse alejado de la población, limitando al máximo su contacto. Se trataba de pueblos celtas, con costumbres que le resultaban ajenas. Los capadocios, al oeste, eran más de su agrado. Aunque eran en su mayoría persas, muchos griegos se habían establecido allí desde la conquista de Capadocia por Alejandro Magno un siglo antes y las relaciones entre el rey de Capadocia y las ciudades-estado helénicas eran cordiales.

A poca distancia de Derinkuyu, Cosmo se detuvo para pasar la noche en la ciudad de Keskin y compró un odre de aceite de oliva. Estaba muy animado, porque al día siguiente llegaría a las cuevas sagradas. En la posada, compartió la comida con un grupo de comerciantes muy afables que se dirigían a Oriente, ajeno a los dos soldados capadocios que, sentados en una mesa cercana, no le quitaban ojo de encima.

—¿Qué crees que llevará en esa bolsa? —preguntó uno de ellos.

—No lo sé, pero he visto oseznos menos protegidos por su madre osa.

A la mañana siguiente, Cosmo partió con la luz del alba. Los dos soldados lo siguieron, tratando de mantener la distancia.

Bajo el sol de la tarde, la lejana aldea de Derinkuyu brillaba con un tono rojizo debido al óxido de hierro presente en su suelo volcánico. Su caballo estaba cansado, pero él lo espoleó y, antes del anochecer, logró alcanzar las ruinas de una casa de adobe en las afueras del pueblo.

Conocía esa casa y sabía lo que había debajo.

De inmediato, se dispuso a encender un fuego. Luego hizo una antorcha con una rama de cedro, envolvió un extremo en un trozo de tela arrancado de su himatión y la empapó en aceite. La entrada a las cuevas estaba bajo una vieja puerta y un montón de madera apilada. Le habían dicho que, cuando regresara allí como guardián, encontraría un pico entre los escombros y, efectivamente, allí estaba. Con la antorcha encendida, empezó a descender.

Los soldados lo seguían de cerca. Al ver a Cosmo encender una antorcha, hicieron la suya propia y siguieron su camino por el mundo subterráneo, guiándose por las cenizas que desprendía su tela en llamas.

El sonido se propagaba por los laberínticos túneles. Cuando Cosmo alcanzó los niveles inferiores del complejo, oyó unos ruidos extraños, pero se dijo a sí mismo que solo eran las ratas. Sin embargo, cuando estuvo cerca de su objetivo se dio cuenta de que eran pasos.

Atravesó rápidamente el último túnel estrecho, alcanzando una cámara sin salida. Allí, dejó la llave en el suelo y corrió de vuelta al túnel. Dejó la antorcha, tomó con fuerza el pico y miró hacia la trampa suspendida sobre su cabeza, su último recurso.

Poco después, los soldados aparecieron por el último túnel.

Desenfundaron sus cortas espadas persas y le gritaron que soltara el pico, pero él no entendía su idioma. Del mismo modo, ellos no entendieron las palabras que Cosmo les gritó.

Avanzaron lentamente, comentando entre ellos cuál podría ser su estrategia en un espacio tan estrecho.

Cosmo vio desfilar por su mente imágenes del pasado.

El día en que el Oráculo de Delfos lo había elegido para su misión.

La mañana en que había dejado atrás a su familia.

Los momentos bebiendo y riendo con sus compañeros guardianes.

La despedida de Arquímedes.

El naufragio.

Los años de tormentos.

No sabía si los otros guardianes habían logrado su objetivo, pero él estaba a punto de cumplir su parte de la sagrada misión. Había logrado llevar su llave prácticamente hasta el lugar que tenía reservado, pero le quedaba un último obstáculo y estaba a solo unos pasos. No podía permitir que la llave cayera en manos sucias e ignorantes.

Se movió hasta situarse justo debajo de la trampa, blandiendo amenazadoramente el pico. Era consciente de que ellos sabían que el túnel era demasiado estrecho para que pudiera alzar su arma contra ellos. Lo único que podía hacer era usarla como un atizador. Así que siguieron acercándose.

Hizo un cálculo final antes de pasar a la acción.

Una vez que golpeara la barra de hierro situada sobre su cabeza, rompiendo el marco de madera y provocando la caída de las rocas, solo tendría el tiempo para saltar hacia atrás. Mientras tuviera la lucidez suficiente para no soltar el pico, podría usarlo para excavar y abrirse paso.

—¡Vamos! —les gritó—. ¡Vamos, hijos de puta! Un paso más. Dad un paso más.

Y entonces levantó el pico con todas sus fuerzas y golpeó el extremo de la barra de hierro.

Al oír el leve crujido de la madera rompiéndose, los soldados levantaron la vista y gritaron algo.

Cosmo estaba a punto de saltar hacia atrás cuando unas rocas se precipitaron contra su cabeza con gran estruendo.

No tuvo tiempo de maldecir a las Parcas por permitirle acercarse tanto a su objetivo antes de cortarle el hilo de la vida.

CAPÍTULO 19

Eleni volvió a ponerse de pie en el lugar donde había estado rezando.

—¿Qué pasará con sus restos? —preguntó.

—Serán objeto de estudio —le respondió—. Su destino final dependerá del grupo de la Universidad de Ankara.

—Supongo que no tendrá un entierro en condiciones.

—No es algo que los arqueólogos suelan hacer. Preferimos conservar los huesos por si en el futuro la tecnología abre nuevas vías de investigación. Además, se plantearían demasiadas incógnitas en cuanto al enfoque cultural adecuado para la mayoría de los restos.

—Entiendo —dijo ella melancólicamente—. En fin, no pasa nada, sigamos adelante.

El túnel daba a una gran sala vacía donde el escáner de muones de Mazhar se encontraba montado sobre su estructura.

—Ahí es donde estaba la llave con el mapa —dijo David, señalando una etiqueta clavada en el suelo.

—Ahí, sin más —dijo Eleni con asombro.

David estudió una de las impresiones de Mazhar y clavó el pico en el suelo de roca volcánica.

—Y aquí es a donde nos dirigimos.

Mientras David picaba el suelo rocoso, un grupo de hombres cenaba en el salón privado de un restaurante poco moderno de Atenas. Era el típico local con paneles de madera de una época en la que los comensales solo estaban interesados en platos tradicionales griegos como el *souvlaki* de cerdo, el *pastitsio*, la *moussaka* y el *souvlaki* de cordero. Incluso el vino que bebían era de otra época; un retsina tinto y fuerte que olía a resina de pino. Alrededor de una mesa pensada para dieciséis comensales, se apretujaban una veintena de hombres. Eran individuos de mediana y avanzada edad, todos vestidos con traje y corbata.

—Oye, Talos —gritó uno de ellos desde el otro lado de la mesa—, ¿dónde están tus cachorritos?

—¿Cachorritos? —respondió Talos Fotopoulos—. Petros tiene tu edad, y tú no me pareces un cachorrito.

—Creía que habías dicho que traerías a un chico nuevo.

—Tengo a Petros y al chico ocupados en algo esta noche.

—¿En nuestro asunto?

—No seas idiota, Christos. Sabes que no hablo del trabajo.

Se trataba de una reunión mensual, una forma de mantener el contacto entre personas que rechazaban las comunicaciones electrónicas. Christos Anagnos, propietario de una gran cadena de gasolineras, era el más acaudalado. Era un hombre que había convertido su pelo negro azabache peinado hacia atrás y sus pronunciadas entradas en forma de pico en una caricatura cuidadosamente diseñada para proyectar la imagen de su marca. En el cara a cara, utilizaba su enorme barriga a modo de ariete para arrinconar a sus adversarios dialécticos contra la pared y su omnipresente puro apagado como un undécimo dedo. Al decir «nuestro asunto», todos entendieron que se refería a las Águilas Doradas, por lo que interrumpieron sus conversaciones para escuchar la respuesta de Talos.

Los comensales eran los expertos y el pilar financiero de la organización, que estaba activa aunque no tanto como les habría gustado a muchos miembros de base.

—Acción directa —exigían exaltados los más jóvenes—. ¿Dónde está nuestra acción directa? Esos vejestorios detrás de las cortinas tienen demasiado que perder. Ni siquiera sabemos quiénes son. Deshagámonos de ellos y recuperemos nuestro país.

Talos había dado nombre al grupo. Águilas Doradas era un

homenaje al fallido movimiento Amanecer Dorado, que había tenido su momento de gloria durante la década posterior a la crisis financiera griega de 2010.

Grecia había sido durante mucho tiempo un terreno fértil para las ideologías de extrema derecha. Después de la Segunda Guerra Mundial, florecieron los grupos nacionalistas y anticomunistas. Luego vino el golpe de Estado de 1967, cuando un grupo de oficiales militares de derechas estableció una junta militar conocida como La Dictadura de los Coroneles. Grecia estuvo gobernada por un régimen ultranacionalista, anticomunista y autoritario hasta su caída en 1974, cuando se restauró la democracia.

Cuando entró en una espiral de endeudamiento descontrolado, gasto público excesivo y burocracia ineficaz, su economía se precipitó al colapso en 2010. Ante los rescates financieros de la UE y las duras medidas sociales y económicas, el ánimo de la población griega se derrumbó. El movimiento de extrema derecha Amanecer Dorado intentó llenar el vacío con una agresiva mezcla de antiinmigración e ideas ultranacionalistas y neofascistas. En su momento álgido, entró en el Parlamento helénico con un siete por ciento del voto popular, pero se vio envuelto en problemas legales y se desvaneció tras ser declarado una organización criminal, por lo que sus líderes fueron encarcelados.

Más recientemente, varios grupos de extrema derecha habían tratado de ocupar el lugar que había dejado Amanecer Dorado, pero eran pequeños, estaban fragmentados y carecían de coherencia. Hombres ricos, influyentes y con ideas afines se reunían a discutir el problema en sus clubes y salones privados. Las palabras fueron llevando a la acción. Discretamente, se fue reclutando un núcleo central de personas, entre las que se encontraban miembros de la policía, los servicios de seguridad, la administración pública, el ejército y los círculos empresariales. Talos se convirtió en su pilar ideológico y Christos, en el financiero.

Talos era un anticomunista de la vieja escuela, cuya larga carrera en los servicios de inteligencia se había abocado a erradicar los tentáculos de influencia moscovita de la política griega. Decía que el problema de los movimientos de extrema derecha era que se centraban demasiado en los aspectos negativos de la sociedad griega. Odiaba a los inmigrantes, especialmente a la nueva oleada de sirios, afganos e iraquíes, tanto como a cualquiera de los matones de extrema derecha que llenaban las calles: ni los neonazis ni los *skinheads* eran, precisamente, abanderados presentables.

En su opinión, la mejor manera de impulsar la agenda de la extrema derecha era hacer hincapié en los aspectos positivos y ensalzar el orgullo griego. A los turistas les encantaba el país por su patrimonio único. ¿Apreciaban los griegos y en particular las generaciones más jóvenes lo suficiente su legado? Estaban sumidos en el lodazal de la UE, pero eran griegos antes que europeos. El nacionalismo radical y el orgullo exaltado eran la clave. Si combinaban los triunfos de la antigua Grecia con la estabilidad de la Iglesia Ortodoxa, obtendrían algo excepcional. El problema de los inmigrantes era un buen tema para enardecer a las masas, pero debían canalizar ese enfado y utilizarlo para reforzar la identidad griega. Podían elevarse como águilas doradas si enaltecían el orgullo por lo propio. Debían construirlo y el resto vendría solo. Primero, una filosofía; luego, un movimiento; después, un gobierno basado en los logros, el idealismo y la pureza griega.

La única cabeza visible de las Águilas Doradas era Pavlos Janouris, un burócrata jubilado; el resto ocultaba su identidad para no comprometer su posición en los círculos sociales más convencionales. Ya llegaría el momento en que sería aceptable salir a la luz. Janouris había utilizado el dinero de Christos Agnostos para cohesionar a diversos grupos ultraderechistas escindidos bajo el paraguas de las Águilas Doradas. Los resultados eran buenos, el número de afiliados crecía, pero Talos estaba frustrado porque no había suficiente impulso e incluso en los últimos tiempos se había producido un estancamiento. El sector obrero descontento abría la boca como un aguilucho recién salido del cascarón. Los líderes debían llenarle el pico. Necesitaban un catalizador.

Un posible catalizador se materializó en forma de lujuria y ambición. Uno de los analistas de Talos en el EYP era un joven llamado Stelios Makris, cuyo trabajo consistía en supervisar las cuestiones relacionadas con la inmigración y la seguridad fronteriza derivadas de la crisis de los refugiados. Era un joven competente que presionaba insistentemente a su supervisor, Petros Antoniou, para que le permitiera infiltrarse en una de las organizaciones de ayuda a los migrantes. Hacía un año, Petros le había venido a Talos con una historia.

—¿Recuerdas a ese chico, Stelios, del departamento de inmigración?

—Sí, ¿qué pasa con él? —preguntó Talos—. Si vienes a pedir mi aprobación para una misión de campo, la respuesta es no. Aún está muy verde.

—No, no es por eso. El chaval tiene una nueva novia, todo un bombón.

—Me alegro por él. ¿Y?

—Un día la chica le cuenta entre sábanas que es miembro de un grupo secreto helenista que se hace llamar los Guardianes del Destino. Y que quiere invitarlo a que se someta a una evaluación para convertirse en miembro.

El interés de Talos aumentó levemente.

—¿Es una organización política?

—En absoluto. Cultural. Ella le dice que pertenecen a una línea ininterrumpida de helenistas que se remonta a la antigua Grecia y que llevan dos mil años buscando algo llamado el Michaní Peproménou.

—¿Qué hostias es eso?

—Es un artilugio mecánico compuesto por algo que ellos llaman llaves. Algo parecido al Mecanismo de Anticitera, pero más complejo. Se supone que predice el futuro.

—Magia y charlatanería —resopló Talos—. ¿No ves que estoy ocupado?

—Bueno, no exactamente el futuro. Sería más bien algo así como los desastres naturales futuros.

—¿Qué es lo que me estás pidiendo?

—El muchacho quiere infiltrarse en el grupo.

—¿Para el EYP?

—Yo tenía en mente las Águilas Doradas.

—No vamos a dejar entrar a Stelios Makris en las Águilas Doradas. ¿Cómo se te pasa por la cabeza?

—Si se encontrara otro Mecanismo de Anticitera en nuestro territorio, quizá intacto y no como un montón de chatarra oxidada, ¿no sería eso un acicate para elevarnos como nación? Dejemos que el chaval se infiltre en el grupo. Dejemos que piense que es para el EYP. Si acaba por encontrar algo, podemos usarlo para las Águilas.

Talos pareció encontrarlo divertido.

—Si me estás pidiendo permiso para que Stelios Makris vaya detrás de una chica, permiso concedido.

No se volvió a saber nada más de Stelios y los Guardianes del Destino durante un año, hasta que, una semana atrás, Petros había abordado a Talos después de una reunión de departamento.

—¿Podemos pasar a tu despacho? —le preguntó—. Quiero mostrarte algo.

Talos se situó detrás de su escritorio y miró la imagen del teléfono de Petros.

—¿Y esto es?

—Una foto que Stelios Makris tomó ayer en una reunión de los Guardianes del Destino.

Talos parecía desorientado, así que Petros tuvo que refrescarle la memoria acerca del grupo.

—Al parecer, los Guardianes del Destino han encontrado uno de los componentes del Michaní Peproménou —le dijo Petros—. Lo llaman la Llave del Mundo. Proviene de una cueva en Turquía, nada más y nada menos.

–Me alegro por ellos –respondió Talos con desdén.

–El arqueólogo estadounidense que lo encontró afirma que es del año 200 a. C. Fíjate en el mapa.

Talos se volvió a poner las gafas.

–¿Sabían entonces de la existencia de América del Norte y del Sur?

–No. Se trata de un mapa como los de la actualidad, grabado en bronce hace dos milenios. Está repleto de engranajes y su mecanismo sugiere que podría ser obra de los mismos artesanos que fabricaron el Mecanismo de Anticitera. Así lo ha confirmado una mujer llamada Eleni Lillakis, directora del Instituto de Anticitera. Es difícil de distinguir en la foto, pero las inscripciones están en griego.

–Parece imposible –dijo Talos

–Pero ahí está. Se lo he enseñado a Giorgios, ya sabes, uno de nuestros criptógrafos, el tío con más cerebro de la oficina. Según él, si no resulta ser un engaño moderno, sería era el artefacto más importante jamás encontrado.

–¿Y...? –dijo Talos haciendo un gesto hacia Petros, animándolo a llegar a alguna conclusión.

–Y los Guardianes del Destino han reclutado a ese arqueólogo estadounidense de Harvard para que los ayude a encontrar el resto del Michaní Peproménou.

Talos volvió a mirar la foto, ampliando la imagen con los dedos.

–De acuerdo, dile a Stelios que siga atento a la situación. Y será mejor que pongas al corriente al chaval acerca de las Águilas Doradas. ¿Es de buena familia?

–Gente respetable.

–Muy bien –añadió Talos–. Si crees que tiene lo que hay que tener para ser un Águila Dorada, lo invitaré a la cena de la semana que viene.

Los Águilas Doradas estaban tomando el postre cuando llegó Petros, disculpándose por su retraso.

–Veo que Talos te ha puesto la correa corta –dijo Christos con la boca llena de un dulce trozo de Ekmek.

–Siempre es mejor el collar estrangulador –respondió Petros, siguiéndole el rollo–. Jefe, ¿podemos hablar un momento? Se dirigieron al rincón más alejado; una vez allí, Talos le pidió que le informara de la situación.

–Acabo de enterarme por el control de aduanas del aeropuerto de que Eleni Lillakis ha viajado a Turquía esta mañana en el mismo vuelo que David Birch.

–¿Por qué no nos ha informado Stelios? –preguntó Talos.

–Se lo ocultaron. Están asustados por lo del allanamiento en la casa de Yiorgos Lillakis y no se fían de nadie. Ninguno de los dos facturó maletas y su equipaje de mano fue sometido a los controles de rayos X habituales. Así pues, podemos concluir que la llave del mapa sigue en Atenas.

–¿Tenemos la certeza de que no encontraron la tercera llave en Inglaterra?

–Eso dijeron, pero Stelios no está seguro de que sea cierto. Ahora está en casa de los Lillakis, haciendo de niñera a Yiorgos.

–Si se han marchado juntos, significa que han ido a buscar la cuarta llave –dedujo Talos.

Christos se acercó sigilosamente, se interpuso entre ellos y les rodeó los hombros con los brazos.

–Señores. Si estáis tratando asuntos del EYP, me alejaré. Pero si es algo relacionado con las Águilas, quiero saberlo.

Talos había bebido lo suficiente como para responder de forma imprudente.

–¿Qué pasaría si cayera en nuestras manos un invento griego que permitiera predecir la ubicación y el momento en que se producirán terremotos, erupciones volcánicas, inundaciones, epidemias..., lo que se te ocurra? ¿Qué efecto tendría sobre el orgullo griego? ¿Cómo repercutiría eso en nuestra posición en el mundo? ¿Qué representaría para las Águilas como fuerza política?

–Doy por hecho que no es una broma –respondió Christos–, porque nunca te he oído hacer una broma.

–Estoy hablando muy en serio.

–Entonces, nos catapultaría hasta la cima de las grandes potencias mundiales y las Águilas Doradas dominarían las próximas elecciones parlamentarias –concluyó Christos–. ¿Controlaríamos el acceso a esa información? ¿Podríamos cobrarles un alto precio al resto de naciones?

–Está todo por decidir –prosiguió Talos–. Primero, tenemos que reunir todas las piezas. Pero, escúchame, mantén la boca cerrada, incluso con esta panda.

–Por supuesto –respondió Christos–. No soltaré prenda.

Trabajaban bien en equipo. David blandía el pico y Eleni apartaba las piedras con la pala, formando un montón ordenado.

–¿Cómo vas de ampollas? –preguntó David.

–Más de seis, menos de doce. Me avergüenza decir que nunca hago nada con las manos, ni siquiera jardinería. Mi madre siempre trataba de que me uniera a ella en uno de sus parterres y, cuando me negaba, me decía: «Tú no eres mi hija».

–Deja de palear antes de que sangren –le dijo.

–No creo que lo haga. Es demasiado satisfactorio.

Siguieron trabajando hasta bien entrada la noche, con el agujero haciéndose cada vez más profundo y la pila de Eleni cada vez más alta.

David estaba a punto de tomarse un descanso para beber agua cuando el mango del pico se hundió sin dificultad hasta la empuñadura.

–Lo hemos atravesado –anunció.

Eleni echó un vistazo.

–¡Vaya! ¿Y ahora, qué?

–Ahora haremos el agujero más grande. Parte de los escombros caerán en el agujero. Para reducirlo al mínimo, trabajemos en conjunto a fin de mantener limpia la zona.

Siguieron picando y sacando escombros durante media hora

más, hasta que el agujero fue lo suficientemente grande como para meter la cabeza y los hombros.

David se puso boca abajo, se arrastró hasta el agujero y le pidió una linterna.

—Ten cuidado —dijo Eleni—. ¿Quieres que te sujete las piernas?

—Es una idea excelente, con tantos matices —le respondió, agachándose.

Ella seguía riendo cuando oyó su voz resonando desde el agujero.

—¡Por todos los santos!

CAPÍTULO 20

Isla de Anticitera
212 a. C.

–Nadad hacia aquí –gritó el comandante del Delfos por encima del rugido de la tormenta–. Hacia el norte. De lo contrario, acabaremos en medio de los romanos.

Miseno era un buen nadador y, a pesar de arrastrar la bolsa flotante, pudo seguir fácilmente el ritmo de Alejandro.

Nadaron durante una hora por el agitado mar, paralelos a la costa, cuando Alejandro hizo una señal de que se dirigía hacia la playa. Llegaron a tierra exhaustos y se habrían echado a descansar sobre la blanda arena si no hubiera sido por su afán de refugiarse entre los árboles.

Trataron de distinguir las voces de los romanos, pero solo oían el viento y la lluvia torrencial.

–Me muero de sed –dijo Miseno.

–Abre la boca, muchacho –respondió el arrugado comandante, ofreciendo la suya a la lluvia–. Zeus te ha traído toda el agua que necesitas.

Miseno se apoyó contra un árbol, con el rostro vuelto hacia la lluvia, y rezó para que sus compañeros hubieran sobrevivido.

Alejandro pareció leer sus pensamientos.

–Os eligieron a vosotros, muchachos, porque sois jóvenes y fuertes de cuerpo y espíritu. Estoy seguro de que llegaron a tierra.

–Que así sea –respondió Miseno.

–Estas máquinas –dijo el comandante, tocando la bolsa con

el pie–. Nunca se me dijo para qué eran, solo que mi misión era llevaros a Anatolia. ¿Qué más puedes contarme?

–Solo que los dioses se las entregaron a los hombres para ayudarlos a vencer la crueldad de las Parcas.

Alejandro cerró los ojos.

–Parece algo importante.

Durmieron en el bosque hasta el amanecer, cuando los despertó el sonido de hombres hablando en la playa.

–Escucha –dijo Alejandro–. Griegos. Mis hombres.

Rápidamente su grupo aumentó a ocho. Pronto intercambiaron historias acerca de cómo habían logrado sobrevivir y avanzaron juntos a través del bosque. Alejandro conocía bien la isla y los guio hacia el norte.

–Hay una ensenada protegida con un pueblecito encantador –dijo–. Las mujeres macedonias del lugar son auténticas bellezas, con ojos verdes y una melena azabache. Permitid que esta idea acelere vuestros pasos. Los barcos mercantes griegos visitan regularmente el puerto para abastecerse de agua y comida y compartir lecho con las mujeres. Esperaremos a que llegue un barco.

–Mientras compartimos lecho con las mujeres –apuntó uno de los soldados.

Las raíces que encontraron por el camino les mantuvieron con vida durante los días que estuvieron en movimiento, pero tenían un aspecto lamentable cuando llegaron al pueblo, llenos de picaduras de insectos y con los brazos y las piernas sangrando por culpa de los espinosos matorrales. Los macedonios les dieron de comer y les proporcionaron un lugar donde dormir. Miseno fue llevado a una casa de piedra donde una viuda se esforzaba por criar a sus hijos. Su hija mayor, Acantha, se adecuaba perfectamente en la sugerente descripción de morena belleza que Alejandro les había descrito, y ella colmó de atenciones al guardián de largas extremidades y rubios rizos.

El primer barco griego se demoró quince días en llegar y, durante ese ocioso interludio, Miseno y Acantha se enamoraron. Una noche, en la playa, unidos en un abrazo, ella le preguntó qué llevaba en esa bolsa de la que nunca se separaba.

–La salvación de la humanidad –le respondió.

–¿Eso es todo? –dijo ella, besándolo.

Cada mañana, Miseno iba a la playa en busca de Agapeto, Damián, Sebastián y Cosmo, pero nunca llegaron.

Alejandro organizó el viaje a la isla de Quíos con el capitán del barco mercante, una negociación que se vio facilitada por el dinero del monedero de Miseno. Cuando llegó la hora de zarpar, Acantha le rogó a Miseno que la llevara con él, y él aceptó encantado. Al marcharse, le dio a su madre una de sus tetradracmas, convirtiéndola al instante en la mujer más rica del pueblo.

Cuando el barco abandonó la protegida ensenada y se adentró en el vasto mar, Alejandro confortó al desconsolado guardián.

–Puede que tus compañeros no se hayan perdido –le dijo–. Las corrientes podrían haberlos llevado hasta Creta. Barcos amigos navegan estas aguas, siempre a punto para rescatar a los marineros naufragados. Si los dioses lo permiten, estarán en tu lugar de destino, esperándote con los brazos abiertos.

Durante el viaje, Alejandro y los demás hombres de Delfos estuvieron hablando entre ellos y decidieron preguntarle a Miseno si podían acompañarlo en su misión.

–Nos dirigimos a un lugar desconocido e inhóspito –les respondió–. He estado allí. Es un lugar desolado, con tierra tan roja como la sangre, lejos de las aguas que tanto amáis los marineros.

–Estamos contigo y con Zeus –dijo Alejandro–. Ahora y para siempre.

Quíos no era más que una parada en el camino. Desde allí, fue fácil organizar el paso por el estrecho de Esmirna, la puerta de entrada a Anatolia. Allí, compraron caballos y provisiones para el viaje por tierra. Miseno enseñó a Acantha a montar a caballo; fue un día rebosante de alegría. Prosiguieron su arduo camino. En Galacia, uno de los griegos, un joven remero, recibió la mordedura de una serpiente y murió. Todos ellos sufrieron disentería por culpa de la mala alimentación. En la primera ciudad de Capadocia a la que llegaron, un soldado griego y un marinero se enamoraron de dos muchachas persas y le rogaron a Miseno que les diera el dinero suficiente para comprarlas como esposas.

Finalmente, llegaron a Derinkuyu.

Los griegos y sus mujeres quedaron maravillados ante los profundos cañones rojos y las extrañas formaciones rocosas en forma de chimenea que se elevaban sobre la tierra. Miseno los condujo a una casa de piedra abandonada en las afueras del pueblo y les informó de que habían llegado a su destino.

–¿Aquí, amor mío? –dijo Acantha decepcionada.

–Hay más de lo que se ve a simple vista –le respondió Miseno.

Encendieron sus antorchas y descendieron a un mundo increíblemente extraño de túneles, cámaras, aljibes y profundos conductos de ventilación.

–¿Acaso es esta una construcción de los dioses? –preguntó Acantha, tocando las frías paredes volcánicas.

–No, fueron hombres –dijo Miseno.

–¿Tú y tus amigos?

–No. Hombres que nos precedieron en la antigüedad.

–¿Por qué lo construyeron?

–No sabemos por qué, pero el Oráculo de Delfos, en su sabiduría, nos dijo que viniéramos aquí y preparáramos un lugar sagrado para el Michaní Peproménou.

–¿Por qué aquí?

–Porque los hombres acudirán aquí para estar a salvo y dar gracias a Zeus, nuestro padre. Ya lo verás.

Bajaron por rampas y escaleras toscamente talladas hasta que no pudieron seguir avanzando ni descendiendo. En el nivel más bajo, Miseno oyó algo y mandó detenerse a su comitiva.

–Me adelantaré –les dijo, desenvainando su daga–. Esperad aquí.

–Rezaré para que sean amigos –dijo Alejandro–. Rezaré para que sean tus compañeros que te están esperando.

Miseno se arrastró hacia delante, dejando su preciosa bolsa junto al comandante.

En la entrada del último túnel se detuvo a escuchar, pero solo oyó el silencio. Avanzó lentamente, levantando la vista hacia la trampa de rocas, que aún estaba en construcción la última vez que la vio. Su pesada carga tensaba la red de cuerdas que la mantenía en el aire.

Un hombre fuerte armado con un pico apareció de repente al final del túnel. Corrió hacia delante para colocarse debajo de la trampa y gritó:

–¿Quién anda ahí?

Al oír griego en lugar de persa, Miseno gritó exultante:

–Soy Miseno de Delfos, emisario del Oráculo, guardián del Michaní Peproménou.

El hombre estalló en júbilo:

–¡Gloria a Zeus! ¡Has llegado!

La alegría de Miseno se desvaneció al preguntar si sus compañeros guardianes estaban allí.

–No, mi buen señor –fue la respuesta–. Eres el primero.

Miseno condujo a Acantha y a los demás a través del último túnel. Fue necesaria algo de persuasión para que se atrevieran a pasar por debajo de la trampa para intrusos. Entraron en una gran sala donde un grupo de artesanos y soldados de Delfos los recibieron con vino y pan.

Los reunidos conversaban, reían y bebían a la luz centelleante de las antorchas y las velas de sebo. Nadie en el grupo de Miseno parecía dispuesto a formular la pregunta que todos tenían en mente hasta que Alejandro, con la garganta bien lubricada por el vino, tomó la palabra:

—¿Ya está? ¿Este es nuestro destino final? ¿Es en esta sala vacía donde se supone que debemos honrar a nuestro señor Zeus?

—No aquí, mi buen amigo —respondió Miseno—. Aquí debajo.

Los carpinteros levantaron un tablón cuadrado del suelo de la cámara y lo arrastraron a un lado.

Miseno miró hacia la larga escalera de madera. El resplandor de las velas que provenía de abajo danzaba ante sus ojos.

El capataz, un maestro carpintero llamado Helios, dio una palmada en la ancha espalda de Miseno y le dijo:

—Cuando estuviste aquí la última vez, debiste de usar la imaginación para visualizar nuestra creación. Ahora te bastan los ojos.

Miseno puso un pie en la escalera y comenzó a descender, con la bolsa colgada al hombro.

Dio un salto desde el último peldaño, de espaldas, y se giró para mirarlo de frente.

Primero, se quedó sin aliento y se protegió los ojos del resplandor. Entonces, cayó de rodillas y se postró ante el lugar, llorando como un recién nacido. Cuando se recompuso, abrió la bolsa y ofreció la Llave de los Dioses a su santuario y lugar de descanso.

Los hombres griegos y sus esposas macedonias y persas formaron una comunidad a las afueras de la aldea de Derinkuyu. Los hombres que habían quedado solteros, incluido el veterano Alejandro, pronto se casaron con mujeres de Capadocia y, en poco tiempo, tuvieron muchos hijos.

Y Miseno esperó. No pasaba una mañana sin que entrara en las cuevas para ver si Agapeto, Damián, Cosmo o Sebastián habían llegado durante la noche. Un año se convirtió en dos, dos en tres, tres en cuatro, cuatro en cinco. Al final del quinto año la paciencia de la comunidad empezó a agotarse. Los hombres designaron a Alejandro para que razonara con Miseno.

Una tarde, con el sol anaranjado bajo en el cielo, caminaban por aquella tierra roja, cerca de su campamento.

—Amigo mío —dijo Alejandro—, nuestro deseo es volver a ver Grecia antes de morir. Algunos, como tú, sois lo suficientemente jóvenes como para tener familia que seguramente aún siga con vida. ¿No deseas volver a Delfos y mostrar a tu madre y a tu padre tus hermosos hijos y esposa?

—Es algo con lo que sueño, sí —dijo Miseno—, pero también sueño con el momento en que todas las llaves estén juntas y se cumpla la promesa del Michaní Peproménou.

—Han pasado cinco años —respondió Alejandro—, tiempo suficiente para que llegaran los demás. Me temo que perecieron aquella noche de tormenta frente a las costas de Anticitera, o tal vez fueran capturados por los romanos, o murieron en tierras lejanas tratando de llegar hasta aquí. Me temo que las otras llaves se han perdido. Acude al Oráculo. Cuéntale lo que ha ocurrido. Quizá pueda enseñarle a otro mortal cómo fabricar un nuevo Michaní Peproménou.

—Solo ha habido un Arquímedes, y ambos sabemos que a estas alturas ya debe de estar muerto. Incluso la pitonisa del Oráculo dijo que ningún otro hombre podría crear semejante maravilla.

—Esto es lo que te proponemos —añadió Alejandro—. Formemos una compañía dedicada a encontrar las otras llaves. Tienen que estar en alguna parte. Incluso si los guardianes se hubieran ahogado esa noche, sus bolsas habrían flotado y habrían llegado a tierra. Eduquemos a nuestros hijos, y a los hijos de nuestros hijos, y a los hijos de los hijos de nuestros hijos, a seguir buscando hasta que las encuentren. ¿No sería ese un mayor legado que el de permanecer todos aquí para marchitarnos y morir en esta tierra pagana?

Continuaron caminando en silencio, mientras el aire del

desierto se enfriaba y el sol desaparecía. De vez en cuando Alejandro miraba el rostro de su amigo y veía cómo se movían sus labios.

—He estado rezando a Zeus —dijo finalmente Miseno.

—Lo he imaginado.

—Estoy de acuerdo contigo. Volvamos a nuestra patria. Allí formaremos una hermandad.

—¿Cómo la llamaremos? —preguntó Alejandro.

—Nos llamaremos los Guardianes del Destino.

CAPÍTULO 21

–¿Qué? –gritó Eleni–. ¿Qué has visto?

David se incorporó con esfuerzo.

–Algo que supera lo imaginable. Tenemos que conseguir una escalera.

–Hay una en ese túnel –respondió ella.

–No es lo suficientemente larga. Vamos a necesitar la que usamos para pasar del nivel dieciocho al diecinueve. El nivel veinte hará que tc explote la cabeza.

Plegaron la larga escalera de aluminio, la condujeron a través de los túneles y cámaras del nivel diecinueve, y la extendieron hasta su máxima longitud a través del agujero que David había abierto con el pico.

David bajó primero para asegurarse de que estaba bien asentada y, a continuación, llamó a Eleni.

–No mires abajo –le dijo–. Concéntrate en los peldaños.

–Soy perfectamente capaz de bajar y mirar –protestó ella.

–No lo hagas. Podrías caerte.

–¿Por qué?

–Por la impresión.

David observó cómo bajaba y, cuando los pies de Eleni tocaron el suelo, la cogió por la cintura, la hizo girar lentamente y enfocó con la linterna hacia arriba. Nunca había visto a nadie romper a llorar tan repentinamente.

Su rostro se iluminó de asombro y alegría como una flor que se abre al sol de la mañana. Su respiración se entrecortaba, cada vez más cerca de hiperventilar. David se había criado en una familia que desaprobaba la muestra de emociones. Esa rigidez protestante había logrado calarle, pero en su interior sentía también esa emoción. Él le tendió la mano a la vez que ella le tendía la suya.

El coloso de diez metros deslumbraba en una paleta de colores de oro y marfil, con pinceladas de brillantes colores primarios. Allí estaba Zeus, erguido en su trono, con el torso desnudo de marfil finamente tallado, marcando sus poderosos músculos. Una túnica finamente trabajada con láminas de oro labrado le cubría la parte inferior del cuerpo y le colgaba hasta la parte superior de unas sandalias de oro y unos pies de marfil. Su cabello, de oro hilado, le caía sobre los hombros y estaba coronado por un laurel dorado trenzado con hojas de olivo. En su mano derecha sostenía una majestuosa estatua dorada de la alada Nike, diosa de la victoria. En su mano izquierda sostenía un cetro dorado coronado por un águila de tal envergadura que las puntas de las alas llegaban hasta la bóveda de la cámara. El trono de marfil, con incrustaciones de piedras preciosas y tallas de animales y aves, se asentaba sobre un frontón decorado con escenas de carreras de cuadrigas y batallas elaboradas en oro.

Eleni sollozaba, escrutando la estatua con la linterna.

–Es increíblemente hermoso.

David asintió con la cabeza, aturdido, mientras el arqueólogo en su interior trataba de encontrar sus propias respuestas. ¿Se ha construido sobre un armazón de madera? Las zonas de baja densidad en las impresiones del escáner de muones eran compatibles con una subestructura hueca. Tuvieron que construirlo allí mismo. Mover las secciones más grandes a través de los túneles habría resultado imposible. ¿De dónde procedían los materiales en bruto? Los yacimientos de oro eran abundantes en Anatolia, pero ¿el marfil? Lo habrán importado del norte de África o del Levante. ¿Qué tipo de artesanos serían y cuántos? Debieron de participar cuadrillas de carpinteros, escultores, pintores y orfebres trabajando a partir del plan maestro de algún genio.

Eleni añadió:

–Se ajusta a la descripción de una de las siete maravillas perdidas, la estatua de Zeus en Olimpia. Tal vez...

David negó con la cabeza.

–Tú entiendes de mitología. Yo de arqueología. Los relatos escritos del siglo VI d. C. describen la estatua en el templo de Zeus en Olimpia. En algún momento posterior, tanto el templo como la estatua se perdieron, quizá por un incendio, tal vez por un terremoto. Si esta estatua está cronológicamente relacionada con los huesos y los artefactos que encontramos, se fabricó al menos setecientos años antes de que se perdiera la estatua del Olimpo.

–Pero se ajusta a la descripción del Zeus perdido –insistió ella, secándose las mejillas.

–Entonces, se trata de una copia –apuntó–. Fidias esculpió la estatua del Olimpo en el siglo V a. C. Quienquiera que hiciera esto probablemente la estaría emulando.

Eleni se paseó alrededor de su imponente frontón, examinando el coloso desde todos los ángulos.

–Pero ¿por qué aquí? ¿Había griegos aquí?

–Estoy seguro de que había asentamientos. Alejandro Magno arrebató Anatolia a los persas en el siglo IV a. C. Tras su muerte, el control de la región se fragmentó y se afianzaron las culturas de origen persa. En el periodo que nos ocupa, alrededor del año 200 a. C., eran los persas quienes dominaban en Derinkuyu. Nunca ha habido pruebas de una presencia griega significativa. Desde luego, ninguna que pudiera sustentar un culto lo suficientemente adinerado como para llevar esto a cabo.

–Pero aquí está –dijo Eleni casi sin aliento–. Zeus en toda su gloria.

David dirigió su linterna hacia el resto de la cámara. Lo que vio respondió a una de sus preguntas: cómo habían llegado hasta allí los constructores de la estatua.

En un lado de la sala, una escalera de madera ascendía hacia una zona del techo en forma de cúpula de unos siete metros de altura. La inspeccionó y comprobó que era robusta, con peldaños sujetos a los montantes con alguna resina espesa y gomosa.

–Quién lo hubiera dicho –comentó–. Había una forma más fácil de bajar.

Eleni se acercó y él iluminó con su linterna la parte superior de la escalera.

–¿Qué es eso? –preguntó ella.

–Una trampilla de madera. ¿Ves cómo está colocada en el techo sobre un saliente? Probablemente tenga la mitad de grosor que la parte que he excavado. No sé cuántas veces habremos pasado por encima de ella sin darnos cuenta de que estaba ahí.

–¿Crees que ocultaron deliberadamente la escalera? –preguntó Eleni.

–Se podría pensar que sí. Se trata de un tesoro de un valor inconmensurable. Por no hablar de su valor cultural. Todo ese oro, el marfil, las piedras preciosas... Hicieron todo lo posible por ocultarlo. Incluso prepararon una trampa con rocas para aplastar a los visitantes poco amistosos que se acercaran demasiado.

Señaló hacia arriba y dijo:

–El hombre del pico se dirigía aquí abajo. Traía la Llave del Mundo a Zeus como ofrenda. Lo estaban persiguiendo. Se sacrificó para que no pudieran apoderarse de la llave ni descubrir la estatua. Era un héroe.

David se volvió y se dirigió rápidamente hacia la estatua.

–Si iba a traer la llave hasta aquí, ¿dónde se suponía que la iba a dejar? ¿En el suelo? ¿En el regazo de Zeus? O tal vez...

–¿O tal vez, qué? –dijo Eleni, uniéndose a él.

Volvió a examinar la estatua con la linterna, inspeccionando las uniones del marfil, el oro y la madera. La golpeó levemente, buscando algún espacio hueco. Presionó sobre rosetas e incrustaciones.

–¡Aquí! ¡Mira! –exclamó–. ¿Lo ves?

–¿Te refieres a esto? –preguntó ella–. ¿Esta línea?

El frontón revestido de marfil tenía unos veinte centímetros de altura. Su panel delantero representaba una escena en oro de un auriga conduciendo una yunta de cuatro caballos, persiguiendo a otro carro. Una fina línea vertical atravesaba el brazo del auriga desde la parte superior hasta la base del frontón.

David desplazó la linterna hacia la izquierda.

–Aquí hay otra.

Eleni ya había desplazado la mirada aún más a la izquierda.

–Y otra aquí –añadió ella.

Golpeó el frontón con los nudillos. Sonó a hueco.

–Tenemos que abrirlo –dijo David.

–Creo que tengo una lima de uñas –apuntó ella.

–Romperíamos el marfil –respondió David–. ¿Acaso pretendes que me expulsen permanentemente de todas las sociedades académicas del mundo?

Se dio cuenta de que no bromeaba y se quedó en silencio.

Pasó los dedos por encima del carro dorado y sonrió.

–Hay una forma mejor. Mira esto. Prepararon surcos para las uñas en el oro.

–¡Sí! –dijo ella al notarlos–. ¿Puedo probar?

–Por supuesto. Inténtalo. Lentamente, con suavidad.

Deslizó las uñas de ambas manos bajo la parte superior e inferior del carro y tiró de él. No ocurrió nada. Hizo una mueca y tiró con más fuerza.

–No se mueve –dijo–. Creo que mis uñas son demasiado largas. Prueba tú.

David hundió las uñas y tiró. Se oyó un pequeño chirrido. Cuando tiró de nuevo, un segmento de un cuarto de la longitud del frontón se deslizó hacia delante un centímetro aproximadamente. Con un nuevo tirón, se abrió un cajón de unos veinte centímetros de alto y treinta de largo. Eleni iluminó el interior y maldijo en griego. Estaba vacío.

–Aquí hay otro –dijo David al encontrar las hendiduras para las uñas en el grupo de caballos a la izquierda del carro.

Este cajón se abrió más fácilmente, pero también estaba vacío. Las hendiduras para las uñas del tercer cajón estaban en el segundo carro. El tercero no cedía y, a pesar de la temperatura de la cámara, David estaba sudando a mares cuando logró sacarlo.

—Solo queda uno —dijo.

El cajón que estaba más a la izquierda fue el más difícil. Pensó que acabaría por arrancarse las uñas, pero no cedió ni un ápice.

—Tal vez si sacamos el cajón de al lado —sugirió ella.

Parecía una buena idea y se dispuso a ponerla en práctica. Una vez que lo extrajo completamente del frontón, buscó un punto de sujeción en el lateral del cajón atascado, pero el panel de madera era liso. Lo golpeó con el puño, tratando de que cediera un poco, y dio otro fuerte tirón desde el asidero exterior.

El cajón se movió.

—¡Aleluya!

Eleni le apretó el brazo mientras él tiraba del panel. El cajón se abrió con resistencia, y allí estaba.

Temblando, Eleni la levantó.

Era más pequeña que las otras llaves, con un diseño más sencillo, pero no menos hermosa: una caja rectangular de cedro con agujeros perforados a lo largo del eje longitudinal, el de la izquierda más grande que el de la derecha. Al igual que las demás, tenía una placa de bronce, pero no había diales, flechas ni mecánica visible de ningún tipo en el exterior. En lugar de ello, la placa tenía grabada una sola imagen: la misma estatua de Zeus que tenían ante ellos. Había algo más dentro del cajón, una funda de cuero de unos veinte centímetros de largo. David tiró de los resecos cordones y extrajo una manivela de bronce con mango de madera y otras dos varillas de bronce.

—La Llave de los Dioses —susurró Eleni—. David, tenemos el Michaní Peproménou.

298

CAPÍTULO 22

Estaban demasiado excitados para dormir. Se tumbaron de lado en la estrecha cama de hotel de David, con la Llave de los Dioses sobre una almohada entre los dos.

—No me convence cómo hemos cubierto el agujero —dijo Eleni, hojeando las fotos de la estatua—. Lo encontrarán.

—No había una forma fácil de hacerlo —le respondió David—. Si hubiéramos tratado de rellenarlo, los escombros habrían caído sin más. Habríamos necesitado algún tipo de saliente encastrado con tablas para sujetarlos. Aún estaríamos allí, construyéndolo. Además, excavarán la cámara en cuanto se incorporen los nuevos arqueólogos de Ankara. Fue lo que dijo Mazhar.

—¿Qué harán con ella?

—Tendrán que dejar la estatua en su sitio, tal vez construyan un área de exhibición a su alrededor. Levantará polémica. Es espectacular, pero es de origen griego. No todo el mundo en Turquía estará encantado, incluido mi exbenefactor.

—¿Puedo contárselo a mi padre?

—¿Lo de la estatua o lo de la llave?

—Las dos cosas.

—¿No puedes esperar a que lo veamos?

Ella hizo una mueca infantil:

—Por favor... Primero fue lo de mi madre; luego, el allanamiento de la casa. Lo está pasando muy mal. Quiero que tenga un momento de felicidad.

—¿Qué piensas decirle?

—Tan solo una palabra: sí. Y nuestra hora de llegada mañana.

—¿Nada de fotos?

–Nada de fotos.

–Vale, de acuerdo. De alguna manera, desearía tener a alguien a quien contárselo.

–Me dijiste que tu madre aún vivía.

Suspiró lastimosamente y Eleni le acarició el pecho.

–No nos hablamos demasiado. Mi hermana era su niña adorada. Nunca entendió ni toleró las estupideces de adolescencia de los chicos. Cuando Trish murió, se encerró en sí misma. Después de eso, no fue la mejor madre.

–¿Nunca se enorgulleció de todo lo que has conseguido?

–Siempre dijo las palabras adecuadas, pero nunca fueron más que palabras.

–¿Y tu padre?

–Se pasaba el tiempo cabreado. Mi madre lo cabreaba. Yo lo cabreaba. Su jefe lo cabreaba. Nunca entendió por qué nunca quise un trabajo en el que me pagaran más que como a un simple profesor.

–Lo siento por ti –le dijo Eleni–. Mi madre era maravillosa. Mi padre también lo es. Lo que pasó con Iriniki y en su casa me horroriza. Gracias a Zeus que Stelios, Nikolaos y Konstantinos están allí con él.

–Sí, son buenos chicos –dijo e hizo una pausa. Luego añadió–: Siempre que te oigo dar las gracias a Zeus o a los dioses, no puedo evitar que me resulte gracioso.

Ella se puso seria.

–¿En qué sentido te resulta gracioso?

–Vaya, creo que me he metido en un berenjenal. No lo decía con tono condescendiente. Solo que después de toda una vida oyendo gracias a Dios, oír gracias a los dioses sonaba peculiar.

–¿Sonaba? ¿En pasado?

–Supongo que ya no me resulta tan gracioso. Después de lo de esta noche, me siento inspirado.

Su seriedad se fundió en una sonrisa.

–Así que inspirado… ¿Desde un punto de vista académico? ¿Espiritual?

—¡Académico, por supuesto! Puede que nunca llegue a publicar nada de esto, pero es la culminación de mi carrera, de cualquier carrera.

—La séptima maravilla perdida del mundo —dijo Eleni—. La podemos marcar como encontrada.

—O al menos a su prima —puntualizó David.

—¿Y espiritualmente?

Se giró y se quedó mirando al techo.

—Eso es más complicado. Todavía lo estoy procesando.

—Hay mucho que procesar. ¿Te has dado cuenta de que nuestra tradición oral era correcta? Llevamos dos mil años buscando el Michaní Peproménou y ahora, gracias a ti, lo hemos encontrado.

—A ti más que a mí.

—Vale, a ambos, pero ahora que lo tenemos, ¿qué dice eso de nuestras creencias?

Él soltó una breve risa.

—Siento como si me estuvieran llevando al agua y me obligaran a beber.

—Nadie te obliga a nada. Solo quiero ver si se te han abierto los ojos. No hacemos proselitismo. No llamamos a las puertas en busca de conversos. La gente encuentra nuestra fe en los árboles y las montañas, en el mar y en la tierra. Los dioses están allá donde haya naturaleza. No les decimos a los creyentes de otras religiones que sus creencias son absurdas y que sus dioses no existen. Pero sí sé que nuestros dioses le ofrecieron un regalo al mundo y que finalmente lo hemos encontrado. Cuando conectemos las llaves, sabremos qué peligros tenemos por delante.

—Ya le dije a tu padre lo que haría falta para convertirme en un creyente.

—Ya sé lo que vas a decir —puntualizó ella—. Quieres contrastar el Peproménou de Michaní con desastres ocurridos en el pasado.

Se volvió hacia ella de nuevo.

—¿Alguna vez te han dicho que eres muy lista?

–Constantemente –le respondió ella con una sonrisa de satisfacción–. Bueno, creo que es hora de levantarse. De todos modos, tampoco íbamos a dormir.

Pasó por encima de él, se puso una camiseta y se sentó en el escritorio con el portátil.

–¿Qué haces?

–El Michaní Peproménou no nos servirá de nada a menos que podamos convertir las fechas del antiguo calendario griego al calendario gregoriano moderno. Voy a crear un programa de conversión.

–¿Cómo?

–¿Cómo de un modo general o cómo exactamente? –preguntó.

–De un modo general, para empezar. Estoy demasiado cansado para perderme en detalles.

–De acuerdo –dijo ella con entusiasmo–. En primer lugar, debemos considerar el ciclo olímpico. Esto es fácil porque sabemos que la primera Olimpiada fue en el año 776 a. C. Luego, debemos tener en cuenta que el calendario griego antiguo era lunisolar, lo que significa que los meses se basaban en las fases de la luna. Hay que añadir meses para ajustarlo al año solar. Lo que viene después es más complicado. Las diferentes ciudades-estado tenían diferentes sistemas de calendario. Los momentos del inicio del año variaban. Algunos empezaban a mediados del invierno, otros a mediados del verano. Luego está el problema de la intercalación.

–El dichoso problema de la intercalación –bromeó él–. Siempre jodiendo la marrana.

–Nunca hago bromas con la intercalación –respondió Eleni con un guiño–. Las reglas para añadir el mes adicional para ajustar el calendario al año solar también variaban entre las ciudades-estado. La tradición nos dice que el diseño del Michaní Peproménou proviene del Oráculo de Delfos, por lo que voy a suponer que la máquina toma como base los principios de Delfos. Podremos comprobar si es correcto en las pruebas retroactivas. Pero, para ir sobre seguro, también voy a tomar en consideración la ciudad-estado de Atenas, ya que era la principal potencia de la región. Solo se necesitará un paquete de código adicional para el algoritmo principal.

–¿Y vas a escribir un programa que haga todo eso entre ahora y cuando tengamos que salir del hotel?

–No seas tonto –dijo ella–. Lo terminaré en el avión.

En el vuelo a Atenas, David durmió intermitentemente, despertándose cada cierto tiempo solo para ver a Eleni tecleando código a toda velocidad. Cuando la sacudida del tren de aterrizaje lo despertó definitivamente, encontró su cabeza apoyada en su hombro.

–Hola –le susurró–. Ya hemos llegado.

Ella parpadeó y dijo:

–Estaba descansando los ojos.

–Ya lo veo. ¿Has terminado?

–Mis amigos programadores podrían haberlo hecho más bonito, pero funciona.

Eleni comprobó si tenía cobertura en el móvil y vio que su padre había respondido al mensaje que le había enviado en mitad de la noche.

> El corazón me va a mil.

Ella respondió con un emoticono y con:

> Ya en tierra.

Yiorgos respondió rápidamente.

> Stelios está de camino para encontraros en la zona de recogida de equipajes.

No hace falta. Tomaremos un taxi.

Ha insistido. También está muy
emocionado. Se ha tomado
el día libre en el trabajo.

¿Se lo has contado?

Solo he dicho sí, la maravillosa
palabra que me has enviado.

Oh, papá. Eso no se hace.
¿Noche tranquila?

Sin incidentes.

La maleta de Eleni llegó a la cinta transportadora antes de que pudieran empezar a ponerse nerviosos. Echó un vistazo dentro. La llave estaba bien protegida.

–¿Cómo está la niña? –preguntó David.

–Lista para conocer a sus hermanas.

Permanecieron en el carrusel durante unos minutos, esperando a que apareciera Stelios. Algo impacientes, Eleni lo llamó por teléfono.

–Había mucho tráfico –le dijo–. Estaré fuera de la terminal de llegadas en cinco minutos. ¿La tienes?

–Sin comentarios –respondió ella con ligereza.

–¡Venga ya! Dijiste que sí.

Oyó sonar el claxon al otro lado de la línea y dijo:

–¡Eh! Los ojos en la carretera. Te esperamos fuera.

El teléfono de David sonó y lo sacó de su bolsa. No había mucha gente a quien le apetecía contestar en ese momento, pero Mazhar era uno de ellos. Se imaginó que habría encontrado el agujero. Y la estatua.

–Mazhar, hola.

–¿Dónde está el artefacto? –preguntó Mazhar con brusquedad.

La pregunta le sorprendió.

–¿Dónde estás tú?

–En Ankara, ultimando los detalles del acuerdo de colaboración revisado con Oguz y buscando un nuevo arqueólogo para que se incorpore al equipo.

–¿No hay nadie en la excavación?

–No, ¿por qué lo dices?

David había estado conteniendo la respiración. Exhaló aliviado. El tema de la estatua quedaba aplazado para otro día.

–Por nada –respondió.

–El artefacto, David, dime dónde está.

–Sigue en Grecia. Lo llevaré pronto, te lo prometo. Ya casi lo tengo, creo que sé qué es. Estoy deseando ponerte al corriente. ¿Has hablado con Oguz para que cambie de opinión? Necesito seguir en el proyecto. Pronto todo esto se va a convertir en algo muy importante. Me necesitas y necesitas los recursos de Harvard para respaldarte.

–Por desgracia, tu tiempo expiró ayer. No he tratado de hacerle cambiar de opinión. Creo que esa pantalla ya está pasada. Te he llamado para decirte que ayer denuncié lo ocurrido a la policía. El fiscal ha dictado una orden de detención contra ti. Como no te encuentras en el país, se han puesto en contacto con la Interpol para emitir una orden de búsqueda internacional. Lo siento, pero es lo que hay. Te pido que devuelvas ese artefacto turco a suelo turco. Adiós.

Eleni notó la tristeza que se apoderó de su rostro y él le explicó las novedades.

–Es culpa mía –dijo ella con tristeza–. Yo te he metido en este lío. ¿Cómo afectará esto a tu situación académica?

–No tengo ni idea. Me ocuparé de ello cuando sea el momento. Pero no es culpa tuya. Me metí en este embrollo voluntariamente, y me alegro de haberlo hecho. –David esbozó una sonrisa maliciosa–. Ha sido una experiencia alucinante, ¿verdad?

–Lo mejor que me ha pasado en la vida –le respondió ella.

–Bueno, ya conoces las malas noticias –dijo David, metiendo el teléfono en la bolsa–. ¿Quieres oír las buenas? Si trato de salir de Grecia, me arrestarán en el aeropuerto. Así que vas a tener que aguantarme.

Eleni le rodeó la cintura con el brazo y le dijo:

–Esa es la parte que más me gusta. Hace una semana ni siquiera sabía que existías y ahora no puedo imaginar mi vida sin ti. Volvamos a casa a ver qué nos tienen reservado las Parcas.

El aeropuerto estaba abarrotado de coches que recogían y dejaban pasajeros. Mientras esperaban en la isla central fuera de la terminal de llegadas, David preguntó cómo era el coche con el que los irían a buscar.

–Es un Toyota rojo. Muy mono. Creo que es ese.

Stelios se detuvo junto a la acera y abrió la puerta delantera desde el interior.

–¿Necesitáis el maletero? –les preguntó.

–No hace falta, llevamos poco equipaje –respondió Eleni.

–Subid.

–David, ¿quieres ir delante? –le preguntó ella.

–No, ve tú –respondió David abriendo la puerta trasera y metiendo sus maletas.

Eleni se subió al coche e intercambió un beso de saludo con Stelios.

–¿Está ahí? –preguntó el joven, tocando la bolsa que ella sostenía en el regazo.

–Eres incorregible –se rio ella hasta que la sonrisa se le borró del rostro.

–Lo tomaré como un sí.

David estaba medio fuera y medio dentro del asiento trasero cuando vio una pistola plateada apuntándolo. Al principio, pensó que era algún tipo de broma o gamberrada.

–Sal del coche –dijo Stelios–. No quiero dispararte, pero,

si es necesario, lo haré. No llames a la policía. Si veo que la policía me sigue...

Eleni gritó:

–¿Qué estás haciendo?

La mano de Stelios temblaba.

–Cállate o te meto una bala.

Eleni puso la mano en la manija de la puerta y Stelios le arrebató la bolsa del regazo.

–Quita la mano de ahí –le dijo– o te juro que disparo.

Se volvió hacia David, que estaba paralizado por la indecisión.

–Eleni... –empezó a decir David.

Stelios amartilló el gatillo de su pistola semiautomática.

–Haz lo que dice –le suplicó ella.

David se alejó del coche.

–Cierra la puerta. Buen chico –dijo Stelios, pisando el acelerador.

David se quedó inmóvil en la isla central. Lo que hizo a continuación fue algo totalmente inusual en él. Debido a su físico atlético y su aspecto rudo, la gente podría haber pensado que era un hombre de acción, que tal vez había sido boxeador, luchador o jugador de fútbol americano. Nunca le había interesado nada de eso. Nunca se había metido en una pelea, ni siquiera en primaria. Nunca había empuñado un arma, y mucho menos disparado. Le gustaba tomar decisiones de forma mesurada y reflexiva y no se enfadaba con facilidad. Si hubiera tenido tiempo para pensar en lo que hacía, se habría sorprendido de que esa ola de ira abrumadora que lo invadió le resultara tan natural como respirar.

Detrás de él había un Mercedes coupé blanco, cuyo conductor estaba ayudando a su esposa a cargar las maletas. David se acercó con paso mecánico al coche en marcha, se subió y se alejó sin decir una palabra y sin mirar a la pareja en el espejo retrovisor.

La carretera de salida del aeropuerto se unía a la autopista E94 en dirección a la ciudad. David vio cómo el Toyota se alejaba y pisó el acelerador del Mercedes. El tráfico era intenso y tuvo que zigzaguear entre los coches. No tenía ningún plan. Su único objetivo era mantener a Eleni en su campo de visión. Más allá de eso, no había pensado en nada. Ni siquiera podía llamar a la policía. Su móvil estaba en el Toyota.

Eleni estaba demasiado enfadada para llorar.

—¿Por qué lo haces?

—Cierra la boca de una vez.

—¿Quién eres? ¿Quién eres realmente? Te acogimos con los brazos abiertos. Lexi está loca por ti.

—No es más que una niña tonta, y vosotros, un montón de idiotas con túnicas blancas. Es un milagro que estuvierais en lo cierto acerca del Michaní Peproménou. Toda la mierda que he tenido que aguantar.

Miró por los retrovisores e, inseguro, volvió a mirar.

—¿Dónde está mi padre? —preguntó Eleni, presa del pánico—. ¿Le has hecho daño?

—Está en casa. Está bien, pero dejará de estarlo si no me dices lo que quiero saber.

Una nueva mirada al espejo le hizo soltar un taco.

—¿Quién coño es ese? ¿Me sigue alguien?

Eleni se giró y trató de ver lo que él veía. Él volvió a maldecir cuando sonó su teléfono. Lo desconectó del altavoz y escuchó a través del AirPod que le colgaba de la oreja.

—Lo tengo —dijo—. También la tengo a ella.

Eleni podía oír una voz débil escapándose del auricular y trató de distinguirla.

—Haz que hable —le oyó decir a la voz.

—Estoy en ello. ¿Habéis puesto a alguien a seguirme?

—No, ¿de qué estás hablando? —preguntó Petros.

—Olvídalo. Seguro que no es nada. ¿Dónde quieres que nos encontremos?

—En la villa de Christos en Ekáli. Talos ya está allí. Pero, por el amor de Dios, no traigas a la chica.

—Por supuesto que no.

—Si habla, bien. Si no, también. En cualquier caso, llévala a la cueva.

—He dejado al americano en el aeropuerto. ¿Qué más podía...?

—No te preocupes por él. Acabo de ver que tiene una orden de detención de la Interpol por robo de antigüedades. Le diré a la policía dónde se encuentra.

—Me ha visto.

—Entonces tendremos que asegurarnos de que no hable. Tenemos amigos en la policía. No será un problema.

David se dio cuenta de que tenía las manos agarrotadas y sujetó el volante con menos fuerza. El Toyota avanzaba a toda velocidad. El límite era de ciento veinte kilómetros por hora, él iba a ciento cincuenta y seguía perdiendo terreno, así que pisó el acelerador y trató de encontrar huecos entre los tres carriles. Conocía ese camino, era el que siempre tomaba desde el aeropuerto hasta el centro de Atenas. La escarpada cordillera del Hymettus se extendía a su izquierda. Si Stelios se dirigía a la ciudad, se acercaba el desvío que bordeaba el extremo norte de la montaña. Continuó en los carriles de giro a la izquierda y soltó un taco. El Toyota giró a la derecha, abandonando la autopista, lo que lo obligó a cortarle el paso a alguien para no perderlo de vista.

En ese momento no podía pararse a pensar en cómo encajaba Stelios en lo que les había pasado a Iriniki y Yiorgos o en el ataque de Nottingham. Lo único en lo que podía pensar era en Eleni. Fuera lo que fuera lo que le pasara por la cabeza a ese tío, había secuestrado a la mujer que amaba.

—¿A dónde me llevas? —exclamó Eleni.

—A algún lugar seguro —respondió Stelios—. Donde podamos hablar.

—¿Hablar de qué? ¿Qué es lo que quieres?

–Las otras llaves. Si me las das, te dejaré ir y ahí se acabará todo.

–¿Por qué?

–¿Por qué las quiero? Por la misma razón que vosotros, flipados Guardianes del Destino. Ni siquiera nos importa si la máquina es una chapuza prediciendo desastres. Seguirá siendo muy valiosa como herramienta de propaganda. Y si, por algún extraño milagro, realmente funciona, eso ya sería otra historia. Si la tuviéramos nosotros, sería una poderosa arma geopolítica.

–¿Quién es nosotros?

–Gente que ama Grecia.

–¿No crees que nosotros también la amamos?

–Vosotros amáis a vuestros dioses y diosas mitológicos, vuestras fantasías utópicas absurdas y vuestra historia antigua. Las Águilas Doradas amamos la auténtica Grecia. La Grecia pura. La Grecia de aquí y ahora. Usaremos las llaves para devolver el orgullo a una Grecia a la cual le sobran extranjeros y parásitos. Si los griegos fueron capaces de fabricar máquinas tan increíbles hace dos mil años, imagina lo que podemos hacer ahora con la actitud adecuada.

–Los griegos ya conocen una máquina increíble de la antigüedad. Se llama Mecanismo de Anticitera.

–A nadie le importa una mierda ese montón de chatarra tuyo. Las llaves, en cambio, sí. Si las presentamos de la forma adecuada, el pueblo griego se volverá loco por ellas.

–¿Así que Stelios Makris y quienquiera que seáis vosotros sois los que vais a devolver el orgullo al pueblo griego?

La apuntó con la pistola y dijo:

–Yo soy quien hace las preguntas. Tú eres quien las responde. ¿Dónde las habéis escondido? ¿Mentiste cuando dijiste que no habíais encontrado ninguna llave en Inglaterra? ¿Las tenéis todas?

–He oído lo que ha dicho ese hombre –sollozó–. Me vas a matar, te lo diga o no.

–Depende de mí, no de él. Pero piensa una cosa, si no me lo dices, mataré a tu padre mientras estoy en su casa protegiéndolo. ¿Es eso lo que quieres?

Conducía por la calle Iraklitou, en el barrio ateniense de Nea Penteli. La carretera de dos carriles se congestionó y el tráfico se ralentizó. Stelios apretó la mandíbula con frustración. El sonido de los cláxones le hizo mirar por el retrovisor.

–Hijo de la gran puta –dijo–. Nos están siguiendo.

Los conductores tocaban el claxon a un Mercedes blanco una docena de coches más atrás que iba cruzándose e invadiendo el carril contrario.

Eleni también se giró. Vio el Mercedes conduciendo de forma errática, pero no tenía ni idea de quién iba al volante.

David miraba con cara de pocos amigos a los conductores a los que cortaba el paso. A medida que ascendía, la calle se estrechaba y las casas se hacían más grandes. De pronto, el Toyota rojo comenzó a imitar sus movimientos, incorporándose al carril contrario para adelantar. Trató de apresurarse, contando el número de coches que tenía que adelantar y buscando en la consola del coche algo que pudiera usar como arma, pero solo encontró unas gafas de sol y un manómetro para los neumáticos. Por delante de él vio cómo la mayoría de los coches giraban bruscamente hacia la izquierda. El Toyota también lo hizo y, segundos después, el tráfico comenzó a circular, como si se hubiera desbloqueado una arteria obstruida y la sangre empezara a fluir. En cuanto giró, comprendió por qué. Una furgoneta de reparto que bloqueaba la carretera había logrado hacer un cambio de sentido y ahora se movía en la dirección contraria. El Toyota se apresuró y se alejó unos cien metros, adelantando coches y acelerando. David pisó a fondo y logró mantener el ritmo.

La carretera que subía al monte Penteli se transformó repentinamente en una vía rural tras dejar atrás la última casa adosada de las afueras. El terreno se volvió escarpado, con rocas aflorando por todas partes. Casi todos los coches habían tomado las últimas calles residenciales y ahora no había nada que se interpusiera entre David y el Toyota, que avanzaba a toda velocidad.

Eleni sabía adónde se dirigía Stelios. Solo había una cueva en las montañas de Penteli: la cueva de Davelis. En la antigua Grecia, se extraía mármol y los adoradores de Pan venían a este lugar para celebrarlo. Un pirata del siglo XIX llamado Davelis había utilizado la cueva como escondite. Y los helenistas como Eleni se reunían allí para los rituales al atardecer. Había grietas profundas y oscuras donde nunca se encontraría un cuerpo.

El Toyota llegó a una bifurcación. A la izquierda estaba la carretera que bajaba por la montaña hacia el lujoso barrio residencial de Ekáli; a la derecha, la cueva. Stelios giró a la derecha y se adentró en la carretera estrecha y desierta.

De pronto, el Mercedes llenó el espejo retrovisor, lo suficientemente cerca como para distinguir el rostro del conductor.

—Ese hijo de puta —dijo—. Es él.

Eleni miró por encima del reposacabezas y vio a David al volante. Stelios bajó la ventanilla y blandió la pistola a modo de advertencia.

El Mercedes no aminoró la velocidad. Aceleró hasta que quedó a menos de ocho metros de distancia.

Stelios levantó el pie del acelerador y, mientras el coche reducía la velocidad, se asomó por la ventanilla, pasando el brazo derecho alrededor de su cuello, buscando un ángulo para disparar.

Eleni actuó tan impulsivamente como David cuando robó el Mercedes. Había un bolígrafo metido en una goma elástica alrededor del parasol de Stelios. Apretó los dedos a su alrededor y se lo clavó en la mejilla con todas sus fuerzas. Sintió chorros de sangre caliente golpeándole la mano.

Stelios lanzó un grito de dolor, volvió a meter la pistola en el coche y pisó el freno, lo que hizo que ambos quedasen pegados al asiento.

Antes de que pudiera recuperar el control, Eleni ya se había desabrochado el cinturón.

–¡Quieta! –le gritó Stelios.

David frenó justo antes de embestirlos por detrás.

Vio que Eleni saltaba del coche, puso el Mercedes en punto muerto y se asomó por la puerta del conductor, gritándole que entrara.

Ella se subió al coche junto a David. Lo único que él le dijo fue:

–Ponte el cinturón.

Los dos coches estaban pegados, parachoques con parachoques.

David vio a Stelios salir del Toyota, con la mano izquierda apretada contra la mejilla ensangrentada y con la derecha empuñando una pistola. Dio marcha atrás y se alejó en el momento en que una bala rozaba el techo.

Stelios volvió rápidamente al coche y dio marcha atrás de forma descontrolada, chocando contra el Mercedes. David perdió el control por un momento, se recuperó y trató de dar marcha atrás por aquel estrecho y sinuoso camino. Se acercaban a una curva en zigzag. Superarla conduciendo hacia delante ya había sido bastante complicado. Hacerlo marcha atrás se preveía imposible.

–No lo conseguiré –exclamó David, frenando bruscamente.

–¿Qué vas a hacer? –gritó Eleni.

Puso primera, pisó el acelerador a fondo y gritó:

–¡Esto!

El Mercedes avanzando tenía mucha más potencia que el Toyota en marcha atrás. El metal crujió y los neumáticos chirriaron, levantando una nube de goma quemada. El Toyota se movió lentamente hacia el límite de la montaña.

Stelios puso primera y aceleró en dirección a la cueva, logrando separar ambos coches.

David frenó hasta detener el vehículo.

—¿Estás bien? ¿Te ha hecho daño?

—Estoy bien. Tiene la llave. No podemos permitir que se la lleve.

—¿Te has dado cuenta de que tiene un arma?

Ella repitió:

—No podemos permitir que se la quede. Sin esa llave, no tenemos nada.

David exhaló con fuerza y preguntó:

—¿Qué hay ahí arriba?

—Una cueva. Esta es la única vía de entrada y salida. Iba a matarme y dejarme allí.

David avanzó a toda velocidad, con los neumáticos desgastados, derrapando por aquel camino en mal estado hasta que volvió a vislumbrar el Toyota. Lo que ocurrió a continuación podía reducirse a una simple ecuación: su rabia era más fuerte que su miedo.

Los dos coches subían a toda velocidad por la montaña, con un precipicio a la izquierda que daba directamente al vacío. David alcanzó al Toyota y comenzó a adelantarlo por la zona de grava de la derecha.

—¡Agárrate bien! —le gritó a Eleni.

Giró el volante y embistió el panel trasero del lado del pasajero de Stelios, haciendo girar el Toyota, que se estrelló contra la ladera de la montaña con un estruendo atronador. La inercia impulsó al Mercedes hacia delante.

Eleni miró por encima del hombro y gritó:

—¡Ha chocado!

David se detuvo, giró como pudo y condujo hasta el coche accidentado.

Eleni estaba a punto de salir, pero él le gritó:

—¡Voy yo!

Luego saltó del coche y se armó con una piedra.

Se acercó al otro coche. Estaba volcado sobre un lado y había cristales por todas partes. Tenía miedo de acercarse por delante. Encontrarse cara a cara con un arma no era una idea que le atrajera demasiado, así que echó un vistazo por la luna trasera.

Los airbags del conductor se habían activado y Stelios colgaba flácido del cinturón de seguridad. No pudo ver la pistola, pero sí vio la bolsa de Eleni apoyada contra la puerta del copiloto.

Golpeó la luna trasera con la piedra hasta romperla, después se metió en el coche y se arrastró hasta alcanzar la bolsa de Eleni. Pudo ver sangre brotando de la cabeza de Stelios, pero no se detuvo a comprobar si respiraba. Al salir, cogió su bandolera del asiento trasero.

Eleni abrió su bolsa con temor para comprobar que no hubiera ningún daño. David la oyó dar las gracias a Zeus. Mientras bajaban a toda velocidad por el camino de montaña, Eleni dijo:

–Me has salvado a mí y has salvado el Michaní Peproménou.

–Ahora solo nos queda salvar el mundo, ¿verdad? –dijo David, tratando de decir algo que rebajara la tensión de la media hora más traumática de su vida, pero Eleni lo tomó en serio.

–Así es. Debemos darnos prisa.

CAPÍTULO 23

Cuando encontraron a Yiorgos en la biblioteca, David se quedó impresionado por la apacible serenidad de la escena. Un anciano profesor leyendo un libro en su sillón favorito, con una taza de café a su lado y un rayo de luz vespertina haciendo brillar el polvo que flotaba en el aire.

Yiorgos levantó la vista y dijo:

–Ah, por fin. ¿Por qué habéis tardado tanto? ¿Dónde está Stelios?

–Oh, papá –dijo Eleni, corriendo hacia él.

Su padre se levantó alarmado y dijo:

–¿Qué ha pasado?

Ella le echó los brazos al cuello y rompió a llorar. Yiorgos miró a David por encima del hombro de Eleni.

–¿Ha pasado algo? Los dos estáis pálidos como la cera.

–Stelios ha intentado matarnos.

Yiorgos era todo incredulidad.

–¿Qué quieres decir? Eso no tiene sentido. ¿Dónde está?

–En lo que ha quedado de su coche –respondió David–. Está herido, o quizá muerto.

Yiorgos condujo a Eleni hasta el sofá.

–Escuchadme –dijo con calma forzada–. Los dos. No sé qué ha pasado, pero estáis en *shock*. Empecemos por servirnos algo de beber. El agua va bien. El *brandy*, aún mejor.

–Agua –dijo Eleni.

–Para mí *brandy* –añadió David.

Yiorgos preparó las bebidas y preguntó:

–¿Debemos llamar a la policía?

David levantó la bolsa de Eleni.

—Si lo hacemos, tendremos que explicar este y los demás arte-factos que hemos expoliado de Turquía, Alemania y Reino Unido.

Yiorgos se quedó mirando la bolsa.

—¿La tenéis?

—La tenemos —respondió Eleni—. ¿Quieres verla?

—Sí, pero luego —respondió Yiorgos—. David, expoliar es una palabra muy fea.

—Da igual cómo lo llamemos, es un delito —prosiguió David—. Nos lo confiscarían todo. A Eleni y a mí nos arrestarían. Dios sabe lo que le pasaría al Michaní Peproménou. ¡Ah! Cierto. Casi me olvido del robo de coche.

Yiorgos sacudió la cabeza como si tratara de sacarse agua del oído.

—¿Robo de coche? ¿Qué? No sé si quiero saberlo. ¿Y Stelios? Si me explicáis lo que ha pasado, puedo ayudaros.

—¿Estamos solos? —preguntó Eleni—. ¿Nikolaos y Konstan-tinos están aquí?

—Se han ido a trabajar esta mañana. Stelios se quedó conmigo hasta que salió a recogeros.

—¿Tampoco confiáis en ellos?

—Ahora mismo no confío en nadie más que en ti y en David —le respondió.

Mientras Yiorgos escuchaba el relato de su terrible expe-riencia, también sintió la necesidad de servirse una copa medicinal de *brandy*.

—¿Estaba hablando con otro hombre en el coche? —preguntó Yiorgos.

—Le dijo a Stelios que me obligara a hablar y que luego me matara —respondió Eleni.

—¡Por todos los dioses! —exclamó Yiorgos—. ¿Quién es Ste-lios? Creíamos conocerlo. ¿A qué está jugando?

—No tenemos ni idea —dijo David—, pero seguro que está involucrado en todo lo que ha pasado: el asesinato de Iriniki, el allanamiento y la agresión en Inglaterra.

–Pero ¿para qué quieren las llaves?

–Como arma de propaganda política –soltó Eleni–. Para algún tipo de agenda nacionalista de extrema derecha que pretende restaurar la dignidad y la pureza de Grecia. Si el Michaní Peproménou es capaz de lo que creemos, lo usarían para ganar poder o alguna abominación por el estilo. Era un infiltrado, un espía. Sedujo a Lexi y lo acogimos en casa.

–Aquí estamos en peligro –dijo Yiorgos. Su mujer había heredado una casa de campo en las montañas, cerca de Meteora–. Deberíamos ir a la casa de mamá.

–Y llevarnos las llaves –dijo Eleni.

–¿No crees que aquí estarán a salvo? No lograron encontrar la cámara acorazada.

–Puede que la próxima vez la encuentren –respondió Eleni.

David escuchaba, tratando de procesar la información y de encajar las piezas.

–Hay algo que no entiendo –dijo–. Si Stelios estaba detrás del allanamiento, ¿por qué hizo venir a su amigo Petros en busca de micrófonos ocultos?

Eleni se llevó la mano a la frente.

–Tal vez fue una artimaña. Quizá solo fingió que encontraba algo. Quizá dejó los auténticos o puso más. Tal vez nos estén escuchando ahora.

Yiorgos se encogió de hombros.

–Supongo que finalmente no iremos a Meteora. No os preocupéis, tengo otra idea que no voy a decir en voz alta.

–Si estás en lo cierto –añadió David, señalando hacia el sótano–, tenemos que sacarlas de allí.

–Tenemos que darnos prisa –prosiguió Eleni–. Y nada de hablar. Nos comunicaremos con notas. Papá, trae papel y lápiz. Voy a buscar algunas cosas y nos encontraremos en el jardín.

–¿Qué queréis que haga? –preguntó David.

–El héroe del día tiene derecho a otro *brandy*.

La villa de Christos Anagnos era una propiedad excepcional que ocupaba dos acres de terreno aislado en Ekáli, una zona conocida como la Riviera de Atenas. Estaba cerca de su oficina en la ciudad, cerca de su club y a un salto en helicóptero de su yate de lujo, y era como un santuario desde el que hacía ostentación de su riqueza ante políticos y magnates de la industria. Cuando Petros Antoniou llegó, lo llevaron a la sala de fumadores especialmente ventilada, donde Christos no paraba de fumar y Talos Fotopoulos se mostraba inquieto.

–¿Dónde está Stelios? –preguntó Petros.

–Es lo que íbamos a preguntarte nosotros –respondió Christos, subrayando la última palabra y apuntando con el puro al pecho de Petros.

–He intentado llamarle hace un par de minutos, pero no contesta. Pensé que estaría aquí y que no tendría buena cobertura.

–Aún no ha llegado –dijo Talos–. Encuéntralo, joder. Te dije que estaba demasiado verde para hacer trabajo de campo.

–Si no está aquí, probablemente esté en la cueva –respondió Petros.

–¿Qué cueva? –preguntó Christos.

–Mejor que no lo sepas –apuntó Talos–. Vamos, Petros. Vete un rato a hacer espeleología, o como hostias se llame.

Petros se marchó en su coche, atravesando las fincas y clubes privados de Ekáli, y puso rumbo a la región montañosa de Penteli. Durante el trayecto, trató de llamar a Stelios repetidas veces.

Casi ya en la cueva de Davelis, maldijo en voz alta ante el espectáculo de luces rojas y azules. Una multitud de camiones de bomberos, coches de policía y ambulancias bloqueaban la carretera, y el tráfico era desviado de vuelta montaña abajo. Cuando llegó a la barrera policial, pudo ver a un enjambre de policías rodeando un Toyota rojo volcado sobre un costado. Deseó saber qué coche conducía Stelios. Un policía le pidió que diera la vuelta.

–¿Qué ha pasado, agente? –preguntó Petros.

–Un accidente de tráfico. Haga lo que se le ha pedido.

Petros mostró su placa del Ministerio y volvió a preguntar.

–Se trata de un vehículo accidentado. Un coche que pasaba por aquí nos avisó. Hay daños importantes en el parachoques, por lo que es posible que se trate de un caso de furia al volante.

–¿Nombre del conductor?

El policía pareció incómodo.

–No puedo dar esa información.

–No me joda, sargento –gruñó Petros–, o será acusado de interferir en asuntos oficiales del Ministerio. El nombre.

El policía consultó su libreta.

–Stelios Makris.

–Joder. ¿Alguien más en el vehículo?

–Nadie. Estaba solo.

–¿Está seguro?

–Bastante seguro.

Petros sacudió la cabeza y dijo:

–Está bien, déjeme pasar. ¿Dónde está él, el conductor?

–En la ambulancia.

–Dígales a los paramédicos que tengo que verlo. Y que alguien me traiga todo lo que se haya encontrado dentro del jodido coche.

De entrada, quedaron confundidos por los objetos que Eleni sacó al jardín, pero tan pronto como ella inició su empresa, lo entendieron y se pusieron a ayudarla en silencio. Hicieron falta todas las sábanas de recambio del armario de la ropa blanca y varios paquetes de chinchetas para cubrir el cenador con una especie de velo. Bajaron al sótano, volvieron con unas cajas de plástico opaco y se pusieron a trabajar bajo el improvisado toldo. El sol brillaba en lo alto y las sábanas dejaban pasar la suficiente luz como para que el interior quedara bien iluminado.

Empezaron a escribirse notas hasta que Eleni se frustró. «Mejor con el portátil», escribió y trajo su ordenador.

Eleni colocó las llaves en el orden que le pareció más correcto: la Llave de los Dioses a la izquierda, la Llave del Tiempo, la Llave del Mundo y la Llave de las Catástrofes. A continuación, introdujo la manivela en la primera llave y sonrió al sentir que encajaba perfectamente.

Escribió:

«Ahora, las tres varillas».

«¿Cuál va dónde?», escribió David.

«Tienen el mismo diámetro, así que no creo que importe».

Le costó colocarlas debidamente y, cuando lo consiguió, se recostó y levantó los pulgares en señal de victoria.

«El momento de la verdad», escribió. «¿Quieres girar la manivela, papá?».

Él negó con la cabeza y articuló con los labios:

–Tú.

Yiorgos observó cómo ella le daba un pequeño apretón a la mano de David y sonrió ante ese gesto. David imaginó que él y su esposa podrían haber hecho lo mismo.

Y entonces, Eleni giró la manivela. O, mejor dicho, intentó girarla.

No se movió. Aplicó un poco más de fuerza y, finalmente, mucha más. Se recostó, parecía abatida.

Escribió:

«No quiero apretar demasiado. Papá, ¿puedes traer el lubricante? Y la caja de herramientas. Tenemos que abrirlas».

Con las herramientas en la mano, David y Yiorgos observaron cómo Eleni desconectaba las varillas y se preparaba para operar a corazón abierto. Empezó por la Llave de los Dioses. La caja de cedro no estaba fijada a la placa de bronce con ningún tipo de elemento de sujeción como tornillos o clavijas. Parecía que los antiguos carpinteros y herreros habían trabajado codo con codo hasta lograr construir las cajas con la tolerancia precisa para que encajaran entre sí de forma segura. Con el paso de los siglos, las cajas se habían hinchado con la humedad y ahora no se podían separar.

Escribió:

«Esto debería hacerlo un conservador cualificado. Es un sacrilegio».

Con un martillo pequeño, empezó a golpear el destornillador de menor tamaño y más fino de su padre en la zona donde el metal se unía a la madera hasta completar todo el perímetro de la caja. Aun así, no se desprendió, así que repitió la acción con un destornillador más grueso, maldiciéndose al ver que se astillaba la madera. Esta vez, utilizando el destornillador como palanca, consiguió mover un poco la caja. Dio una vuelta más, ahora con un destornillador más grueso, y la caja se soltó. La retiró con cuidado y contempló con asombro el conjunto de engranajes finamente interconectados.

«Es mucho más bonito que a través del telescopio», escribió.

Volvió a conectar la manivela, vio dónde se atascaban los engranajes y se puso manos a la obra, lubricando con precisión cada engranaje y cada bobina. El trabajo requería mucha precisión, pero los engranajes comenzaron a moverse y, tras varios minutos, la manivela giró con facilidad.

Intercambiaron gestos de celebración alrededor de la mesa y luego Eleni escribió:

«¿Quieres abrir tú una?».

David asintió con la cabeza y comenzó a emular su técnica en la caja de la llave del calendario. Cuando logró liberarla, se la pasó a Eleni para que engrasara los engranajes y continuó con la llave del mapa. Y, mientras tanto, Yiorgos grababa el histórico acontecimiento con su cámara de vídeo.

Hacía calor y sudaban, pero no tenían la menor intención de tomarse un descanso. Continuaron hasta que todos los engranajes de todas las llaves giraron con la misma facilidad que el día en que se fabricaron.

Eleni conectó la manivela a la llave con el calendario y escribió:

«Lo primero que hay que hacer es ponerla a cero en la primera Olimpiada».

La observaron girar la manivela hasta que marcó el primer día del primer año de la primera Olimpiada en el 776 a. C.

«Ahora debemos conectar las otras teclas», escribió.

Cuando terminaron, Eleni se recostó y contempló el Michaní Peproménou en todo su esplendor.

«¿Ahora, qué?», garabateó Yiorgos.

«Ahora, hacemos una prueba retroactiva», escribió David.

David había elaborado una lista en su teléfono. Se la mostró a Eleni y señaló el primer desastre.

El Vesubio. Noviembre del año 79 d. C., 16.000 víctimas.

Eleni abrió una pestaña en su portátil con el programa que había escrito en Python para convertir el calendario gregoriano al calendario olímpico de la ciudad-estado de Delfos.

Les mostró el equivalente al año 79 d. C. en el calendario griego antiguo y comenzó a girar la manivela del Michaní Peproménou.

Pronto entendieron que una vuelta completa de la manivela equivalía a un año olímpico completo. A una vuelta por segundo, iban a necesitar unos catorce minutos para recorrer los ochocientos años que habían transcurrido entre la primera Olimpiada y la erupción del Vesubio. Mientras giraban, observaron flechas que apuntaban a lugares y a catástrofes concretas, pero, por lo que David sabía, se trataba de combinaciones fortuitas. A medida que se acercaba la fecha de la erupción del Vesubio, David se inclinó y Yiorgos acercó la cámara.

A falta de unas pocas vueltas para llegar al año 79 d. C., Eleni redujo la velocidad de la manivela hasta casi detenerla. Y, justo antes de que los cilindros marcaran el año elegido, rompió el protocolo y susurró:

—Ya casi está.

El cilindro marcó el 79 d. C., pero no ocurrió nada. Yiorgos y Eleni parecían haber recibido un puñetazo en el estómago, pero David se limitó a encogerse de hombros. ¿Acaso creían de verdad que iba a funcionar?

«¡Esperad! Falta una cosa», tecleó Eleni.

Giró lentamente la manivela hasta ajustar los cilindros del mes y el día. De pronto, la flecha del mapa giró de manera brusca y se detuvo en el sur de Italia, y la flecha de los acontecimientos se desplazó rápidamente hasta el pictograma de un volcán en erupción.

Tecleó la entrada del calendario griego en el programa de conversión y, triunfante, escribió:

«¡¡¡8 de noviembre del 79!!!».

David sintió que se mareaba. Lo que acababa de ocurrir no tenía ningún sentido. Él confiaba en los análisis de radiocarbono y voltamperometría que situaban la llave del mapa en el año 200 a. C. ¿Cómo habían podido las personas que fabricaron esta máquina predecir una erupción volcánica que ocurriría tres siglos después?

Yiorgos dejó a un lado la cámara para secarse las lágrimas. Eleni corrió hacia él y ambos se abrazaron, llorando sobre sus respectivos hombros.

«¡Tenemos que hacer otra!», escribió David.

«Sí, vale, pero ¿qué piensas ahora?», le respondió ella.

«No sé qué pensar».

Señaló el siguiente acontecimiento de su lista. Terremoto de Antioquía, 526 d. C., 250.000 víctimas. Eleni empezó a accionar la máquina. Antes del resultado del Vesubio, su rostro estaba petrificado por la tensión. Ahora, cuando David la observaba, parecía como si todas las preocupaciones del mundo hubieran desaparecido. Parecía disfrutar con cada respiración.

Los años iban pasando.

Indicó con el dedo que se estaba acercando al siguiente objetivo y, cuando el cilindro se detuvo en el año 526 d. C., una flecha se disparó hacia el norte de Grecia y la otra hacia el pictograma de un abismo en la tierra.

Yiorgos y Eleni asintieron, satisfechos, sin sorprenderse por el resultado. David estaba desconcertado. El científico que había en él quería más. Señaló con el dedo el siguiente desastre, este mucho más avanzado en el tiempo.

La peste negra. Europa, 1348, 30 millones de muertos.

Les llevó quince minutos girar la manivela.

—Ahora —susurró ella cuando el cilindro alcanzó el equivalente al 1348 en el calendario de Delfos.

La flecha del mapa se comportó de forma diferente esta vez. Se detuvo en un punto y, tras una pausa de un segundo, se desplazó rápidamente hasta otro. El arco entre los puntos abarcaba toda Europa, de sur a norte. La flecha de los acontecimientos apuntaba al pictograma que representaba unos cuerpos tendidos en el suelo.

David se desplomó en su silla y cerró los ojos. Sentía cómo se cerraba la puerta que daba a la etapa de su vida en la que había creído entender cómo funcionaba el mundo mientras otra puerta se abría.

Con una sensación de inevitabilidad, señaló el último acontecimiento.

Gripe española, 1918, 50 millones de muertos.

Tras otros diez minutos de esfuerzo, Eleni llegó al siglo XX.

Tan pronto como el cilindro indicó el 1918, la flecha del mapa hizo algo inesperado y sorprendente. Giró alrededor de todo el mapa y, como había pasado antes, la flecha de los acontecimientos apuntó al pictograma de los cuerpos caídos.

David solo pudo asentir ante el resultado y garabatear lo evidente.

«Pandemia mundial».

Yiorgos dejó la cámara y escribió su primera nota.

«Mi querida hija. David. Ha llegado el momento de ver el futuro».

CAPÍTULO 24

Intercambiaron miradas sobrias y Eleni comenzó a girar la manivela a través de todo el siglo XX hasta entrar en el XXI. David recordó lo que había dicho Iriniki: que los Guardianes del Destino habían perpetuado el conocimiento de que el mundo sufriría una profunda devastación quinientas sesenta olimpiadas después de la fecha en que se había construido la Máquina del Destino. Esa Olimpiada había comenzado hacía tres años. Solo quedaba un año. El desastre podía ocurrir ese mismo día o un año después, pero el tiempo se estaba agotando.

Eleni mantuvo la mirada fija en los cilindros giratorios y solo se detuvo para escribir que habían cruzado el umbral del siglo actual.

Ralentizó el movimiento hasta alcanzar un ritmo comedido y continuó, manteniendo la vista en el programa de conversión en busca de puntos de referencia.

–El 26 de diciembre de 2004 –murmuró Eleni mientras una flecha recorría la zona del Pacífico y otra señalaba el pictograma de inundación.

David recordó el terremoto y el tsunami en el océano Índico y sus cientos de miles de muertos.

–El 12 de enero de 2010 –volvió a susurrar Eleni cuando la máquina marcó el terremoto de Haití.

Al llegar a 2020, Eleni bajó el ritmo hasta casi detenerse.

–No puedo –musitó.

–Puedes –le susurró su padre–. Tienes que hacerlo.

Ella siguió adelante hasta llegar al presente.

–Hoy –dijo.

Avanzó con suma lentitud, anunciando cada mes con un susurro entrecortado.

Agosto. Septiembre. Octubre. Noviembre. Diciembre. Enero. Febrero. Marzo. Abril.

Mayo. Junio.

El Michaní Peproménou cobró vida de repente.

La flecha del mapa recorrió de manera inquietante toda la superficie del mapa.

La flecha de los acontecimientos apuntó al pictograma de una bola de fuego en el cielo.

Y el calendario, confirmó Eleni, marcaba el día 9 de junio.

Antes de llevar las notas a la chimenea para quemarlas, Yiorgos escribió que un compañero de la universidad que estaba pasando una temporada en Brasil le había dicho que podía utilizar su casa de Epidaurus para pasar el fin de semana cuando quisiera. Tenía la esperanza de ir allí con Sofía, pero estaba demasiado enferma. Eleni escribió que debían pasar por el Instituto de Anticitera y guardar el Michaní Peproménou en la cámara acorazada. Guardias armados vigilaban el instituto, solo otra persona tenía la combinación y estaba de vacaciones en Estados Unidos. Allí estaría a salvo hasta que se les ocurriera otra cosa.

Guardaron las llaves en bolsas de plástico y se tomaron un breve descanso.

Yiorgos fue a hacer la maleta y David y Eleni salieron a dar una vuelta.

A pesar del calor que hacía esa tarde, salir de la improvisada carpa les resultó refrescante. Una ligera brisa atravesaba Plaka y, sin pensar en su destino, pasaron por delante de la casa de Iriniki y cruzaron al parque arqueológico donde se encontraban las ruinas del Templo de Zeus Olímpico. Sintieron que era el sitio donde debían estar.

Eleni le preguntó a David:

—¿Estás bien?

La respuesta de él fue honesta.

–No lo sé.

–Nosotros somos creyentes –le dijo ella–. Aun así, es impactante. No puedo llegar a imaginar cómo te sientes.

Caminaron por el perímetro del parque sobre un suelo árido y abrasado. El sol brillaba con fuerza, pero hacía menos calor que otros días y el parque estaba lleno de turistas.

–Si quieres que te diga cómo me siento, me siento aturdido. El día en que se me revela el mayor misterio del mundo, descubro que el mundo se va a acabar en diez meses. Parece una broma cruel.

–El Michaní Peproménou no dice que el mundo se vaya a acabar, solo que habrá una catástrofe global.

Él se obligó a reír.

–Gracias, ahora me siento mucho mejor. Recuerdo haber visto un documental sobre el tema hace años, estaba borracho o drogado, debo añadir. A pesar de esa profunda investigación académica, no creo que comprenda del todo el tema de los asteroides devastadores.

Ella hizo una pequeña reverencia teatral para él.

–Entonces, has venido al lugar adecuado.

–Es un milagro –dijo David–. Cuando más necesitas una astrónoma, aparece una delante de ti. ¿Cómo es posible que no se haya detectado? Pensaba que las órbitas de los asteroides peligrosos estaban cartografiadas.

–Los asteroides de los que hablas se originaron dentro de nuestro sistema solar. Se les conoce como objetos cercanos a la Tierra u OCT. En ese caso, tienes razón. La NASA y la Agencia Espacial Europea llevan a cabo la vigilancia de defensa planetaria de cometas y asteroides cuyas órbitas pasan cerca de la Tierra. Se han identificado miles de objetos cercanos a la Tierra lo suficientemente grandes como para causar daños a nivel mundial. Los sistemas automatizados de vigilancia han recopilado un catálogo de asteroides que podrían impactar contra la Tierra en los próximos cien años.

–Entonces, ¿por qué no se ha dado la alarma? ¿No te hace pensar que los dioses se han equivocado en este caso?

–Por desgracia, tenemos que partir de la base de que la predicción es acertada –afirmó con seriedad–. Para empezar, los sistemas de vigilancia no detectan el cien por cien de los objetos. Muchos de los más pequeños no se detectan, especialmente los que vienen de la dirección del sol. En 2013 un pequeño asteroide no detectado entró en la atmósfera terrestre sobre Rusia. Explotó en el aire y causó daños materiales y personales. En 2019 un asteroide de unos cien metros de diámetro pasó a setenta mil kilómetros de la Tierra. Los sistemas de vigilancia lo detectaron solo unos días antes de su punto de aproximación más cercano.

–¿Cuánto daño habría causado? –preguntó David.

–Hay que tener en cuenta muchas variables, la composición del asteroide, su velocidad, el ángulo de entrada, la zona de impacto, pero la respuesta corta es que un asteroide de ese tamaño sería como una pequeña explosión nuclear y causaría daños locales considerables. La flecha de Michaní Peproménou apuntaría a un único lugar en el mapa.

Una pelota se les escapó a unos chicos y llegó rebotando hacia donde ellos estaban. David la detuvo con maestría y la devolvió con un golpe certero.

–Estoy impresionada –dijo Eleni–. Tienes talentos ocultos.

–Alguno que otro –respondió David, esbozando finalmente una sonrisa–. Entonces, ¿qué es lo que se me escapa?

–Te olvidas de los destructores del planeta que tanto nos han preocupado: los asteroides interestelares. Los objetos cercanos a la Tierra orbitan dentro del sistema solar. Los asteroides interestelares provienen del espacio vacío entre las estrellas y entran en el sistema solar siguiendo trayectorias hiperbólicas muy pronunciadas. Van muy rápido. A velocidades dos o tres veces superiores a las de los OCT. Y son poco frecuentes. Solo hemos detectado dos en los últimos veinte años. En 2017 el Oumuamua fue el primer objeto interestelar conocido que atravesó nuestro sistema solar. Dos años después el cometa 2I/Borisov hizo su aparición.

–¿A qué distancia pasaron?

–Cerca en los términos del espacio, pero no tanto como para preocuparse. Millones de kilómetros. El problema con los asteroides interestelares es que su alta velocidad reduce el tiempo disponible para su detección y seguimiento, además sus trayectorias son impredecibles y, como no están limitadas a la influencia gravitatoria del Sol en una órbita estable, su llegada es imposible de prever.

El paseo en espiral que daban por el parque recordaba a la trayectoria de un cuerpo celeste en una órbita descendente alrededor de un planeta. Finalmente, se encontraron frente a las ruinas del templo de Zeus.

–De acuerdo –dijo él–. Estoy listo para el remate final. ¿Qué tamaño debería tener un asteroide para causar daños a nivel mundial y qué pasaría si impactara uno jodidamente grande?

Dejaron de caminar y se quedaron frente a frente, a un metro el uno del otro.

La voz de Eleni se volvió débil y triste.

–Como ya he dicho, hay un montón de variables: el tamaño, la velocidad, el ángulo de entrada... Pero vale. Imaginemos un asteroide de un kilómetro de diámetro que se aproxima a gran velocidad y en ángulo pronunciado hacia una masa continental poblada. La energía del impacto sería mucho mayor que la de cualquier explosión nuclear en la historia. El cráter tendría unos veinte kilómetros de diámetro y varios kilómetros de profundidad. Si golpeara una ciudad, esta dejaría de existir. La onda expansiva lo destruiría todo, edificios, bosques, personas, hasta unos cientos de kilómetros del lugar del impacto. La radiación térmica provocaría una enorme tormenta de fuego. El impacto provocaría terremotos devastadores en una amplia zona y, si el epicentro se situara cerca del océano, podría generar tsunamis de gran magnitud. ¿Continúo?

–De perdidos al río –dijo.

–No sé lo que significa eso.

–Es una manera de decir que, ya que estamos, vayamos hasta el final.

–Las consecuencias tendrían una repercusión enorme, me temo. Todo lo que hubiera cerca del impacto, estaría automáticamente condenado –afirmó Eleni–. Si estás más lejos, lo más probable es que no sobrevivas mucho tiempo. Los escombros expulsados del cráter lloverían sobre un área muy extensa, causando destrucción. Grandes cantidades de polvo entrarían en la atmósfera, lo que provocaría un invierno nuclear. La luz solar quedaría bloqueada, ocasionando un descenso de las temperaturas durante años. Incendios a nivel global lo empeorarían todo. Las cosechas se perderían, sobrevendrían las hambrunas. La incertidumbre y la inestabilidad económica tendrían profundas consecuencias socioeconómicas. Sería el peor desastre planetario desde la extinción masiva que acabó con los dinosaurios y con la mayor parte de la vida en la Tierra hace sesenta y seis millones de años.

–¿Qué tamaño tenía ese? –preguntó David.

–Tal vez unos diez kilómetros.

David se quedó mirando las ruinas durante un rato y ella lo dejó con sus pensamientos, sin duda sumida en los suyos propios. Hasta que David dejó caer una idea sin pensar demasiado.

–Si avanzáramos en el calendario y encontráramos acontecimientos futuros como epidemias, significaría que la humanidad sobrevivió.

–Es una buena idea –dijo Eleni–, ya hablas como un auténtico creyente.

Sus ojos estaban vidriosos. Era el tipo de hombre que no lloraba en público, pero en ese momento no le importaba lo que pensaran los demás.

–Hasta este instante, nunca había creído en nada que la ciencia no pudiera observar y explicar racionalmente.

–Yo soy científica y creo –afirmó ella–. La fe y la ciencia son perfectamente compatibles. Creo que hay poderes superiores que establecen las reglas de la física, las matemáticas y la naturaleza, que hemos intentado comprender como especie desde los inicios de la humanidad. Creo que las Moiras, las Parcas, nos controlan, pero solo hasta cierto punto. Con la ayuda de los dioses y nuestra capacidad innata para ejercer el libre albedrío, podemos trazar nuestro propio camino.

–¿Podemos dar las gracias a las Moiras por habernos unido? –preguntó David.

–No, eso ha sido obra de los dioses. Tú, David Birch, eres un regalo de los dioses para ayudarnos a encontrar el Michaní Peproménou antes de que sea demasiado tarde. Las Moiras están detrás de las fuerzas oscuras que intentan detenernos. Si dudas del poder de los dioses, solo tienes que levantar la vista. Mira esto, David. –Hizo un gesto con la mano hacia las ruinas–. En la antigüedad, el gran templo tenía ciento cuatro columnas corintias colosales, cada una de casi veinte metros de altura. Solo han quedado quince en pie, pero su tamaño sigue siendo impresionante.

–Sí que lo es –le respondió.

–Este templo fue concebido hace más de dos mil quinientos años por personas con una profunda fe que creían con toda su alma que Zeus era su padre espiritual –prosiguió–. Se tardó más de seis siglos en completarlo, lo que da testimonio de la determinación de los fieles, que superaron la inestabilidad política, la falta de fondos y las catástrofes naturales.

–Pero aquí está, en ruinas –dijo David.

Eleni se encogió de hombros.

–Y aquí está, en ruinas. La gente perdió su fe y perdió a sus dioses. Apareció un nuevo dios. El cristianismo acabó con la antigua religión. No quiero decir que el dios cristiano sea menos válido que los dioses en los que creo, pero es Zeus quien ocupa el centro de mi mundo espiritual.

Ella lo miró a la cara con una expresión que parecía preguntar: «¿Y tú qué piensas? Ahora que has descubierto el Michaní Peproménou y lo has visto en acción, ¿qué te parece?».

Las palabras no le salieron fácilmente. Se le atascaban en la garganta, pero al final se abrieron paso.

—Creo que ahora creo —le dijo—. ¿Cómo podría no hacerlo?

Ella no dio muestras de suficiencia. No proclamó la victoria sobre la oscuridad como hubiera hecho un predicador.

Simplemente, le tomó la mano y le dijo:

—Es hora de volver.

En la media hora que habían estado fuera, Yiorgos había sido un auténtico torbellino. Había equipaje por todas partes: su ropa y artículos de aseo, comida que de otro modo se echaría a perder, botellas de agua y vino, libros, una foto enmarcada de Sofía, su cámara y las bolsas de plástico con el Michaní Peproménou.

—¿Cómo vamos a meter todo esto en el coche, papá? —preguntó Eleni.

—Ya lo he pensado —replicó con entusiasmo—. Las cajas van hasta el Instituto. Tendremos que llevarlas en el regazo durante un rato. Aun así, no os paséis con el equipaje, ¿vale?

Ella se rio.

—De acuerdo, papá.

David se quedó paralizado al oír el sonido de madera astillándose y cristales rompiéndose.

Luego se oyeron pesados pasos que atravesaron la cocina y se adentraron en el vestíbulo. Antes de que pudieran decir nada, y mucho menos hacer nada, dos hombres irrumpieron por la puerta principal y entraron en la sala de estar blandiendo pistolas. Uno vestía de manera informal, con un polo y una gorra de Los Ángeles Lakers, y el otro llevaba traje.

David reconoció al hombre de aspecto informal como Petros Antoniou, la persona que Stelios había invitado a la casa en busca de micrófonos ocultos. David lo recordaba como un tipo afable, algo tímido, y verlo con un arma le parecía incongruente. El otro era más viejo y de aspecto mucho más amenazador, con una cabeza en forma de obús. Lo único que impedía que pareciera un matón callejero eran su elegante traje y sus lustrosos zapatos.

Los intrusos gruñeron algo en griego, David entendió el tono amenazante.

La rabia y el miedo de Yiorgos eran palpables. Mientras hablaba, David se imaginó que les estaba preguntando quiénes eran y qué querían y que les decía que se largaran de su casa.

Eleni parecía estar tratando de calmar a su padre.

David se acercó a la chimenea. Tenía la mirada puesta en el atizador.

Eleni soltó un grito justo antes de que David sintiera un puñetazo en el riñón.

Gimió y se giró a medias para ver la cara hinchada y vendada de Stelios, apuntándolo con una pistola a la cabeza.

Eleni gritó en inglés:

—¡No! ¡No le hagáis daño!

El hombre con cabeza de proyectil dijo algo en griego y Stelios bajó el arma.

Talos Fotopoulos pasó a hablar inglés, seguramente para simplificar las cosas.

—¿Está todo ahí? —preguntó Talos, señalando las bolsas de plástico. Nadie respondió, así que le dijo a Petros que abriera una.

Echó un vistazo, apartando el relleno hasta que pudo ver la llave del mapa.

Su voz sonó ronca.

—Te hablan de ello. Incluso ves una foto. Pero verlo con tus propios ojos... Dios mío, es una auténtica maravilla. Manos griegas construyeron esto hace dos mil años. Jamás civilización alguna se había adelantado tanto a su tiempo. Y por lo que habéis estado haciendo hoy en vuestra pequeña cabaña y por vuestra conversación en el parque, parece que realmente funciona.

David captó la expresión de ira y disgusto de Eleni. David no necesitaba que le dijeran cómo lo sabían. Tal vez aquel puñado de dispositivos de escucha habían sido auténticos, o tal vez fueran falsos, pero, en cualquier caso, Petros había aprovechado su estancia en la casa para colocar otros nuevos con cámaras. Tal vez incluso había uno dentro del cenador. Y Petros, vestido como un turista con zapatillas deportivas, los había estado acechando y grabando en el Templo de Zeus.

–Así pues, Eleni –dijo Talos–, ¿puedo llamarte Eleni?, vas a tener que explicarnos cómo funciona. He oído que los americanos tienen una expresión cuando no entienden algo. Dicen que les suena a griego. Pues bien, el Michaní Peproménou nos suena a griego. Explícanos cómo funciona o, mejor aún, muéstranoslo. Y date prisa.

Eleni estaba furiosa.

–¿Se puede saber quiénes sois?

–Patriotas griegos –le respondió Talos, hinchando el pecho–. Deberías estar contenta con el uso que queremos darle. Sé que estás enfadada, pero más vale que uses tu brillante cerebro y entiendas la situación. Si no haces lo que te digo, te haré elegir a quién quieres que le peguemos un tiro, a tu padre o al profesor Birch. Si no lo haces, Stelios decidirá por ti. Tiene tantas ganas que ha preferido venir a quedarse en la cama del hospital, ¿verdad, Stelios?

El vendaje que cubría la herida de la mejilla de Stelios estaba manchado de sangre fresca.

Miró a Yiorgos, luego a David, esbozó una sonrisa forzada y respondió:

–Ya lo tengo decidido.

Yiorgos, lleno de indignación, dijo:

–¿Patriotas? Conozco a las Águilas Doradas. Sois unos fascistas. Queréis traer de vuelta la Junta de los Coroneles.

Ya viví esa pesadilla cuando era joven. No vamos a ayudaros. Eleni, no les digas nada.

—Tu padre te está dando un mal consejo —le dijo Talos.

Eleni los insultó en griego.

—Si así es como quieres jugar, elige. Tu padre o tu amante —le dijo Talos, moviendo su pistola plateada de uno a otro como un péndulo—. Es una elección interesante.

David todavía se estaba recuperando del puñetazo por sorpresa, pero estudiaba sus opciones. No hacían ningún intento por ocultar su identidad. Ya habían matado antes. No pensaban irse con las llaves dejando testigos. Stelios era el que tenía más cerca y estaba malherido. Pero era joven y atlético, por lo que sería difícil derribarlo. El hombre de más edad parecía un pandillero capaz de defenderse, y era el que estaba más lejos. Solo quedaba Petros. Tenía los brazos delgados y sostenía el arma como si le resultara extraña. Tenía que acercarse más.

—Os lo mostraré —dijo David, acercándose a las cajas y a Petros—. Hay que encajarlas de una manera determinada.

—¡No te muevas! —gritó Stelios.

Talos detuvo a Stelios.

—No pasa nada. Déjale hacer.

—¡David! Por favor, no —suplicó Eleni—. Los dioses no quieren que hombres con las manos sucias tengan el Michaní Peproménou.

—Nos matarán —dijo David.

—Los dioses nos protegerán.

—Creo que quieren que haga esto —dijo, agarrando a Petros por la cintura y tirándolo violentamente al suelo.

En el momento en que David trataba de arrebatarle la pistola a Petros, se produjo una explosión ensordecedora y la habitación se llenó de humo. A continuación, se oyó un estruendo de disparos, al menos una docena.

David solo podía ver lo que tenía a un metro de las narices. Había un feo agujero negro debajo del ojo de Petros.

A su alrededor oía un caos de movimientos, gritos y gemidos. Llamó a Eleni con todas sus fuerzas. Ella respondió llamándolo y él se arrastró por la alfombra a través del humo espeso y asfixiante.

Podía verle el brazo. Estaba en el suelo.

Hubo más disparos. Un cuerpo se estrelló contra un cristal.

—¿Estás herida? —le preguntó David.

—Creo que no.

Se arrastró sobre ella para protegerla.

—¿Dónde está mi padre?

Sintió que ella trataba de liberarse.

—No te muevas —le dijo—. ¡Yiorgos! ¿Estás bien?

—No me han herido. ¿Eleni?

—Estoy bien, papá.

—Manteneos en el suelo —dijo David.

El humo se estaba desvaneciendo y logró distinguir la pistola plateada del hombre calvo debajo de una mesita. La cogió y, espoleado por el valor que dan las armas, se levantó lentamente, dejando libre a Eleni para que pudiera arrastrarse hasta su padre.

Había cuerpos y charcos de sangre por todas partes, y las paredes estaban salpicadas de rojo. Contó cinco hombres en la sala de estar y uno en el vestíbulo. El pecho de Stelios estaba cubierto de sangre y no se movía. No había duda de que Petros estaba muerto. El hombre calvo estaba vivo, pero gemía y respiraba con dificultad. Un desconocido, con los vaqueros empapados en sangre, yacía sobre la mesita de café, con la cabeza colgando a través de la superficie de cristal rota. Había otro desconocido apoyado contra una pared, con la cabeza caída hacia delante. Y había otro más, con medio cuerpo dentro de la habitación y las piernas en el pasillo.

—Tenemos que salir de aquí —dijo David.

Yiorgos apenas se mantenía en pie.

—¿Quiénes eran? ¿Qué ha pasado? ¿Están muertos?

–Papá, tenemos que irnos. Coge las llaves. Deja todo lo demás –le dijo Eleni, cogiendo su bolsa con el ordenador y la cámara de Yiorgos.

–¿No deberíamos llamar a la policía? –preguntó Yiorgos–. ¿A una ambulancia?

–Ya lo haremos desde el coche –le respondió Eleni.

David se guardó la pistola en el cinturón y cogió dos bolsas de plástico, Eleni y Yiorgos cogieron las otras dos. En la puerta principal, David se lo pensó mejor, dejó las cajas en el suelo y salió con una mano empuñando la pistola.

–Hay vía libre –les dijo a los demás–. No se ve a nadie.

Cargaron las cajas en el coche. Yiorgos buscaba las llaves con aire aturdido.

–Conduciré yo –dijo David.

–Aquí, papá, en el asiento de atrás. Yo iré delante con David.

David puso el coche en marcha y avanzó lentamente hasta el final del camino de entrada.

–¿Hacia dónde?

–Izquierda –dijo Eleni.

–Mejor a la derecha –intervino Yiorgos.

–¡No puedo hacer las dos cosas!

–A la izquierda –repitió Eleni.

Condujo lentamente por las estrechas y concurridas calles de Plaka mientras Eleni le indicaba cómo llegar a la A8.

–Por ahí –le dijo–. A la izquierda en Tripodon.

La calle apenas tenía anchura suficiente como para que pasaran dos coches. Había un pequeño parque a la derecha y a la izquierda se encontraba la iglesia de Nikólaos Ragavás, la iglesia bizantina más antigua de la ciudad.

Un todoterreno que venía en sentido contrario les cortó el paso y David le hizo señas para que les dejara pasar. Entonces, un segundo todoterreno se detuvo detrás de ellos y los ocupantes de ambos vehículos se bajaron.

Hombres armados rodearon el coche de Yiorgos.

Uno de ellos dio unos golpecitos a la ventanilla del conductor. David maldijo, miró con tristeza a Eleni y bajó la ventanilla.

–Profesor Birch, será mejor que usted y los Lillakis nos acompañen.

David se quedó mirando a un hombre rubio de mediana edad con una cazadora y un leve acento sureño, de esos que se atenúan al estudiar y trabajar en el norte.

–Eres americano.

–Así es –respondió–. ¿Alguna vez ha oído decir eso de «somos del gobierno y estamos aquí para ayudar»? Pues bien, ahora mismo necesitan toda la ayuda que puedan obtener.

CAPÍTULO 25

Los llevaron de vuelta a la casa de Yiorgos y los obligaron a esperar en el coche mientras casi todos los hombres entraban en la casa.

—¿Quiénes son? —preguntó Yiorgos.

—Tengo una intuición —respondió David.

—El hombre que nos atacó en Nottingham... Ahora sí que creo que era americano —dijo Eleni.

—Dudo que sea una coincidencia —apuntó David.

—¿Qué van a hacer con nosotros? —añadió Yiorgos.

—No nos van a matar —dijo David—, pero puede que nos acabemos sintiendo como si lo hubieran hecho.

—Van a quedarse con el Michaní Peproménou, ¿verdad? —preguntó Eleni.

—Así es —respondió David.

Habían dejado la ventana entreabierta para que entrara aire. David oyó cómo uno de los hombres salía de la casa y hablaba con el tipo rubio que estaba al mando.

—Menudo espectáculo grotesco ahí dentro.

—¿Hay alguien vivo?

—Talos Fotopoulos ha exhalado su último aliento delante de mí. Tres EYP muertos, dos agentes que iban por libre, además de Talos, muertos. No ha sobrevivido nadie.

—Asegúrate de sacar todos los ordenadores y dispositivos electrónicos de ahí dentro. Llamaré a Doukas y le diré que el día se le ha puesto feo. Se necesita una limpieza a conciencia en el pasillo uno.

—¿Qué hay de Untermeyer?

—Untermeyer se pillará un buen cabreo, pero no podemos

seguir mareándolo. Mete a estos en el vehículo. Coge todo lo que haya en el coche. He visto una cámara y una bolsa para portátil junto a ya sabes qué en el asiento trasero. Y, por el amor de Dios, no dejes caer ninguna de las cajas.

A diferencia de la mayoría de las casas de Atenas, incluso las que tienen aire acondicionado, esta era fría. Yiorgos, Eleni y David fueron conducidos al interior, donde les quitaron las bolsas de tela que les habían colocado en la cabeza durante el breve trayecto.

–Perdón por las capuchas –dijo el estadounidense con el pelo rubio–. Es por eso por lo que estos sitios se llaman casas francas. Por cierto, podéis llamarme Pete.

Aunque pudiera perfectamente ser un Pete, David dudaba de que ese fuera su verdadero nombre.

Las cortinas estaban cerradas. La decoración era anodina, como el mobiliario de un hotel de tres estrellas. Había refrescos fríos y galletas en la mesa del centro.

–¿A alguien le apetece un café? –preguntó Pete–. Tenemos una cafetera Keurig en la cocina.

–¿Vas a decirnos qué hostias está pasando? –preguntó David.

–Puedes estar seguro de que lo haré. En cuanto termine de ocuparme de unos asuntos de trabajo.

–No puedes retenernos.

–¿Eso es lo que crees? Qué simpático. Podéis coger lo que os apetezca. El baño está por allí. Estos chicos os harán compañía.

John Untermeyer siempre estaba de los nervios, pero esa tarde parecía a punto de estallar. Había alcanzado su puesto actual en la Agencia respetando la cadena de mando y la importancia de la comunicación ascendente. Atenas era su bastión. Era amo y señor de sus activos y pasivos. Cuando se enteró de que le habían dejado deliberadamente al margen de una operación en su territorio, no se lo tomó muy bien que digamos. Y finalmente explotó cuando lo convocaron a una reunión en una de sus propias casas francas.

Le gustaba moverse por la ciudad a su aire, pero se llevó a un chófer para ir de la embajada estadounidense al barrio de Psyri porque era muy difícil aparcar. Cuando llegó a la casa unifamiliar situada en una calle lateral, entre comercial y residencial, cerró la puerta del coche dando un portazo.

Como jefe de la agencia, la casa formaba parte de su feudo y se sentía como si se le hubieran metido unos okupas. Nada más entrar, salió a recibirlo el del pelo rubio.

–John, gracias por venir con tan poca antelación.

Untermeyer lanzó una embestida.

--¿Qué cojones, Ash?

Ashley Tenney tenía un nombre un poco ambiguo en cuanto a género, lo que le había causado problemas durante su juventud en Carolina del Norte, pero siempre había creído que todas las peleas en las que se metía por ello habían acabado por hacerle más fuerte.

–Lo siento mucho, John. No ha sido decisión mía. ¿Quieres un café? Tenemos una cafetera Keurig.

–Ya sé qué tipo de cafetera tenemos. Estáis en mi puta casa. ¿De quién ha sido la idea?

–Del jefe de operaciones.

–¿McCaffrey lo ha aprobado?

–El mismo que viste y calza. Vamos, siéntate y relájate un poco.

Había una sala de estar en la planta baja con los mismos muebles insulsos que en la parte de arriba, donde estaban retenidos David, Eleni y Yiorgos.

--Hace demasiado frío aquí –dijo John, sin quitarse la chaqueta deportiva.

–Te has adaptado bien. El verano en Atenas es matador.

John rondaba los cincuenta años. Le quedaban uno o como mucho dos ascensos en su carrera, y no los conseguiría enemistándose con McCaffrey. Así que se obligó a comportarse de forma educada.

—Llevo aquí seis años, por lo que, efectivamente, uno se aclimata. ¿Por qué no me cuentas la razón por la que nuestros jefes decidieron excluirme de una operación en mi propio patio trasero con tan suculentos ingredientes como personal del EYP masacrado y un estadounidense y dos ciudadanos griegos secuestrados en plena calle?

—Negación plausible. Lo hicimos para protegerte a ti y al embajador en caso de que nos implicaran, lo cual me aseguraré de que no suceda.

—Bueno, suéltalo ya. ¿Cuál era el objetivo?

Ash gritó:

—¡Eh, Brian!, ¿puedes traer las cajas? Dos de sus hombres entraron con las bolsas de plástico.

—¿Cuál de ellas es la del mapa? —preguntó Ash.

—La de arriba.

Ash abrió la caja y John se levantó para mirar dentro.

—¿Qué hostias es esto?

—Algo imposible, pero real. Se trata de una máquina fabricada hace más de dos mil años en Grecia que se había perdido hasta que un americano llamado David Birch, arqueólogo de tu *alma mater*, encontró uno de sus componentes en una cueva en Turquía.

—Me pierdo.

—Mírala bien. ¿No hay nada que te llame la atención?

—Es un mapa actual.

—Lo has pillado a la primera. Fui a un colegio público, así que necesité tres intentos.

John se frotó la sien para indicar que le dolía la cabeza o que le estaba empezando a doler.

—¿Cómo pudieron hacer un mapa moderno hace dos mil años?

—Eso es lo que todos quieren saber. Por eso se creó esta operación.

–¿Cómo nos enteramos? ¿Birch lo hizo público?

–Ni mucho menos. La encontró hace tan solo dos semanas. Bueno, es una historia un tanto enrevesada. Como sabes, hemos estado vigilando a varios grupos ultranacionalistas en Grecia para averiguar cómo se organizan y obtienen fondos de personas de Europa y Rusia con sus mismas ideas.

–Por supuesto que lo sé, joder. Es mi operación.

–Bueno, el tema es que nos enteramos de que había un integrante de las Águilas Doradas que resultó ser un uno de los subdirectores del EYP.

John parecía estar a punto de perder los nervios otra vez.

–¿Quién?

–Talos Fotopoulos.

–¿Talos? Hablo con él constantemente. ¿Por qué cojones no me lo contó nadie?

–Porque Langley decidió llevar a cabo vigilancia electrónica dentro del EYP.

John sacudió la cabeza.

–Hay que joderse. A un aliado.

–Exacto, hay que joderse. Consideraron que las ventajas de saber si un agente ruso se había infiltrado en el EYP superaban los riesgos. Durante la operación descubrieron que un joven analista llamado Stelios Makris se había infiltrado en un grupo de helenistas adoradores modernos de Zeus que buscaban algo llamado Michaní Peproménou, que se traduce como...

–Ya sé griego.

–Vale, perdona. Dicho grupo es una secta de chiflados que se hacen llamar los Guardianes del Destino y que creen que existe una máquina antigua, perdida en el tiempo, similar al Mecanismo de Anticitera. ¿Te suena?

–Incluso lo he visto. Cuando el embajador visitó el Instituto de Anticitera, conocí a la Dra. Lillakis.

–Parece que es una mujer encantadora –dijo Ash–. Bueno, el tema es que el Michaní Peproménou debía predecir desastres naturales como terremotos y erupciones volcánicas. Todo esto no dejaba de ser más que pura mitología hasta que Birch encontró este mapa en una cueva en Turquía. Hay algunas pruebas que demuestran que fue construido alrededor del año 200 a. C. Birch no tenía ni idea de qué es ni de cómo era posible, pero le recordaba al Mecanismo de Anticitera, así que se lo llevó a Grecia, ilegalmente, debo añadir, para que Eleni Lillakis pudiera echarle un vistazo. Inmediatamente, ella lo identificó como una pieza del legendario Michaní Peproménou y se los mostró a los Guardianes del Destino. ¿He mencionado que ella misma es una Guardiana del Destino? Así es como se entera Stelios Makris. Le hace una foto para Talos y se la envía por WhatsApp. Así es como nos enteramos nosotros.

–¿Y qué interés pueden tener las Águilas Doradas en el asunto?

–Así, de entrada, por puro nacionalismo. La gloria de la antigua Grecia, el Silicon Valley de la antigüedad, inmaculada y libre de inmigrantes y parásitos. Querían apropiarse de él y asociarlo a su marca.

–Probablemente la Grecia antigua tuviera un problema de inmigración mayor que el actual --se burló John.

–Vete tú a saber. Las Águilas Doradas entendieron lo increíblemente imposible que era el mapa y pensaron: «Ni lo sabemos ni nos importa si esto proviene de los antiguos dioses o de antiguos alienígenas. Si funciona y podemos predecir cuándo y dónde se producirá la próxima inundación o terremoto, entonces esa información no tiene precio. Seremos los amos del cotarro».

–No me vendrás ahora con que Langley también se cree esta mierda…

–Bueno, así que cogen la foto de Stelios y se la envían a unos expertos en metalurgia, en la Grecia antigua y en el Mecanismo de Anticitera. Se ponen en contacto discretamente con los laboratorios de Turquía que hicieron las dataciones para Birch. Y llegan a la conclusión de que es auténtico. No tienen ni idea de cómo es posible, pero ahí está. Así que se despierta nuestro interés, tal y como le sucedió a Talos. El director de operaciones decide crear un grupo extraoficial para investigar el asunto. Ellos saben, a través de Stelios, que David Birch aceptó ayudar a Eleni Lillakis y a los Guardianes del Destino a encontrar los tres componentes del Michaní Peproménou que faltaban. Langley quería seguirle el ritmo a Birch, o incluso ponerse por delante, así que autorizó una operación encubierta dentro de la casa donde los Guardianes del Destino tenían sus archivos.

—Y nadie me informó —insistió John.

—Sí, por lo que te he dicho antes. Por desgracia, a mí tampoco me informaron. Yo estaba en Lituania, completamente ajeno a todo esto. Contrataron a un mercenario griego, un exmiembro de las fuerzas especiales, que la cagó, pero bien. Irrumpió en la casa y acabó cargándose a una mujer llamada Iriniki Baros.

—Virgen santa. Lo leí en el periódico. La mujer estaba en silla de ruedas, por el amor de Dios.

—Sí, fue una gran cagada, pero el tipo que contrataron para seguirlos en Alemania lo hizo un poco mejor. Vio cómo Birch y Lillakis profanaban la tumba de un nazi y encontraban el segundo componente.

—¿Asaltaron una tumba? ¿En Alemania?

—Así es. Así que el equipo de Langley decidió hacerse con uno de los componentes para realizar pruebas. No sabían dónde habían escondido los dos primeros; el mapa y el que encontraron en Alemania, que era una especie de calendario. Hicieron que uno de sus hombres del Reino Unido los siguiera hasta Nottingham, donde encontraron el tercer componente en un complejo de cuevas bajo la ciudad. El tipo trata de arrebatárselo, pero Birch se impone en la pelea.

—Me alegro por él —dijo John—. Parecemos un pollo sin cabeza.

—Es entonces cuando recibo la llamada para arreglar las cosas. Te pido disculpas, pero traje a mi propio equipo a Atenas hace unos días. Entramos en la casa de Yiorgos Lillakis, en la zona de Plaka, e intentamos encontrar los tres componentes mientras Birch y Eleni Lillakis estaban en el Reino Unido. No hubo suerte, pero pudimos poner micrófonos ocultos en la casa. Fue un trabajo limpio. Por desgracia, cuando regresan, Birch tiene la brillante idea de que quizá alguien haya colocado micrófonos ocultos durante el allanamiento.

John sonrió.

—Todo un chico de Harvard.

—Stelios se queda por allí, aparentemente para proteger a Yiorgos, y se ofrece a pedirle a un conocido suyo que trabaja en el Ministerio del Interior que compruebe si hay micrófonos ocultos. El conocido es Petros Antoniou, su jefe en el EYP y el tercer miembro de la célula de las Águilas Doradas. Encuentra todos nuestros micrófonos y planta los suyos. Los suyos tienen cámaras. Así que me cabreo y consigo autorización para interferir su señal audiovisual inalámbrica. Lo que Talos ve, lo veo yo también.

—¿Dónde quieres llegar, Ash?

—Vale, vayamos al grano. Birch y Lillakis encuentran el último componente justo donde él encontró el primero, en aquella cueva de Turquía. Regresan a Atenas para ensamblar todas las piezas y probarlo para ver si hace lo que se supone que debe hacer. Pero antes de que puedan llegar a la casa de su padre, Stelios intenta arrebatárselo en el aeropuerto. Deja a Birch tirado y se marcha con Lillakis a punta de pistola. Quiere que le diga dónde están los demás componentes. Podría haberse salido con la suya, pero Birch lo arrolla al estilo Schwarzenegger y lo saca de la carretera, rescatando a la damisela en apuros y recuperando el cuarto componente. Se van a casa y se preparan para hacer la prueba, pero tienen la mosca detrás de la oreja. Temen que Stelios y su amigo Petros hayan puesto micrófonos ocultos en la casa.

–¿Significa esto que el resto de componentes estuvieron en la casa todo el tiempo? –preguntó John.

–No conseguimos dar con su escondite. Seguimos sin saber dónde los ocultaron. Así que dejan de hablar, empiezan a pasarse notas y montan el Michaní Peproménou dentro de una improvisada carpa en el cenador. Por desgracia para ellos, no sabían que Petros había colocado una cámara entre las enredaderas. Talos los observaba mientras hacían sus cosas, y nosotros también. Por lo que parece, tuvieron un momento eureka, nótese mi uso del griego.

–Lo apunto en el acta.

–Observando sus pantomimas, da la sensación de que el Michaní Peproménou funciona. Continúan con las pruebas de validación y parece que sigue funcionando. Entonces descubren algo que les acojona de verdad. Recogen los componentes a toda prisa y se preparan para salir pitando, con destino desconocido.

–¿Y cómo acabó esto en una masacre?

–Resulta que se nos había escapado un detalle. El EYP también tenía bajo vigilancia a Talos y a sus Águilas Doradas por tratarse de una célula nacionalista. Cuando Talos, Petros y Stelios llegan a la casa de Yiorgos para hacerse con la máquina, tres agentes del EYP irrumpen para detener a Talos. Se desata el caos. Está todo en vídeo, por si te apetece ver un tiroteo de los de antes. Seis hombres entran, ninguno sale. Los angelitos huyen y nosotros los interceptamos con la mercancía.

John sabía dónde se guardaba el alcohol. Se sirvió una copa de ginebra y se la bebió como si fuera un medicamento.

–¿Sabes qué, Ash? Me alegro de no haber estado involucrado en este circo. Así no se me ensucia el expediente. ¿Por qué has tenido que ponerme al día ahora?

–Hemos tenido que informar a Doukas de que su equipo ha caído junto con las manzanas podridas. Debían tomar el control de la escena antes de que llegara la policía, los ruidos de disparos se han oído por todo el vecindario. También le he dicho que tenemos a un par de ciudadanos griegos en el Hotel USA. Era inevitable que esto llegara hasta el ministro del Interior y a nuestro embajador, porque Birch es estadounidense, y, por lo tanto, te incumbe a ti.

—Supongo que no has mencionado que fue tu mercenario quien mató a la mujer en silla de ruedas.

—No —suspiró John.

—¿Y ahora qué?

—Esta noche estas cajas viajarán en su propio avión privado a Virginia, junto con los teléfonos, ordenadores y una cámara de vídeo que encontramos en su coche. Estamos reuniendo a un equipo de expertos para ver cómo solucionamos esto.

John señaló hacia el techo.

—¿Y qué hay de tus invitados?

—Vaya, John, pensaba que a estas alturas ya los verías como nuestros invitados. Tenemos una cierta ventaja. Voy a echarles una buena bronca y a dejarlos ir. No le van a ir con la historia a nadie. Tenemos que arreglar algunas cosas con los turcos, pero no será un problema.

John se levantó y llamó a su chófer para que viniera a recogerlo.

—Una cosa más, Ash. ¿Cómo coño es posible que el Michaní Pepoménou funcione?

—No tengo ni idea, John. Eso es algo que está muy por encima de mi nivel salarial.

Era casi medianoche cuando David, Eleni y Yiorgos llegaron de vuelta a la casa de Yiorgos. Les habían dicho que lo habían limpiado todo y dejado como nuevo, pero no lo creyeron hasta que lo vieron.

No había rastros de sangre ni señales de violencia. Lo habían dejado todo más limpio que antes de la masacre. Incluso habían enmasillado y repintado los agujeros de bala de las paredes.

–Encontraron la pintura adecuada en el sótano –se maravilló Yiorgos.

Habían sustituido la superficie de cristal de la mesa de centro. El trío, conmocionado, se reunió en la cocina para tomarse un *brandy*. Estaban demasiado afligidos como para hablar. El hombre rubio que se hacía llamar Pete les había dicho lo que iba a pasar. No iban a recuperar el Michaní Peproménou ni los dispositivos electrónicos. A partir de ese momento, habían pasado a ser propiedad del Gobierno de los Estados Unidos. Se esgrimieron conceptos como «activos estratégicos» y «seguridad nacional» y se les obligó a firmar acuerdos de confidencialidad. De lo contrario, serían remitidos a las autoridades alemanas y británicas por profanación y saqueo de una tumba, robo de antigüedades y, en el caso de Yiorgos, recepción de bienes robados. Pete estaba al corriente de los problemas de David con los turcos, pero dijo que ya no se podía hacer nada al respecto. Los tres se enfrentaban a largas penas de prisión.

En algún momento, Eleni le comentó a Pete:

–Se aproxima una catástrofe. El mundo está en peligro. ¿Qué pasa con eso?

Mientras ella formulaba la pregunta, Pete asentía, con una copa en la mano.

–La cuestión es la siguiente –les dijo–. Eso ya no es asunto vuestro.

Los Guardianes del Destino se reunieron al día siguiente en la casa de Iriniki. Lexi se enteró de lo de Stelios cuando Eleni la llamó ya pasadas las doce y estuvo llorando toda la noche. Las mujeres del grupo intentaron consolarla, pero la traición y el engaño habían dejado una herida que tardaría tiempo en curarse.

Eleni se dirigió a ellos desde detrás del escritorio de Iriniki en la biblioteca. Les contó todo lo que había ocurrido durante los últimos días en Alemania, Reino Unido y Turquía. Escucharon, hipnotizados, mientras les describía el montaje del Michaní Peproménou y sus comprobaciones ante calamidades conocidas. Y lloraron cuando les dijo lo que pasaría dentro de diez meses.

—¡Debemos dar la voz de alarma! —dijo Koriana, la más impulsiva—. Tenemos que demostrarlo enseñándole el Michaní Peproménou al mundo.

—Me temo que no podemos hacerlo —respondió Eleni.

Eligió cuidadosamente sus palabras y se limitó a decir que una autoridad gubernamental cuyo nombre no podía revelar había confiscado la máquina. Los habían obligado a firmar un acuerdo de confidencialidad. De lo contrario, se enfrentarían a penas de prisión por los delitos que habían cometido en el extranjero.

Asterios, el abogado de pelo negro perfectamente esculpido, pidió ver el acuerdo de confidencialidad que habían firmado. Cuando Eleni le dijo que no les habían permitido quedarse con una copia, se enfureció, clamando contra tal atrocidad legal y ética. Eleni trató de terminar el relato, pero se derrumbó.

David estaba a su lado, acariciándole el hombro.

—Creo que lo que Eleni iba a decir es que se han llevado el Michaní Peproménou para siempre —añadió—. Nunca lo vamos a recuperar. Lo único que tenemos es nuestra palabra. No hay forma de que podamos convencer al mundo de lo que se nos viene encima.

—Me había parecido entender que Yiorgos estaba grabándolo todo en vídeo —dijo Yannis, el banquero.

—Se quedaron con la cámara —apuntó David.

Nadie entendió por qué Yiorgos metía la mano en su bolsa, sacaba una caja de cereales y empezaba a comer ruidosamente.

—Quizá haya una manera —dijo Yiorgos, rebuscando dentro de la caja y mostrando triunfante un pequeño trozo de plástico negro–. Esos cabrones no se dieron cuenta de que había metido la tarjeta SD en mis cereales.

Tras la reunión, Yiorgos se dirigió a su despacho de la universidad, y David y Eleni se dirigieron a casa. David no estaba seguro de cuál iba a ser su próximo movimiento. Asterios aceptó asesorarle con sus problemas legales en Turquía. Se reunirían por la mañana. Por el momento, estaba encantado con la idea de pasar los próximos días con Eleni, dando paseos y haciendo el amor.

Salieron de la casa de Iriniki cogidos de la mano y, al doblar la esquina hacia la casa de Yiorgos, vieron a un par de policías uniformados merodeando por la puerta principal.

–Esto no me gusta nada –dijo ella.

–A mí tampoco.

Eleni entabló una acalorada conversación con ellos en griego y se volvió hacia David, con las mejillas enrojecidas.

–David, van a arrestarte por la orden de la Interpol. También quieren interrogarte sobre el robo de un Mercedes en el aeropuerto.

CAPÍTULO 26

El centro penitenciario de Sincan era un extenso complejo situado en las afueras de Ankara, donde se recluía a presos en distintas fases de sus procesos judiciales, desde prisión preventiva hasta condenas de larga duración. Tras una breve comparecencia en el tribunal de Ankara, David fue enviado a la prisión de seguridad media de Sincan, que había sido construida para dos mil personas, pero que en ese momento albergaba a tres mil. Su celda tenía capacidad para dos reclusos, pero, con el uso de literas, esa cifra se duplicaba. Fue un golpe de suerte, o tal vez producto de que alguien se compadeció de él, que uno de sus compañeros de celda fuera un estadounidense que cumplía siete años por un delito relacionado con drogas.

Kyle, un afable tejano casado con una mujer turca, tenía aproximadamente la misma edad que David, pero era completamente diferente a él en casi todos los aspectos.

—¿Me estás tomando el pelo? —dijo cuando se enteró de que David era profesor—. ¿De Harvard? Joder, tío, vaya locura. Aquí, en Sincan.

Así es como los angloparlantes que estaban allí dentro lo llamaban.

—Sí, una locura —respondió David, rascándose. El cuello de la camiseta que le habían proporcionado en la cárcel era rígido como el cartón y le estaba provocando una erupción cutánea. La comida era horrible, la temperatura asfixiante y con los ronquidos de los reclusos de su bloque sentía que estaba durmiendo encima de una cortadora de césped.

—Colega, ¿y tú por qué estás aquí?

–Dicen que robé un artefacto antiguo.

–¿Lo dicen o lo robaste?

David vaciló.

–Oye, colega, no te preocupes. No soy un chivato de la cárcel.

–¿No es eso lo que diría un chivato de la cárcel?

Kyle le dio una palmada en el brazo.

–Realmente eres un tío listo, pero no me sorprende en absoluto. Harvard, ¿verdad? Pero, ahora en serio, ¿trataste de venderlo? ¿Cuánto valía?

–No traté de venderlo y no tengo ni idea de cuánto puede valer.

–Entonces, ¿lo recuperaron los turcos?

–Me lo robaron. Los turcos no volverán a verlo nunca más.

–Vaya mierda –dijo Kyle–. Estás jodido, colega.

Kyle hablaba turco con fluidez y conocía bien las costumbres de la cárcel, lo que resultó ser una bendición. Los guardias y los reclusos molestaban al nuevo extranjero a cada momento y Kyle le hacía de traductor, empleando parte de las buenas artes que parecía haber adquirido allí para ayudar a David.

–A mi mujer ya no le queda pasta –le contó a David–. Seguro que tienes amigos con dinero ahí fuera. Échale un cable a tu amigo Kyle. Me queda mucho tiempo que pasar aquí. Me vendría bien una ayuda.

–Dalo por hecho –respondió David, provocando la sonrisa más enorme que había visto en su vida.

–¿Quieres rezar conmigo, David? ¿Eres cristiano?

–No creo que lo sea.

–¿No lo sabes?

–Bueno, no lo soy.

–¿Entonces qué eres?

–Diría que soy helenista.

–¿Qué es eso?

–Es una historia muy larga, Kyle.

David llevaba una semana en prisión. Tras cenar en el comedor, él y Kyle regresaron al bloque de celdas y encontraron un sitio en una de las mesas atornilladas al suelo de la zona común. Kyle sacó su baraja de cartas para jugar a algo. David nunca prestaba atención al televisor, ya que no entendía el turco, pero de pronto vio un rostro familiar. Se levantó de un salto y le pidió a Kyle que le tradujera lo que decían.

El presentador de las noticias hablaba con una foto de Mazhar Erduran a sus espaldas.

–¿Qué está diciendo? –preguntó David con urgencia.

Dice que ese tal Erduran ha estado excavando en una cueva y que ha hecho unos descubrimientos increíbles. Al parecer lo entrevistaron esta mañana temprano.

Había imágenes del periodista en el despacho de Mazhar.

–Continúa, Kyle.

–Vale, de acuerdo. Dice que la semana pasada encontró una cueva escondida y que, cuando entró, había una estatua enorme del dios griego Zeus.

La pantalla se llenó con una foto del coloso.

David se dijo que no habían podido mantenerlo en secreto. Era solo cuestión de tiempo que saliera a la luz.

–Dice que esto demuestra que los antiguos turcos toleraban todas las religiones y acogían a los griegos en Anatolia. Dice que es una pena que la Grecia moderna sea menos tolerante con las prácticas religiosas turcas.

David se preguntaba si Oguz estaría detrás de ese mensaje.

–Ahora está diciendo que han hecho descubrimientos aún más espectaculares.

La pantalla se llenó con una de las fotos que David había hecho de la llave del mapa el día que la encontró. Era una toma de lejos que no resultaba clara.

David no podía creer que Mazhar la estuviera mostrando.

Kyle continuó:

–Dice que es un mapa antiguo que podría haber sido utilizado para la navegación marítima. Es tan complicado como el famoso Mecanismo de Anticitera, pero está en mucho mejor estado y probablemente fue fabricado por los antiguos turcos.

—Es un mentiroso de mierda —murmuró David.

—¿Ah, sí? —dijo Kyle—. Si tú lo dices. El periodista le pregunta cuándo podrá verlo el pueblo turco. Oh, mierda. Dice que no lo sabe porque su antiguo colaborador estadounidense, el profesor David Birch, lo robó.

Se proyectó una foto de David tomada de su página web de Harvard. Los otros presos lo vieron y empezaron a jalear y aplaudir.

—Mierda, ahora eres famoso —le dijo Kyle—. Ahora todos vendrán a pedirte pasta. Dice que estás en una prisión turca en espera de juicio. El periodista le pregunta si vas a devolverlo, y él responde que eso espera, pero que no lo sabe.

David no recibió ninguna comunicación del exterior durante las dos semanas siguientes. Estaba seguro de que Eleni le estaba escribiendo, pero Kyle le dijo que los guardias solían retener el correo solo para joder.

—Mira, lo más probable es que intenten venderte las cartas.

Estaba en su celda después de la hora del almuerzo, mirando fijamente el techo mohoso desde su litera superior, cuando un guardia entró a decirle que su abogado estaba allí.

El abogado turco de David era un penalista recomendado por Asterios. Al parecer, tenía conexiones políticas y era lo mejor que se podía comprar con dinero.

Ali Demir sujetaba la chaqueta sobre el hombro con el pulgar. El sudor le había empapado la zona de las axilas de su camisa blanca. Formado en Oxford, hablaba inglés con un acento británico de clase alta.

—Dios mío, qué calor hace aquí —dijo, sentándose en una silla metálica en la sala de interrogatorios—. No te preguntaré cómo soportas el calor.

–Gracias por no preguntar –respondió David–. ¿En qué punto estamos? ¿Les has contado a las autoridades que la CIA tiene el artefacto?

–Sí, ha sido un asunto delicado porque he tenido mucho cuidado de respetar el acuerdo de confidencialidad que firmaste para no poner a tus amigos griegos en una situación legal comprometida. He evitado mencionar demasiado, pero parece que se ha entendido el mensaje principal. Un ministro del Gobierno, cercano a los servicios de seguridad, se puso en contacto conmigo de manera extraoficial. Me dijo que la CIA ha comunicado en privado al MIT, nuestro equivalente a la CIA, que lo tienen, pero que deben mantenerlo en secreto. Dicen que están estudiando el artefacto y que, llegado el momento oportuno, informarán de todo a nuestro gobierno. Para amenizar la espera, creo que tu presidente ha aprobado un envío de aviones de combate estadounidenses a nuestra fuerza aérea.

–Supongo que eso es un avance –dijo David, con el sudor chorreándole por la cara y cayendo sobre la mesa metálica.

–En efecto, así es. Luego está este otro asunto. Periodistas, académicos y parlamentarios turcos de varios partidos han estado presionando a las autoridades para que digan lo que saben sobre la declaración que hiciste al ser detenido.

–¿Qué declaración?

–Cuando dijiste que te robaron el artefacto en Grecia. El gobierno realmente ha estado bajo una presión extraordinaria. La opinión pública lo ha convertido en una cuestión patriótica. Si es turco y mejor que el Mecanismo de Anticitera griego, quieren que vuelva a Turquía. Hay un *hashtag*: «¿Dónde está nuestro artefacto?».

–¿Y bien? –preguntó David con expectación.

–Cediendo a esta presión, me han dicho que el Gobierno emitirá un comunicado la próxima semana en el que afirmará que, con la ayuda de las autoridades policiales internacionales, han recuperado el artefacto.

–¿Cómo? ¡Pero es mentira!

–Sí, una mentira descarada. Espero que no te sorprenda demasiado que los políticos mientan. Publicarán una foto de los engranajes que les ha proporcionado la CIA, pero no la parte del mapa, que sería imposible de explicar sin tu ayuda.

–El mapa también está repleto de inscripciones en griego –indicó David.

–Ya veo –respondió el abogado–. No lo sabía.

–No entiendo cómo van a evitar mostrar el mapa.

Creo que dirán que el artefacto está siendo tratado por especialistas en conservación y que será restaurado y sometido a un estudio científico detallado por parte de expertos turcos. Se deberá elaborar un informe científico completo antes de que el mapa pueda hacerse público. Están dando largas al asunto. Y seguirán haciéndolo.

–¿Cómo afecta esto a mi caso?

–A nadie le interesa un juicio público, David. Si vas a juicio y te condenan, te enfrentas a veinte años de cárcel. Si te declaras culpable, te puedo garantizar que aceptarán seis meses. Si prefieres declararte inocente, el juicio no se celebraría hasta dentro de un año como mínimo.

–¿Seis meses? –exclamó David.

–Seis meses.

–A por ellos.

CAPÍTULO 27

Seis meses después

En el bloque de celdas reinaba el caos y el ruido habituales, pero ese día era diferente a todos los demás desde que David había comenzado a cumplir su condena. Era el día de su salida, el día en que atravesaría las puertas de Sincan y nunca volvería a mirar atrás.

Recogió sus pocas pertenencias, entre ellas un montón de cartas de Eleni. Había otras de amigos y colegas académicos de todo el mundo, un par de cartas muy duras de su madre sobre ciertos incidentes que había vivido en un Walmart y en un restaurante local, pero nada sobre su situación, y una breve carta de Harvard en la que le informaban de que había sido despedido por causa justificada de su puesto en la Facultad de Artes y Ciencias.

Un Kyle exultante atravesó la puerta abierta de la celda. Había estado en otra celda, donde había pagado cincuenta liras a un recluso para usar su teléfono móvil ilegal.

—Mi mujer recibió el dinero ayer, colega —dijo Kyle, abrazando a David con fuerza—. Mil euros van a suponer una diferencia de la hostia para nosotros.

—Es lo menos que podía hacer —dijo David—. Me has ayudado mucho a superar esto.

—¡Ni que lo digas, colega! Le voy a poner al profesor un nueve en cárcel.

—¿Y qué hay que hacer para que te pongan un diez?

—Pasar más tiempo dentro, para empezar. Te voy a echar de menos, colega.

—No voy a echar de menos este sitio, pero sí a ti, Kyle. Me encantaría poder sacarte de aquí antes de...

—¿Antes de qué?

—Antes de que pase demasiado tiempo.

Los guardias lo acompañaron fuera y él, haciendo uso del poco turco que había aprendido, les agradeció sarcásticamente por todos los buenos momentos pasados juntos. Atravesó la última puerta y allí estaba ella.

Nunca lo habían abrazado con tanta fuerza.

—Me presento ante ti como hombre libre —dijo.

No había visto a Eleni desde hacía un mes. Era un viaje largo y él no quería que lo hiciera con demasiada frecuencia. Pero ese día se la veía diferente, más alegre, más radiante, una mujer transformada.

—Hola, hombre libre.

—Estás preciosa —le respondió.

—La felicidad ayuda. Vayamos a casa.

Nikolaos, el Guardián del Destino aficionado al culturismo, los esperaba en un *jeep*. Había asumido el papel de chófer y guardaespaldas, y David se dio cuenta enseguida de que se había enamorado de ella. ¿Quién podría culparlo?

El viaje en coche por la zona central de Turquía duró cuatro horas. Era enero y el tiempo en Capadocia era gélido y árido. Las ráfagas de nieve dispersas le recordaron a David la noche en St. Louis en la que Oguz accedió a financiar su proyecto. David había iniciado su condena en verano, por lo que tuvo que sufrir las temperaturas de Sincan y concluyó que prefería pasar frío a pasar calor.

—Tu chaqueta no abriga mucho —dijo Eleni durante una parada para descansar—. Debes de tener frío.

—Estoy bien. Es un frío agradable.

La granja estaba situada junto a la carretera de Yeşilhisar, aproximadamente a un kilómetro y medio al noreste de la entrada turística a las cuevas de Derinkuyu. David le había pasado a Eleni, a través de su abogado, unos mapas dibujados a mano, aconsejándole sobre la ubicación ideal para el complejo.

Los Guardianes del Destino y Eleni se pusieron en contacto con un hombre de la zona cuya granja estaba situada en el punto marcado con una X en el mapa de David y le ofrecieron comprársela, con todo lo que había en ella. El dinero no era problema. Algunos de los Guardianes del Destino eran muy adinerados. El granjero se negó y les dejó claro que no le gustaban los griegos. Le ofrecieron más. Intuyendo una pequeña mina de oro, el granjero volvió a negarse. Después de varios tira y afloja, el granjero se marchó con una pequeña fortuna y los griegos se mudaron allí. Guardianes del Destino de toda Grecia dejaron sus trabajos, compraron autocaravanas y casas rodantes y fueron con ellas hasta Derinkuyu. Cuando llegaron los últimos, el censo ascendía a ochenta y cinco hombres, mujeres y niños, y unas pocas docenas de mascotas.

Nikolaos atravesó Derinkuyu, pasó por delante del antiguo hotel de David, dejó atrás la entrada de la cueva y se adentró en la carretera de Yeşilhisar, donde el paisaje se tornó rural casi al instante. Eleni le había mostrado fotos de la granja, así que no le sorprendió del todo, pero era más grande de lo que había imaginado. La granja se había dedicado principalmente al trigo, con doce acres de terreno llano cultivado y tres acres con una casa, dependencias, silos y corrales para el ganado.

El improvisado pueblo de autocaravanas y furgonetas se encontraba en un campo adyacente a la granja y, cuando David salió del *jeep*, se vio rodeado por el grupo de Atenas, los Guardianes del Destino que él ya conocía. Era extraño verlos en un contexto tan diferente, con ropa campestre de invierno y botas gruesas —Yannis sin sus trajes de tres piezas, Asterios con un gorro de lana, Lexi con vaqueros y un abrigo acolchado y Koriana con un mono de trabajo—. Yiorgos salió de la granja, todavía con el delantal puesto; primero, estrechó la mano de David y, finalmente, lo atrajo hacia sí para darle un beso.

–Por favor, dejadle respirar –dijo Eleni.

–No, me encanta estar rodeado de un grupo de personas que no son asesinos, violadores ni traficantes de drogas.

Ella se rio.

–Una cuadrilla muy diferente por estos lares. Vamos, déjame que te enseñe tu nueva casa.

Ella lo condujo al interior de una granja que parecía como si el granjero y su familia acabaran de salir.

–No hemos decorado mucho –dijo Eleni–. Hemos estado dedicando nuestra energía a otras cosas. El dormitorio de papá está en la planta baja. El nuestro, arriba.

Cerró la puerta y lo empujó sobre una cama chirriante y llena de bultos.

En ese momento, le pareció que era la cama más cómoda del mundo.

Era ya última hora de la tarde cuando lograron salir de debajo del edredón.

David señaló hacia arriba y dijo:

–Aún no te lo he preguntado. ¿Todavía nada?

–No, nada –le respondió ella–. Estoy constantemente conectada, comprobando los canales de astronomía.

–No crees que tal vez...

–¿Estemos equivocados? No, no lo creo. Aún hay luz. ¿Quieres ver todo lo que hemos hecho?

Ella lo llevó al campamento de autocaravanas, donde David saludó a algunos niños y jugó al fútbol con ellos.

–El sistema sanitario era nuestra más inmediata prioridad –le dijo–. Barajamos la posibilidad de ampliar el sistema séptico, pero consideramos que era mejor invertir el dinero en los inodoros químicos, ya que los íbamos a necesitar tarde o temprano.

–Una buena decisión.

–Ese es el edificio de los baños. Ese remolque tiene cientos de baños más para más adelante.

Al llegar a los silos, le dijo:

–Le pagamos al agricultor por su cosecha de cereales. Durante los últimos seis meses, la hemos estado moliendo en lugares cercanos y estamos almacenando los sacos de harina de veinticinco kilos en los silos.

–Muy inteligente –dijo David–. Si pesaran más, tendríamos problemas para moverlos después.

–Ese edificio de allí es donde almacenamos frutas y verduras liofilizadas, arroz, azúcar, leche en polvo, leche maternizada, sal, especias, mantequilla de cacahuete... Todos los alimentos que recomiendan los manuales de supervivencia. ¿Sabías que en un recipiente de un metro de alto, dos metros de ancho y un metro de largo cabe la suficiente comida liofilizada y agua como para que un adulto pueda sobrevivir durante un año?

David rio.

–No tenía ni idea.

Todo el mundo se pregunta si estás seguro acerca del agua.

–El agua no será un problema. ¿Habéis comprado la excavadora mecánica?

–Sí, el modelo que nos pediste. Está en ese granero. Es donde guardamos los generadores y el diésel. Y también cajas con linternas y pilas, kits de primeros auxilios, material médico y artículos diversos.

–¿Qué hay de los lugareños? ¿Cómo han reaccionado ante toda esta actividad?

–Con intensa desconfianza y una animadversión desenfrenada. No ha sido agradable. Un granjero de por allí disparó a uno de nuestros perros porque se había colado en su terreno. No ayuda que seamos griegos. Aquí la policía es la Jandarma, es decir la gendarmería, y el sargento local no para de venir a ver qué hacemos, en busca de infracciones, pero Asterios se aseguró de que tuviéramos en regla todos los permisos para las autocaravanas y todo lo demás. En una ocasión el policía actuó de una forma tan agresiva que Asterios le preguntó si lo que quería era un soborno. Casi acaba en la cárcel por ese comentario.

–Supongo que solo tendremos que soportar todo esto cuatro meses más –le dijo David–. ¿Has traído los mapas?

Los llevaba en su bolso y, a la luz del crepúsculo, David se orientó y señaló un punto en un mapa a escala 1:1000.

–¿Seguro que este es nuestro terreno?

–Sin ningún tipo de duda.

David cogió una pala. Caminaron por campos de trigo en barbecho y, cuando él estuvo convencido de que estaban en el lugar adecuado, clavó la hoja en la tierra dura.

–¿Aquí? –preguntó ella.

–Aquí.

CAPÍTULO 28

El clima cálido de los primeros días de primavera animó el ambiente del improvisado pueblo. La vida seguía adelante, pero con un objetivo claro.

Cada mañana Yiorgos marcaba religiosamente con una cruz el día en el calendario de la cocina de la granja antes de empezar a preparar el desayuno.

—Buenos días —saludó a David y a Eleni—. ¿Habéis dormido bien?

—Sí, papá.

—¿Qué planes tenemos para hoy?

—Más de lo mismo, pero más hondo —dijo David con una sonrisa.

Yiorgos señaló el calendario.

—Solo quedan diez semanas.

—Lo sabemos, papá. Estamos pensando en hacerlo hoy.

Yiorgos le sirvió unos huevos en el plato.

—¿Estáis listos?

—Lo terminamos anoche.

—Convocaremos una reunión más tarde y se lo comunicaremos a todo el mundo —añadió David—. Puede que mañana todo sea muy diferente.

El vídeo que David y Eleni publicaron en YouTube esa noche dejaba mucho que desear en cuanto a su calidad. El sonido era metálico y la resolución podría haber sido más nítida. Se habían sentado en el sofá de la granja, iluminados por dos lámparas de mesa, y habían mirado fijamente a la lente de una cámara que les había conseguido uno de los Guardianes del Destino. El trípode se mantenía firme, pero sus voces no. Ambos habían grabado montones de charlas y entrevistas antes, pero esta vez era diferente. Habían esbozado una puesta en escena –quién se iba a encargar de qué–, pero no querían que hubiera un guion. No eran actores. Tenía que parecer sincero y auténtico.

No querían malgastar palabras. Querían transmitir la información de una forma creíble, aunque el mensaje fuera increíble. No querían que sonara como un discurso ni que fuera demasiado largo.

David explicó quiénes eran y relató cómo había descubierto la llave del mapa y qué la hacía tan especial. Eleni habló sobre los Guardianes del Destino, la predicción que habían salvaguardado y su búsqueda de la Máquina del Destino, que se había prolongado durante siglos. Explicaron su búsqueda de las otras llaves.

–Sé que la mayoría de vosotros pensaréis que somos unos lunáticos apocalípticos –dijo con una pequeña sonrisa–. Por eso queremos mostraros un vídeo de la primera vez que montamos la Máquina del Destino.

David comenzó a narrar lo que se veía en el vídeo de Yiorgos.

–La única forma de comprobar si la Máquina del Destino podía predecir desastres naturales futuros era ver si también indicaba desastres históricos conocidos. La máquina muestra los meses, los días y los años según el antiguo calendario griego, por lo que Eleni creó un programa para convertir los resultados al calendario actual. Bien, aquí estamos haciendo la primera prueba. Queríamos ver si marcaba la erupción del Vesubio en el año 79 d. C. En ese momento, Eleni entró unos meses en el año 79. Mirad las flechas. La flecha del mapa apunta al sur de Italia y la flecha de los acontecimientos apunta a la imagen de un volcán en erupción. Pasaremos a otros ejemplos y, mientras los veis, podréis comprobar hasta qué punto nos emocionamos.

–Sigue siendo muy emotivo –añadió Eleni.

Cuando terminaron con las imágenes de las pruebas retrospectivas, David dijo:

–Así pues, nos convencimos de que la Máquina del Destino funcionaba. Había llegado el momento de mirar hacia el futuro.

–Aquí nos acercamos al año actual –dijo Eleni–. Y esto es lo que creemos que sucederá el 10 de junio, dentro de diez semanas. Fijaos en las flechas que se mueven por todo el mapa y, aquí, la flecha de los acontecimientos apunta a la imagen de un cuerpo en llamas en el cielo. Un asteroide que aún no ha sido detectado, proveniente de fuera de nuestro sistema solar, colisionará con la Tierra. No sabemos dónde caerá, pero causará un desastre global. Os instamos a que empecéis a preparar un plan de supervivencia. Almacenad alimentos, medicamentos y agua para varios meses. Buscad un sitio donde podáis refugiaros bajo tierra. En sótanos, sistemas de metro y refugios antiaéreos. Esperamos que las autoridades locales emitan recomendaciones específicas, pero os rogamos que toméis en serio esta advertencia. Todo lo que queremos es que vosotros y vuestras familias estéis a salvo.

A la mañana siguiente, Yiorgos los despertó y les dijo que se dieran prisa. Muchos de sus amigos Guardianes del Destino de Atenas estaban en la sala de estar.

–¿Qué ha pasado? –dijo Eleni, comprobando que el camisón le cubriera bien el cuerpo.

David la siguió, arrastrando los pies y frotándose los ojos. Lexi les dijo:

–Vuestro vídeo tiene más de diez millones de visualizaciones. Se ha vuelto viral –dijo mientras consultaba su teléfono.

–Eso es bueno, ¿no? –preguntó Eleni.

–No del todo –respondió Nikolaos–. Mucha gente piensa que sois unos desequilibrados mentales.

–¿Cuánto es mucha gente? –preguntó David, aceptando con gratitud una taza de café que le ofrecía Yiorgos.

–Yo diría que alrededor del noventa por ciento de los que han dejado comentarios –respondió Asterios.

–Y, en su mayoría, el resto cree que se trata de una broma –añadió Konstantinos, el jugador de hockey.

–No deja lugar a dudas –dijo David con sequedad–. ¿Alguna otra noticia que debamos conocer?

–Varios gobiernos están instando a la población a no caer en el pánico y a no acaparar productos por culpa de un vídeo irresponsable publicado en YouTube –afirmó Yannis–. Creo que quieren evitar que se agote el papel higiénico en las tiendas.

Koriana leyó un tuit de la Agencia Espacial Europea en el que se decía que, aunque no solían comentar noticias sensacionalistas de internet, dado el interés suscitado, se veían obligados a informar de que no había ningún asteroide conocido en trayectoria de colisión con la Tierra.

Lexi estaba mirando su teléfono.

–¿Conoces a alguien llamado Mazhar Erduran?

–Sí –respondió David.

–Ha declarado en un medio de comunicación turco que no deberíamos escuchar a un delincuente convicto que acaba de salir de prisión por robar un valioso artefacto al pueblo turco.

–Bueno, pues que este año no espere recibir ninguna tarjeta de felicitación de Navidad de mi parte –sentenció David–. Escuchad, hicimos lo que teníamos que hacer. Hemos advertido al mundo con suficiente antelación. Ahora tenemos que seguir preparándonos. Hay mucho trabajo por hacer y solo tenemos unas cuantas semanas para hacerlo.

Un estudiante de posgrado de la Universidad de Hawái que trabajaba en el Pan-STARRS había dibujado una viñeta que estaba colgada en la sala de descanso. Mostraba a un par de astrónomos con camisetas de Pan-STARRS partiéndose de risa ante un vídeo en el que un hombre y una mujer señalaban el 10 de junio en un calendario. Por una ventana se veía un asteroide en llamas volando hacia ellos. Y en la viñeta había escrito: «¿Quién dice que los astrónomos no tienen sentido del humor?».

Pan-STARRS –el telescopio de sondeo panorámico y sistema de respuesta rápida– consistía en una serie de cámaras astronómicas, telescopios y ordenadores situados en la cima del volcán Haleakala, en la isla de Maui. Diseñado para rastrear continuamente el cielo en busca de objetos cercanos a la Tierra y otras amenazas planetarias, fue el observatorio que detectó el Oumuamua, el primer objeto interestelar conocido.

La noche del 26 de abril una estudiante universitaria y un investigador posdoctoral del Instituto de Astronomía de la Universidad de Hawái estaban de guardia, revisando los datos que llegaban de los instrumentos. La estudiante universitaria, una chica llamada Stephanie Miller, notó algo en uno de los gráficos de datos de la curva de luz y se quedó intrigada.

–¿No tendríamos que mirar esto?

El posdoctorado bostezó, se desperezó, miró el monitor y se animó de inmediato.

–Sí. Veamos de qué se trata.

Pasó la siguiente hora ignorando a Miller, analizando la curva de luz y los datos de posición, las imágenes de series temporales y los análisis espectrales.

Finalmente, la estudiante dijo sin ocultar su frustración:

–Brian, ¿podrías decirme qué estás haciendo? Se supone que estoy aquí para aprender algo.

–Tengo que hacer una llamada al Centro de Planetas Menores de Cambridge –le dijo–. Escucha y aprende.

Marcó el número del centro y pidió hablar con el astrónomo más veterano que estuviera de servicio, pero la respuesta lo dejó frustrado.

–Vale, ve a buscarla ahora mismo y dile que llamo de Pan-STARRS. Apunta esto: «Tengo una serie de señales muy claras sobre un objeto interestelar, de un kilómetro y medio de diámetro, que se encuentra actualmente cerca de Júpiter y viaja a noventa kilómetros por segundo en rumbo de colisión directa con la Tierra». Dile que la fecha de impacto es dentro de sesenta y dos días. Eso es el 10 de junio. Y no, esto no es una broma de mal gusto.

Tras conocerse la noticia del descubrimiento del 3I/Miller (por haber sido descubierto por una estudiante universitaria llamada Miller y por ser el tercer asteroide interestelar conocido), el mundo pareció detenerse por un momento. Todo lo demás dejó de tener importancia.

Los gobiernos pidieron calma y anunciaron que se estaban elaborando planes para hacer frente a la amenaza. El Gobierno alemán se mostró especialmente contundente en sus declaraciones cuando se confirmó que el punto de impacto del asteroide sería el norte de Alemania. Inmediatamente, se especuló que podrían desplegarse flotas de misiles balísticos intercontinentales estadounidenses, rusos y chinos para destruir o, al menos, desviar el rumbo del 3I/Miller.

El mundo volvió a ponerse en marcha.

Los científicos no tardaron mucho en desacreditar esa idea. Al parecer, los misiles balísticos intercontinentales no eran apropiados para una misión contra un objeto interestelar que se movía a tal velocidad. La interceptación del 3I/Miller requeriría una tecnología similar a la utilizada en las misiones espaciales, con cohetes capaces de alcanzar velocidades orbitales o de escape y sistemas de guía avanzados para maniobrar con precisión en el espacio.

El mundo pareció detenerse de nuevo.

Las siete naciones y empresas privadas con programas espaciales de transporte de cargas pesadas celebraron ruedas de prensa optimistas sobre sus posibilidades de poner en marcha ese tipo de misiones.

El mundo volvió a ponerse en marcha.

Durante las semanas siguientes, los problemas técnicos y logísticos redujeron la lista de candidatos a la NASA, la Administración Espacial Nacional China y SpaceX. Se fijaron las fechas de lanzamiento y el mundo las marcó en el calendario, junto a la del 10 de junio.

David y Eleni instaron a los Guardianes del Destino a que se concentraran en sus tareas y se mantuvieran alejados de las redes sociales. Había demasiado que hacer como para preocuparse por lo que la gente pensara a estas alturas de los Guardianes del Destino. Por supuesto, los Guardianes del Destino más jóvenes no pudieron resistirse y quedaron cautivados por su nuevo estatus de estrellas de *rock*.

Eleni escuchó por casualidad una conversación particularmente reveladora entre Lexi y Koriana cerca del granero de liofilización.

–He visto en Instagram que alguien ha descubierto que soy una Guardiana del Destino –dijo Lexi–. Han publicado una foto mía sacada de mis redes sociales.

–¿Una foto buena?

–Sí, la verdad es que sí. Un chico guapo le dio un me gusta y dijo que no le importaría pasar su último día en la Tierra en la cama conmigo. ¿Te lo puedes creer?

–Deberías enviarle un marcador.

–¿Tú crees? Es una pena que aquí no haya entregas a domicilio. He visto una sudadera con capucha que me gusta, con la frase «Los helenistas molan» en la parte de delante y un Zeus con gafas de sol en la parte de atrás.

Eleni estuvo a punto de regañarlas, pero pensó que eso era lo que habría hecho su madre.

La primera en retirarse fue SpaceX, alegando que no había tiempo suficiente para instalar una ojiva nuclear en la punta del cohete Falcon Heavy. A continuación, lo hizo China por motivos no especificados, aunque se rumoreó que se debía a grietas estructurales en las cámaras de combustión del motor del Long March 5. Solo quedaba la NASA. El 6 de mayo, un cohete SLS de carga pesada despegó del Centro Espacial Kennedy con una carga nuclear de ocho ojivas. Las esperanzas eran altas hasta que, tres horas después del inicio de la misión, la NASA anunció que no había logrado su objetivo.

El 3I/Miller seguía avanzando a toda velocidad.

—Bueno, pues ya está —dijo Yiorgos, apagando el televisor—. Me voy a la cama.

—Yo también, papá —dijo Eleni—. Estoy cansada. Tampoco creí que fuera a funcionar.

David ayudó a Yiorgos a ordenar todo antes de acostarse. Era un hogar temporal, pero les gustaba mantenerlo limpio.

—No te has dado cuenta, ¿verdad? —preguntó Yiorgos.

—¿No me he dado cuenta de qué?

—Eleni está embarazada.

David perdió la capacidad del habla durante algunos segundos.

—¿Te lo ha dicho ella?

—No.

—Entonces, ¿cómo lo sabes?

—Los jóvenes estáis tan ciegos… Cuando llegues a mi edad, habrás adquirido toda la sabiduría, pero entonces será demasiado tarde para que te sirva de algo. Sube. Ve a la cama con ella.

Al perderse toda esperanza, el pánico hizo acto de presencia. Hubo más gente actuando de forma estúpida que inteligente. Cuando los gobiernos no fueron capaces de hacer frente a la crisis con medidas de defensa civil globales, los países experimentaron problemas a gran escala, con disturbios sociales, saqueos y escasez de alimentos y gasolina.

Corrían rumores de que Estados Unidos había avisado a gobiernos amigos hacía ya ocho o nueve meses de que se avecinaba un desastre natural y los gobernantes se habían estado preparando para garantizar su continuidad en el poder en búnkeres nucleares bien abastecidos, junto con sus familias, por supuesto. Esos rumores, fueran ciertos o no, provocaron aún más agitación entre la gente, a la que se le había dado el poco convincente consejo de refugiarse en los sótanos. Muchos se lanzaron a las calles. El caos se extendió por todas partes, sobre todo en Alemania, donde los veinticinco millones de habitantes del norte se habían convertido en refugiados. Los más ricos habían volado a Asia y Oriente Medio, los pobres tuvieron que montar campamentos de tiendas de campaña en Baviera.

Unos días después de la misión fallida de la NASA, empezaron a circular coches de forma sospechosa por la carretera de Yeşilhisar. Un joven turco con matrícula de Estambul llamó a la puerta de la granja.

Eleni estaba en casa y lo saludó en inglés.

El joven también habló en inglés.

—Hola, siento mucho molestarla, pero ¿es aquí donde se aloja Lexi?

Eleni entornó los ojos con preocupación, pero el muchacho tenía buen aspecto y no parecía peligroso.

—¿Te conoce?

—Somos amigos de Facebook. Me llamo Emre.

—No te está esperando, ¿verdad?

—Le dije que me gustaría venir y aquí estoy.

—Lo siento mucho —dijo Eleni—, pero no creo que pueda verte.

El joven se echó a llorar.

—Se lo suplico. He venido de muy lejos. Mi madre está en el coche con mi bebé. Mi esposa murió al dar a luz. Lexi es una chica muy guapa. Ella lo entenderá.

–¿Cómo nos has encontrado?

Tenía una hoja doblada en el bolsillo: una copia impresa de los mensajes de Messenger de alguien. Lexi había dejado un marcador en el mapa, justo en la carretera de Yeşilhisar.

La cara de Eleni enrojeció.

–¿Lexi te ha enviado esto?

–No a mí. Está en internet. Lo vi y le envié una solicitud de amistad a Lexi. He venido para conocerla.

–Creo que has venido por las cuevas. ¿No es cierto?

Eleni estaba furiosa.

–¿Por qué no esperas un momento en el coche con tu pequeña? Voy a hablar con Lexi. ¿Necesitáis agua?

–No, estamos bien. Hemos traído mucha comida. Y una tienda grande. Dile a Lexi que soy Emre, significa «amigo».

Eleni había notado más tráfico del habitual en la carretera de Yeşilhisar esa mañana. Le preguntó si había otros coches parados en la carretera.

–Oh, sí –respondió él–. Muchos.

Los Guardianes del Destino convocaron una reunión de emergencia en el improvisado pueblo. Eleni estaba tan enfadada con Lexi como el resto, pero protegió con uñas y dientes a la pobre chica, que no hacía más que sollozar.

–Dejadla en paz –dijo–. No lo hizo con mala intención. Así son los jóvenes. Les gusta flirtear.

David añadió:

–Ya sabíamos que otros podrían encontrarnos. Tenemos que lidiar con lugareños recelosos cada día. Solo somos un centenar. Podemos alojar a muchos más.

–¿Qué hay de la comida? –preguntó Asterios–. Tenemos la justa para nuestro grupo.

Koriana dijo:

–No supone ningún problema si traen la suficiente comida como para valerse por sí mismos.

–¿Quién lo comprobará? –añadió alguien.

376

–¿Cómo sabremos si son mala gente con malas intenciones? –preguntó otro.

Se plantearon muchas más preguntas.

La primera democracia del mundo se había establecido en el año 508 a. C. en la ciudad-estado de Atenas. Al igual que sus antepasados, estos griegos, más un estadounidense, establecieron espontáneamente una sociedad democrática en ese campo de trigo turco. Debatieron civilizadamente y discutieron apasionadamente hasta llegar a un consenso. Formaron un comité de selección para entrevistar a quienes deseaban unirse a la comunidad. Un comité de abastecimiento se encargaría de que estuvieran suficientemente provistos y, en caso contrario, los enviaría a procurar lo que necesitaran. Un comité de seguridad formado por jóvenes se encargaría de mantener el orden en la comunidad. Asterios, como buen abogado, sugirió crear un comité de normas. Las discrepancias irresolubles entre los miembros del comité se someterían a votación en el seno de la comunidad.

Tal como hicieron los atenienses, llamaron a su comunidad democrática Ekklesia.

Y al final de su primera reunión Yiorgos les dijo a Eleni y David:

–Hemos hecho algo bueno.

Para el 1 de junio, la población de la granja había aumentado a varios miles. Las tiendas de campaña y las autocaravanas salpicaban los campos de trigo. Cada día llegaba gente nueva. En la superficie, los comités estaban muy ocupados. David y sus ayudantes lo estaban bajo tierra.

Un día, uno de los Guardianes del Destino del comité de selección abordó a David cuando este subió a almorzar.

–Hoy se ha presentado un español con su mujer, pero no tienen ni comida ni ningún tipo de equipo. Ni siquiera un saco de dormir. Parecen una pareja muy agradable. ¿Qué crees que deberíamos hacer?

—¿A qué se dedican?

—Él es obstetra. Ella, pediatra.

David asintió pensativo, como si estuviera sopesando una decisión difícil, cuando en realidad estaba dando gracias al cielo.

—Creo que podemos dejar que se queden.

Una noche, el sargento de la Jandarma local que llevaba semanas acosándolos, apareció amenazadoramente en la granja con las luces azules encendidas. Eleni lo vio llegar y se preparó para otra discusión.

Se quedó de pie, con el sombrero en la mano, junto a la puerta abierta, con su mujer y sus tres hijos. Había aprendido una única palabra en griego y la usó con torpeza.

—*Parakaló*.

Significaba «por favor».

El 3 de junio, uno de los Guardianes del Destino fue a buscar a David y le dijo que lo necesitaban en la granja. Alguien que decía conocerlo preguntaba por él.

Reconoció a Mazhar desde lejos, con su familia al completo. Cuando David llegó hasta él, había pasado por toda una variedad de emociones y expresiones faciales, pero finalmente se decidió por una sonrisa.

—Hola, amigo mío —le dijo.

El geólogo bajó la cabeza y rompió a llorar.

—Siento mucho lo que te hice. Yo...

—No tienes que decir nada. No estoy enfadado. No hiciste nada malo. Preséntame a tu mujer. ¿Esta señora es tu suegra?

—Sí. No quería abandonar el nuevo cuarto de baño que le hice.

Más tarde, una vez instalada su familia, David le preguntó a Mazhar:

—¿Quieres que te enseñe los alrededores?

Habían construido una escalera de madera para sustituir la

que David utilizaba al principio para bajar desde su agujero en el suelo hasta los niveles más altos de las cuevas.

—A partir del mapa de Peter Andreeson sobre la exploración del nivel 17, deduje que había otro sistema de túneles que se extendía hacia el noreste bajo la carretera de Yeşilhisar y que probablemente conectaba con la ciudad subterránea de Nevşehir. Hice algunos agujeros y lo encontré.

—Así que compraste el terreno para tener vía libre. Muy buena iniciativa. ¿Encontraste rampas y escaleras antiguas como en nuestra zona?

—Sí, algunas. Ven, te lo enseñaré.

A un nivel inferior, atravesaron un túnel que discurría en línea recta durante aproximadamente un kilómetro hacia el lugar de la excavación.

—Encontré una ciudad subterránea desconocida que no está conectada con la ciudad accesible a los turistas, así que estaremos protegidos. Llega hasta el suroeste, hasta la trampa de rocas del nivel 17 y el callejón sin salida que hay justo detrás. Tendremos acceso a la estatua de Zeus en el nivel 19, tan importante para los griegos... y para mí.

—¿Para ti? —preguntó Mazhar—. ¿Te has convertido?

David se rio.

—Es difícil no hacerlo.

David le mostró el complejo al que llamaban Nueva Derinkuyu, un laberinto de túneles, cámaras, conductos de ventilación y cisternas de agua, todo ello cableado con luces LED de bajo voltaje alimentadas por baterías.

—Hay espacio para miles de personas —dijo David—. No diría que es confortable según los estándares modernos, pero sobreviviremos aquí abajo hasta que sea seguro salir y reconstruir el desastre en la superficie. Vamos, déjame que te ayude a elegir una bonita parcela.

CAPÍTULO 29

10 de junio

No quedaba espacio para la especulación. Los astrónomos habían calculado el momento del impacto al segundo.

Sería a las 6:12:39 de la mañana, hora local; a las 5:12:39 en Alemania.

Por precaución, la mayoría de los habitantes de Nueva Derinkuyu decidieron trasladarse definitivamente bajo tierra el día anterior, pero los Guardianes del Destino tenían una última ceremonia que celebrar.

A las 5:20, diez minutos antes del amanecer, David, Eleni y su padre cerraron con llave la puerta de la granja y se dirigieron hacia uno de los campos de trigo en barbecho cerca de la entrada de la ciudad. La llanura de Capadocia brillaba con un tono rosado. El aire aún era fresco a esa hora. Al este, los últimos vestigios del cielo nocturno quedaban iluminados por un objeto celeste naranja, más brillante que Venus, con una larga cola de dragón en llamas. El viento soplaba con más fuerza a medida que las ondas de choque atravesaban la atmósfera.

Yiorgos y Eleni iban vestidos de blanco. David lamentaba no tener ropa blanca.

—No tiene importancia —le dijo Eleni.

—No conozco ninguna oración ni himno.

—Tendremos mucho tiempo para que te los enseñe.

Al amanecer, se reunieron en círculo, tomados de la mano. Entonaron cánticos en griego y rezaron y cantaron durante veinte minutos y, al finalizar, no quedaba ni un solo ojo seco.

Cuando terminaron, entraron por la abertura que David había hecho en la tierra y descendieron.

–Ve, papá, David y yo bajaremos enseguida –dijo Eleni.

–Más vale que no os retraséis –respondió Yiorgos.

–No te preocupes.

La astrónoma que llevaba dentro quería verlo pasar directamente sobre su cabeza.

–¿Cuánto tiempo tendremos para bajar antes del impacto? –preguntó David.

–Sesenta y dos segundos –afirmó ella–. Lo he calculado personalmente.

Él la tomó en sus brazos, la besó y le dijo:

–Eso es lo que me enamora de ti.

Su llegada fue precedida por un rugido que sonó como el trueno ensordecedor de una devastadora tormenta.

Tuvieron que protegerse los ojos cuando pasó por encima de ellos: una bola de fuego de un brillo inimaginable que provocaba estruendosos estampidos sónicos.

David la alejó de allí y cerró la escotilla detrás de sí.

ÍNDICE

p. 9   Capítulo 1
    27   Capítulo 2
    37   Capítulo 3
    47   Capítulo 4
    63   Capítulo 5
    79   Capítulo 6
    101 Capítulo 7
    125 Capítulo 8
    135 Capítulo 9
    157 Capítulo 10
    173 Capítulo 11
    183 Capítulo 12
    195 Capítulo 13
    205 Capítulo 14
    219 Capítulo 15
    235 Capítulo 16
    253 Capítulo 17
    263 Capítulo 18
    275 Capítulo 19
    285 Capítulo 20
    293 Capítulo 21
    299 Capítulo 22
    317 Capítulo 23
    327 Capítulo 24
    341 Capítulo 25
    355 Capítulo 26
    361 Capítulo 27
    367 Capítulo 28
    381 Capítulo 29